셜록 홈스의 모험

셜록홈스의모험

THE ADVENTURES OF SHERLOCK HOLMES

아서 코난 도일 지음 | 소피아 마르티네크 그림 | 민지현 옮김

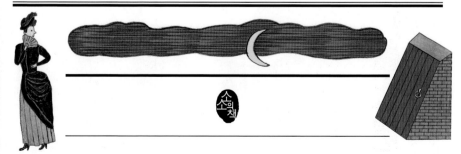

소의책

차례

1

보헤미아 스캔들

I

셜록 홈스에게 그녀는 언제나 '그 여성'이었다. 그가 다른 이름으로 그녀를 부르는 걸 들은 적이 거의 없었다. 그의 눈에 그녀는 어느 여성보다도 빛났고 우월했다. 홈스가 아이린 애들러에게 사랑 비슷한 감정을 느꼈던 건 아니다. 그의 냉철하고 빈틈 없는, 그러면서도 균형 잡힌 정신세계에서 모든 감정은 방해물일 뿐이며, 특히 연정 같은 것은 그가 수용할 수 있는 정서가 아니었다. 적어도 내가 보는 한, 그는 세상 누구보다도 완벽한 논리적 사고력과 관찰력을 지녔지만 사랑은 그의 능력 밖의 일이었다. 감미로운 감정과 연관된 이야기를 해야 할 때, 그는 항상 비웃음이나 조롱을 섞었다. 관찰자의 측면에서 볼 때 그러한 감정은 아주 바람직한 요소로 작용하는 법이다. 그것들을 통해 인간의 행동과 숨겨진 동기가 아주 잘 드러나기 때문이다. 하지만 논리적 사고에 숙련된 사람이 자신의 섬세하고도 정교하게 다듬어진 정신세계에 그런 방식의 침범을 허용하는 것은, 그의 논리적 사고 전반에 혼란을 초래할 수 있는 방해꾼을 들여놓는 일이었다. 홈스 같은 사람에게는 그런 종류의 강렬한 감정이 민감한 악기에 모래가 들어가거나, 고성능 돋보기에 금이 가는 것보다 훨씬 더 결정적인 동요를 초래할 수도 있었다. 그렇지만 한 여성만은 홈스에게도 특별했는데, 그녀가 바로 의혹과 의문에 싸인, 지금은 고인이 된 아이린 애들러다.

요즘 들어 홈스를 거의 만나지 못했다. 내가 결혼하면서 그와 소원해진 것이다. 결혼과 더불어 맛보게 된 완벽한 행복감과 처음으로 가정을 꾸미고 가장이 된 남자를 둘러싸고 일어나는 가정사는 나의 온 마음을 차지하기에 충분했다. 그러는 동안 보헤미안의 자유로운 영혼을 가진 홈스는 모든 형태의 사교 활동을 멀리하고 베이커 가에 있는 하숙집에 칩거하면서 낡은 책 속에 묻혀 지냈다. 한 주는 마약에 취해서 지내고, 다음 주는 열정적으로 일에 몰두하면서 마약으로 인한 몽롱함과 예리한 천성이 내뿜는 열정 사이를 오갔던 것이다. 그는 여전히 범죄 연구에 깊이 빠져 있었으며, 경찰이 포기한 미제 사건을 쫓고 해결하는 데 그의 엄청난 역량과 뛰어난 관찰력을 쏟아붓고 있었다. 그의 활약상에 대해 떠도는 소문이 가끔 나에게까지 들려왔다. 러시아 당국의 요청을 받고 트레포프 살인 사건을 해결하러 오데사에 갔다는 소식, 트링코말리에서 일어난 앳킨슨 형제의 괴이하고도 비극적인 사건을 해결했다는 소식, 그리고 네덜란드 왕실로부터 의뢰받은 일을 정교한 솜씨로 해결했다는 소식들이었다. 하지만 일간지를 읽는 독자라면 모두 알고 있는 그의 활동상 외에 나는 옛 친구이자 동료인 홈스의 근황을 거의 모르고 지냈다.

1888년 3월 20일 밤이었다. 군에서 제대하고 개업의로 일하고 있던 나는 왕진을 다녀오는 길에 우연히 베이커 가를 지나게 되었다. 낯익은 대문 앞을 스치려니 청혼의 기억과 함께 '주홍색 연구'의 어두운 사건들이 떠올랐다. 그러자 문득 홈스를 만나보고 싶다는 생각이 들면서 그가 자신의 뛰어난 재능을 어떻게 쓰고 있는지 궁금해졌다. 그의 방엔 불이 환하게 밝혀져 있고, 커튼에 어른거리는 크고 홀쭉한 그림자가 보였다. 그가 고개를 푹 숙인 채 뒷짐을 지고 빠른 걸음으로 방 안을 서성이고 있을 터였다. 그의 기분이나 버릇을 속속들이 알고 있는 나는 그의 태도나 행동만 봐도 어떤 상태인지 짐작할 수 있었다. 다시 사건을 맡은 게 분명했다. 마약에 취해 꿈을 꾸는 상태에서 빠져나와 새로운 사건에 몰입해 있는 것이다. 벨을 누르자 문이 열리고, 예전에 함께 지낸 방으로 안내되었다.

그는 심상한 표정으로 나를 맞았다. 웬만해서는 호들갑스럽지 않은 그였으니까. 하지만 나를 보니 반가운 것 같았다. 말 한마디 하지 않으면서도 다감한 눈빛을 보내며 안락의자에 앉으라고 손짓하더니, 담배통을 건네주고 술병과 탄산수 제조기를 가리켰다. 그러고는 난롯가에 서서 생각에 잠긴 듯한 특유의 모습으로 나를 바라보았다.

"결혼 생활이 잘 맞는 모양이군. 지난번에 봤을 때보다 체중이 7파운드 반 정도 는 것 같으니 말이야."

그가 말했다.

"7파운드 늘었어."

내가 대꾸했다.

"그렇군. 조금 더 생각했어야 했는데, 아주 조금 더 말이야. 자넨 다시 진료를 시작한 것 같군. 그런 얘긴 못 들었는데 말이지."

"그런데 어떻게 알았지?"

"눈으로 보고 추리한 거야. 최근에 비를 흠뻑 맞은 적이 있고, 덤벙대며 조심성 없는 하녀를 두고 있다는 걸 어떻게 알아냈는지는 궁금하지 않나?"

"정말 놀라워. 만약 몇 세기 전에 태어났다면 자넨 화형을 당했을지도 몰라. 사실 목요일에 시골길을 걷다가 비를 흠뻑 맞아 엉망이 돼서 돌아왔거든. 그렇지만 옷을 갈아입었는데 어떻게 그걸 알아맞혔는지 모르겠군. 그리고 메리 제인은 정말 구제 불능이라네. 아내는 결국 그녀를 해고하기로 했어. 그건 또 어떻게 알았지?"

홈스는 길고 섬세한 손을 비비며 껄껄 웃었다.

"아주 간단해. 난롯불에 비치는 자네 왼쪽 구두 밑창을 보니 여섯 개 정도의 평행선으로 긁혀 있더군. 누군가가 조심성 없이 구두 바닥에 묻은 진흙을 긁어내다가 생긴 자국이지. 그걸로 난 두 가지 사실을 추론해낼 수 있었어. 자네가 궂은 날씨에 외출했다는 것과, 일상적으로 구두를 망가뜨리는 전형적인 런던의 하녀를 데리고 있다는 사실 말이야. 자네가 진료를 본다는 사실은, 이 방에 들어오는 순간 요오드포름 냄새를 풍겼을 뿐 아니라 오른손 검지에 질산은 때문에 생긴 검은 얼룩이 보였어. 그리고 중절모 오른쪽이 불룩하게 나온 건 청진기를 그 속에 감추었기 때문이 아닌가. 그러니 내가 바보가 아닌 이상 자네가 현직 의사라는 걸 모를 수는 없지.”

그가 너무나 쉽게 추리 과정을 설명하는 바람에 나는 웃음을 터뜨리지 않을 수 없었다.

“자네 설명을 들으면 너무나 쉬워 보여서 나도 얼마든지 할 수 있을 것 같거든. 하지만 막상 다음에 또 자네가 뭔가에 대해 추리하면 나는 다시 헷갈리기 시작하고, 결국 자네의 설명을 듣고 나서야 이해가 된단 말이지. 시력으로 말하자면 나도 자네 못지않은데 말이야.”

“그렇지.”

홈스는 담배에 불을 붙이고 안락의자에 앉으며 말을 이었다.

“그런데 자네는 관찰하지 않아. 보는 것과 관찰하는 건 분명 다르거든. 예를 들어보자고. 자네는 현관에서 이 방으로 이어지는 계단을 수없이 봐왔을 거야.”

“많이 봤지.”

“몇 번이나 본 것 같은가?”

“글쎄, 수백 번은 되겠지.”

“그렇다면 계단이 몇 개인지 알고 있나?”

“몇 개냐고? 그건 모르지.”

“그렇다니까! 자네는 관찰하지 않아. 보기만 하지. 내가 말하고 싶은 게 바로 그 점이라네. 나는 보기도 하고 관찰도 하거든. 그래서 계단이 열일곱 개라는 걸 알고 있지. 그건 그렇고, 자네는 내가 조사하는 사건에 관심이 있고 그중 몇 건은 상세히 기록하기도

했으니까 이 사건도 흥미로워할 것 같아서 말인데…… 조금 전에 배달된 거야. 한번 읽어보게.”

홈스는 탁자 위에 놓여 있던 두툼한 분홍빛 편지지 한 장을 내 쪽으로 밀었다. 날짜가 적혀 있지

않고, 서명이나 보낸 사람의 주소도 없었다.

편지에는 이렇게 적혀 있었다.

'오늘 밤 8시 15분 전에 한 신사가 찾아갈 것입니다. 당신과 매우 긴밀한 문제를 의논하기 위해서입니다. 최근에 당신이 유럽의 한 궁정에서 의뢰받은 일을 처리하는 걸 보고 우리의 중대한 문제를 믿고 맡겨도 될 사람으로 판단했습니다. 이는 당신에 대해 전방위적으로 알아보고 내린 결정입니다. 그 시간에 댁에서 기다려주십시오. 그리고 방문자가 복면을 쓰고 있더라도 불쾌하게 생각하지 말아주십시오.'

"수수께끼 같은 내용이군. 무슨 일일 것 같나?"

내가 말했다.

"아직 아무런 정보도 얻지 못했네. 정확한 정보를 수집하기 전에 가설을 세우는 건 중대한 실수지. 그 가설에 맞춰 사실을 왜곡할 수 있거든. 사실에 근거해서 가설을 세워야 해. 지금으로선 편지 한 장뿐인데, 자넨 어떤 생각이 드나?"

나는 편지지와 필적을 찬찬히 살펴보았다.

"편지를 쓴 사람은 아마도 부자인 것 같네. 이런 종이는 한 묶음에 반 크라운 이하로 살 수 없어. 유난히 질기고 빳빳하지 않은가."

나는 홈스가 논리적 추리를 할 때의 말투를 흉내 냈다.

"자네의 '유난히'라는 표현이 정확하네. 이건 영국산 종이가 아니야. 불빛에 비춰보게."

홈스가 시키는 대로 해보니 대문자 'E'와 소문자 'g', 'P', 그리고 대문자 'G'와 소문자 't'가 종이의 결에 새겨져 있었다.

"그 글자들이 무엇을 뜻하는지 알겠나?"

홈스가 물었다.

"제조자의 이름이겠지. 아니면 첫 글자를 땄거나."

"그렇지 않아. 'G'와 소문자 't'는 '게젤샤프트Gesellschaft', 즉 독일어로 '회사'를 뜻하지. 우리가 '컴퍼니Company'를 'Co.'로 줄여 쓰는 것과 같은 식이지. 'P'는 물론 종이를 뜻하고. 이제 남은 건 'Eg.'인데, 유럽지명사전을 한번 찾아보자고."

홈스는 책장에서 육중해 보이는 갈색 책 한 권을 꺼냈다.

"에글로Eglow, 에글로니츠Eglonitz······ 아, 여기 있군, 에그리아Egria. 보헤미아에 있는 독일어권 지역이야. 카를스바트에서 멀지 않은 곳이지. '발렌슈타인Wallenstein(30년 전쟁 때 활약한 보헤미아의 명장 - 옮긴이)이 살해된 곳으로 유명하고, 유리 공장과 제지 회사가 많다'라고 쓰여 있군. 하하, 왓슨, 어떻게 생각하나?"

홈스가 눈을 반짝이며 푸른 담배 연기를 의기양양하게 피워 올렸다.

"그러니까 보헤미아에서 제조한 종이로군."

내가 말했다.

"그렇지. 그리고 편지를 쓴 사람은 독일인이야. 문장 구성이 특이하지 않아? '이는 당신에 대해 전방위적으로 알아보고 내린 결정입니다' 하는 부분에서 말이야. 프랑스인이나 러시아인이라면 이런 문장을 쓰지 않았을 거야. 무례한 동사를 아무렇지 않게 사용하는 건 독일인들이거든. 그러니까 이제 보헤미아산 편지지를 사용하고 복면을 쓰고 나타나겠다고 한 이 독일인이 무엇을 원하는지만 알아내면 되는 거지. 내가 잘못 들은 게 아니라면, 우리의 궁금증을 풀어줄 사람이 온 것 같군."

홈스가 말하는 동안 말발굽 소리와 함께 바퀴가 연석에 스치는 날카로운 소리가 들리고, 초인종이 울렸다. 홈스가 휘파람을 불었다.

"소리를 들으니 쌍두마차로군."

그러더니 창밖을 흘낏 보고는 말을 이었다.

"맞아. 말 두 필이 끄는 작고 근사한 사륜마차야. 말 한 필에 150기니는 하겠는걸. 다른 건 몰라도 돈이 제법 되는 사건인 건 확실하네, 왓슨."

"난 그만 가는 게 좋겠어, 홈스."

"그럴 필요 없네, 왓슨 박사. 그냥 있으라고. 나의 보즈웰Boswell(영국의 전기 작가인 제임스 보즈웰에 빗대어 말하고 있다 - 옮긴이)이 함께 있어야 하지 않겠나. 내가 장담하건대, 자네한테도 흥미로운 사건일 거야. 놓치면 후회할 거라고."

"하지만 자네 의뢰인이······."

"그런 건 걱정하지 않아도 돼. 내가 자네 도움이 필요할 수도 있잖아. 의뢰인도 그럴 수 있고. 이리로 올라오고 있군. 자넨 저기 안락의자에 앉아서 잘 지켜보라고."

방문객은 느리고 무거운 발걸음으로 계단을 올라오더니 복도를 지나 문 앞에서 멈추었다. 그리고 당당하고도 점잖게 문을 두드렸다.

"들어오십시오!"

홈스가 응답했다.

방으로 들어선 사람은 키가 6피트 6인치(약 2미터 - 옮긴이)는 족히 되어 보이고 헤라클레스를 연상시키는 우람한 가슴과 팔다리를 가진 사내였다. 옷차림은 더없이 화려했는데, 영국인의 눈에는 사치스럽다는 인상을 풍길 정도였다. 더블 버튼 상의 앞자락과 소매에는 넓은 아스트라칸 띠가 덧대어져 있고, 불타는 듯한 빨간색 실크로 안을 댄 짙푸른 망토는 어깨를 감싸고 늘어져 있었는데, 목에서 녹주석 브로치로 고정되어 있었다.

부츠는 장딴지를 반 정도 가릴 만큼 길게 올라왔는데, 윗부분이 윤기 흐르는 갈색 모피로 마감되어 외모 전체에서 흐르는 무지막지한 호사로움을 완성해주었다. 넓은 챙이 달린 모자를 손에 든 채 이마에서 광대뼈까지 가리는 검은 복면을 쓰고 있었는데, 방에 들어오는 순간에도 손이 복면에 올라가 있는 것으로 보아 방 앞에까지 와서야 쓰기 시작한 것 같았다. 복면 아랫부분에 드러난 인상으로 보아 무척 강인한 성격의 남자임을 알 수 있었는데, 두툼하면서 아래로 처진 입술 윤곽과 길고 곧은 턱선은 단호함을 지나쳐 고집스러움이 엿보이게 했다.

"내 편지는 받았소? 내가 방문하겠다고 썼는데."

독일어 억양이 강하게 섞인 굵고 거친 음성이었다. 그는 누구에게 말해야 할지 모르겠다는 듯 우리 둘을 번갈아 보았다.

"앉으십시오. 이쪽은 제 친구이자 동료인 왓슨 박사입니다. 제가 사건을 맡으면 종종 도와주지요. 누군지 여쭤봐도 되겠습니까?"

홈스가 말했다.

"폰 크람 백작이라 불러주시오. 보헤미아의 귀족이오. 당신의 친구도 신의와 사리 분별이 있는 분이라 믿어도 되겠소? 지극히 긴밀하고 중대한 문제를 얘기해야 해서 말이오. 만약 그렇지 않다면 당신과 단둘이 얘기하고 싶소만."

나는 자리를 뜨려고 일어섰다. 하지만 홈스가 내 손목을 잡아 다시 의자에 앉히며 말했다.

"둘이 같이 이야기를 듣든가, 아니면 듣지 않겠습니다. 저에게 하실 수 있는 이야기라면 이 친구에게 하셔도 문제없을 테니까요."

백작은 넓은 어깨를 한 번 들썩이더니 말했다.

"그렇다면 좋소. 두 사람 모두 2년간 기밀을 유지하겠다고 약속해주시오. 그 후에는 아무래도 상관없으니까. 하지만 현시점에서는 유럽의 역사를 바꿀 만큼 중차대한 일이라고 할 수 있소."

"약속하지요."

홈스가 대답했다.

"저도 약속합니다."

방문자가 말을 이었다.

"이렇게 복면을 쓰고 있는 것을 양해해주시오. 나를 보낸 존귀하신 분께서 심부름꾼의 얼굴이 알려지는 것을 원치 않으시오. 또한 당신에게 알려준 내 칭호도 내 것이 아님을 미리 밝혀두겠소."

"알고 있습니다."

홈스가 무심히 대꾸했다.

"몹시 위태로운 상황이 벌어졌소. 자칫하면 유럽 한 왕실의 안전을 위협하는 불미스러운 사건으로 발전될 수 있으므로 매사에 주의를 기울여야 하오. 좀 더 명확하게 밝혀 두자면, 이 일은 보헤미아의 왕실인 오름슈타인 가와 연관되어 있소."

"그것도 이미 알고 있습니다."

홈스가 안락의자에 앉더니 눈을 감으며 혼잣말처럼 중얼거렸다.

방문자는 홈스의 나른하고 게으른 모습을 몹시 의아해하는 표정으로 바라보았다. 유럽에서 가장 예리한 사고력과 열정적인 추진력을 가진 수사관이라고 들었는데 상상 밖이라고 생각하는 것 같았다. 홈스는 다시 눈을 뜨더니 답답하다는 듯 거구의 의뢰인을 보며 말했다.

"폐하께서 친히 사건을 설명해주신다면, 제가 좀 더 효과적으로 도와드릴 수 있을 텐데요."

그러자 방문자는 벌떡 일어나더니 안절부절못하며 방 안을 서성거렸다. 그러다가 어쩔 수 없다는 듯 복면을 벗어 바닥에 내팽개쳐버렸다.

"그대 말이 옳다. 내가 왕이다. 그걸 굳이 숨겨서 뭘 하겠느냐?"

"그렇지요. 왜 숨기시겠습니까? 폐하께서 말씀하시기 전부터 저는 제 앞에 계신 분이 카셀 펠슈타인의 대공이자 보헤미아의 왕이신 빌헬름 고츠라이히 지기스문트 폰 오름슈타인이시라는 걸 알고 있었습니다."

홈스가 낮게 중얼거리자 수상한 방문자가 다시 의자에 앉아 자신의 흰 이마에 손을 올리며 말했다.

"이해해주기를 바란다. 나는 이런 일을 직접 처리하는 게 익숙하지 않다. 하지만 워낙 민감한 문제다 보니 상대에게 약점 잡힐 위험을 감수하지 않고는 누구에게도 섣불리 털어놓을 수가 없었다. 나는 그대의 조언을 듣기 위해 프라하에서 여기까지 신분을 숨기고 왔다."

"그렇다면 말씀하시지요."

홈스가 다시 눈을 감으며 말했다.

"간단히 말하면 이렇다. 5년쯤 전 바르샤바에 장기 체류한 적이 있었는데, 그때 대담하고 모험적이기로 유명한 여성을 알게 되었다. 그녀의 이름은, 그대도 잘 알고 있으리라 생각되는데, 바로 아이린 애들러다."

"내 자료에서 그녀에 관한 내용을 찾아봐주게, 왓슨 박사."

홈스가 눈을 감은 채 조용히 말했다. 홈스는 수년 동안 인물과 사건에 관한 내용을 정리하는 체계를 유지해왔기 때문에 나는 어떤 주제나 인물이든 어렵지 않게 즉각적으로 정보를 찾아낼 수 있었다. 아이린 애들러의 신상 자료는 유대인 랍비의 자료와 심해어에 관한 논문을 쓴 지휘관의 자료 사이에 끼여 있었다.

홈스가 말했다.

"어디 보세! 흠! 1858년 뉴저지에서 출생했으며 콘트랄토(여성의 가장 낮은 음역 - 옮긴이) 가수로군! 라 스칼라 극장이라! 바르샤바 왕실 오페라단의 프리마돈나……. 대단하네! 아하! 지금은 오페라 무대에서 은퇴하고 런던에서 조용히 살고 있단 말이지! 그러니까 폐하께서 이 젊은 여성과 가까이 지내셨고, 그러는 동안 약점 잡힐 만한 서신 같은 것을 보내신 거로군요. 그리고 이제 그것들을 돌려받고 싶으신 거고요."

"정확해. 그런데 어떻게……."

"비밀 결혼이라도 하셨습니까?"

"그렇지는 않아."

"법적 효력이 있는 문서나 증서 같은 것은요?"

"그런 것도 없어."

"그렇다면 저는 잘 이해되지 않는데요, 폐하. 만약 이 여성이 협박이나 그 외의 목적으로 편지를 이용하려 든다고 해도, 어떻게 그것이 폐하의 것임을 입증할 수 있겠습니까?"

"내 필체니까."

"아니죠. 그건 필적을 위조한 거죠."

"내 개인 전용 편지지에 썼는데."

"훔친 겁니다."

"내 봉인이 찍혀 있다."

"위조한 것일 수 있습니다."

"내 사진은."

"돈을 주고 샀겠지요."

"둘이 함께 찍은 사진인데."

"아, 저런! 그건 문제가 되겠군요! 폐하께서 경솔하셨던 것 같습니다."

"정신이 나갔던 거지."

"폐하의 품위를 심각하게 손상하는 실수죠."

"그때 나는 왕세자였다. 젊은 나이였지. 내 나이 이제 서른이니까."

"반드시 되찾아야 합니다."

"시도해보았는데 통하지 않았다."

"대가를 치르셔야지요. 돈을 주고 사십시오."

"팔려고 하질 않아."

"그럼 훔쳐야지요."

"벌써 다섯 번이나 시도해보았다. 돈을 주고 도둑들을 고용해서 집 안을 두 번이나 뒤졌어. 그녀가 여행 중일 때 짐을 털어보기도 했고. 노상강도로 위장시켜서 소지품도 뒤졌지, 두 번이나. 하지만 아무런 성과가 없었다."

"단서가 될 만한 것도 찾지 못했단 말씀이십니까?"

"전혀 없었어."

"참 신기하고 재밌는 사건이네요."

홈스가 웃으며 말했다.

"하지만 내게는 심각한 문제란 말이다."

왕이 책망하듯 말했다.

"물론 그렇습니다. 그녀는 그 사진으로 뭘 하겠다는 겁니까?"

"나를 망가뜨리겠다고 한다."

"어떻게 말입니까?"

"얼마 후에 나의 결혼식이 거행될 예정이다."

"저도 들었습니다."

"나의 결혼 상대는 스칸디나비아 왕의 둘째 딸인 클로틸트 로트만 폰 작센 마이닝겐이다. 그 가문이 얼마나 엄격한지는 그대도 들어서 알고 있을지 모르겠다. 그녀 역시 심성이 매우 섬세하고. 나의 품행에 털끝만 한 의혹이라도 제기된다면 이 혼담은 깨질 것이다."

"아이린 애들러는 어떻게 나오고 있습니까?"

"그쪽 왕실에 사진을 보내겠다고 협박하고 있다. 그녀는 얼마든지 그럴 수 있어. 내가 알아. 그대는 모르겠지만, 그녀는 강철 같은 정신을 지녔어. 겉모습은 빼어나게 아름답지만 어느 남성보다도 결단력이 굳건하지. 내가 다른 여자와 결혼하는 걸 방해하기 위해 무슨 짓이든 불사하겠다는 식이야."

"아직 사진을 보내지 않은 건 확실하고요?"

"그건 확실하다."

"왜 그렇게 생각하십니까?"

"그녀는 약혼이 공식적으로 발표되는 날에 사진을 보내겠다고 말했다. 약혼 발표일은 다음 주 월요일이고."

홈스가 하품을 하며 말했다.

"아, 그렇다면 3일이나 남았군요. 다행입니다. 먼저 긴히 처리해야 할 일이 한두 가지 있어서요. 폐하께서는 당분간 런던에 머무시나요?"

"물론 그렇다. 랭엄 호텔에 와서 폰 크람 백작을 찾으면 나를 만날 수 있다."

"일이 어떻게 되어가는지 알려드리겠습니다."

"그렇게 해주면 좋겠다. 걱정하고 있을 테니까."

"비용은 어떻게 할까요?"

"백지 위임장을 주겠다."

"정말이십니까?"

"사진만 돌려받을 수 있다면 그대에게 내 왕국의 일부라도 떼어주고 싶은 심정이다."

"당장 필요한 비용은 어떻게 할까요?"

왕은 망토 안에서 묵직해 보이는 양가죽 주머니를 꺼내 탁자 위에 올려놓았다.

"이 안에 300파운드 상당의 금과 현금 700파운드가 들어 있다."

홈스는 노트 한 장을 뜯은 뒤 영수증을 써서 왕에게 주었다.

"그분의 주소는요?"

"세인트존스 우드, 서펜타인 대로, 브리오니 저택."

홈스는 주소를 받아 적고 나서 말했다.

"한 가지만 더요. 사진은 캐비닛 판(11×17센티미터 크기 - 옮긴이)입니까?"

"그렇다."

"그럼 폐하, 편안한 밤 되십시오. 곧 좋은 소식 전해드리겠습니다. 왓슨, 자네도 잘 가게."

왕의 사륜마차가 거리를 따라 움직이기 시작하자 홈스가 덧붙였다.

"내일 오후 3시에 이리로 와주겠나? 자네와 이 흥미로운 사건에 대해 의논하고 싶은데 말이야."

II

다음 날 나는 정각 3시에 베이커 가로 갔다. 홈스는 아직 돌아오기 전이었다. 주인아주머니가 홈스는 아침 8시가 조금 넘어서 나갔다고 알려주었다. 나는 아무리 오래 걸려도 기다릴 생각으로 난롯가에 앉았다. 이미 이번 사건에 깊은 흥미를 느끼고 있었기 때문이다. 앞서 기록한 두 건의 범죄 사건처럼 잔혹하거나 기이한 점은 없었지만, 사건의 성격과 의뢰인이 고귀한 신분이라는 점이 나름 독특한 매력으로 와닿았다. 사실 내가 홈스의 작업 체계를 연구하고 지켜보면서 큰 기쁨을 느꼈던 이유는, 그가 손댄 사건들의 성격과는 별개로, 상황을 파악하는 그의 신통한 능력과 도저히 풀 수 없을 것 같은 복잡한 수수께끼를 풀어가는 신속하고도 절묘한 그의 사고력 때문이었다. 매번 성공적으로 사건을 해결하는 데 익숙해지다 보니 실패의 가능성 같은 것은 아예 염두에 두지 않게 되었다.

4시가 다 되었을 무렵 방문이 열리더니 술에 취한 듯 헝클어진 모습에 구레나룻을 기른 마부가 들어왔다. 벌겋게 달아오른 얼굴에 허름한 옷차림새였다. 내 친구의 놀라운 변장술을 익히 알고 있는데도 나는 세 번이나 거듭 뜯어보고 나서야 그가 홈스임을 확인할 수 있었다. 홈스는 고개를 한 번 끄덕여 보이고는 침실로 들어갔다. 그리고 5분 뒤 평소처럼 트위드 정장 차림으로 나와 난롯가로 갔다. 그러고는 바지 주머니에 손을 넣은 채 서서 한참 동안 크게 웃었다.

"아, 그거참!"

홈스는 혼잣말처럼 내뱉더니 다시 웃음을 터뜨리다가 온몸에 기운이 빠진 듯 의자에 주저앉았다.

"무슨 일이야?"

"너무 재미있어서 그래. 내가 오늘 아침에 어디 가서 뭘 했는지 자넨 짐작조차 못할 거야."

"상상도 못하지. 자네가 아이린 애들러의 동태나 그녀의 집을 살펴보러 갔을 것 같네만."

"자네 말이 맞아. 그런데 그다음이 정말 뜻밖이었어. 오늘 아침에 일자리를 잃은 마부

　로 변장하고 8시 조금 넘어서 집을 나섰어. 마부들은 자기들끼리 연대 의식이 강하고 동료애가 대단하거든. 그들끼리는 모든 정보를 공유한다고 할 수 있지. 브리오니 저택은 금세 찾았어. 뒤에 정원이 딸린 아담한 이층집이었는데 전면이 도로에 맞닿아 있었어. 현관에는 처브 브랜드의 자물쇠가 달려 있더군. 오른쪽에 잘 꾸며진 넓은 응접실이 있었는데, 거의 바닥까지 내려오는 긴 창문이 달려 있었어. 그런데 창문의 잠금장치가 어린애도 열 수 있을 만큼 허술하더군. 저택 뒤쪽도 살펴보았는데, 마구간 지붕 위로 올라가면 복도 창문으로 들어갈 수 있다는 점 말고는 특이한 점이 없었어. 집을 한 바퀴 돌아보았지만, 흥미를 끄는 점은 찾지 못했다네.

　천천히 길을 따라 내려오다 보니 예상대로 정원의 한쪽 벽을 따라 이어지는 길가에 마구간이 늘어서 있더군. 나는 말 등을 긁어주는 마부들을 도와주고 2펜스와 술 한 잔, 파이프를 두 번 채울 만큼의 살담배를 받았지. 그리고 애들러에 관한 정보도 충분히 얻었어. 물론 전혀 관심 없는 동네 사람 여섯 명의 세세한 신상 이야기도 들어야 했지만."

"아이린 애들러에 관해서는 뭘 들었는데?"

내가 물었다.

"모든 남자의 시선을 끄는 여자라더군. 세상에 그녀보다 아름다운 여자는 없다는 거야. 서펜타인의 마부들은 모두 그렇게 말한다더군. 그녀는 조용히 살면서 가끔 음악회에서 노래를 하는데, 매일 저녁 5시에 마차를 타고 나갔다가 정확히 7시에 돌아와 저녁 식사를 한다는군. 그 외에는 좀처럼 외출하지 않는다는 거야. 집에 찾아오는 남자가 한 명 있는데 자주 온다더군. 피부가 까맣고 잘생긴데다 건장한 남자라는데, 하루도 빠지지 않고 어떤 날은 두 번도 온다더군. 이름은 고드프리 노턴이고 이너템플 법학원 소속이라네. 마부들과 친해지면 좋은 점이 바로 이런 거야. 그들은 서펜타인에서 그 남자의 집까지 수도 없이 태워다주었기 때문에 그에 대해 모르는 게 없었어. 그들의 이야기를 다 듣고 나서 다시 한 번 브리오니 저택까지 가서 부근을 서성이며 작전을 세워보았지.

고드프리 노턴이란 사람은 이 사건에서 매우 중요한 변수임에 틀림없어. 그가 변호사라는 사실에 단서가 있을 것 같거든. 두 사람은 어떤 관계이고, 왜 그렇게 계속 방문하는 것일까? 그녀는 그의 의뢰인일까, 아니면 친구나 연인일까? 만약 그녀가 의뢰인이라면 그에게 사진을 맡겨두었을 가능성이 높지. 연인이라면 그럴 가능성이 낮지만 말이야. 이 질문의 답이 뭐냐에 따라 수사의 초점을 브리오니 저택에 맞춰야 할지, 아니면 템플에 있는 그 남자의 방에 맞춰야 할지가 정해지는 거지. 이건 아주 미묘한 문제야. 덕분에 내가 조사해야 할 범위도 넓어졌고. 너무 자세히 이야기하다 보니 자네가 지루해졌을지 모르겠는데, 자네도 사건의 정황을 파악하려면 내가 직면한 소소한 어려움을 알아야 할 것 같아서 말이야."

"열심히 듣고 있어."

내가 대답했다.

"내가 생각을 정리하고 있는데, 말끔한 이륜마차 한 대가 다가오더니 브리오니 저택 앞에 멈췄어. 그리고 신사 한 명이 내리는 거야. 눈에 띄게 잘생겼는데 피부가 까무잡잡하고 매부리코에 구레나룻을 기른 모습으로 보아 마부들이 말한 그 남자가 분명했어.

무척 다급한 듯 마부에게 기다리라고 소리치더니 문을 열어준 하녀를 지나쳐 집 안으로 들어가더군. 마치 자기 집인 듯 익숙하게 말이야.

그는 집 안에 30분 정도 머무른 것 같아. 응접실 창문으로 그가 방 안을 서성이면서 몹시 흥분한 듯 양팔을 휘두르며 떠드는 모습이 보였어. 그녀는 보이지 않았고. 잠시 후 그가 밖으로 나왔을 때는 들어갈 때보다 더 흥분한 것 같았어. 마차에 타자마자 주머니에서 금시계를 꺼내 들여다보면서 다급하게 외치더군.

'전속력으로 달려주게. 우선 리젠트 가에 있는 그로스앤행키 상점에 갔다가 에지웨어 대로에 있는 세인트 모니카 교회로 가줘! 20분 안에 가주면 반 기니를 주겠네!'

마차가 출발하고, 그를 따라가야 하는 게 아닐까 고민하는데 산뜻하고 아담한 랜도 마차(지붕이 앞뒤로 접히는 사륜마차 - 옮긴이)가 도로를 따라 올라오는 거야. 마부는 코트 단추를 반만 채운 채 넥타이를 귓가에 펄럭이고 있었는데, 마구의 고리도 제자리에 걸려 있지 않고 제멋대로 삐져나온 것으로 보아 몹시 서둘러 나온 게 분명했어. 마차가 채 멈추기도 전에 그 여성이 현관 밖으로 뛰어나와 마차에 올라탔어. 그 순간 그 여성을 언뜻 보았는데 정말 아름답더군. 남자들이 목숨을 걸 만한 미모였어.

그 여성이 마부에게 외쳤어.

'세인트 모니카 교회로 가줘요, 존. 20분 안에 도착하면 반 파운드 줄게요.'

왓슨, 정말이지 놓치기 아까운 기회였네. 마차를 따라 달려야 할지, 아니면 그녀가 타고 있는 마차 뒤에 매달려야 할지 고민하고 있는데 다른 마차 한 대가 길을 따라 다가오더군. 마부가 초췌한 내 꼴을 재차 힐끔거리기에 그가 나를 거부하기 전에 얼른 올라탔지.

'세인트 모니카 교회로 가주시오. 20분 안에 도착하면 반 파운드 주겠소.'

그때가 11시 35분이었는데, 무슨 일이 일어나고 있는지 명확하게 알겠더라고.

마차는 정말 빨리 달렸어. 그보다 더 빨리 달려본 적이 없을 정도로 말이야. 하지만 두 사람은 나보다 앞서가지 않았어. 교회에 도착해보니 이륜마차와 사륜마차가 문 앞에 서 있고, 말들이 뜨거운 콧김을 내뿜고 있었어. 나는 마부에게 돈을 지불하고 서둘러 안으로 들어갔어. 교회당 안에는 내가 뒤따라간 남녀와 흰 제의를 입은 사제 외에는 아무도 없더군. 세 사람은 제단 앞에 서 있었는데, 사제가 두 사람에게 훈계를 하는 듯했어. 나는 우연히 지나가다 들어온 사람처럼 옆 통로로 천천히 걸어갔네. 그러자 제단 앞에 서 있던 세 사람이 갑자기 내 쪽으로 고개를 돌리지 뭔가. 깜짝 놀랐어. 그러더니 고드프리 노턴이 내게로 달려오는 거야.

'오, 하느님 감사합니다. 당신이 왔으니 이제 됐어요. 어서 이리 오세요!'

그가 달려오면서 외쳤어.

'왜 이러십니까?'

내가 물었어.

'이리로 와주십시오. 3분이면 됩니다. 증인이 없으면 법적 효력이 없다는군요!'

나는 거의 끌려가다시피 제단 앞으로 갔다네. 잠시 후 정신을 차려보니 내가 귓전에 들려오는 말에 대답하고, 알지도 못하는 일에 증인을 서고 있더라고. 결국 나는 신부 아이린 애들러와 신랑 고드프리 노턴의 결혼식에 일조한 셈이 되었네. 결혼식은 금세 끝났고, 신랑과 신부가 내게 감사 인사를 하는 동안 사제도 정면에서 나를 보며 환하게 웃어주었다네. 살면서 그렇게 어처구니없는 경우는 처음이었어. 조금 전에도 그 생각을 하다가 웃음을 터뜨린 것이었다네. 그들이 너무 절차를 갖추지 않으려 하니까, 사제도 증인 없이는 절대로 결혼식을 거행할 수 없다고 했던 것 같아. 그런데 때마침 내가 나타난 덕분에 신랑은 거리를 헤매지 않아도 되었던 거지. 신부가 내게 금화 1파운드를 주더군. 기념으로 시곗줄에 달아놓을까 해."

"일이 정말 희한하게 돌아가는군. 그다음엔 어떻게 됐나?"

내가 물었다.

"그 순간 내 계획이 심각하게 틀어지고 있다는 생각이 들었어. 두 사람이 바로 신혼여행을 떠날 수도 있으니까 말이야. 그래서 나도 신속하고도 결정적인 대응을 해야겠다고 생각했지. 하지만 두 사람은 교회 문 앞에서 헤어지더라고. 고드프리 노턴은 다시 마차를 타고 템플로 가고, 그 여성은 자기 집으로 갔어.

'오늘도 마차를 타고 5시에 공원으로 나갈게요.'

그가 떠나기 전에 그 여성이 그렇게 말했어. 그리고 다른 말은 없었네. 두 사람이 제각기 다른 방향으로 출발하고 나서 나도 볼일이 있어서 돌아온 거야."

"어떤 볼일?"

홈스가 벨을 울리며 대답했다.

"차가운 소고기 몇 점과 맥주 한 잔. 너무 바빠서 식사할 겨를이 없었거든. 오늘 저녁에는 더 바빠질 것 같은데 말이지. 그건 그렇고 왓슨 박사, 자네가 좀 도와줘야 할 것 같아."

"기꺼이 돕겠네."

"법을 위반하는 일인데도 괜찮겠나?"

"전혀 상관없어."

"체포될 수도 있는데?"

"명분만 확실하다면 상관없네."

"오, 명분은 훌륭하지."

"그렇다면 자네가 시키는 대로 하겠네."

"자네가 도와줄 거라고 확신하고 있었어."

"뭘 해주면 되는데?"

"터너 부인이 음식을 가져온 후에 자세히 이야기해주겠네. 이제 왔군."

홈스는 주인아주머니가 가져온 소박한 음식을 허겁지겁 먹으며 말했다.

"시간이 없으니 먹으면서 말하겠네. 벌써 5시야. 두 시간 후 우리는 현장에 도착해 있어야 해. 아이린 양, 아니 부인이라고 해야겠군. 그 여성이 7시에 돌아오니까 말일세. 그

때 우리가 브리오니 저택에 가 있다가 그녀를 만나야 해."

"만난 다음에는 어떻게 할 건데?"

"그건 내게 맡겨둬. 벌써 모든 계획을 세워놓았으니까. 근데 당부해둘 게 하나 있어. 자넨 절대로 끼어들지 말게. 어떤 일이 일어나도 말이야. 알겠지?"

"중립을 지키라는 건가?"

"아무것도 하지 말라는 뜻이야. 작은 소동이 벌어질 수도 있는데, 끼어들지 말라는 거지. 결과적으로 내가 저택 안으로 옮겨지게 될 거거든. 그러고 나서 4~5분 후에 거실 창문이 열릴 걸세. 자넨 그 창문 가까이에 있도록 해."

"알았네."

"날 지켜봐야 하고. 창밖에서 내가 보일 테니까."

"그러지."

"그러다가 내가 손을 들면, 내가 지금 주는 것을 거실 안으로 던지면 돼. 그와 동시에 불이 났다고 소리치는 거야. 알아듣겠나?"

"알았네."

"그리 위험한 물건은 아니야."

그렇게 말하면서 홈스는 주머니에서 긴 담배처럼 생긴 막대를 꺼냈다.

"이건 배관공들이 쓰는 연막탄인데 양쪽 끝에 자동 점화용 뚜껑이 달려 있어. 자네는 그 일만 해주면 돼. 불이 났다고 소리치면 여러 사람이 몰려와 합세할 거야. 그러면 자넨 길모퉁이에 가 있게. 10분쯤 후에 내가 그리로 갈 테니까. 내 말 잘 알아들었지?"

"나는 끼어들지 말고 가만히 있다가 창가로 바짝 다가서서 자네를 지켜보란 말이잖아. 그리고 자네가 신호를 보내면 이걸 방 안으로 던지고 불이 났다고 소리치는 거야. 그런 다음 길모퉁이에서 자네를 기다리는 거지."

"정확해."

"그 정도면 날 믿어도 되네."

"좋아. 이제 새 역할을 하기 위해 준비해야겠어."

홈스는 침실로 들어가더니 잠시 후 온화하고 순진한 개신교 목사의 차림새로 나왔다. 챙이 넓은 검정 모자에 헐렁한 바지, 흰 넥타이, 그리고 인정이 넘치는 미소에 사람을 꿰뚫어보는 듯하면서도 자애로운 호기심이 어린 눈빛은 존 헤어John Hare(19세기 말~20세기 초에 활약했던 영국 배우 - 옮긴이)가 아니고는 흉내 낼 수 없는 경지였다. 홈스는 옷만 갈아입은 게 아니라 표정, 몸짓, 나아가 영혼까지 자기가 변장하고자 하는 사람에 맞춰 바꾼 것 같았다. 홈스가 범죄 전문가가 되기로 했을 때 과학계가 예리한 사고력을 지닌 연구자를 잃은 것처럼, 연극 무대는 훌륭한 배우를 잃은 것이었다.

우리는 6시 15분에 베이커 가를 출발해서 6시 50분에 서펜타인 대로에 도착했다. 이미 날은 어두워졌고, 우리가 브리오니 저택 앞을 서성이며 집주인이 돌아오길 기다리는 동안 가로등이 하나둘 켜졌다. 저택은 홈스의 세세한 설명을 들으며 상상한 대로였지만, 집 주변은 생각만큼 조용하지 않았다. 조용한 동네의 작은 거리치고는 꽤 시끌벅적했다. 길모퉁이에는 허름한 옷차림의 남자들이 담배를 피우며 시끄럽게 웃어대고 있었고, 숫돌을 돌리며 가위를 가는 사람과 어린 간호사에게 추근대는 경비 두 명도 있었다. 그 외에도 잘 차려입은 청년 몇몇이 시가를 물고 거리를 어슬렁거렸다.

저택 앞을 서성이다가 홈스가 말했다.

"그런데 말이야, 두 사람이 결혼하는 바람에 일이 더 간단해졌네. 이제 그 사진은 양날의 검이 됐잖아. 그 여성은 고드프리 노턴에게 절대로 사진을 보여주지 않으려 할 거란 말이지. 나의 의뢰인이 그것을 공주에게 절대로 보여주지 않으려 하는 것처럼. 이제 문제는 우리가 어디서 그 사진을 찾을 수 있느냐는 거야."

"그러게, 어디 있을까?"

"그녀가 사진을 갖고 다닐 가능성은 없어. 사진이 캐비닛 크기거든. 여성의 옷 안에 감추어 다니기엔 너무 크다는 말이지. 그리고 왕이 사람을 보내 노상에서 몸을 수색하게 할 수도 있다는 걸 그녀 역시 알고 있지 않은가. 벌써 두 번이나 그런 시도를 했으니까. 그러니까 사진을 몸에 지니고 다니지 않는다는 건 확실해."

"그렇다면 어디에 숨겨두었을까?"

"거래하는 은행이나 변호사에게 맡겨두었겠지. 둘 다 가능해. 그런데 나는 왠지 둘 다 아닐 것 같다는 생각이 드네. 여자들은 천성적으로 비밀을 좋아하거든. 그리고 그런 일은 자기가 직접 처리해야 안심하지. 왜 그걸 다른 사람 손에 맡기겠나? 자기 자신은 얼마든지 믿을 수 있는 반면에 사업하는 사람에게 맡긴다면 그 사진이 간접적으로 또는 정치적으로 어떤 영향력을 발휘하게 될지 알 수 없지 않은가. 게다가 그 여성은 사진을 며칠 내에 사용하기로 마음먹었어. 그러니까 언제든 손닿는 곳에 보관하고 있을 거야. 바로 그 여성의 집이지."

"하지만 집은 벌써 두 번이나 털었잖아."

"칫! 도둑들이 제대로 뒤지지 못한 거지."

"자넨 어떻게 찾을 건데?"

"난 찾지 않아."

"그럼 어떻게?"

"그녀가 내게 알려주도록 할 걸세."

"거절할 텐데."

"그럴 수 없을 거야. 마차 바퀴 소리가 들리는군. 그녀가 탄 마차가 오고 있어. 이제 내가 말한 대로 해주게."

홈스가 말하는 동안 마차의 불빛이 모퉁이를 돌아섰다. 산뜻한 랜도 마차가 덜컹거리며 브리오니 저택에 와서 멈추었다. 그러자 구석에 모여 있던 부랑자들 중 한 명이 마차 문을 열어주고 동전이나 챙기려고 달려왔다. 하지만 다른 부랑자가 그를 팔꿈치로 쳐서 밀어냈고, 사나운 말씨름이 벌어졌다. 두 명의 경비가 가세해서 한쪽 편을 들자 싸움은 더욱 커졌고, 거기에 가위 가는 사람이 끼어들어 또 다른 편을 들었다. 주먹이 날아가고, 마차에서 내린 여성은 얼굴을 붉히며 야만스럽게 주먹과 지팡이를 휘두르는 사내들에 둘러싸였다. 그때 홈스가 여성을 보호하기 위해 사내들 사이로 뛰어들었다. 하지만 그녀 곁에 다가서는 순간 비명을 지르며 쓰러지고 말았다. 얼굴은 어느새 피투성이가 되어 있었다. 홈스가 쓰러지자 경비와 부랑자들은 뿔뿔이 흩어지고, 싸움에 끼어들지 않고 지켜보기만 하던 청년들이 여성을 도와 다친 사람을 살피러 모여들었다. 아이린 애들러는 서둘러 계단을 올라가다가 맨 위에 멈춰 서서 길 쪽을 돌아보았다. 복도에서 새어 나오는 불빛에 그녀의 빼어난 자태가 드러났다.

"가여운 신사분이 많이 다치셨나요?"

그녀가 물었다.

"죽었습니다."

몇 사람이 외쳤다.

"아니, 아니요. 아직 숨이 붙어 있어요! 하지만 병원으로 옮기려다간 도착하기도 전에 죽을 것 같은데."

또 누군가가 외쳤다.

"용감하신 분이네요. 이분이 아니었으면 그놈들이 부인의 지갑과 시계를 채갔을 거예요. 그 녀석들은 깡패라고요. 아주 거친 자들이지요. 아, 이제 숨을 쉬시네요."

한 여자가 말했다.

"길바닥에 눕혀둘 수는 없어요. 부인, 이분을 댁으로 모실까요?"

"물론이죠. 거실로 모셔주세요. 거기에 편안한 소파가 있으니까. 이쪽으로!"

청년들은 홈스를 천천히, 그리고 엄숙하게 브리오니 저택 안으로 옮겨 거실에 눕혔다. 나는 창문 옆, 내가 있어야 할 자리에 서서 그 과정을 지켜보았다. 램프가 밝혀져 있는데 커튼이 젖혀져 있어서 소파에 누운 홈스의 모습을 볼 수 있었다. 그 순간 홈스가 자신의 계획에 대해 죄책감 같은 것을 느꼈는지는 알 수 없지만, 나는 다친 사람에게 온정을 베푸는 품위 있고 아름다운 여인을 상대로 음모를 꾸미고 있다는 사실이 부끄러웠다. 내 평생 그토록 깊은 수치심은 처음 느껴보는 것 같았다. 그렇다고 홈스가 내게 맡긴 역할을 방기한다면 친구에 대한 가장 가혹한 배신행위가 될 것 같았으므로, 나는 마음을 굳게 먹고 외투 속에 감춰둔 연막탄을 꺼냈다. 어쨌든 우리는 그 여성을 해치려는 게 아니라 그녀가 다른 사람에게 피해를 주지 못하도록 막으려는 게 아닌가.

홈스가 소파에서 일어나 앉더니 신선한 공기가 필요하다는 시늉을 했다. 하녀가 얼른 달려가 창문을 열었다. 그 순간 홈스가 손을 들어올렸고, 나는 연막탄을 거실 안으로 던지면서 외쳤다.

"불이야!"

그와 동시에 잘 차려입은 사람들과 허름한 차림의 사람들, 즉 신사와 부랑자, 마부, 하녀들을 포함해 구경꾼 모두가 입을 모아 소리쳤다.

"'불이야!'

짙은 연기가 방 안을 가득 채우고 열린 창문을 통해 뭉게뭉게 피어올랐다. 그 사이로 혼비백산하는 사람들의 모습이 보이고, 잠시 후 집 안에서 홈스가 불이 나지 않았다며 사람들을 안심시키는 소리가 들렸다. 나는 아우성치는 무리에서 빠져나와 길모퉁이로 갔다. 그리고 10분 후 홈스가 다가와 내 팔을 잡았고, 우리는 함께 소란스러운 현장을 떠났다. 홈스는 말 한마디 하지 않았고, 에지웨어 대로로 이어지는 조용한 거리로 들어설 때까지 걸음을 늦추지 않았다.

"아주 잘해주었네, 왓슨 박사. 나무랄 데 없었어. 아주 훌륭해."

드디어 그가 입을 열었다.

"사진은 찾았나?"

"어디 있는지 알아냈어."

"어떻게?"

"그녀가 알려줬지. 내가 그럴 거라고 했잖아."

"난 아직 무슨 소린지 못 알아들었네."

"자네를 궁금하게 만들려는 건 아니야. 사실은 아주 간단했어. 자네도 알았겠지만, 골목에 있던 사람들은 모두 우리의 공범자였네. 오늘 저녁을 위해 미리 다 짜두었던 거야."

홈스가 웃으며 말했다.

"거기까지는 나도 짐작하고 있네."

"그리고 싸움이 벌어졌을 때 난 손바닥에 빨간 페인트를 묻히고 있었어. 그런 채로 달려 나가 쓰러지면서 손바닥으로 얼굴을 문지르고 가여운 희생자 행세를 한 거지. 낡은 수법이야."

"거기까지도 짐작할 수 있었어."

"그리고 사람들이 나를 집 안으로 옮겼어. 그 여성은 나를 들어오게 할 수밖에 없었지. 달리 어떻게 할 수 있었겠나? 게다가 마침 내가 의심하고 있던 바로 그 방으로 데려다 놓은 거야. 나는 사진이 그 방 아니면 그녀의 침실에 있을 거라고 확신했기 때문에 둘 중 어디에 있는지 확인해야 했어. 그래서 소파에 누운 채 신선한 공기가 필요하다는 시늉을 했지. 그러자 하녀가 창문을 열었고, 자네는 자네가 할 일을 할 수 있었던 거야."

"그게 자네한테 어떤 도움이 된 거지?"

"아주 결정적이었네. 그 여성은 집에 불이 났다고 생각하자 본능적으로 가장 소중한 물건이 있는 곳을 향해 달려갔어. 그건 미처 통제할 새도 없는 반사적인 충동인데, 그걸 이용해서 사건을 해결한 게 벌써 몇 번 된다네. 달링턴 스캔들과 아른즈워스 성 사건 때에 특히 결정적이었지. 결혼한 여성은 아기를 끌어안고, 미혼 여성은 보석 상자가 있는 곳으로 달려가게 되어 있어. 오늘 그녀에게 가장 중요한 건 우리가 찾는 바로 그 사진이었으므로 사진이 있는 곳으로 달려갈 수밖에 없었던 거지. 화재를 알리는 외침이 제대로 터져 나왔어. 연기를 보고 사람들의 외침을 들으면 아무리 강철 신경을 가진 사람이라도 흔들리게 되어 있고, 그녀도 예상대로 반응했어. 덕분에 사진이 오른쪽 설렁줄(다른 방에 연결된 종을 울리기 위해 당기는 줄 – 옮긴이) 위의 미닫이문 뒤쪽 공간에 숨겨져 있다는 걸 알아낼 수 있었네. 그녀가 그곳에 서서 사진을 반쯤 꺼내는 걸 얼핏 보았거든. 그러다가 내가 불이 나지 않았다고 소리치자 그녀는 다시 사진을 집어넣고, 연막탄을 힐끗 보더니 방에서 나가더군. 그 후론 그녀를 보지 못했어. 나는 일어나서 적당히 둘러대고 집에서 나왔어. 바로 사진을 가져와야 하나 잠시 망설였지만, 마부가 들어와서 나를 뚫어지게 바라보는 바람에 사진을 꺼낼 수는 없었다네. 시간을 두고 움직이는 게 안전할 것 같아. 너무 서두르다간 모두 망쳐버리기 십상이니까."

"그럼 이제 어떻게 하지?"

내가 물었다.

"우리가 할 일은 끝났어. 내일 폐하와 함께 그녀의 집에 가려고 해. 자네만 좋다면 함께 가세. 하녀가 우리를 거실로 안내하고 주인 여자를 기다리게 할 거야. 하지만 그녀가 거실로 왔을 때는 우리도, 그 사진도 없을 걸세. 폐하께서 직접 사진을 가져가게 하면 더 만족스러워하실 거야."

"내일 언제쯤 갈 건가?"

"아침 8시에 가려고 하네. 그 여성이 아직 잠자리에 있을 시간이니 우리가 작업하기에 좋을 거야. 하지만 신속하게 움직여야 해. 결혼한 후에 생활 방식이나 습관이 완전히 바뀌었을 수도 있으니까. 지체하지 말고 폐하께 전보를 쳐야겠네."

잠시 후 우리는 베이커 가에 도착했고 홈스는 현관문 앞에 서서 열쇠를 찾기 위해 주머니를 뒤졌다. 바로 그때 누군가가 지나가며 인사를 건넸다.

"좋은 밤 되십시오, 셜록 홈스 선생님."

인도에 몇 사람이 지나가고 있었는데, 빠른 걸음으로 지나치며 인사를 건넨 사람은 얼스터 코트를 입은 홀쭉한 청년이었다.

홈스가 희미한 가로등이 켜진 거리를 바라보며 말했다.

"저 목소리를 들은 적이 있는데, 누구였더라."

III

그 날 밤 나는 베이커 가에서 잤다. 다음 날 아침 토스트와 커피로 아침 식사를 하고 있는데, 보헤미아의 왕이 허겁지겁 방 안으로 들어왔다.

"정말 사진을 찾아왔단 말이지!"

왕은 셜록 홈스의 어깨를 잡고 그의 얼굴을 뚫어지게 들여다보며 외쳤다.

"아직 가져오지는 않았습니다."

"하지만 찾을 가능성이 있다는 건가?"

"그렇습니다."

"그렇다면 가자. 한시라도 빨리 가야겠다."

"마차를 불러야 합니다."

"내 사륜마차가 대기하고 있다."

"그럼 더 잘됐습니다."

우리는 곧장 내려가 다시 한 번 브리오니 저택으로 향했다.

"아이린 애들러가 결혼했습니다."

홈스가 말했다.

"결혼했다고! 언제?"

"어제 했습니다."

"누구와?"

"상대는 노턴이라는 영국 변호사입니다."

"하지만 그를 사랑할 리가 없는데."

"그를 사랑하고 있기를 바라야죠."

"왜 그렇다는 건가?"

"그래야 폐하께서 앞으로 성가신 일을 겪지 않으실 것이기 때문입니다. 그 여성이 남편을 사랑한다면 이제 폐하를 사랑하고 있지 않다는 뜻이고, 그렇다면 폐하의 결혼 계획을 방해할 이유가 없어지겠지요."

"그건 사실이다. 하지만 그래도⋯⋯! 하긴! 그녀가 나와 같은 신분이었다면 얼마나 좋았겠는가? 아주 훌륭한 왕비가 되었을 텐데!"

왕은 우울한 침묵에 빠져들었고, 그런 채로 마차는 서펜타인 대로에 도착했다.

브리오니 저택의 문은 열려 있었고 나이 든 여자가 계단 위에 서 있었다. 우리가 마차에서 내리는 동안 그녀는 비웃음을 머금은 눈빛으로 우리를 보고 있었다.

"셜록 홈스 씨가 맞으시죠?"

그녀가 물었다.

"네, 그렇습니다만."

홈스는 놀란 눈빛으로 그녀에게 되묻듯이 말했다.

"정말 오셨네요! 마님께서 선생님이 오실 거라고 하셨는데. 마님은 오늘 아침 일찍 주인님과 함께 떠나셨습니다. 채링크로스 역에서 5시 15분에 출발하는 기차를 타고 유럽으로 가실 거랍니다."

"뭐라고! 영국을 떠났다는 말이오?"

아쉬움과 놀라움으로 안색이 창백해진 홈스가 휘청거리며 뒷걸음질을 쳤다.

"다시는 돌아오지 않으실 거랍니다."

왕이 잠긴 목소리로 물었다.

"그러면 사진이나 편지들은? 모든 게 끝났군."

"확인해봐야지요."

홈스는 하녀를 밀치고 거실로 들어갔다. 왕과 나도 뒤따라 들어갔다. 가구가 사방에 흩어져 있고, 선반은 해체되고 서랍은 모두 열려 있었다. 몹시 서둘러 짐을 챙겨 떠났음을 알 수 있었다. 홈스는 설렁줄이 있는 곳으로 가서 미닫이문을 열고 손을 넣어 사진과 편지를 꺼냈다. 사진은 야회복 차림의 아이린 애들러가 혼자 찍은 것이었고, 편지 겉봉에는 '셜록 홈스 귀하. 본인 외 개봉 금지'라고 쓰여 있었다. 홈스가 편지를 뜯자 우리 세 사람은 동시에 편지를 읽었다. 날짜가 전날 밤 자정으로 적혀 있는 편지의 내용은 다음과 같았다.

친애하는 셜록 홈스 선생님,

정말 훌륭하셨습니다. 저를 완전히 속이셨어요. 불이 났다는 아우성이 터져 나오고 나서도 저는 의심하지 않았습니다. 그러나 제가 저의 의지와 반대되는 행동을 하고 있음을 알아차리면서 생각하기 시작했습니다. 몇 달 전부터 선생님을 조심하라는 경고를 받았습니다. 폐하께서 탐정을 고용한다면 분명히 당신일 거라고 하더군요. 선생님의 주소도 받았습니다. 그런데도 결국 선생님은 알고 싶어 하는 것을 제가 알려드리게 만드셨군요. 사태를 의심하기 시작하고 나서도 그렇게 자애롭고 친절한 늙은 목사님을 경계하는 건 쉬운 일이 아니었어요. 선생님도 아시다시피 저는 숙련된 배우입니다. 남장을 하는 것도 새삼스러운 일이 아니죠. 종종 남자 옷을 입고 나가 자유를 만끽했으니까요. 어제 저는 마부 존에게 당신을 감시하라고 부탁한 뒤, 2층으로 뛰어 올라갔습니다. 그런 다음 저의 산책 복장인 남장을 하고 내려왔습니다. 선생님이 우리 집을 막 떠나신 후였습니다.

저는 선생님의 댁 앞까지 뒤따라갔습니다. 유명하신 셜록 홈스 선생님께서 정말 저를 탐색하러 오셨는지 확인하기 위해서였죠. 그곳에서 즉흥적으로 선생님께 인사를 건넸고, 곧바로 남편을 만나기 위해 템플 법학원으로 갔습니다.

남편과 저는 감당할 수 없는 적에게 쫓길 때는 도망치는 것이 최선이라는 결론을 내렸습니다. 내일 선생님께서 오셨을 때는 집이 비어 있을 것입니다. 사진에 관해서라면, 선생님의 의뢰인에게 안심해도 좋다고 전해주십시오. 더 나은 사람을 사랑하게 되었고, 그도 저를 사랑하니까요. 폐하께서는 저에게 무자비한 상처를 안겨주셨지만, 저는 더 이상 그분의 앞길을 방해하지 않을 것입니다. 사진은 오로지 저를 보호하는 방편으로 보관하고 있을 것이며, 언제든 폐하께서 저를 해치려고 할 때 방어하기 위한 무기로 사용할 것입니다. 폐하께서 갖고 싶어 할 만한 사진 한 장을 남겨두고 갑니다. 셜록 홈스 선생님을 늘 존경하며, 안녕히 계십시오.

아이린 노턴(결혼 전 이름 애들러) 드림.

세 사람이 다 같이 편지를 읽고 나자 보헤미아의 왕이 탄식하듯 말했다.

"얼마나 대단한 여자인가. 아, 정말 대단한 여자야! 그녀가 얼마나 빠르고 단호한지 내가 말하지 않았나? 훌륭한 왕빗감이지 않은가 말이야. 그녀가 나와 같은 신분이 아니었다는 게 정말 통탄스럽지 않나?"

"제가 본 바로도 그녀는 폐하와 매우 다른 신분의 여성 같았습니다. 폐하께서 제게 일을 맡기셨는데 좀 더 좋은 결과를 얻어내지 못해서 유감입니다."

홈스가 냉정하게 말했다.

"그렇지 않다. 이보다 더 좋은 결과가 어디 있겠는가. 내가 아는 한, 그녀는 자기가 한 말은 반드시 지킨다. 그러니 사진은 이제 소각되어 없어진 것이나 다름없다."

왕이 큰 소리로 말했다.

"폐하께서 그렇게 말씀하시니 기쁩니다."

"그대에게 큰 빚을 졌다. 내가 어떻게 보답하면 좋을지 말해보라. 이 반지는……."

왕은 손가락에서 뱀 모양의 에메랄드 반지를 빼더니 손바닥에 올려놓으며 말했다.

"폐하께서는 제가 더 귀하게 여기는 물건을 가지고 계십니다."

홈스가 말했다.

"무엇이든 말해보라."

"이 사진입니다!"

왕은 놀란 눈으로 홈스를 바라보았다.

"아이린의 사진 말인가! 물론, 자네가 원한다면 주겠다."

"감사합니다, 폐하. 이제 모든 일이 끝난 것 같습니다. 좋은 아침 맞으시기를 바랍니다."

홈스는 왕을 향해 절을 했다. 왕이 손을 내밀었지만, 홈스는 보지 못하고 돌아서서 나와 함께 하숙집으로 돌아왔다.

이것이 바로 보헤미아 왕국에 엄청난 스캔들이 일어날 뻔했던 이야기이며, 셜록 홈스의 치밀한 계획이 한 여성의 기지로 무산된 이야기이다. 홈스는 종종 여성의 영리함을 농담거리로 삼는데, 최근에는 그런 이야기를 듣지 못했다. 그리고 아이린 애들러나 그녀의 사진에 관해 말할 때면 항상 경애의 의미가 담긴 '그 여성'이라는 칭호를 사용한다.

2
빨강머리연맹

작년 가을 어느 날, 내 친구 셜록 홈스를 찾아갔을 때였다. 그는 손님과 진지한 대화를 하는 중이었는데, 체격이 다부지고 혈색이 좋으며 불타는 듯 머리가 빨간 노신사였다. 갑자기 찾아가 대화를 방해한 것에 대해 사과하며 다시 나오려는데, 홈스가 갑자기 나를 방 안으로 끌어들이고 문을 닫았다.

"자네, 시간 한번 기가 막히게 맞춰 왔네, 왓슨."

홈스가 반색하며 말했다.

"뭔가 심각한 일을 논의 중인 것 같은데."

"그렇다네. 몹시 심각한 일이야."

"그렇다면 나는 옆방에 가서 기다려도 돼."

"그럴 필요 없어. 윌슨 씨, 이 친구는 제 동료인데 그동안 좋은 결과를 얻은 중대 사건에서 저를 많이 도와주었습니다. 이 친구가 선생님께도 큰 도움이 되어드릴 수 있을 것 같은데요."

다부진 노신사는 의자에서 반쯤 일어나면서 고개를 까닥여 인사를 건넸다. 동시에 두

꺼운 눈꺼풀에 파묻힌 작은 눈으로 내게 스치듯 의혹의 눈길을 보냈다.

"그 소파에 앉게나."

홈스는 그렇게 말하고 다시 의자에 앉더니, 평소 생각에 잠길 때면 으레 나오는 버릇대로 양손의 손가락 끝을 맞댔다.

"왓슨, 자네도 나만큼이나 기이하고 통념을 깨는 이야기를 좋아하지 않나. 그러기에 내가 맡았던 소소한 모험을 기록으로 남기고, 이렇게 표현하는 게 어떨지 모르겠지만, 어느 정도 그럴싸하게 꾸미기도 한 것 아니겠나."

"자네가 맡은 사건들은 사실 무척 흥미로웠으니까."

나는 홈스의 말에 수긍했다.

"내가 전에 했던 말 기억하나? 메리 서덜랜드가 의뢰했던 간단한 사건에 착수하기 직전이었을 거야. 내가 기이하고 범상치 않은 걸 찾으려면 삶으로 들어가야 한다고 했지. 삶은 언제나 상상 이상의 것을 보여주니까."

"자네의 그 가설에 난 동의하지 않았어."

"그랬지, 왓슨 박사. 하지만 결국은 내 생각에 동의하게 될 걸세. 그러지 않으면 자네가 동의할 때까지 내 가설을 뒷받침하는 사실적 근거를 끊임없이 내놓을 테니까. 여기 계신 제이비즈 윌슨 씨가 오늘 근래에 들은 것들 중 가장 흥미롭고 기이한 이야기를 들려주셨다네. 엄청나게 기괴하고 특이한 일은 큰 사건보다 작은 사건에서 보게 되는 경우가 많다는 건 내가 자네한테 여러 번 말했을 거야. 때로는 범죄 행위가 저질러졌는지 구분하기조차 애매한 사건들 말이지. 지금까지 윌슨 씨에게 들은 바로는 이번 사건이 범죄에 해당하는지 판단하기가 어렵지만, 그 경위는 내가 들어본 어느 사건보다도 특이하다네. 윌슨 씨, 이야기를 다시 한 번 들려주실 수 있을까요? 단지 제 친구 왓슨 박사가 시작 부분을 듣지 못해서 부탁드리는 게 아니라 이야기가 워낙 특이하다 보니 저도 세부적인 부분을 놓치고 싶지 않아서 그럽니다. 저는 사건의 경위를 조금만 들으면 대부분 기억 속에 저장된 수천 가지의 유사 사건과 비교해가며 수사 방향을 잡을 수 있습니다. 그런데 이번에는 제가 아는 어떤 사건과도 유사점이 없어요. 그야말로 특이하고도 기이한 사건임을 인정할 수밖에 없습니다."

몸집이 큰 의뢰인은 의기양양하게 가슴을 쭉 펴더니 외투 안주머니에서 꼬깃꼬깃한 신문 한 장을 꺼냈다. 그러고는 무릎 위에 신문을 펼쳐놓고 고개를 쑥 뺀 뒤 광고란을 훑어 내려갔다. 그러는 동안 나는 홈스가 평소에 하는 대로 의뢰인의 옷차림새와 외모에서 어떤 단서를 잡아내려고 애써보았다.

그러나 나의 노력은 별다른 소득이 없었다. 뚱뚱하고 거만하며 둔해 보이는 그는 어느 모로 보나 평범한 영국의 상인이었다. 헐렁한 회색 셰퍼드 체크무늬 바지에 별로 깨끗하지 않은 검은색 프록코트를 입었는데 앞 단추를 끼우지 않았고, 칙칙한 조끼에 늘어진 묵직한 황동 앨버트형 시곗줄에는 가운데에 사각형 구멍이 뚫린 동그란 쇳조각이 장식으로 달려 있었다. 그의 옆에 있는 의자에는 해진 중절모와 주름진 벨벳 칼라가 달린 색 바랜 갈색 외투가 놓여 있었다. 아무리 뜯어보아도 불타는 듯 빨간 머리, 그리고 억울함과 불만이 가득한 표정 말고는 별다른 특징을 찾을 수 없었다.

셜록 홈스의 날카로운 눈이 나의 심중을 꿰뚫어본 듯, 의아해하는 내 눈빛에 미소를 지으며 고개를 저었다.

"내가 확실하게 알 수 있는 건, 이분이 한때 육체노동을 했고, 코담배를 피우며, 프리메이슨Freemason(인도주의적 박애주의를 지향하는 친목 단체로, 중세의 숙련석공조합에서 유래되었다 - 옮긴이) 단원이고, 중국에 다녀온 적이 있으며, 최근에 글씨를 많이 썼다는 정도라네."

그러자 제이비즈 윌슨이 깜짝 놀라며 자리에서 벌떡 일어났다. 검지로는 신문을 짚고 있었지만 눈은 홈스를 향했다.

그가 물었다.

"도대체 그 모든 걸 어떻게 알아낸 겁니까, 홈스 선생? 예를 들어 내가 육체노동을 했다는 것 말입니다. 처음에는 배에서 목수로 일을 시작했거든요."

"선생님의 손을 보고 알았습니다. 오른손이 왼손보다 훨씬 더 크니까요. 주로 오른손으로 일을 하셨으니 근육이 훨씬 더 발달했겠지요."

"그러면 코담배와 프리메이슨은?"

"제가 그걸 어떻게 알아냈는지 설명하느라 선생님의 지성을 모욕하게 될까봐 조심스럽습니다만, 선생님께서는 회원들이 지켜야 하는 엄격한 규정에 반하는데도 프리메이슨의 상징인 삼각자와 컴퍼스 모양의 장식 핀을 달고 계시니까요."

"아, 그렇군요. 깜빡 잊고 있었습니다. 그럼 글씨를 쓴 건?"

"그렇지 않다면 오른쪽 소매 끝 부리가 5인치(약 12센티미터 - 옮긴이) 정도 반들거리고, 책상에 올려놓는 왼쪽 소매 팔꿈치 부분에 덧댄 부드러운 헝겊을 어떻게 설명하시겠습니까?"

"그렇겠군요. 그럼 중국에 다녀온 것은?"

"오른쪽 손목 위에 새긴 물고기 문신은 중국에서만 할 수 있는 것이죠. 저는 문신을 연구하면서 그걸 주제로 글을 쓴 적도 있습니다. 물고기의 비늘에 섬세하게 분홍색을 입히는 기술은 중국에만 있습니다. 게다가 시곗줄에 중국 동전이 달려 있으니 더 확실해진 거죠."

제이비즈 윌슨이 크게 웃고 나서 말했다.

"아, 난 또! 뭔가 아주 영리한 추리를 한 줄 알았더니 결국 별것 아니었네."

"왓슨, 생각해보니까 말이야, 괜히 설명한 것 같아. '미지의 것이 대단해 보인다'라는 말이 있잖아. 이렇게 솔직하게 이야기하다 보면 나의 미천한 평판이 완전히 박살나겠는걸. 광고는 못 찾으셨나요, 윌슨 씨?"

그가 붉고 굵은 손가락으로 광고란을 짚으며 대답했다.

"여기 찾았습니다. 바로 이겁니다. 이 광고에서부터 모든 일이 시작되었지요. 선생이 직접 읽어보십시오."

나는 그에게서 신문을 건네받아 읽어보았다.

빨강머리연맹 : 미국 펜실베이니아 주 레바논의 고故 이즈키아 홉킨스가 남긴 유산으로 결성된 이 연맹에 회원 한 사람의 빈자리가 생겼습니다. 회원이 되면 순전히 명목상의 봉사를 하는 대가로 주급 4파운드를 받게 됩니다. 빨간 머리를 가진 심신이 건강한 21세 이상의 남자는 누구든 자격이 주어집니다. 신청은 월요일 11시까지이며, 플리트 가 폽스 코트 7번지에 위치한 연맹 사무실을 방문하여 덩컨 로스에게 직접 지원하시면 됩니다.

"도대체 뭐라는 거야?"

나는 생전 처음 보는 희한한 광고를 두 번이나 읽고 나서 내뱉듯이 중얼거렸다.

홈스가 의자에 앉은 채 몸을 뒤틀며 킬킬거렸다. 기분이 좋아서 들떠 있을 때 나오는 버릇이었다.

"흔히 볼 수 있는 광고가 아니야, 그렇지 않나?"

홈스가 말했다.

"아무튼 윌슨 씨, 이제 당신에 관해 처음부터 자세히 말씀해주십시오. 당신과 가족에 대해서, 그리고 이 광고가 당신의 인생에 어떤 영향을 미쳤는지와 같은 것들 말입니다. 왓슨 박사, 먼저 신문의 이름과 날짜를 메모해주게."

"〈모닝 크로니클〉이네. 두 달 전 신문이야."

"좋아. 그럼 시작하실까요, 윌슨 씨?"

"그러니까 조금 전에 말씀드린 대로입니다, 셜록 홈스 선생."

제이비즈 윌슨이 이마에 맺힌 땀을 닦으며 말했다.

"저는 시내 근처 코버그 광장에서 작은 전당포를 하고 있어요. 별로 크게 벌인 것도 아닌데다 최근 몇 년간은 겨우 생활비나 벌어들이는 정도죠. 직원을 둘 데리고 있었는데 지금은 한 명만 데리고 있어요. 그에게 급여를 주기 위해 제가 따로 일을 해야 할 지경이기는 한데, 일을 배우겠다며 다른 곳의 절반만 줘도 좋다고 해서 데리고 있는 거죠."

"그 착한 청년의 이름이 뭔가요?"

셜록 홈스가 물었다.

"빈센트 스폴딩입니다. 그런데 청년은 아닌 것 같고, 나이를 가늠하기가 힘들어요. 사실 제가 지금 똑똑한 직원을 바랄 처지는 아니에요, 홈스 선생. 그는 다른 데 가면 제가 주는 것보다 두 배는 더 받을 게 분명하죠. 하지만 그가 만족하고 있는데 제가 왜 굳이 그런 말을 해주겠습니까?"

"그러실 이유가 없죠. 적은 급료를 받고도 일을 하겠다는 점원을 두셨으니 운이 좋으시네요. 요즘 세상에 그런 사람이 흔하지는 않으니까요. 그 점원도 윌슨 씨가 보여주신 광고 못지않게 특이한 것 같군요."

"아, 그렇지만 그도 문제가 없는 건 아닙니다."

윌슨 씨가 말했다.

"사진에 그렇게 빠져 있는 사람은 처음 봤어요. 일을 배워야 하는데 사진만 찍고 있으니까요. 그러고는 사진을 인화하겠다며 토끼가 굴을 찾아 들어가듯 지하실로 내려가곤 한답니다. 그런 점만 빼면 성실한 직원이지요. 악의는 없는 사람이에요."

"지금도 데리고 계신 거죠?"

"그렇습니다. 그리고 간단한 요리와 청소를 해주는 열네 살짜리 여자아이가 있어요. 집에 그렇게 세 사람이 살고 있습니다. 아내는 죽었고, 다른 가족은 없거든요. 세 사람이 조용히 지내고 있어요. 겨우 비바람 피할 지붕을 이고 빚을 갚을 수 있는 정도죠.

그런 생활이 깨진 건 이 광고를 본 다음부터랍니다. 정확히 8주 전에 스폴딩이 이 광고지를 들고 왔어요. 그리고 이렇게 말하더군요.

'윌슨 사장님, 제가 빨간 머리라면 얼마나 좋을까요.'

'그건 왜?'

제가 물었죠.

'빨강머리연맹에 또 결원이 생겼다잖아요. 들어가기만 하면 행운을 잡은 것과 마찬가지인데 말이죠. 정원에 비해 회원 수가 너무 적어서 기금 운영자들이 골치를 앓는다네요. 기금을 어떻게 써야 할지 몰라서 말이죠. 저도 머리 색깔을 바꿀 수만 있으면 당장 들어갈 텐데요.'

그래서 왜 그래야 하냐고 물었죠. 저는 말씀입니다, 홈스 선생, 집에만 있는 사람입니다. 손님들이 가게로 찾아오지, 제가 찾아가는 게 아니니까요. 1주일 동안 문턱을 한 번도 안 넘고 지나가는 경우가 허다하지요. 그렇게 바깥세상이 어떻게 돌아가는지도 모르고 지내다 보니 새로운 뉴스를 들으면 반갑더라고요. 그러자 스폴딩이 눈을 동그랗게 뜨고 되묻더군요.

'빨강머리연맹에 대해서 들어본 적이 없으세요?'

'못 들어봤는데.'

'어떻게 못 들어보실 수가 있죠? 사장님은 회원이 될 자격을 충분히 갖추고 계시는데요.'

'회원이 되면 뭐가 좋은데?'

제가 물었어요.

'1년에 100~200파운드가 생기죠. 그 대신 아주 가벼운 일을 하면 되는 거예요. 게다가 원래 하는 일을 계속하는 데 방해가 되지도 않아요.'

그러니 제 귀가 솔깃해졌을 거라는 건 충분히 짐작하실 겁니다. 몇 년 동안 전당포가 잘되지도 않는데 몇백 파운드의 과외 수입이 생긴다면 얼마나 요긴하겠습니까.

'그러면 좀 더 자세히 말해보게.'

제가 말하자 그가 광고지를 보여주며 설명해주더군요.

'자 보세요, 연맹에 결원이 생겼다는 건 아시겠죠? 신청할 수 있는 장소의 주소도 나와 있어요. 제가 알기로 이 연맹은 미국인 백만장자 이즈키아 홉킨스라는 사람이 창설

했다고 해요. 그런데 그 사람이 좀 괴짜였나 봐요. 자기가 빨간 머리였기 때문에 빨간 머리 남자들을 안쓰럽게 여기는 마음이 있었다네요. 그래서 죽으면서 신탁 관리자에게 큰 돈을 맡기고 그 이자로 빨간 머리 남자들에게 혜택을 주되, 아주 쉬운 일을 하는 조건으로 지급하라고 했답니다. 급료가 많은 데 비해 일은 아주 쉽다고 들었어요.'

그래서 제가 말했죠.

'하지만 신청하려는 빨간 머리가 엄청 많겠지.'

그러자 그가 대답했어요.

'생각하시는 것처럼 많지는 않은가 봐요. 여기 보면 런던에 사는 성인 남자여야 한다고 제약을 두었잖아요. 그가 젊었을 때 영국에서 자리를 잡았기 때문에 그 도시에 보답하려는 거랍니다. 그리고 빨간 머리라고 해도 너무 연하거나 어두우면 안 되고, 정말 불타는 것처럼 빨간색이어야 한대요. 윌슨 사장님은 신청만 하면 바로 입회하실 수 있을 거예요. 그렇지만 사장님이 100~200파운드 때문에 굳이 찾아가실 필요까지는 없을지도 모르겠네요.'

자, 보세요. 두 분도 보시면 알겠지만 제 머리가 숱이 많은데다 색도 진하지 않습니까. 그러니까 머리색으로 경쟁한다면 누구보다도 제가 유리하다고 생각했지요. 빈센트 스폴딩이 그 연맹에 대해 아주 잘 알고 있는 것 같아서 데리고 가면 좋겠다 싶었어요. 그래서 가게 문을 닫고 같이 가자고 했지요. 그는 하루 놀게 됐다는 사실에 기꺼이 가겠다고 했고요. 우리는 당장 가게 문을 닫고 광고에 적힌 주소지로 향했습니다.

아마 그런 광경은 내 평생 다시 볼 수 없을 거예요, 홈스 선생. 동서남북에서 머리에 붉은빛이 조금이라도 도는 사람은 모두 몰려온 것 같았어요. 플리트 가는 빨간 머리 사내로 미어터졌고, 폽스 코트는 과일 장수의 오렌지 수레 같았다니까요. 광고 하나를 보고 전국에서 그렇게 많은 사람이 몰려들 거라곤 상상도 못했어요. 온갖 종류의 붉은 머리가 다 모인 것 같더군요. 지푸라기 같은 색, 레몬색, 오렌지색, 벽돌색, 아이리시 세터의 적갈색 털 같은 색, 간의 빛깔과 흡사한 다갈색, 황토색 등등. 그렇지만 스폴딩이 말했듯이 불타는 것 같은 진짜 새빨간 색은 별로 없었어요. 어마어마한 인파를 보고 기겁한 저는 포기하려고 했죠. 그런데 스폴딩이 고집을 부렸어요. 그리고 어떻게 그럴 수 있었는지는 모르지만, 저를 끌고 들이밀고 하더니 인파를 뚫고 사무실 앞 계단까지 데려다놓은 겁니다. 계단에는 오르는 사람들과 내려오는 사람들로 두 줄이 만들어져 있었습니다. 희망과 기대를 안고 계단을 오르는 사람들과 퇴짜를 맞고 내려오는 사람들이었죠. 사람들 틈에 끼여 있다 보니 어느새 사무실 안으로 들어가게 되었어요."

"참 흥미로운 경험을 하셨네요."

홈스는 의뢰인이 잠시 말을 멈추고 코담배를 힘껏 맡으며 기억을 더듬는 동안 이렇게 응수했다.

"계속하시죠."

"사무실에는 나무 의자 몇 개와 송판으로 만든 책상 말고는 아무것도 없더군요. 책상 건너에는 나보다 더 빨간 머리의 작은 사내가 앉아 있었어요. 그는 차례로 들어오는 신청자들에게 몇 마디를 건네고는 결국 뭔가 꼬투리를 찾아내어 실격시켰어요. 입회가 그리 쉬운 일은 아닌 것 같았죠. 하지만 우리 차례가 되자 사내는 한결 호의적인 태도를 보였어요. 우리가 들어서자 마치 은밀한 이야기를 나누려는 듯 사무실 문을 닫고 말이죠.

'이분은 제이비즈 윌슨 씨입니다. 이번에 결원이 생긴 자리에 들어가고 싶어 하십니다.'

스폴딩이 말했어요.

'아주 적격자시군요. 모든 자격을 갖추신 듯하네요. 지금껏 이렇게 훌륭한 빨간 머리는 본 적이 없는 것 같습니다.'

작은 사내가 대답했어요. 사내는 한 발 뒤로 물러서서 고개를 갸우뚱하고 내 머리를 한동안 바라보았어요. 제가 민망해서 얼굴을 붉힐 정도로 말이죠. 그러다가 갑자기 앞으로 달려들더니 제 손을 잡고 합격 축하를 해주는 거예요.

'더 이상 망설이는 건 어리석은 짓일 것 같군요. 그렇지만 확인을 위해서 잠시 실례하겠습니다.'

그렇게 말하더니 그가 두 손으로 제 머리카락을 움켜쥐고 힘껏 잡아당기는 거예요. 제가 너무 아파서 비명을 지를 정도로 말이죠.

'눈물이 고이신 것 같네요.'

그렇게 말하면서 그는 머리카락을 놓아주었어요.

'모든 면에서 이상이 없는 것 같군요. 하지만 신중을 기해야 해서 말이죠. 가발을 쓰고 오는 사람도 있었고, 물감을 칠하고 와서 속은 적도 있으니까요. 구두 수선공의 왁스 사례를 들려줄 수도 있는데, 그 이야기를 들으면 인간성에 넌더리를 내실 겁니다.'

그는 창가로 가더니 창밖에 대고 결원이 채워졌다고 소리쳤어요. 아래에서 기다리던 사람들의 실망에 찬 웅성거림이 들려오더니 각자 뿔뿔이 흩어졌어요. 빨간 머리라고는 나와 그 작은 매니저만 남은 거지요.

그가 말했어요.

'내 이름은 덩컨 로스입니다. 나도 고귀한 분이 남기신 기금의 혜택을 받고 있답니다. 결혼은 하셨나요, 윌슨 씨? 가족이 있으세요?'

나는 없다고 대답했지요.

그러자 그가 곧 실망한 표정을 짓더니 걱정스러운 목소리로 말했어요.

'아, 이를 어쩌나! 이건 아주 심각한 문젠데요! 가족이 없으시다니 유감입니다. 기금을 만든 목적은 빨간 머리를 가진 사람들을 보호하는 것뿐 아니라 더 번성하게 하려는 것이거든요. 독신이시라니 참으로 안타까운 일이네요.'

그 말을 들으니 저도 실망스러웠어요. 입회하지 못하겠다고 생각했죠. 그런데 그가 잠시 생각해보더니 괜찮을 것 같다는 거예요.

'다른 사람의 경우라면 결정적인 결격 사유이겠지만, 선생님 정도의 빨간 머리를 가진 분이라면 규정을 조금 확대 해석해서라도 합격시켜드려야 할 것 같네요. 언제부터 일하러 오실 수 있으시겠어요?'

'아, 그게 좀 문제가 될 수 있는데, 현재 제가 하는 일이 있어서 말이죠.'

제가 말했지요.

'아, 그건 걱정하지 마세요, 윌슨 사장님!'

빈센트 스폴딩이 끼어들었어요.

'사장님을 대신해서 제가 전당포를 볼 수 있습니다.'

'근무시간이 어떻게 되나요?'

내가 물었어요.

'오전 10시부터 오후 2시까지입니다.'

전당포 일이라는 게 대부분 저녁 시간에 바쁘거든요. 특히 급여가 나오기 직전인 목요일과 금요일 저녁이 대목이에요. 그러니 한낮에 몇 시간 일해서 약간의 수입을 올린다는 건 저에게 더없이 좋은 기회죠. 그리고 착실한 스폴딩이 웬만한 일은 처리할 수 있으니까요.

'저에게는 딱 좋은 시간이네요. 급여는 어떻게 되나요?'

내가 물었어요.

'1주일에 4파운드요.'

'그리고 일은?'

'순전히 명목상의 일입니다.'

'그 명목상의 일이라는 게 뭔데요?'

'음, 우선 근무시간에는 사무실에 와 계셔야 하고, 이 건물 밖으로 나가면 안 됩니다. 만약 근무지를 이탈하면 영구적으로 자격을 잃게 되니까요. 그 점에 관해서는 유언장에 명시되어 있습니다. 근무시간에 사무실 밖으로 나가면 규정 위반이 되는 거죠.'

'하루에 네 시간밖에 안 되는데, 그동안에 나가지는 않을 겁니다.'

내가 대답했어요.

'어떤 경우에도 예외는 없습니다.'

덩컨 로스 씨가 말했어요.

'몸이 아프든, 사업 때문에 볼일이 생겼든, 그 외 어떤 일도 이유가 될 수 없습니다. 정해진 시간에 사무실에 나와 있지 않으면 자격을 박탈당할 것입니다.'

'무슨 일을 하면 되죠?'

'브리태니커 백과사전을 베껴 쓰는 일입니다. 저쪽 책장에 제1권이 있습니다. 잉크와

펜, 그리고 압지는 준비해 오셔야 하고, 책상과 의자는 우리가 제공합니다. 내일부터 오실 수 있겠습니까?'

'물론이죠.'

내가 대답했어요.

'그럼 안녕히 가십시오, 제이비즈 윌슨 씨. 중요한 자리에 들어오시게 된 것을 다시 한 번 축하드립니다.'

그와 인사를 나누고 나와서 스폴딩과 함께 돌아왔습니다. 내가 그런 행운을 잡았다는 사실이 너무 기뻐서 어쩔 줄을 모르겠더군요.

하루 종일 그 일에 대해 생각했어요. 그리고 저녁이 되자 기분이 다시 가라앉더라고요. 모든 게 장난이거나 사기일 거라는 확신이 들기 시작한 거죠. 무슨 목적으로 그런 짓을 꾸몄는지는 알 수 없지만, 그런 유언을 남겼다는 것도 그렇고, 브리태니커 백과사전을 베끼는 단순한 일을 시키고 그렇게 많은 돈을 준다는 것이 도무지 믿을 수 있는 일 같지 않았어요. 빈센트 스폴딩은 제 기분을 달래주려고 애썼지만, 잠자리에 들 때쯤에는 모든 걸 없던 일로 하기로 마음먹었답니다. 그런데 아침이 되자, 한번 가보기나 하자는 생각이 드는 겁니다. 그래서 1센트짜리 잉크 한 병과 깃펜, 인쇄용 종이 일곱 장을 사서 폽스 코트로 갔죠.

그런데 모든 게 약속대로 갖추어져 있는 거예요. 의아하면서도 다행스러웠죠. 책상도 준비되어 있고, 내가 제대로 일하는지 지켜보려고 덩컨 로스 씨도 와 있었어요. 덩컨 씨는 A 항목부터 시작하라고 지시하고는 나갔습니다. 그리고 이따금 들어와 내가 잘하고

있는지 확인했어요. 2시가 되자 내게 잘 가라는 인사를 건네며 필사를 많이 했다고 칭찬
해주더군요. 그리고 제가 사무실에서 나오자 자기도 문을 잠그고 나오더라고요.

그 후로 매일 같은 일이 반복되었고 토요일이
되자 주급이라며 금화 네 닢을 주었어요. 다음 주
도, 또 그다음 주도 똑같았죠. 매일 오전 10시에 출
근하고 오후가 되면 퇴근했어요. 덩컨 로스 씨는
출근 횟수가 점점 뜸해지더니 가끔 한 번씩 나오

다가 얼마 지나고부터는 아예 오지 않더라고요. 그렇지만 저는 잠시도 사무실을 떠날
생각을 하지 않았죠. 그가 언제 올지 모르고, 그렇게 급여도 좋고 제게 딱 맞는 일자리를
잃고 싶지 않았으니까요.

그렇게 8주가 지났고 나는 'Abbots', 'Archery', 'Armour', 'Architecture', 'Attica'
를 지나 곧 B 항목으로 들어갈 수 있겠다고 생각했죠. 종잇값도 꽤 들었고, 내가 쓴 종이
로 선반 하나를 거의 채울 정도가 되었어요. 그런데 갑자기 모든 게 끝나버린 겁니다."

"끝이 났다고요?"

"그렇습니다, 홈스 선생. 오늘도 오전 10시에 출근했거든요. 그런데 문이 잠겨 있고,
문에 작은 판지가 압정으로 꽂혀 있는 거예요. 바로 이겁니다. 읽어보세요."

월슨 씨는 편지지 크기의 흰색 판지를 내밀었다. 종이에는 다음과 같이 적혀 있었다.

빨강머리연맹은
해체되었음.
1890년 10월 9일

셜록 홈스와 나는 짤막한 공고문과, 그것을 들고 있는 월슨 씨의 얼굴을 찬찬히 살펴
보았다. 그러다 보니 이 모든 상황의 코믹한 일면이 두드러지면서 우리는 갑자기 웃음
을 터뜨리고 말았다.

"이 상황이 재밌습니까?"

우리의 빨간 머리 의뢰인은 머리끝까지 화가 난 듯 얼굴을 붉히며 소리쳤다.

"나를 웃음거리로 삼는 것밖에 해줄 것이 없다면, 다른 곳을 찾아보겠어요."

"아니, 아닙니다."

반쯤 몸을 일으켰던 홈스가 다시 의자에 앉으며 말했다.

"저는 이 사건을 놓치고 싶지 않습니다. 이렇게 신선할 정도로 특이한 사건은 처음이에요. 그런데 실례되는 말씀이지만, 조금 우스운 면이 있기는 합니다. 문에 붙어 있는 이 종이를 보고 어떻게 하셨습니까?"

"너무 놀라고 황당했죠. 어떻게 해야 할지 막막했어요. 주변에 있는 사무실들을 찾아가보았어요. 그런데 그들에 대해 알고 있는 사람이 없었습니다. 나중에는 건물 주인을 찾아갔어요. 회계사인데 그 건물 1층에 살고 있었죠. 그에게 빨강머리연맹이 어떻게 되었느냐고 물었어요. 그랬더니 그런 단체가 있다는 말은 들어본 적이 없다는 거예요. 그래서 덩컨 로스가 뭘 하는 사람이냐고 물었죠. 그 이름도 처음 듣는다고 하더군요.

'흠, 4호에 사는 신사분 말입니다.'

제가 말했어요.

'아, 그 빨간 머리 사내 말이오?'

'그렇습니다.'

'그의 이름은 윌리엄 모리스요. 사무 변호사인데 새 사무실이 준비될 때까지 잠시 우리 사무실을 쓰고 있었던 거요. 어제 이사 갔소.'

'어디로 가면 만날 수 있는지 아십니까?'

'새 사무실로 가면 되겠지. 주소를 알려주고 갔으니까. 여기, 세인트 폴 성당 근처에 있는 킹 에드워드 17번지요.'

곧장 그리로 갔죠. 하지만 그곳은 인공 무릎관절 제조 공장이었고, 윌리엄 모리스라는 이름을 아는 사람은 없었어요."

"그래서 어떻게 했습니까?"

홈스가 물었다.

"삭스 코버그 광장의 집으로 가서 스폴딩에게 말했어요. 그렇지만 그도 저를 도울 방법이 없었죠. 그는 내가 좀 기다리면 우편으로 통지서 같은 게 올 거라고 했지만, 그 말만 믿고 기다릴 수는 없지 않습니까. 애써보지도 않고 그런 일자리를 놓치고 싶지 않았고, 마침 선생께서 곤란한 처지에 놓인 사람들에게 도움이 되는 조언을 해준다고 해서 바로 찾아온 것입니다."

"잘하셨습니다. 이 사건은 특기할 만합니다. 기꺼이 맡아서 조사해보겠습니다. 윌슨 씨께 들은 바에 근거해볼 때 이 사건은 겉으로 보이는 것보다 훨씬 중대한 문제를 안고 있는 것 같군요."

홈스가 말했다.

"훨씬 중대한 사건이라! 그렇죠, 1주일에 4파운드 수입이 날아갔으니까."

제이비즈 윌슨이 말했다.

"하지만 선생님 개인적으로 보면, 희한한 연맹에 불만을 품을 필요는 없을 것 같은데요. 오히려 30파운드가량의 수입을 얻지 않았습니까. 백과사전의 A 항목을 베끼면서 얻은 지식은 차치하고라도 말이죠. 그들 때문에 손해를 본 건 없지요."

홈스가 말했다.

"손해를 본 건 없어요. 하지만 그들에 대해 알아보고 싶은 겁니다. 그들이 누구이고, 장난이었다면 나에게 왜 그런 짓을 했는지. 그들로서도 큰 비용을 썼지 않습니까. 32파운드를 써야 했으니까요."

"그 의문들을 풀기 위해 조사해봐야죠. 우선 몇 가지 여쭤보겠습니다. 윌슨 씨. 처음에 광고를 보여준 빈센트 스폴딩이라는 점원 말인데요, 전당포에서 일한 지 얼마나 됐습니까?"

"그 당시 한 달쯤 되었어요."

"어떻게 선생님의 가게에 오게 됐나요?"

"광고를 보고 온 거죠."

"광고를 보고 온 사람이 그 점원뿐이었나요?"

"아니요. 열두 명쯤 되었던 것 같습니다."

"왜 그를 채용하셨죠?"

"고분고분하고 급여를 적게 줘도 일하겠다니까."

"다른 데서 주는 금액의 반 정도란 말이죠."

"그렇습니다."

"그는 어떤 사람이죠?"

"몸집이 작고 다부진데 행동이 아주 빨라요. 서른은 되어 보이는데 수염은 별로 없고요. 이마에 산酸이 튀었는지 흰 반점이 있습니다."

그러자 홈스가 반색하며 의자에서 몸을 곧추세우고 말했다.

"내 그럴 줄 알았지. 그에게 혹시 귀를 뚫은 자국이 있는지 보셨나요?"

"네, 맞아요. 어렸을 때 집시가 뚫어주었다더군요."

홈스는 다시 의자에 기대앉아 깊은 생각에 잠겼다.

"흠! 아직 전당포에 있겠죠?"

"아, 그럼요. 조금 전에도 보고 왔는데요."

"윌슨 씨가 가게를 비운 동안 그가 혼자서 일을 잘해왔나요?"

"그 점에 대해서는 문제가 없어요. 어차피 아침 시간에는 별로 할 일이 없으니까요."

"그러면 됐습니다, 윌슨 씨. 하루 이틀 후면 사건에 대한 소견을 정리해드릴 수 있겠어요. 오늘이 토요일이니까 월요일쯤엔 결론이 나지 않을까 싶네요."

그러고 나서 윌슨 씨가 나가자 홈스가 내게 물었다.

"왓슨, 자네 생각은 어떤가?"

"난 도무지 모르겠네. 정말 기묘한 사건이야."

나는 솔직하게 대답했다.

"사실은 기묘하게 보일수록 알고 나면 간단한 경우가 많다네. 정말 헷갈리게 하는 건 흔히 일어나는 특징 없는 사건이야. 평범한 얼굴을 알아보기 어려울 때가 있는 것처럼 말일세. 아무튼 신속하게 조사에 착수하는 게 좋겠어."

"어떻게 할 생각인가?"

내가 물었다.

"담배를 피울 걸세. 생각을 정리하려면 파이프로 세 대 정도는 피워야 할 것 같아. 그러니 15분 동안은 말을 걸지 말아주게."

홈스는 그렇게 말하고 안락의자에 몸을 깊이 묻더니 무릎을 접어 매부리코까지 끌어올리고 눈을 감았다. 점토로 만든 파이프를 입에 물고 있는 모습이 마치 진귀한 새의 부리 같았다. 잠시 후 홈스가 잠들었다고 생각하며 나도 꾸벅꾸벅 졸기 시작하는데, 그가 갑자기 의자에서 벌떡 일어나더니 중대한 결심을 한 듯 파이프를 빼서 벽난로 위 선반에 올려놓았다.

"오후에 세인트 제임스 홀에서 사라사테의 바이올린 연주가 있다네. 왓슨, 어떤가? 두 시간 정도 자네가 자리를 비워도 환자들이 괜찮겠나?"

홈스가 말했다.

"오늘은 진료가 없어. 일이 그렇게 재미있는 것도 아니고."

"그렇다면 일단 모자를 쓰고 밖으로 나가세. 시내를 지나는 길에 점심도 먹고. 프로그램을 보면 독일 음악이 여러 곡이던데, 이탈리아 곡이나 프랑스 곡들보다는 내 취향에 맞아. 성찰하게 만들어주거든. 내가 지금 필요한 게 바로 그거고 말이야. 자, 가세."

지하철을 타고 알더스게이트까지 가서 조금 걸어가니 오늘 아침에 들은 희한한 이야기의 무대인 삭스 코버그 광장이 나왔다. 허름하고 초라하지만 품위가 느껴지는 작은 거리였다. 네 줄로 늘어선 칙칙한 2층 벽돌집에 둘러싸인 중앙 공간은 작은 공유지였는데, 잡초가 무성한 잔디와 빛바랜 월계수 덤불 몇 그루가 친화적이지 않은 오염된 대기와 힘겹게 대립하고 있었다. 길모퉁이에 세 개의 청동 구슬이 매달린 전당포 간판이 보였다. 갈색 판지에 흰 글씨로 '제이비즈 윌슨'이라고 쓰인 간판이 걸려 있는 것으로 보아 그곳이 빨간 머리 의뢰인의 사업장인 것 같았다. 셜록 홈스는 그 집 앞에 서서 고개를 한쪽으로 갸우뚱한 채 가늘게 뜬 눈을 반짝이며 주변을 살폈다. 그리고 집들을 하나하나 예리하게 관찰하면서 천천히 거리를 따라 올라갔다가 다시 모퉁이로 내려왔다. 전당포 앞으로 돌아온 홈스는 지팡이로 보도를 두세 번 힘껏 두드린 다음 문으로 다가가 노크했다. 곧 전당포 문이 열리고 환한 얼굴에 말끔히 면도한 젊은 남자가 홈스에게 들어오라고 했다.

"고맙소."

홈스가 말했다.

"스트랜드 가로 가는 길을 물으려고 문을 두드렸는데."

"세 번째 길에서 오른쪽으로 돌아 걸어가다가 네 번째 골목에서 다시 왼쪽으로 꺾으면 됩니다."

점원은 서둘러 짧게 대답하고는 문을 닫았다.

"영리한 친구군."

홈스가 걷기 시작하면서 말했다.

"내가 보기에 저 친구는 런던에서 네 번째로 영리한 것 같아. 대담하기로 말하자면 세 번째는 될 것 같고. 저 친구에 대해선 예전부터 좀 알고 있었네."

"분명한 건 윌슨 씨의 점원이 빨강머리연맹의 수수께끼와 깊이 연관되어 있다는 거지. 자네는 그를 만나보려고 일부러 길을 물어본 거고."

내가 말했다.

"그를 만나보려던 게 아니야."

"그러면 왜?"

"그가 입고 있는 바지 무릎을 보려던 거였네."

"그래서 뭘 알아냈는데?"

"내가 예상했던 바로 그거."

"보도는 왜 두드려보았나?"

"여보게 왓슨 박사, 지금은 이야기할 때가 아니라 관찰을 해야 할 때라고. 우린 지금 적진에 들어와 있는 첩보원이나 마찬가지야. 삭스 코버그 광장에 대해서는 파악이 됐으니, 이제 그 뒤로 이어지는 부분을 살펴봐야겠어."

허름한 삭스 코버그 광장의 모퉁이를 돌아가니 그림의 뒷면과 앞면처럼 대조적인 거리가 나타났다. 도심을 북쪽과 서쪽으로 이어주는 교통의 요지 중 하나인 것 같았다. 도로의 양방향에는 오가는 마차가 가득 늘어서 있고, 보도는 바쁘게 제 갈 길을 가는 인파로 북적였다. 말끔하고 세련된 상점과 번화한 사무실이 늘어선 거리를 보고 있자니, 조금 전에 보았던 허름하고 퇴색한 광장이 이 거리와 등을 맞대고 있다는 사실이 믿기지 않았다.

홈스가 거리 끝에 서서 건물들을 바라보며 말했다.

"어디 보자. 이 거리의 건물을 순서대로 외워야 해. 런던에 관한 정확한 지식을 습득하는 게 취미라서 말이지. 모티머 상점이 있고, 그다음이 담뱃가게, 작은 신문 가게, 시티앤서버번 은행 코버그 지점, 채식 식당, 그다음은 맥팔레인 마차정비소. 그러고는 다음 블록이 시작되는군. 자, 왓슨, 이제 우리 일은 다 했으니 좀 쉬기로 하지. 샌드위치에 커피 한잔하고 바이올린 연주에 빠져보자고. 감미롭고 섬세하고 조화로운 세계에 심취하는 거야. 그곳엔 수수께끼 같은 일로 우리를 귀찮게 하는 빨간 머리 의뢰인도 없을 테니까."

나의 친구 홈스는 음악에 대한 열정도 대단했다. 그 자신이 꽤 유능한 연주자이고, 작곡에도 범상치 않은 재능을 가지고 있었다. 오후 내내 그는 완벽한 행복감에 싸인 채 무대 앞 좌석에 앉아서 음악에 맞춰 길고 가는 손가락을 휘저었다. 그의 눈빛이 나른하고 꿈을 꾸는 것 같아서 평소의 경찰견 홈스, 냉철하고 예리하며 민첩한 사립 탐정 홈스의 모습 같지 않았다. 홈스는 특이하게도 서로 상반되는 성격의 소유자였는데, 그 두 가지가 번갈아 나타났다. 나는 종종 그가 극도의 정확함과 치밀함을 보이는 것이 어쩌면 때때로 시적이고 사색적인 감성에 휩싸이는 자신에 대한 반작용이 아닐까 생각한다. 그렇게 극심한 정서의 변화는 그를 지독한 무기력 상태와, 에너지가 용솟음치는 상태를 오가게 했다. 하지만 내가 아는 한, 정말 그를 두려워해야 할 때는 며칠 동안 안락의자에 앉아 자신이 작곡한 즉흥곡과 고서에 파묻혀 있을 때였다. 그때야말로 그의 내면에서 범인을 추적하려는 욕망이 솟아오르고, 빛나는 추리력이 직관의 경지로 상승하는 시간이기 때문이다. 그럴 때 그의 방식을 잘 모르는 사람들은 마치 초인간적인 능력을 지닌 사람을 보듯 놀라기도 한다. 그날 오후 세인트 제임스 홀에서 음악에 심취해 있는 그를 보았을 때, 나는 그 무서운 시간이 홈스가 추적하기로 작정한 대상에게 다가가고 있음을 느꼈다.

"왓슨 박사, 자네는 이제 집에 가고 싶겠지."

연주회장을 나오면서 홈스가 말했다.

"그러게. 그러는 게 좋을 것 같네."

"나는 앞으로 몇 시간 정도 처리해야 할 일이 있어. 이번 코버그 광장 사건은 매우 심각한 것 같네."

"뭐가 심각하다는 건가?"

"중대 범죄가 꾸며지고 있거든. 우리가 늦지 않게 손을 써서 막아야 해. 그런데 오늘이 토요일이라서 일이 좀 복잡해졌지 뭔가. 오늘 밤에 자네 도움이 필요해."

"몇 시에?"

"10시 정도면 될 것 같은데."

"10시까지 베이커 가로 가겠네."

"좋아. 그리고 미리 말해두겠는데, 왓슨 박사, 조금 위험할 수도 있어. 그러니 자네의 군용 권총을 주머니에 넣고 오게."

홈스는 손을 흔들어 인사한 뒤 돌아서서 인파 속으로 사라졌다.

나는 평소에 내가 다른 사람들보다 멍청하다고 생각하지는 않는 편인데, 셜록 홈스와 함께 있다 보면 스스로 둔하다는 생각이 들어 기가 죽곤 한다. 오늘도 그가 들은 만큼 나도 들었고 그가 본 만큼 나도 봤는데, 그의 말을 들으면 그는 일어난 일만 보는 게 아니라 앞으로 일어날 일까지 명확히 꿰뚫고 있는 게 분명했다. 하지만 내게는 아직 모든 게 혼란스럽고 기괴할 뿐이었다. 켄싱턴에 있는 집으로 돌아오면서 오늘 일을 다시 한 번 돌아보았다. 백과사전을 베껴 쓴 빨간 머리의 사내가 들려준 이상한 이야기부터 삭스 코버그 광장에 간 일, 그리고 홈스가 나와 헤어지면서 남긴 의미심장한 말까지. 홈스는 이 야간 원정에서 무엇을 하려는 걸까? 왜 권총을 가지고 오라는 거지? 어디 가서 뭘 하려는 건데? 홈스는 매끈한 얼굴의 전당포 점원이 무서운 상대라는 힌트를 주었다. 뭔가 무서운 음모를 꾸밀 수도 있는 사람. 나는 그것을 알아내려고 애써봤지만 결국 포기하고, 밤이 되어 사건의 경위가 밝혀지기를 기다리기로 했다.

9시 15분에 집에서 나와 공원을 건너고 옥스퍼드 가를 지나 베이커 가로 갔다. 문 앞에 이륜마차 두 대가 서 있고, 복도로 들어서자 위에서 말소리가 들려왔다. 홈스의 방에 들어가니 그는 두 명의 방문자와 대화하는 중이었는데, 그중 한 명은 나도 알고 있는 경찰관 피터 존스였다. 다른 한 명은 키가 크고 호리호리했는데 표정이 몹시 어두웠다. 그는 윤기 흐르는 모자에 좀 과하게 점잖아 보이는 프록코트를 입고 있었다.

"아, 이제 올 사람이 다 왔군요."

홈스가 그렇게 말하더니 모직 재킷의 단추를 여미고 선반에서 사냥용 채찍을 꺼내 들었다.

"왓슨, 런던 경찰국에 계신 존스 씨는 알고 있지? 그리고 메리웨더 씨를 소개하겠네. 오늘 밤 우리의 모험에 동참하실 거라네."

"우리가 또다시 조를 이루어 사냥하게 되었군요, 박사님. 여기 있는 이 친구는 추격전을 시작하는 데 명수지요. 하지만 사냥감을 추적해서 잡으려면 늙은 사냥개의 도움이 필요하답니다."

존스가 특유의 거들먹거리는 투로 말했다.

"추격전 끝에 겨우 기러기 한 마리 잡는 건 아니길 바라오."

메리웨더 씨가 침울한 음성으로 말했다.

"홈스 씨는 믿으셔도 됩니다. 그 나름의 방식이 있으니까요. 이렇게 말하는 게 실례가 될지도 모르겠는데, 좀 지나치게 논리적이고 환상적이지만 천부적으로 타고난 탐정인 건 틀림없습니다. 숄토 살인 사건이나 아그라 보물 사건 때는 한두 번 경찰보다 더 정확했다고도 말씀드릴 수 있으니까요."

존스 형사가 거만하게 말하자 낯선 사내가 인정하겠다는 듯이 말했다.

"아, 존스 씨가 그렇게 말씀하신다면 좋소. 다만 카드 게임을 못하게 돼서 아쉽소이다. 지난 27년간 토요일에 브리지를 못하는 건 오늘이 처음이오."

"하지만 오늘 밤에 지금까지 하셨던 어떤 카드 게임보다 크고 흥미로운 게임을 하실 것입니다. 메리웨더 씨는 오늘 밤 3만 파운드 정도의 판돈이 걸린 게임을 하시게 될 거고, 존스 씨는 그동안 잡고 싶어 했던 자를 잡게 될 겁니다."

"존 클레이. 살인, 절도, 기물 파손, 화폐 위조. 나이는 어리지만, 그 방면에서는 타의 추종을 불허하지요. 어떤 녀석보다도 그놈의 손목에 쇠고랑을 채우는 게 저의 목표입니다. 존 클레이는 아주 특이한 녀석이에요. 그의 조부는 공작 직위를 가지고 있었고, 그 녀석도 이튼 칼리지와 옥스퍼드를 졸업한 수재지요. 손이 빠른 만큼 두뇌 회전도 빨라서, 매번 녀석의 흔적을 발견하면서도 정작 그 행방은 놓치고 말았어요. 한 주는 스코틀랜드에서 금고를 털고, 다음 주에는 콘월에서 고아원을 설립한다며 기금을 모으는 식이죠. 벌써 수년째 그 녀석의 행방을 추적하고 있는데 아직 한 번도 보지 못했으니까요."

"오늘 밤에 직접 만나게 해드리는 기쁨을 누릴 수 있으면 좋겠군요. 저 역시 존 클레이와 한두 번 인연이 닿을 뻔했지요. 그가 자기 분야에 뛰어나다는 말씀에 전적으로 동의합니다. 그런데 벌써 10시가 됐군요. 이제 출발할 시간입니다. 두 분이 먼저 출발하시면 저도 왓슨과 곧 뒤따라가겠습니다."

마차를 타고 가는 꽤 긴 시간 동안 셜록 홈스는 말없이 의자에 기대앉아 오후에 들었던 바이올린 곡을 흥얼거리고 있었다. 마차는 털털거리며 가스등이 켜진 미로 같은 거리를 지나 패링턴 가로 들어섰다.

홈스가 말했다.

"이제 거의 다 왔군. 메리웨더라는 자는 은행장인데 이번 일에 관심이 있어. 존스는 데려오는 게 좋을 것 같아서 불렀고. 일하는 걸 보면 천치 바보지만, 나쁜 사람은 아니야. 게다가 장점 하나는 가지고 있잖아. 불도그처럼 용감하고 가재만큼이나 끈질기니까. 한 번 물면 절대로 놓아주지 않아. 자, 다 왔네. 두 사람이 기다리고 있어."

우리가 아침에 왔던 번화가였다. 우리를 싣고 온 마차를 보내고 메리웨더 씨의 안내를 받아 좁은 골목을 내려가니 어떤 건물의 옆문이 나왔다. 메리웨더 씨가 문을 열어주었고 우리는 안으로 들어갔다. 다시 좁은 복도를 지나니 커다란 철문이 나왔다. 그 문을 열고 나선형의 돌계단을 내려가니 또 하나의 육중한 철문이 나왔다. 메리웨더 씨는 문 앞에 멈춰 서더니 손등을 켰다. 흙냄새가 나는 통로를 지나고 세 번째 철문을 여니 거대한 금고 혹은 지하실 같은 공간이 나왔다. 사방에 궤짝과 상자가 쌓여 있었다.

"위에서 들어오긴 힘들겠군요."

홈스가 손등으로 위를 비추고 주위를 살피며 말했다.

"밑에서도 쉽지 않을 거요."

메리웨더가 바닥에 깔린 판석 위를 지팡이로 두드리면서 말했다. 그러다가 깜짝 놀라 고개를 들며 소리쳤다.

"아니 이런, 밑이 텅 빈 소리가 나잖아!"

"좀 조용히 해주셔야 할 것 같습니다! 오늘 일이 허사로 돌아가게 할 수 있단 말입니다. 부탁드리는데, 저희 일을 방해하지 말고 저기 궤짝 위에 앉아 계시면 어떻겠습니까?"

홈스가 호되게 주의를 주었다.

근엄한 메리웨더는 몹시 불쾌한 표정을 짓더니 궤짝 위에 올라앉았다. 홈스는 손등과 확대경을 든 채 바닥에 무릎을 대고 앉아 포석 사이의 균열을 자세히 관찰했다. 그러고 는 2~3초 만에 벌떡 일어나 안경을 주머니에 넣으며 말했다.

"적어도 한 시간은 기다려야 할 겁니다. 전당포 주인이 잠자리에 들 때까지는 작업을 시작할 수 없을 테니까요. 그러고 나면 일분일초를 다투어 움직이겠지요. 일을 빨리 마 쳐야 달아날 시간이 그만큼 여유로워질 테니까. 왓슨, 우리는 지금, 자네도 짐작하고 있 겠지만, 런던 굴지의 은행 지하 금고에 들어와 있는 걸세. 메리웨더 씨는 이 은행의 지점 장이시지. 지점장님께서 왜 런던의 악명 높은 범죄자들이 이 지하 금고를 털고 싶어 하 는지 설명해주실 걸세."

"그건 현재 우리 금고에 보관되어 있는 프랑스 금괴 때문이오. 그걸 탈취하려는 시도 가 있을 거라는 경고를 벌써 여러 번 받았소."

지점장이 낮은 목소리로 속삭였다.

"프랑스 금괴가 있다고요?"

"그렇소. 몇 달 전 우리 은행은 지불 능력을 강화하기 위해 프랑스 은행으로부터 3만 나폴레옹(나폴레옹의 초상을 새긴 예전의 20프랑짜리 금화를 말한다 - 옮긴이)을 빌렸지. 그런데 포 장을 뜯기도 전에 그 사실이 알려진 거요. 지금 내가 깔고 앉아 있는 궤짝들 안에는 각각 2,000나폴레옹의 금화가 납판을 사이에 깔고 켜켜이 담겨 있소. 현재 우리 은행의 금괴 보유액은 평상시에 지점 하나가 보유하고 있는 액수보다 훨씬 많소이다. 그래서 지금

임원들도 불안해하며 신경을 곤두세우고 있소."

홈스가 수긍했다.

"그럴 만도 하지요. 이제 우리가 계획을 세워야 할 시간입니다. 지금부터 한 시간 내에
결판이 날 겁니다. 그때까지는 희미한 손등이지만 덮개를 씌워야 할 것 같은데요."

"그리고 어둠 속에 앉아 있으라는 말이오?"

"그러셔야 할 것 같습니다. 사실 제가 카드 한 벌을 주머니에 넣어 왔습니다. 지금 우
리가 네 명이니까 지점장님께서 좋아하시는 러버 브리지를 할 수도 있겠네요. 하지만
저들이 이렇게까지 철저히 일을 꾸몄는데 불빛 때문에 우리 일을 망칠 수는 없을 것 같
습니다. 그리고 이제 각자 위치를 정해야 할 것 같군요. 놈들은 무모한 자들이에요. 상황
적으로는 그들이 불리하지만, 조심하지 않으면 다칠 수도 있어요. 저는 이 궤짝 뒤에 있
겠습니다. 여러분도 저 뒤에 몸을 숨기십시오. 제가 그들에게 손등을 비추면 재빨리 달
려들어야 합니다. 왓슨, 만약 저들이 총을 쏘면 자네도 주저하지 말고 쏘아 넘어뜨리게."

나는 권총을 꺼내 내 앞에 놓인 상자 위에 올려놓고 공이치기를 잡아당겼다. 홈스가
손등의 덮개를 닫자 실내가 캄캄해졌다. 그렇게 칠흑 같은 어둠은 처음인 것 같았다. 하

지만 달궈진 쇠붙이의 냄새가 우리에게 등이 있음을 상기시켜
주었고, 필요하면 언제든 순간적으로 빛을 밝힐 수 있음을 확인
시켜주었다. 나는 초조해진 나머지 신경이 곤두서는 것 같았다.
갑작스러운 어둠과 지하 금고의 습한 냉기가 가슴을 무겁게 짓
누르는 느낌이었다.

홈스가 속삭였다.

"놈들에게 퇴로는 하나뿐입니다. 바로 삭스 코버그 광장으로
연결된 전당포를 통과하는 거지요. 존스, 내가 부탁한 대로 해놓
았겠지요?"

"정문 앞에 경사 한 명과 경찰관 두 명을 대기시켜놓았소."

"그렇다면 모든 길목을 막은 셈이군요. 이제 조용히 기다리기

만 하면 되겠네요."

시간이 얼마나 느리게 가던지! 나중에 기록을 보니 한 시간 15분밖에 안 되었던데, 그 순간에는 밤을 꼬박 지새우고 날이 새는 느낌이었다. 자세를 바꾸는 것조차 조심스러워서 부동자세로 있다 보니 팔다리가 저리고 뻣뻣해졌다. 신경이 극도로 날카로워져서 청각까지 예민해졌는지, 홈스의 숨소리만 또렷이 들리는 게 아니라 육중한 존스의 깊고 무거운 호흡과 지점장의 얕고 한숨을 쉬는 듯한 호흡 소리를 구분할 수 있을 정도였다. 내가 있는 위치에서는 나무상자 너머로 바닥이 보였다. 그런데 갑자기 그쪽에서 불빛이 번득였다.

처음에는 돌바닥에 작은 불꽃이 이는 것 같았다. 그러더니 불꽃이 점점 길어져 노란 불빛 한 줄기가 되었고, 한순간에 바닥이 소리 없이 갈라지더니 손 하나가 올라왔다. 하얀 여자의 손 같았다. 1분, 또는 그보다 조금 더 길게 불빛 한가운데로 올라온 손이 손가락을 꼬물거리며 사방을 더듬었다. 그러다가 한순간에 사라져버렸다. 사방이 다시 어두워지고 희미한 불빛 한 줄기만 돌판 사이의 균열을 표시해주고 있었다.

하지만 손가락이 사라지고 오래되지 않아 귀청을 찢는 듯한 소리와 함께 희고 넓은 판석 중 하나가 옆으로 뒤집히면서 사각형의 구멍을 드러내고, 그 구멍으로 램프의 불빛이 흘러나왔다. 그리고 잠시 후 소년처럼 말끔한 얼굴이 빠끔히 올라오더니 민첩하게 사방을 살폈다. 그러고는 양손으로 구멍 양옆을 잡고 어깨까지 몸을 끌어올리더니 허리 높이까지 올라오고, 마침내 한쪽 무릎으로 바닥을 짚었다. 그리고 다음 순간 바닥으로 완전히 올라선 사내는 자기처럼 작고 호리호리한 패거리 한 명을 끌어올렸다. 얼굴이 창백하리만치 희고 머리색이 지독하게 빨간 사내였다.

그가 속삭였다.

"됐어. 끌하고 가방 가져왔지? 에잇, 젠장! 뛰어내려, 아치, 뛰어내리라니까! 교수대에 가게 생겼다고!"

셜록 홈스가 뛰어나와 침입자의 목덜미를 잡았다. 다른 한 명은 구멍 안으로 뛰어들었다. 그 순간 존스가 그의 옷자락을 움켜잡는 바람에 찢어지는 소리가 들렸다. 불빛에

반짝이는 권총의 총신이 보이는 순간 홈스가 사냥용 채찍으로 사내의 손목을 내리쳤고, 권총은 철커덕 소리를 내며 돌바닥에 떨어졌다.

"소용없어, 존 클레이. 이제 다 끝났다고."

홈스가 덤덤하게 말했다.

"그런 것 같군. 하지만 내 친구는 무사히 도망쳤을 거야. 너희가 옷자락을 찢어놓기는 했지만 말이지."

상대도 한껏 침착하게 대답했다.

"문 앞에 세 명이 지키고 있을 거다."

홈스가 말했다.

"오, 아주 철저히 준비해놓았군 그래! 칭찬해줄 만해."

"나도 자네를 칭찬해줘야겠어. 자네의 빨간 머리 아이디어는 정말 참신하고 기발했네."

홈스가 응수했다.

"곧 네 친구를 만나게 될 거다. 굴을 타고 내려가는 데는 나보다 빨랐지만, 내가 신발을 고쳐 신을 때까지만 버텨보라고 해."

존스 형사가 말했다.

"내 몸에 당신의 그 더러운 손을 대지 마. 당신은 모르겠지만, 내게는 왕가의 피가 흐르고 있어. 그리고 내게 말할 때는 항상 예를 갖춰."

존스가 쇠고랑을 채우자 존 클레이가 말했다.

"알겠습니다, 폐하. 폐하를 경찰서까지 모시고 갈 마차에 오르셔야 하니, 위로 올라가시겠습니까."

존스가 존 클레이를 빤히 쳐다보고 키득거리며 대답했다.

"그러니 좀 낫군."

존 클레이가 차분하게 말했다. 그는 우리 셋을 향해 가볍게 고개 숙여 인사한 다음 존스 형사에게 잡힌 채 조용히 걸어갔다.

"홈스 선생, 우리 은행이 선생께 어떻게 감사와 사례를 해야 할지 모르겠소. 기상천외한 금고털이범들의 범행을 미리 감지하고 소탕해주셨으니 말이오."

메리웨더 씨가 지하실을 나서면서 말하자 홈스는 이렇게 대답했다.

"저는 저대로 존 클레이 씨와 계산해야 할 빚이 있었습니다. 이 사건을 해결하는 데 약간의 비용이 들었는데, 그건 은행 측에서 보상해주셨으면 좋겠군요. 그 외에는 여러모로 특이한 사건을 경험하고 빨강머리연맹의 기상천외한 이야기를 듣게 된 것으로 충분히 보상되었습니다."

그리고 다음 날 아침, 베이커 가에서 위스키와 음료수를 앞에 놓고 마주 앉았을 때 홈스가 말했다.

"왓슨, 그런데 말이야. 그 기상천외한 연맹의 광고 목적은 처음부터 아주 명백했다네. 백과사전을 필사하게 한 것도 그렇고. 그다지 명석하지 못한 전당포 주인을 매일 정해진 시간 동안 나가 있게 하기 위해서였던 거야. 그 목적을 이룬 방법이 조금 독특했지만, 더 나은 방법을 찾기도 어려웠을 것 같아. 천재적인 두뇌를 가진 클레이는 공범인 친구의 머리 색깔을 보고 그 방법을 생각해낸 거지. 1주일에 4파운드라는 돈은 윌슨 씨를 끌어내기 위한 미끼였고 말이야. 수천 파운드를 노리는 그들에게 그게 뭐 그리 큰 지출이었겠나? 둘이 함께 광고를 낸 다음, 한 명은 임시 사무실을 지키고 또 한 명은 연맹에 가입할 사람을 부추긴 거지. 그렇게 해서 전당포 주인이 매일 가게를 비우도록 한 거야. 그가 평균 수준의 절반밖에 안 되는 급여를 받고 일한다는 말을 들을 때마다, 그래야만 하는 강력한 동기가 숨어 있을 거라고 확신했어."

"그렇지만 그 동기가 무엇인지는 어떻게 추측할 수 있었지?"

"집에 여자가 있었다면 단순한 불륜 정도를 의심했을 걸세. 그런데 그럴 가능성은 없었잖아. 전당포 규모도 작고, 그만한 지출을 감당하고 계획을 세우면서까지 탐낼 물건이 그 집에 있을 것 같지도 않았어. 그렇다면 집 밖에 있는 뭔가를 노리는 거라고 생각한 거야. 그게 뭘까? 그러다가 그 점원이 사진을 좋아하고, 그것을 인화하려고 지하실에 자주 내려간다는 사실을 떠올렸던 거야. 지하실! 거기에 단서가 있었던 거지. 그래서 그 미심쩍은 점원을 조사해보니 런던에서 가장 냉철하고 대담한 범죄자였던 거지. 그가 지하실에서 무슨 일을 꾸미고 있는 건 분명한데, 매일 몇 시간씩 몇 달 동안 매달려야 하는 일이 무엇일까? 그게 뭘까? 내가 생각해낸 유일한 답은 다른 건물로 통하는 굴을 파는 것이었어.

자네와 함께 현장 답사를 갔을 때 거기까지 생각했던 거라네. 그래서 지팡이로 보도를 두드려서 자네를 당황하게 만들었고 말이야. 지하실에서 연결된 굴이 집 앞으로 향하는지 뒤로 향하는지를 확인하려 한 거였어. 앞으로 향하지는 않더라고. 그걸 확인하고 나서 벨을 누른 거야. 그리고 예상대로 점원이 문을 열어주었지. 나는 그와 소소하게 부딪힌 적이 몇 번 있지만 직접 만난 적은 없었어. 그날도 그의 얼굴은 보지도 않았어. 그의 무릎을 보고 싶었거든. 그의 바지 무릎이 얼마나 닳고 구겨지고 더러워져 있었는지 자네도 봤어야 하네. 그의 무릎이 얼마나 많은 시간 동안 굴 파는 작업에 매달렸는지 말해주고 있었어. 이제 남은 건 그들이 왜 굴을 파느냐는 문제였어. 그런데 모퉁이를 돌아가니 시티앤서버번 은행이 전당포와 등을 맞대고 있는 거야. 그걸 보는 순간 사건이 해결된 거나 다름없다는 확신이 들었어. 연주회가 끝나고 자네가 집으로 돌아가는 동안 나는 런던 경찰국과 은행 지점장에게 연락해서 내가 알아낸 사실을 전했어."

"그런데 그들이 오늘 밤에 금고를 털 것이라는 건 어떻게 알아냈지?"

내가 물었다.

"그들이 연맹 사무실을 닫은 건 이제 제이비즈 윌슨이 전당포에 있어도 상관없다는 뜻이지. 다시 말해서 터널이 완성되었다는 거잖아. 그렇다면  그들은 되도록 빨리 일을 처리하려 들 게 뻔했어. 굴이 발각될 위험도 있고 금괴가 옮겨질 수도 있으니까. 다른 날보다는 토요일이 유리할 테고. 도주할 시간이 이틀이나 주어지는 셈이니까. 이런 여러 가지를 종합해볼 때 오늘 밤이라는 걸 확신하게 된 거지."

"정말 기가 막힌 추리로군. 그렇게 긴 논리의 사슬이

하나하나 절묘하게 사실로 이어지다니 말이야."

　내 입에서 진심 어린 감탄사가 터져 나왔다.

　"덕분에 지루하지 않았어. 오, 맙소사! 또다시 권태가 밀려오기 시작하는군. 내 삶은 존재의 진부한 일상에서 벗어나기 위한 긴 노력으로 일관되어 있다네. 이런 작은 사건들이 그런 나의 노력에 힘이 되어주지."

　홈스가 하품을 하며 대답했다.

　"자네는 인류의 은인이야."

　내가 말했다. 그러자 홈스가 어깨를 한 번 들썩여 보이며 대답했다.

　"글쎄, 아마도 약간은 도움이 되겠지. 귀스타브 플로베르가 조르주 상드에게 쓴 편지 구절처럼, '사람은 아무것도 아니고 작품이 모든 것을 말한다'가 진실이라면 말일세."

3
신랑의 정체

베이커 가에 있는 홈스의 집 벽난로 앞에 마주 앉아 있을 때였다. 홈스가 말했다.

"여보게 친구, 인간이 생각해낼 수 있는 그 어떤 이야기보다 한없이 더 기묘한 게 바로 인생이라네. 우리의 상상력은 존재의 진부한 일상조차 따라가지 못한다네. 만약 우리가 손을 잡고 저 창문 밖으로 날아가 이 큰 도시 위를 떠다니면서 가만히 지붕들을 들춰볼 수 있다면, 그래서 그 안에서 일어나는 기기묘묘한 일들을 엿볼 수 있다면 말일세. 말하자면 이상한 우연이나 계획, 엇갈리는 목적, 세대에 걸쳐 이어지다가 기괴한 결말을 가져오는 일련의 사건을 엿볼 수 있다면, 관습에 얽매여 뻔한 결말을 보여주는 소설은 모두 따분하고 무용한 것으로 여겨질 걸세."

"하지만 나는 자네 생각이 옳다고 단언하지 못하겠네. 신문 기사를 통해 드러나는 것들은 대부분 너무 노골적이고 천박하거든. 경찰 조서는 사실주의의 극치를 보여줄 뿐이고, 그래 봐야 그 결과물은 흥미롭지도 예술적이지도 못하지만 말이야."

내가 대답했다.

"사실적인 효과를 내려면 어느 정도 선택과 분별을 해야 하니까. 경찰 조서에 필요한 게 바로 그런 건데, 실제로는 사건 전체의 핵심적인 사실을 상세히 알려주기보다는 행정관리들의 진부한 말을 전하는 데 더 비중을 두고 있지 않나. 그러다 보니 경찰 조서를 통해서 보면 일상적인 삶만큼 부자연스러운 것도 없다는 생각이 들게 되지."

나는 고개를 저으며 미소 띤 얼굴로 말했다.

"자네가 그렇게 생각하는 건 충분히 이해하겠네. 물론 천지 사방에서 황당한 일을 겪는 사람들에게 주관적인 조언과 도움을 주는 자네 같은 사람은 온갖 이상하고 기이한 일을 보겠지. 하지만 여기 보게."

나는 바닥에 떨어져 있는 조간신문을 집어 들었다.

"어디 한번 시험을 해보자고. 여기 제일 먼저 '아내를 학대하는 남편'이라는 머리기사가 눈에 들어오는군. 이 기사는 칼럼의 절반이나 차지하고 있지만, 나는 그것을 굳이 읽지 않아도 무슨 내용인지 너무 잘 알 것 같아. 당연히 외도와 음주, 밀고 당기기, 주먹질, 멍든 상처가 나올 테고 그녀를 가엾게 여기는 자매나 집주인이 등장하겠지. 아무리 무능한 작가라도 이보다 더 형편없는 소설을 지어내지는 않을 거야."

"자네의 논리를 뒷받침하기 위한 사례라면, 유감이지만 잘못 골랐네."

홈스가 신문을 가져가 훑어보며 말했다.

"이건 던다스 부부의 별거 사건인데, 내가 그 사건과 관련해서 몇 가지 소소한 문제를 해결해준 적이 있다네. 남편은 술을 입에도 대지 않는 사람이었고, 다른 여자가 있었던 것도 아니야. 그녀가 불만이었던 것은, 식사를 끝내는 의식으로 틀니를 꺼내 아내에게 던지는 그의 오랜 버릇이었어. 그런 건 평범한 부부의 일상을 이야기할 때 생각할 수 있는 소재가 아니지. 왓슨 박사, 코담배 한 줌 집어 들이마시고 나에게 졌다는 걸 인정하지 그러나."

그렇게 말하면서 홈스가 코담배 상자를 내밀었다. 금으로 만든 고풍스러운 상자인데 뚜껑 한가운데에 자수정이 박혀 있었다. 홈스의 검소하고 소박한 생활에 비해 너무나 화려하고 고급스러운 물건이어서 한마디 물어보지 않을 수 없었다.

"아, 자네를 본 지가 벌써 몇 주나 지났다는 걸 깜빡 잊었군. 이건 보헤미아의 왕이 아이런 애들러 사건을 도와준 데 대한 감사 선물로 보내준 기념품이라네."

"그러면 그 반지는?"

나는 그의 손가락에서 반짝거리는 반지를 흘끗거리며 물었다.

"이건 네덜란드 왕실에서 보내준 거고. 내가 도와준 사건이 하나 있는데, 워낙에 미묘한 문제라서 내 사건들을 기록해서 연대기로 만들어준 자네에게조차 말해줄 수가 없다네."

"지금 수사 중인 사건은 없나?"

나는 문득 궁금해져서 물었다.

"열 건인가, 아니 열두 건 정도 되는 거 같아. 하지만 흥미로운 사건은 없어. 재미는 없지만 중대한 사건들이지. 무슨 말인지 알겠지. 내가 파악한 바에 의하면, 중요하지 않은 사건일수록 세밀히 관찰하고 인과관계를 신속하게 분석해야 하는 경우가 많다네. 그래서 더 매력 있기도 하고 말이야. 대형 범죄들은 오히려 단순해. 범죄가 커질수록 동기가 뻔하거든. 현재 맡고 있는 사건 중에는 마르세유에서 의뢰한 다소 복잡한 사건 외에는 흥미로운 게 없어. 그렇지만 곧 좀 더 재미있는 사건을 맡게 될지도 모르겠네. 만약 저기 저분이 내 고객이라면 말이지. 내가 잘못 짚은 거면 할 수 없고."

홈스는 의자에서 일어나 커튼 사이로 우중충한 회색의 런던 거리를 내려다보았다. 그의 어깨 너머로 길 건너편에 서 있는, 체구가 큰 여성이 보였다. 목에는 묵직해 보이는 모피 목도리를 두르고, 빨간 깃털이 하늘거리는 챙 넓은 모자는 요염한 데번서 공작 부인처럼 귀 너머로 비스듬히 기울여 쓰고 있었다. 그리고 장갑의 단추를 만지작거리며 보도 위를 서성이는 동안 그 화려한 모자 아래서 불안한 듯 망설이는 표정으로 우리가 있는 방의 창문을 틈틈이 흘끗거렸다. 그러다가 갑자기 강둑에서 물로 뛰어들어 수영이라도 하려는 사람처럼 거리로 내려서더니 서둘러 길을 건넜다. 잠시 후 요란한 초인종 소리가 들렸다.

홈스가 담배를 난롯불에 던지며 말했다.

"저런 증상을 몇 번 본 적이 있지. 보도 위를 서성이는 건 마음이 복잡하다는 뜻이야. 조언을 구하고 싶은데 너무 은밀한 내용이어서 말을 해도 좋을지 망설여지는 거지. 그런데 여기서 좀 더 세분할 필요가 있네. 남성에게 심하게 배신당한 여성은 망설이지 않아. 그럴 때는 흔히 초인종 줄을 끊을 듯이 잡아당기지. 그런데 이 경우는 여성이 그다지 분개하거나 황당해하지 않는 것으로 보아 애정 문제라고 볼 수 있네. 아무튼 우리의 궁금증을 풀어줄 그녀가 오고 있어."

홈스가 말을 하는 동안 노크 소리가 나더니 제복을 입은 소년이 들어와 메리 서덜랜드가 오셨다고 전했다. 곧 검은 제복을 입은 소년 뒤로 여성이 모습을 드러냈다. 작은 통통배 뒤에 큰 상선이 돛을 활짝 펼치고 서 있는 것 같았다. 셜록 홈스는 여성을 정중하게 맞아들이고 문을 닫은 다음 그녀를 안락의자로 안내했다. 그러고는 잠시 생각에 잠긴 듯, 그러나 유심한 눈길로 그녀를 바라보았다.

"눈이 안 좋은데 타자를 많이 치는 게 힘들지는 않으신가요?"

홈스가 묻자 그녀가 대답했다.

"처음엔 힘들었어요. 그렇지만 이제는 자판을 보지 않고도 글자들의 위치를 아니까요."

그러더니 문득 홈스의 말이 무엇을 의미하는지 깨달은 듯 깜짝 놀라며 눈을 들었다. 통통하고 선해 보이는 얼굴에 두려움과 놀라움이 가득했다.

그녀가 말을 이었다.

"저에 대한 이야기를 들으셨군요, 홈스 씨. 그렇지 않으면 어떻게 그런 걸 아시겠어요."

"하지만 걱정하지 마십시오. 사실들을 알아내는 게 저의 일이니까요. 다른 사람들이 무심히 지나치는 걸 보는 훈련이 되어 있어서요. 그렇지 않다면 이렇게 저에게 상담하러 오셨겠습니까?"

홈스가 웃으면서 말했다.

"제가 선생님을 찾아온 이유는 에서리즈 부인께 당신에 대한 이야기를 들었기 때문이에요. 그분의 남편이 실종되었을 때, 경찰을 비롯한 모두가 사망했을 거라며 포기했는데 선생님께서 쉽게 찾아주셨다면서요. 홈스 선생님, 저도 그렇게 도와주실 수 있기를 바랍니다. 저는 부자는 아니에요. 하지만 제 몫으로 1년에 100파운드씩 들어온답니다. 그리고 적지만 타자를 쳐서 버는 수입도 있고요. 호스머 엔젤 씨의 행방을 알 수만 있다면 그 돈을 다 드리겠어요."

"제게 상담하러 오시는데 왜 그렇게 서둘러 나오셨지요?"

셜록 홈스가 양손 손가락 끝을 마주 대고 시선을 천장으로 향한 채 물었다.

이번에도 메리 서덜랜드의 조금 멍한 듯한 얼굴에 놀라는 빛이 서렸다.

그녀가 말했다.

"네, 문을 쾅 닫고 나왔지요. 제 아버지인 윈디뱅크 씨가 매사에 너무 성의 없는 태도를 보여서 화가 났어요. 경찰에 도움을 요청하지도 않고, 선생님을 찾아와 의논하지도 않으면서 아무 일 없을 거라는 말만 하니 정말 미칠 지경이에요. 그래서 제가 이렇게 채비하고 선생님께 온 거예요."

"아버지는 의붓아버지인가 보죠. 성이 다른 걸 보면."

홈스가 말했다.

"네, 맞아요. 그래도 꼭 아버지라고 부른답니다. 그런데 좀 우습긴 하죠. 저보다 겨우 다섯 살하고 두 달 위니까요."

"어머니는 생존해 계시고요?"

"네, 그럼요. 아주 잘 계시죠. 아버지가 돌아가시고 얼마 안 돼서 어머니가 열다섯 살이나 아래인 남자와 재혼했을 때 저는 별로 달갑지 않았어요. 아버지는 토트넘 코트에서 배관설비업을 했는데 돌아가시면서 작은 사업체를 남겼어요. 그걸 어머니가 현장감독으로 일해온 하디 씨와 함께 운영했죠. 그런데 윈디뱅크 씨가 어머니와 결혼하면서 그걸 팔아버리게 한 거예요. 그는 포도주를 팔러 다니는데 사업 수완이 좋거든요. 아무튼 권리금과 수익을 합쳐서 4,700파운드를 받았는데, 아버지가 살아 계셨다면 그런 헐값으로는 절대 안 팔았을 거예요."

나는 홈스가 그렇게 장황하고 두서없는 이야기를 들으면서 당연히 짜증을 내겠다고 생각했다. 하지만 홈스는 최대한 집중해서 듣고 있었다.

"말씀하신 연간 수입은 사업체에서 나오는 건가요?"

홈스가 물었다.

"아, 아니에요. 그건 아버지의 사업체와 상관없어요. 오클랜드에 계시던 숙부가 저에게 남겨준 유산이니까요. 뉴질랜드 국채로 되어 있는데, 4.5퍼센트의 이자가 나오는 거예요. 원금은 2,500파운드인데 저는 이자만 받아서 쓸 수 있게 되어 있답니다."

"매우 흥미로운 이야기군요. 1년에 100파운드라는 큰돈이 들어오고 당신이 벌어들이는 수입도 있으니, 여행도 하고 여러모로 인생을 즐기시겠군요. 1년에 60파운드 정도의 수입이면 여성 혼자 풍족하게 살 수 있을 테니까요."

"저는 그보다 훨씬 적은 돈으로도 살 수 있습니다, 홈스 선생님. 하지만 부모님과 함께 사는 동안은 짐이 되고 싶지 않아요. 그래서 저를 데리고 있는 대신 그 돈은 모두 부모님께 드리고 있죠. 물론 당분간이겠지만요. 윈디뱅크 씨는 제 앞으로 나오는 이자를 몽땅 찾아서 어머니에게 준답니다. 저는 타자를 쳐서 버는 돈으로도 충분히 살 수 있고요. 한 장당 2펜스씩 받는데, 하루에 보통 열다섯 장에서 스무 장쯤 칠 수 있답니다."

"현재 처해 있는 상황은 잘 알겠습니다. 이 사람은 제 친구인 왓슨 박사입니다. 저에게 하실 수 있는 이야기는 뭐든 이 친구에게도 하실 수 있습니다. 이제 호스머 엔젤 씨와의 관계에 대해 말씀해주시지요."

홈스가 말하자 그녀는 얼굴에 홍조를 띠면서 불안한 듯 재킷 자락을 만지작거렸다.

그녀가 말했다.

"가스 수리공들의 무도회에서 그분을 처음 만났어요. 아버지가 살아 계실 때 늘 입장권을 보내주었는데 아버지가 돌아가신 후에도 우리를 기억하고 어머니에게 표를 보내더라고요. 그런데 윈디뱅크 씨는 우리가 그런 모임에 가는 걸 좋아하지 않았어요. 우리가 어딜 가는 것 자체를 좋아하지 않았죠. 제가 주일학교 소풍에 따라가고 싶어서 고집을 부리면 엄청 화를 내곤 했어요. 그렇지만 이 무도회만큼은 꼭 가고 싶었고, 가야겠다고 마음먹었어요. 도대체 그가 무슨 권리로 저를 막는 거죠? 그는 거기에 모이는 사람들이 제가 어울릴 만한 사람들이 아니라고 했어요. 제 아버지 친구들이 다 거기에 올 텐데 말이죠. 또 제가 입고 갈 옷도 없지 않으냐고 하는 거예요. 서랍에 거의 새것이나 다름없는 보라색 플러시(우단보다 털이 좀 더 긴 실크나 면 소재의 천 - 옮긴이) 드레스가 있는데 말이죠.

그러다가 더 이상 말릴 수 없다고 생각했는지, 회사에 일이 있다면서 프랑스로 출장을 가버렸답니다. 그래서 엄마와 저는 현장감독이었던 하디 씨와 함께 무도회에 가게 되었고, 거기서 호스머 엔젤 씨를 만난 거죠."

"윈디뱅크 씨가 프랑스에서 돌아온 후에 가족들이 무도회에 갔다는 사실을 알고 무척 화를 냈겠군요."

홈스가 말했다.

"아, 어쩐 일인지 그것에 대해서는 아주 너그러웠어요. 그냥 어깨를 한 번 들썩해 보이고는 웃었던 것 같아요. 그러면서 여자가 하려는 일을 말려봐야 아무 소용이 없다고 했어요. 어차피 하고 싶은 대로 한다고 말이죠."

"그랬군요. 그러니까 호스머 엔젤이라는 분을 만난 게 가스 수리공들의 무도회에서란 말이죠."

"네, 선생님. 그날 밤에 만났어요. 그리고 다음 날 우리가 집에 잘 들어갔는지 궁금하다며 집으로 찾아왔어요. 그 후로 몇 번 더 만났고요. 두 번 정도 만나서 산책을 했죠. 그러고 나서는 아버지가 돌아오셔서 호스머 엔젤 씨가 더 이상 우리 집에 올 수 없었어요."

"못 왔다고요?"

"음, 아버지가 그런 일을 별로 좋아하지 않아서요. 부득이한 경우가 아니면 집에 누가 오는 걸 싫어한답니다. 그러면서 늘 여자는 자기 가정 안에서 행복을 찾아야 한다고 말하죠. 그렇다면, 제가 어머니에게도 말하듯이, 여자는 자기 가정을 꾸리고 싶어 하게 마련이라는 건데, 저는 아직 제 가정을 꾸리지 못했잖아요."

"호스머 엔젤 씨는 어떤가요? 그는 미스 서덜랜드를 만나기 위해 노력하지 않았나요?"

"음, 1주일 후에 아버지가 프랑스로 갈 예정이었거든요. 호스머 엔젤 씨는 아버지가 프랑스로 간 다음에 만나는 게 좋겠다고 했어요. 그동안에는 편지를 주고받자고요. 그분은 매일 저에게 편지를 보냈답니다. 아침마다 제가 편지를 받아서 들어오니까 아버지에게 들킬 염려는 없었지요."

"그분과 결혼을 약속하셨습니까?"

"네, 그럼요. 처음 함께 산책한 날 결혼을 약속했답니다. 호스머, 아니 엔젤 씨는 레든 홀 가에 있는 사무실에서 회계원으로 일했는데……."

"뭐 하는 사무실이죠?"

"그게 좀 아쉽기는 한데, 저도 잘 모른답니다."

"그가 사는 곳은요?"

"그분은 사무실에서 잤어요."

"그런데 그 주소를 모르신다고요?"

"몰라요. 레든홀 가라는 것밖에는."

"그러면 편지는 어디로 보내셨나요?"

"레든홀 가 우체국으로요. 그분이 직접 가서 찾을 수 있게 했어요. 사무실로 편지를 보내면 다른 사람들이 여자한테서 편지가 왔다며 놀릴 거라고 했어요. 그래서 저도 그분처럼 타자를 쳐서 보내겠다고 했지요. 그랬더니 그건 싫다는 거예요. 손으로 쓴 편지를 받으면 제가 보냈다는 것이 느껴지지만, 타자기로 친 편지를 받으면 우리 사이에 기계가 끼어 있는 느낌이 들 거라는 거예요. 그것만 봐도 그분이 저를 얼마나 좋아하는지 아시겠지요, 홈스 선생님. 그렇게 사소한 것까지 마음을 쓰는 사람이라는 것도요."

"정말 많은 의미가 담겨 있는 말이군요. 저는 오랫동안 '가장 사소한 것이 가장 중요하다'는 지론을 가지고 살아왔습니다. 호스머 엔젤 씨에 대해 기억하는, 다른 사소한 것들이 또 있습니까?"

홈스가 말했다.

"그분은 수줍음이 많은 편이었어요. 저와 산책하는 것도 낮보다는 저녁에 하는 걸 좋아했지요. 남들 눈에 띄는 게 싫다고 했어요. 아주 조용하고 점잖은 사람이었어요. 음성도 부드럽고요. 어렸을 때 편도선염을 앓았다더군요. 그래서 목이 약해졌고, 말을 할 때도 머뭇거리고 작게 말하는 버릇이 생겼답니다. 옷은 항상 단정하고 말끔하게 입었어요. 하지만 저처럼 시력이 약해서 햇빛을 피하려고 색안경을 꼈지요."

"계부인 윈디뱅크 씨가 프랑스로 간 뒤에는 어떻게 됐나요?"

"호스머 엔젤 씨가 우리 집에 와서 제게 결혼하자고 했어요. 아버지가 돌아오기 전에 해야 한다면서요. 그는 너무나 진지했어요. 제 손을 성경에 얹고는, 무슨 일이 있어도 자기에게 진실할 것을 맹세하라고 했답니다. 어머니는 그게 저를 그만큼 열정적으로 사랑한다는 뜻이라면서 흡족해했죠. 어머니는 처음부터 그를 좋아했는데, 어떨 때는 저보다도 더 그를 좋아하는 것 같았어요. 어머니와 엔젤 씨가 1주일 안에 결혼식을 하는 게 좋겠다기에 제가 아버지 이야기를 꺼냈죠. 그러자 두 사람 모두 아버지는 걱정하지 말라는 거예요. 나중에 이야기하면 될 거라고요. 어머니가 아버지에게 잘 얘기하겠다고 했어요. 하지만 저는 썩 마음이 좋지 않았죠. 계부라고 해도 저보다 겨우 몇 살 많을 뿐인데 허락을 받는 것도 좀 우스웠지만, 그렇다고 몰래 결혼하는 것도 내키지 않았거든요. 그래서 보르도에 가 있는 아버지에게 편지를 썼어요. 아버지가 다니는 회사의 프랑스

지사로요. 그런데 결혼식 날 아침에 그 편지가 되돌아온 거예요."

"그러면 계부가 편지를 못 받은 건가요?"

"그렇답니다. 편지가 도착하기 전에 영국으로 출발한 거죠."

"저런! 정말 안타깝게 됐군요. 결혼식은 금요일로 잡혀 있었을 텐데 말이죠. 성당에서 하기로 했나요?"

"네, 선생님. 조용하게 치르기로 했죠. 킹스 크로스 근처에 있는 세인트 세이비어 성당에서 예식을 하고, 세인트 판크라스 호텔에서 아침 식사를 하기로 되어 있었어요. 호스머 씨는 이륜마차를 타고 우리 집에 왔는데, 어머니와 저를 이륜마차에 태우고 자기는 사륜마차로 옮겨 탔어요. 마침 거리에 그 마차 한 대밖에 없었거든요. 저와 어머니가 먼저 성당에 도착하고 잠시 후 사륜마차가 도착했는데, 아무리 기다려도 그가 내리질 않았어요. 마부가 내려와 문을 열어보니 마차 안에 아무도 없는 거예요! 마부는 어찌 된 영문인지 모르겠다며 황당해했고요. 손님이 마차에 타는 걸 자기 눈으로 똑똑히 봤다면서 말이죠. 그게 지난 금요일이었어요, 홈스 선생님. 그러고는 그를 보지도 못했고, 아무 소식도 듣지 못했답니다."

"유감스럽지만, 제가 보기엔 미스 서덜랜드께서 속으신 것 같네요."

홈스가 말했다.

"아니요. 그럴 리가 없습니다, 선생님! 그렇게 좋은 분이 그런 식으로 떠날 리가 없어요. 그날 아침에도 저에게 무슨 일이 생겨도 자기에게 진실해야 한다고 계속 말했거든요. 예상치 못한 일이 일어나서 헤어지게 되더라도 자기와 결혼을 맹세한 사이라는 걸 기억하라고 했어요. 그리고 언제든 반드시 저를 데리러 올 거라고 했어요. 결혼식 날 아침에 그런 말을 하는 게 조금 이상하기는 했죠. 그러고 나서 이런 일이 생기니 이제야 그 말이 이해되네요."

"그렇군요. 그러면 미스 서덜랜드께서는 그에게 예상치 못한 일이 일어났다고 생각하십니까?"

"네, 분명히 그럴 거예요. 자기에게 일어날 일을 예견한 거죠. 그렇지 않으면 그런 말을 했을 리가 없어요. 그가 예견한 일이 일어난 게 틀림없어요."

"그렇지만 어떤 일인지는 모르시지요?"

"모릅니다."

"한 가지만 더 여쭙겠습니다. 어머니께서는 이 일을 어떻게 받아들이시던가요?"

"화를 냈어요. 그러면서 제게 다시는 그 일을 입 밖에 내지 말라고 했어요."

"아버지는? 아버지께도 말씀드렸나요?"

"네. 아버지도 저처럼 그에게 무슨 일이 생긴 것으로 생각하고 있었어요. 다시 연락이 올 거라고요. 아버지 말처럼, 호스머 씨가 저를 성당 문 앞까지 데려다놓고 떠나서 좋을 일이 뭐 있겠어요? 만약 그가 저에게 돈을 빌렸거나 저와 결혼한 뒤에 제 돈을 자기 앞으로 돌려놓으려 했다면 달아날 이유가 될 수도 있겠죠. 하지만 호스머 씨는 금전 문제에서는 아주 깔끔한 사람이어서 제 돈은 한 푼도 넘보지 않았거든요. 그런데 도대체 무슨 일이 생긴 걸까요? 왜 편지조차 못 쓰는 거죠? 이런 생각을 하면 반쯤 미쳐버릴 것 같고, 밤새 한잠도 잘 수가 없답니다."

그녀는 토시에서 손수건을 꺼내 들고 흐느끼기 시작했다. 홈스가 자리에서 일어서며 말했다.

"제가 사건 경위를 조사해보겠습니다. 곧 어떻게 된 일인지 알게 될 겁니다. 지금은 일단 걱정을 내려놓고 쉬십시오. 그 일에 너무 몰두하지 마시고요. 무엇보다 호스머 엔젤 씨를 잊도록 해보세요. 마치 그가 당신의 삶에서 영원히 사라진 것처럼 말입니다."

"그렇다면 선생님은 제가 다시는 그분을 만날 수 없다고 생각하시나요?"

"그렇게 될 것 같군요."

"그렇다면 그에게 무슨 일이 있는 걸까요?"

"그 문제는 저에게 맡겨두십시오. 그분의 인상착의를 자세히 알려주시면 좋겠고, 제게 보여주실 만한 그의 편지가 있다면 도움이 되겠습니다."

그녀가 말했다.

"지난 토요일 〈크로니클〉에 그를 찾는 광고를 냈어요. 이게 그 광고예요. 이 네 통의 편지는 그분이 보낸 거고요."

"감사합니다. 지금 살고 있는 곳의 주소를 알려주시겠습니까?"

"캠버웰, 라이언 플레이스 31번지예요."

"엔젤 씨 주소는 모른다고 하셨죠. 아버지가 일하시는 곳은 어딘가요?"

"아버지는 주로 출장을 다니세요. 일하시는 곳은 펜처치 가에 있는 포도주 수입업체인 웨스트하우스 앤 마뱅크고요."

"감사합니다. 현재 상황을 잘 설명해주셔서 모두 이해했습니다. 편지와 광고지는 여기에 놓아두고 가시고, 제가 드린 말씀을 꼭 기억하세요. 모든 걸 덮어두고 아무 일도 없었던 것처럼 지내셔야 합니다."

"정말 친절하시네요, 홈스 선생님. 하지만 그럴 수는 없습니다. 저는 호스머 씨에게 충실할 거예요. 언제든 그분이 돌아오면 맞아줄 준비가 되어 있어야 하니까요.”

과하게 화려한 모자를 쓰고 얼빠진 듯한 표정을 짓고 있어도 그녀의 순박한 얼굴에는 보는 이의 마음을 숙연하게 하는 뭔가가 있었다. 그녀는 들고 온 서류 뭉치를 탁자에 올려놓고, 언제든 연락해주면 다시 오겠다는 말을 남기고 돌아갔다.

셜록 홈스는 두 손의 손가락을 맞붙인 채 두 다리를 앞으로 쭉 뻗은 자세로 천장을 바라보며 몇 분간 말없이 앉아 있었다. 그러다가 선반에서 낡고 기름때 묻은 점토 파이프를 꺼냈다. 홈스에겐 그 파이프가 바로 그의 상담사였다. 담배에 불을 붙인 홈스는 다시 의자에 기대앉았다. 머리 위로 푸른색의 짙은 연기가 화환처럼 동그랗게 피어올랐다. 그는 한없이 나른해 보였다.

“참 흥미로운 사람이야, 저 숙녀분 말이야. 그녀가 가져온 사건보다, 실은 그녀에게 더 관심이 가는군. 그에 비하면 그녀가 가져온 사건은 진부해. 내 자료철을 뒤지면 비슷한 사건들을 찾을 수 있을 걸세. 1877년 앤도버 사건도 있고, 지난해 헤이그에서도 비슷한 사건이 있었어. 사건의 발상 자체는 진부하지만, 소소하게 새로운 몇 가지가 있어서 흥미롭기는 하네. 하지만 가장 인상적인 건 역시 그 숙녀분이야.”

홈스가 생각에 잠긴 채 말했다.

“자네는 그녀에게서 내가 보지 못한 많은 것을 본 것 같군.”

내가 감탄하며 말했다.

“보지 못한 게 아니라 알아채지 못한 거겠지, 왓슨. 무엇을 봐야 할지 모르니까 중요한 것들을 놓치는 거라네. 내가 아무리 강조해도 자네는 소맷단을 살피는 게 얼마나 중요한지, 또는 엄지손톱이 어떠한 사실을 암시하는지, 신발 끈이 얼마나 중요한 단서를 제공하는지 이해 못하는 것 같아. 그 숙녀분의 모습에서 자네는 어떤 사실을 알 수 있었나? 한번 말해보게.”

“음, 그녀는 붉은 벽돌색 깃털이 달린 청회색의 챙이 넓은 밀짚모자를 쓰고 있었어. 재킷은 검은색이었고 까만 구슬 장식이 박혀 있었으며, 가장자리에는 작은 흑옥제 장식이 달려 있었어. 드레스는 갈색인데 커피보다 조금 진했고, 목둘레와 소맷단에는 보라색 플러시 천이 덧대어져 있었어. 장갑은 회색 계열이었는데 오른쪽 검지 부분이 닳아서 뚫어져 있더군. 부츠는 미처 보지 못했네. 귀에는 작고 동그란 귀걸이가 매달려 달랑거렸고, 전체적으로 순박한 인상에 성격은 편안하고 태평스럽고, 사는 건 그런 대로 여유 있어 보였어."

셜록 홈스는 껄껄 웃으며 가볍게 손뼉을 쳤다.

"나의 실언을 용서하게, 왓슨. 아주 잘 파악하고 있었군. 아주 훌륭해. 중요한 것을 모두 놓치기는 했지만, 관찰 방법은 제대로 터득했어. 자넨 색깔을 보는 눈이 예리해. 전체적인 인상에 현혹되지 말고 세부적인 것들에 집중하게. 내가 제일 처음 보는 건 여성의 소맷단이야. 남성이라면 바지 무릎을 먼저 보는 게 좋겠지. 자네도 봤다시피 그녀는 소맷단에 플러시 천을 덧댄 재킷을 입고 있었어. 플러시 천은 특히 흔적을 잘 남기는 천이지. 손목 가까이에 두 줄로 선명한 자국이 생긴 것은 타자를 칠 때 늘 책상에 팔을 올려놓기 때문이야. 수동식 재봉틀질을 해도 비슷한 자국이 남을 수 있지만, 그땐 왼쪽 소매에 한 줄, 그것도 단이 넓은 부분이 아니라 엄지손가락에서 가장 먼 쪽에 생긴다네. 그녀의 얼굴도 찬찬히 뜯어보았는데, 코 양쪽에 코안경 자국이 있었어. 그래서 시력이 안 좋은데 타자를 치기가 힘들지 않느냐고 물었더니 그녀가 놀란 거야."

"나도 놀랐다네."

"그렇지만 너무나 분명하게 보였거든. 그러고는 시선을 아래로 옮겨서 그녀의 부츠를 보고는 무척 놀라고 흥미로웠다네. 그녀가 신고 있던 부츠는 제짝이 아니었거든. 양쪽이 전혀 달랐어. 하나는 구두코에 약간의 장식이 되어 있었고, 다른 하나는 아무런 장식 없이 밋밋했어. 게다가 한쪽은 단추 다섯 개 중 아래의 두 개만 채워져 있었고, 다른 한쪽은 첫째, 셋째, 다섯째 단추만 채워져 있었고 말이야. 평소에 매무시를 단정히 하는 숙녀가 부츠를 짝짝이로 신고 단추도 다 채우지 않은 채 나왔다면 무척 다급한 상태로 서둘러 나왔다는 건 쉽게 짐작할 수 있는 거지."

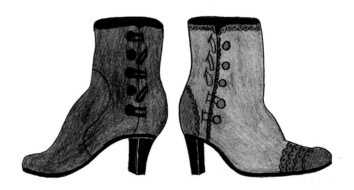

"그리고 또 있었나?"

나는 바짝 호기심이 당겨서 물었다. 홈스의 예리한 추리는 늘 나를 매료시켰으니까.

"그리고 그녀가 옷을 다 차려입고 나오기 전에 메모를 남겼다는 것도 알 수 있었다네. 자네도 그녀의 오른쪽 장갑 검지 부분이 찢어진 걸 봤다고 했잖아. 그런데 장갑과 손가락에 보라색 잉크가 묻어 있는 건 보지 못한 것 같더군. 서둘러 편지를 쓰느라 펜을 잉크병에 너무 깊이 담근 거지. 오늘 아침에 그랬던 게 분명해. 그렇지 않으면 손가락에 묻은 잉크가 그렇게 선명할 리가 없지. 이런 건 모두 초보적인 내용이지만 재미있다네. 이제 일을 시작해야겠어. 호스머 엔젤 씨를 찾는 광고를 읽어주겠나?"

나는 작은 인쇄물을 들어 등불 가까이 가져갔다.

"이렇게 적혀 있군. '14일 아침, 호스머 엔젤이라는 남성이 실종되었다. 키는 5피트 7인치에 체격이 건장하고 혈색은 창백한 편이다. 검정 머리에 정수리 부분이 약간 벗겨졌으며, 검고 숱 많은 구레나룻과 콧수염을 기르고 있다. 색안경을 쓰고 있으며, 말이 약간 어눌하다. 실종 당시 검정 프록코트, 검정 조끼에 금으로 만든 앨버트 시곗줄, 회색 모직 바지, 고무를 덧댄 부츠 위로 갈색 각반을 착용하고 있었다. 실종 전까지 레든홀 가의 사무실에서 근무한 것으로 알려져 있다. 이 남성의 행방에 대해 아는 사람은…….'"

"거기까지만 읽으면 되겠어. 편지 내용은 지극히 평범해. 발자크의 문구를 한 번 인용한 것 외에는 특별히 주목할 만한 내용이나 단서가 될 만한 정보가 없어. 하지만 흥미로운 사실이 하나 있긴 하군."

홈스가 편지들을 대충 훑어보며 말했다.

"모두 타자기로 친 거란 말이지."

내가 말했다.

"내용뿐 아니라 서명까지도 타자기로 친 거야. 맨 아래, 깔끔한 글씨체로 '호스머 엔젤'이라고 찍힌 걸 보게. 날짜도 적혀 있는데, 주소는 레든홀 가라고만 적혀 있을 뿐 다른 상세 정보가 없어. 너무 모호하잖아. 어쩌면 이 서명이 중요한 단서가 될 것 같아. 결정적 단서라고 할 수도 있을 것 같네."

"무엇에 대한 결정적 단서라는 건데?"

"이보게, 왓슨. 자네 정말 이 서명이 얼마나 중요한 정보를 제공하는지 모른단 말인가?"

"내가 생각할 수 있는 건, 만일 그가 결혼 약속을 파기한 것에 대해 법적으로 고소당했을 때 서명을 부인할 생각으로 그랬을 수도 있다는 정도야."

"아니지. 그런 게 아니야. 사건 해결을 위해 편지 두 통을 써야겠네. 하나는 시내에 있는 회사로 보내고, 또 하나는 그녀의 계부인 윈디뱅크 씨에게 보낼 거야. 내일 저녁 6시에 여기서 우리와 만나자고 할 걸세. 그녀의 남자 인척들도 만나봐야 하니까. 자, 왓슨 박사, 편지에 대한 답신을 받을 때까지 우리가 할 수 있는 건 없는 것 같으니 이 문제는 잠시 접어두기로 하지."

내 친구의 치밀한 추리력과 비범한 추진력을 믿고 있었으므로, 자기가 맡은 이 희한한 사건을 그렇게 태평하게 접어두기로 한 데는 그만한 이유가 있을 거라는 생각이 들었다. 그가 해결하지 못한 유일한 사건으로 '보헤미아 왕과 아이린 애들러의 사진 사건'이 있기는 하지만 기이한 '네 명의 서명 사건'이나 '주홍색 연구'를 떠올려보면, 지독하게 얽힌 사건만 아니라면 홈스가 풀지 못하는 문제는 없을 것 같았다.

나는 여전히 파이프를 물고 연기를 뿜어내는 홈스를 두고 방에서 나왔다. 그는 다음 날 저녁에 내가 다시 오면 미스 서덜랜드의 사라진 신랑의 정체를 밝혀낼 수 있는 모든 단서를 쥐고 있을 거라고 확언했다.

당시 나는 매우 위중한 환자를 치료하고 있었는데, 다음 날은 하루 종일 환자의 침상 곁에서 바쁘게 지내야 했다. 저녁 6시가 다 되어서야 자유의 몸이 된 나는 이륜마차를 타고 베이커 가로 갔다. 시간이 너무 늦어서 수수께끼 같은 사건이 해결되는 순간 홈스를 돕지 못하는 건 아닌가 하는 걱정이 앞섰다. 하지만 내가 도착했을 때 홈스는 혼자였으며, 안락의자에 야윈 몸을 접은 채 비몽사몽간이었다. 방 안에 어지러이 널려 있는 엄청난 수의 병과 시험관, 자극적인 염산 냄새로 보아 온종일 그가 좋아하는 화학 실험에 빠져 있었음을 알 수 있었다.

"수수께끼는 풀었나?"

방으로 들어가면서 물었다.

"응. 산화바륨의 중황산염이었어."

"아니, 아니. 수수께끼 말일세!"

"아, 그거! 나는 오늘 실험한 소금을 말하는 줄 알았지. 그 사건에는 처음부터 수수께끼랄 게 없었다네. 내가 어제 말한 것처럼, 세부적인 몇 가지 사항이 흥미롭기는 했지만 말이야. 한 가지 유감인 것은 그런 악당을 처벌할 수 있는 법이 없다는 거지."

"그 악당이 누구고, 왜 미스 서덜랜드를 떠난 건가?"

내 질문이 채 끝나기도 전에, 그리고 홈스가 대답을 준비하기도 전에 복도에서 무거운 발소리가 들리더니 곧 누군가가 문을 노크했다.

홈스가 말했다.

"그녀의 계부인 제임스 윈디뱅크 씨가 온 걸세. 6시까지 이리로 오겠다고 답신을 보냈더라고. 들어오세요!"

방으로 들어온 사람은 체격이 다부지고 키는 보통인 사내였다. 나이는 30대 중반으로 보였는데, 말끔히 면도한 얼굴은 창백한 편이었다. 상대의 비위를 맞추려는 태도를 보이면서도 날카로운 회색 눈 때문인지 사람을 꿰뚫어보는 듯한 인상을 주었다. 그는 홈스와 나를 의아한 시선으로 쳐다보고는 윤기 흐르는 중절모를 벗어 탁자 위에 올려놓았다. 그런 다음 살짝 머리 숙여 인사를 건네고 가까운 의자에 앉았다.

홈스가 인사했다.

"안녕하십니까, 제임스 윈디뱅크 씨. 6시에 만나러 오시겠다는 편지는 선생님께서 직접 타자기로 쳐서 보내신 거지요?"

"네, 그렇습니다. 제가 조금 늦게 온 것 같은데, 아시겠지만 제가 직장에 매여 있는 몸이라서요. 서덜랜드 양이 사소한 문제로 선생님을 귀찮게 해드려서 죄송하다는 말씀을 드려야겠군요. 집안일을 남에게 들추는 건 삼갔으면 좋았을 텐데 말이죠. 저는 그녀가 여기에 오는 걸 원치 않았지만, 쉽게 흥분하고 충동적인 성격이라서 말릴 수가 없었답니다. 선생님께서도 이미 눈치채셨는지 모르겠군요. 게다가 한번 마음먹은 일은 하고야 마는 성격이에요. 물론 선생님께서는 경찰 관계자가 아니니 크게 마음 쓰지는 않습니다만, 집안의 안 좋은 일이 이렇게 밖으로 알려진다는 게 썩 유쾌하지는 않으니까요. 게다가 괜한 돈 낭비이기도 하고요. 도대체 호스머 엔젤을 어떻게 찾겠습니까?"

"그렇지 않습니다. 저는 호스머 엔젤 씨를 찾을 수 있을 거라고 확신하거든요."

홈스가 조용히 말하자 윈디뱅크 씨가 화들짝 놀라며 장갑을 떨어뜨렸다.

"그거 반가운 말씀이네요."

"그런데 참 재미있는 건 말입니다, 타자기도 필체만큼이나 개인적인 차이를 보여준다는 사실입니다. 그래서 완전히 새것이 아니고는 세상에 똑같은 타자기는 없답니다. 어떤 글자는 좀 더 많이 닳고, 어떤 글자는 한쪽만 닳기도 하고요. 여기 선생님께서 보내신 편지를 보면, 'e'가 매번 흐리게 찍혔고 'r'의 꼬리가 살짝 깨진 걸 알 수 있습니다. 그 밖에도 특이한 점이 열네 가지나 되지만, 가장 두드러지는 건 그 두 가지입니다."

홈스가 뭔가를 생각하는 듯한 어조로 말했다.

"사무실에서 편지를 보낼 때 항상 이 타자기를 사용하니까 닳기도 했겠지요."

윈디뱅크 씨가 작고 반짝이는 눈으로 홈스를 날카롭게 쏘아보며 말했다.

"그러면 이제 제가 알아낸 진짜 흥미로운 사실을 말씀드리도록 하지요."

홈스가 말을 이었다.

"조만간 타자기와 범죄의 관련성에 대한 논문을 써볼까 합니다. 예전부터 이 문제에 관심이 있었거든요. 여기 실종된 호스머 엔젤 씨가 보낸 네 통의 편지가 있습니다. 모두 타자기로 작성되었지요. 그런데 모두 'e'가 흐리게 찍혔고 'r'의 꼬리가 깨져 있을 뿐만 아니라 제가 조금 전에 말씀드린 열네 가지 특징이 모두 나타나 있단 말씀입니다. 제 확대경으로 직접 확인해보면 쉽게 이해하실 겁니다."

그러자 윈디뱅크 씨가 벌떡 일어나더니 모자를 집어 들며 말했다.

"이런 허무맹랑한 이야기로 시간을 낭비할 수 없습니다, 홈스 씨. 그자를 잡을 수 있으

면 한번 잡아보시오. 그런 다음에 연락하세요."

"그러겠습니다."

홈스는 그렇게 말하면서 문으로 걸어가더니 열쇠를 꽂아 잠갔다.

"지금 막 그를 잡았습니다!"

"뭐라고요! 어디에?"

입술까지 하얗게 질린 윈디뱅크 씨가 소리쳤다. 허둥대며 주위를 둘러보는 모습이 덫에 걸린 쥐 같았다.

홈스가 점잖게 말했다.

"저런, 그러셔도 소용없습니다. 소용없어요. 빠져나갈 구멍은 없습니다, 윈디뱅크 씨. 너무나 빤했어요. 이렇게 간단한 문제를 제가 풀지 못할 거라고 하신 건 대단한 실언이었지요. 그럼요! 그러니 이제 앉아서 이야기를 나눠보시죠."

윈디뱅크 씨는 넋 나간 사람 같은 표정으로 쓰러지듯 의자에 주저앉았다. 눈썹 위에는 땀방울이 맺혀 있었다.

"나…… 날 기소할 수는 없을 거요."

그가 더듬거리며 말했다.

"그 점에 대해서는 나도 무척 유감이오. 그래도 윈디뱅크, 우리끼리 얘기지만 당신의 수법은 너무나 잔인하고 이기적이고 무자비했어. 내가 그간의 자네 행적을 정리해볼 테니 틀린 게 있으면 알려주게."

윈디뱅크는 완전히 포기한 사람처럼 의자에 웅크리고 앉아 고개를 가슴까지 푹 숙였다. 홈스는 벽난로 앞턱에 한쪽 발을 올려놓고 기대어 주머니에 손을 넣은 채 혼잣말을 하듯이 이야기를 시작했다.

"자기보다 훨씬 나이 많은 여자의 돈이 탐나서 결혼한 남자가 있었네. 그리고 그녀의 딸이 얹혀사는 대가로 내놓는 돈도 달갑게 받아서 썼어. 그의 처지에서는 무척 풍족한 돈이었기 때문에 그걸 잃는다는 건 심각한 손실이었지. 그 돈을 지키기 위해 몹쓸 일을 꾸밀 만큼 말이야. 그녀의 딸은 선량하고 사랑스러운데다 정이 많고 마음이 따뜻했어. 그렇게 훌륭한 성품에 자기 몫의 수입까지 있으니 곧 결혼하고 싶어 하는 남자가 생기는 건 뻔한 일이었겠지. 하지만 그녀가 결혼하면 계부는 자신이 받아온 1년에 100파운드라는 돈을 더 이상 받지 못하게 되지 않겠는가. 그런 일을 방지하기 위해 계부는 어떤 수법을 생각해냈을까? 그건 바로 그녀를 집 안에 가둬두고 또래 남자를 만나지 못하게 하는 거였어. 하지만 계부는 그런 방법이 오랫동안 통하지 않을 것임을 곧 알게 되었지. 그녀는 점차 반항도 하고 자신의 권리를 주장하기 시작하다가 결국 어느 사교 파티에 반드시 가겠다는 의지를 밝혔어. 영리한 계부는 어떤 생각을 했을까? 그는 가슴보다 머리가 좋아할 아이디어를 생각해냈지. 그녀 어머니의 묵인과 도움을 받아 자기가 변장을 하고 파티에 가기로 한 거야. 예리한 눈은 색안경을 써서 가리고 얼굴은 콧수염과 덥수룩한 구레나룻으로 가린 다음, 음성은 낮고 가늘게 변조한 거야. 게다가 그녀는 시력이 좋지 않으니 더욱 안심할 수 있었지. 그렇게 해서 호스머 엔젤이라는 이름으로 파티에 참석한 그는 다른 남자들이 그녀 곁에 얼씬거리지 못하도록 자기가 그녀에게 구애를 해버린 거지."

"처음엔 그저 장난이었소. 그녀가 그렇게 깊이 빠져들 줄 몰랐단 말이오."

윈디뱅크가 괴로운 듯 말했다.

"그랬겠지. 하지만 어찌 됐건 어린 숙녀는 깊이 빠져들었고, 계부가 프랑스에 있다고 믿었기 때문에 한순간도 자기가 속고 있다는 생각은 못했던 거야. 그녀는 신사의 관심이 자기에게 쏟아지자 설렜고, 어머니가 옆에서 그 남자를 칭찬하며 부추기는 바람에 그녀의 마음은 더욱 달아올랐지. 그다음에 엔젤 씨는 그녀의 집을 방문하기 시작했어. 계획을 성공시키려면 할 수 있는 데까지 해야 하니까. 그녀를 만나고, 결혼을 약속하고, 마침내 그녀가 다른 사람에게 마음을 주지 않도록 단단히 붙잡은 거지. 하지만 속임수를 영원히 지속할 수는 없었지. 프랑스로 출장 가는 척하는 게 꽤나 번거로운 일이었으니까. 그렇다면 이제 할 수 있는 일은 극적인 방법으로 마무리해서 그녀의 마음에 영원히 남는 거지. 그래야 그녀가 한동안 다른 구혼자를 만나지 않을 테니까. 그래서 결혼식 날 아침, 그녀의 손을 성경에 얹고 정조를 맹세하게 하고 그날 아침에 무슨 일이 생길 수 있다는 암시를 준 거야. 제임스 윈디뱅크는 미스 서덜랜드가 호스머 엔젤과 약혼한 상태로, 그의 안부도 모른 채 앞으로 10년 또는 그보다 더 오래 그를 걱정하며 살기를 바랐던 거지. 다른 남자는 생각하지도 않으면서 말이야. 그는 성당 앞까지 그녀를 데려갔지만 그 이상 갈 수 없었으므로 거기서 사라져버리기로 한 거야. 정말 편리하잖아. 사륜마차의 한쪽 문으로 들어가서 바로 반대편 문으로 나가는 낡은 수법을 사용하면 되니까 말이야. 이상이 그간의 경위 같은데, 윈디뱅크 씨!"

그러자 윈디뱅크가 창백한 얼굴에 차가운 비웃음을 머금은 채 의자에서 일어났다. 홈스가 사건을 정리하는 동안 자신감을 되찾은 듯 보였다.

그가 말했다.

"그럴 수도 있고 아닐 수도 있어, 홈스 씨. 하지만 당신이 그렇게 예리하다면, 지금 법을 위반하는 건 당신이지 내가 아니라는 사실도 알아야 해. 먼저 나는 기소될 만한 행동을 하지 않았어. 하지만 당신이 저 문을 잠그고 있는 건 폭행 및 불법감금죄에 해당하지."

홈스가 방문을 열어젖히며 말했다.

"당신 말대로 법은 당신을 벌하지 못해. 하지만 당신은 그 누구보다 벌을 받아 마땅해. 그녀에게 남자 형제나 친구가 있다면 당신 어깨를 채찍으로 갈겨줄 텐데 말이지. 이런 제기랄!"

홈스는 윈디뱅크의 냉소 어린 표정을 보자 얼굴이 벌겋게 달아오르도록 분개하며 말했다.

"이런 일이 의뢰인에 대한 내 의무는 아니지만, 여기 사냥용 채찍이 있으니 내가 직접 손을 봐주면 어떨까 싶군."

홈스가 채찍을 향해 다가갔다. 하지만 채찍을 잡기 전에 우당탕거리며 계단을 뛰어 내려가는 소리가 들리고, 무거운 현관문이 떨어질 듯 닫혔다. 창문으로 내다보니 제임스 윈디뱅크가 전속력으로 달아나는 모습이 보였다.

"저런 악랄한 냉혈한 같으니!"

홈스는 그렇게 외치고 큰 소리로 웃다가 의자에 푹 주저앉았다.

"저 녀석은 이런저런 범죄를 저지르며 떠돌다가 결국 아주 흉악한 죄를 지어 교수대에서 생을 마감하게 될 거야. 아무튼 어찌 보면 전혀 재미없지는 않은 사건이었어."

"나는 아직 자네의 추리가 완전히 이해되지 않아."

내가 말했다.

"그런가. 호스머 엔젤의 이해할 수 없는 행동에 무슨 이유가 있을 거라는 건 처음부터 너무 뻔했어. 그리고 이 상황에서 유일하게 득을 보는 사람이 계부라는 것도 우리는 처음부터 알고 있었지. 그런데 두 남자가 동시에 한자리에 있었던 적이 없다는 점, 한 남자가 없을 때 다른 남자는 항상 그녀 곁에 있었다는 점이 뭔가를 의미하는 것 같았어. 그리고 색안경과 특이한 음성도 덥수룩한 구레나룻만큼이나 변장술을 떠올리게 하는 요소였고. 거기에 서명까지 타자기로 친 그의 독특한 행동이 나의 의심을 확인시켜준 셈이지. 그의 글씨체는 미스 서덜랜드에게 너무나 익숙할 테고, 그러니 한 글자만 봐도 누구의 글씨인지 알아보지 않겠는가. 이렇게 각기 별개의 조각처럼 보이는 사실과 소소한 단서를 모아보니 모두 한 방향을 가리키고 있더라는 거지."

"그것들을 어떻게 검증할 수 있었지?"

"용의자를 알아내고 나니 검증 과정은 아주 쉬웠네. 그가 일하는 회사를 알고 있었거든. 광고에 난 그의 인상착의를 인쇄해서 변장술로 보이는 요소를 모두 지웠어. 구레나룻과 안경, 음성 같은 것들 말이야. 그런 다음 그걸 회사로 보냈지. 그리고 회사의 외근 직원 중에 그 인상착의에 해당되는 사람이 있으면 알려달라고 요청했지. 타자기의 특성은 그 전에 이미 파악해두었고, 그래서 회사로 편지를 보내서 윈디뱅크를 이리로 오라고 한 거야. 예상대로 그는 타자기로 작성한 답신을 보내왔고, 거기에도 역시나 똑같은 타자기의 특성이 나타난 거지. 윈디뱅크의 답신과 함께 펜처치 가의 웨스트하우스 앤 마뱅크에서 보내온 편지도 도착했는데, 내가 보낸 인상착의가 자기네 직원들 중에 제임스 윈디뱅크와 일치한다는 거야. 짜잔~!"

"그러면 미스 서덜랜드는?"

"내가 말해줘도 그녀는 믿지 않을 거야. 자네 혹시 옛 페르시아의 이런 격언 기억하나? '호랑이 새끼를 거두는 자에게는 위험이 따른다. 여자의 환상을 빼앗는 자에게도 위험이 따른다.' 호라티우스(기원전 1세기경의 고대 로마 시인 – 옮긴이)의 작품만큼이나 하피즈(중세 페르시아의 서정시인 – 옮긴이)의 작품에도 지성과 세상에 대한 지식이 들어 있다네."

4

보스콤 계곡의 비밀

어느 날 아침이었다. 아내와 아침 식사를 하는데 하녀가 전보 한 통을 가지고 들어왔다. 보낸 사람은 셜록 홈스였고 내용은 다음과 같았다.

'하루 이틀 정도 시간을 낼 수 있겠나? 보스콤 계곡 참사와 관련해서 잉글랜드 서부에서 전보를 받았다네. 자네가 같이 가줄 수 있으면 좋겠어. 공기와 풍광은 정말 기가 막힐 걸세. 패딩턴 역에서 11시 15분 출발이야.'

"어떻게 할 거예요? 갈 건가요?"

아내가 나를 바라보며 물었다.

"어떻게 해야 할지 모르겠군. 예약 환자가 많은데 말이오."

"안스트루더가 당신 대신 환자들을 봐줄 거예요. 당신 요즘 안색이 좀 창백해 보여요. 잠시 변화를 주는 것도 좋을 것 같아요. 당신은 늘 셜록 홈스의 사건에 관심이 많잖아요."

"그렇지 않다고 하면 배은망덕한 거지. 그의 사건을 통해 덕을 보기도 했으니까. 가려면 서둘러 짐을 싸야겠네. 기차 시간까지 30분밖에 안 남았으니 말이야."

아프가니스탄에서 병영생활을 하면서 얻은 게 있다면, 언제든 신속하게 떠날 채비를 할 수 있게 된 것이다. 필요한 것이 몇 가지 안 되었으므로 나는 홈스가 알려준 시간보다 일찍 여행 가방을 챙겨 패딩턴 역으로 향하는 마차에 올랐다. 셜록 홈스는 플랫폼에서 서성이고 있었다. 회색빛의 긴 여행용 망토를 두르고 머리에 꼭 맞는 천 모자를 쓰고 있으니, 그러지 않아도 길고 마른 몸이 더 길고 말라 보였다.

홈스가 말했다.

"와줘서 고맙네, 왓슨. 믿을 수 있는 자네와 같이 가게 되어 얼마나 든든한지 몰라. 현지 지원 팀은 항상 있으나 마나 하거나 편견에 차 있거나, 둘 중 하나거든. 내가 승차권을 사 올 테니 자넨 구석자리 두 개를 맡아주게."

기차 칸에는 홈스가 가져온 종이가 가득 어질러져 있을 뿐, 우리 둘을 제외하고 다른 승객은 없었다. 홈스는 종이 더미를 뒤지다가 뭔가를 들고 읽기도 하고, 간간이 메모하거나 생각에 잠겼다. 그러는 동안 기차는 레딩을 지났다. 홈스는 종이를 한데 모아 뚤뚤 뭉치더니 선반 위로 던졌다.

"자네, 이 사건에 대해 들어본 적이 있나?"

홈스가 물었다.

"전혀 없어. 지난 며칠간 신문 볼 틈도 없었거든."

"런던 신문에는 자세한 내용이 실리지 않아서 최근 신문을 모두 훑어보았어. 세부 사항을 숙지해야 하니까. 지금까지 모은 정보를 통합해보면, 이번 사건은 간단한데 지독하게 풀기 어려운 사건 중 하나가 될 것 같아."

"자네 말이 좀 역설적으로 들리는데."

"하지만 사실이라네. 특기할 만한 점이 있으면 그 자체가 하나의 단서가 되거든. 특징이 없고 평범한 범죄일수록 해결하기가 어렵지. 그런데 이번 사건은 피살자의 아들을 강력한 용의자로 지목하고 있어."

"살인 사건이란 말인가?"

"음, 다들 그렇게 추정하고 있는 모양이네. 가서 직접 살펴보기 전까지는 단정할 수 없지만 말이야. 아무튼 내가 이해한 대로 자네에게 몇 가지를 간단히 설명해주겠네.

보스콤 계곡은 헤리퍼드셔의 로스에서 그리 멀지 않은 시골 지역이야. 그곳의 대지주인 존 터너는 오스트레일리아에서 돈을 벌어 몇 년 전에 귀향한 사람이라네. 그는 농장을 몇 개나 소유하고 있는데 그중 하나인 해설리 농장은 찰스 매카시라는 사람에게 임대해준 상태라는군. 찰스 매카시 역시 오스트레일리아 출신인데 두 사람은 식민지 시절부터 서로 알고 지냈기 때문에 그곳에 정착하면서 가깝게 지내왔다는 거지. 터너가 재산가다 보니 매카시는 자연히 그의 소작인이 되었겠지. 하지만 두 사람은 지금까지도 친구 사이로 잘 지내온 모양이야. 매카시에게는 열여덟 살 된 아들이 하나 있고, 터너에게는 같은 나이의 딸이 있다는군. 두 사람 다 아내는 없고, 영국인 이웃들과도 별로 교제하지 않으면서 조용히 살아왔나 봐. 그래도 매카시 부자父子는 운동을 좋아해서 이웃의 운동 경기에도 자주 참가했다네. 매카시네는 남자 하인 한 명과 어린 하녀 한 명을, 터너네는 최소한 여섯 명의 하인을 두고 살았다네. 두 집안에 대해서 지금까지 모은 정보는 이 정도야. 그러면 이제 사건의 개요를 정리해주겠네.

지난 월요일인 6월 3일, 매카시는 오후 3시 무렵 해설리에 있는 집에서 나와 보스콤 저수지까지 걸어갔다네. 보스콤 저수지는 보스콤 계곡을 타고 흘러내린 강줄기가 넓어지면서 형성된 작은 호수야. 그날 아침에는 하인을 데리고 로스에 다녀왔는데, 그때 하인에게 3시에 중요한 약속이 있으니 서둘러 돌아가야 한다고 말했다는 거야. 그런데 그 약속을 지키려고 외출했던 매카시가 살아 돌아오지 못하게 된 거지.

해설리 농장에서 보스콤 저수지까지는 0.25마일(약 400미터 - 옮긴이) 정도 되는데, 그 길을 지나가는 매카시를 목격한 사람이 둘이라네. 한 명은 이름을 밝히지 않은 할머니이고, 다른 한 명은 터너가 고용한 사냥터지기 윌리엄 크로더래. 둘 다 매카시가 혼자 걸어갔다고 했다네. 그리고 사냥터지기가 덧붙인 사실 하나가 있는데, 매카시가 지나가고 몇 분 후 매카시의 아들인 제임스가 총을 들고 같은 방향으로 가는 것을 봤다는 거야. 사냥터지기가 보기에 아들이 자기 아버지를 알아볼 수 있는 정도의 거리에서 따라갔다는 거지. 그러고는 잊어버렸는데 저녁에 사건 이야기를 듣고 나서 다시 그 장면을 떠올렸다는 거야.

사냥터지기 윌리엄 크로더 다음에 두 사람을 목격한 사람이 또 있었다네. 보스콤 저수지 둘레엔 풀과 갈대가 자라고 있지만 그 주변으로는 나무가 무성한데, 그 시각에 숲에서 한 소녀가 꽃을 꺾고 있었던 거야. 그 소녀는 보스콤 계곡 영지에 있는 별장지기의 딸인 열네 살짜리 페이션스 모런이라네. 그녀의 말에 따르면 호수 가까이, 나무숲이 시작되는 지점에서 매카시와 그의 아들이 심한 언쟁을 벌이고 있었다는 거야. 매카시가 자기 아들에게 매우 심한 말을 했고, 급기야는 아들이 아버지를 때리려는 듯 손을 치켜들었다는군. 그녀는 무서워서 집으로 달려가 어머니에게 자신이 본 것을 전했는데, 말이 채 끝나기도 전에 매카시의 아들이 달려와서는 자기 아버지가 숲속에 죽어 있는데 도움이 필요하다고 했다네. 그는 몹시 흥분한 상태였는데, 그때는 총도 들고 있지 않았고 모자도 쓰고 있지 않았다네. 오른손과 소매에는 피가 묻어 있었고 말이지. 그를 따라 숲으로 가보니 저수지 옆 풀밭에 시신이 놓여 있대. 머리는 뭔가 무겁고 뭉툭한 둔기로 여러 번 내리친 듯 심하게 손상되어 있었다네. 시신에서 몇 발짝 떨어진 풀밭에 총이 놓여 있었는데, 상흔으로 보면 아들이 가지고 있던 그 총의 개머리판으로 내리친 것 같다는 거야. 사건의 정황이 이렇다 보니 그 젊은이는 곧바로 체포되었고, 화요일 심문에서 '고의적인 살인'이라는 평결이 내려졌다네. 수요일에는 로스의 치안판사들 앞에 소환되었는데 거기서 치안판사들이 다음번 순회 재판소로 사건을 넘겼다네. 이 정도가 검시관과 즉결재판소에 제출된 내용이야."

"최악의 패륜 사건이구먼. 정황상의 증거가 가리키는 대로라면 말이야."

내가 그렇게 말하자 홈스가 뭔가를 골똘히 생각하면서 대답했다.

"바로 그 정황상의 증거라는 게 아주 묘한 거지. 어느 하나를 분명하게 지목하는 것 같지만, 관점을 조금만 바꾸면 똑같이 확고부동하게 전혀 다른 것을 지목할 수도 있거든.

사건의 정황이 그 젊은이에게 몹시 불리해 보이는 건 사실이야. 그가 진짜 범인일 가능성도 있고. 그렇지만 마을 사람들 중에는 그가 결백하다고 믿는 사람도 많다네. 그 지역 대지주의 딸인 터너 양도 그중 한 명인데, 그녀가 레스트레이드를 불렀다고 하더군. 자네도 그를 기억할 거야. '주홍색 연구'에서 자기 실속을 차리느라 사건을 해결하려 들었던 자 있지 않나. 그 레스트레이드가 수수께끼 같은 이 사건을 해결하지 못해서 내게 의뢰를 한 거지. 그 덕분에 중년의 두 신사가 집에서 아침 식사를 즐기고 있을 시간에 이렇게 시속 50마일로 서쪽을 향해 달리고 있는 거라네."

"그런데 말이야, 이 사건은 단서가 너무 명백해서 자네가 공을 세울 여지가 없을 것 같은데."

내가 말하자 홈스가 웃으며 말했다.

"명백한 단서보다 속기 쉬운 것도 없다네. 레스트레이드의 눈에 띄지 않은 또 다른 명백한 단서를 우리가 찾을 수도 있고 말이야. 게다가 나는 그가 감히 생각조차 못한 논리로 그의 추론을 증명해줄 수도, 무너뜨릴 수도 있지. 자네는 나를 잘 아니까 이런 내 말이 허풍이라고 생각하진 않겠지. 우선 생각나는 대로 예를 하나 들어보겠네. 나는 자네의 침실 창문이 오른쪽 벽에 나 있다는 걸 알 수 있어. 그런데 레스트레이드가 그렇게 자명한 사실이나마 알아차릴 수 있을까?"

"도대체 어떻게……."

"왓슨, 나는 자네를 잘 알아. 자네는 군대식 청결함이 몸에 밴 사람이야. 매일 아침 면도를 하는데, 요즘 같은 계절에는 햇빛에 얼굴을 비춰가며 할 거야. 그런데 얼굴 왼쪽으로 갈수록 면도 상태가 점점 거칠어진다는 말이지. 그러다가 턱선을 돌아가면 대충한 상태가 확연히 나타나거든. 왼쪽이 오른쪽보다 빛을 덜 받는다는 걸 알 수 있어. 자네 같은 사람이 똑같이 빛을 받는 상황에서 그런 상태로 면도하고 만족할 리가 없지 않은가. 내가 이 이야기를 꺼낸 건 관찰과 추리의 한 예를 들어 보이기 위해서라네. 그게 바로 내가 가진 장점이고, 이번 사건을 해결하는 데도 쓸모 있으리라 믿는 거지. 심의 중에 드러난 소소한 사실이 몇 가지 있는데, 생각해볼 만한 가치가 있는 것 같아."

"어떤 사실들인데?"

"그 청년이 현장에서 체포되지 않고, 해설리 농장으로 돌아온 다음에 체포되었다는 거야. 지역 경찰대의 경감이 그를 체포하러 갔을 때, 청년은 당연히 그럴 줄 알았다는 듯이 말하더래. 자기는 벌을 받아 마땅하다면서 말이야. 그런데 그의 행동 때문에 검시 배심원들이 가지고 있던 의심이 사라져버렸다는 거야."

"그건 죄를 자백한 거잖아."

내가 단정하듯 말했다.

"아니. 청년은 그러고 나서 바로 자기는 결백하다고 주장했다는 거야."

"그 전에 일어난 일들을 종합해보면, 그건 아무리 생각해봐도 의심스러운 말 같은데."

홈스가 말했다.

"그렇지 않아. 그건 하늘을 덮고 있는 먹구름 사이로 나타난 밝은 틈새 같은 거라네. 그가 아무리 결백하다고 해도, 천치 바보가 아닌 이상 현재 상황이 자기에게 얼마나 불리한지는 알 거 아닌가. 자기를 체포하겠다고 했을 때 그가 놀라거나 분개하는 행동을 보였다면, 나는 그를 의심했을 거야. 당시 상황에서 그렇게 놀라거나 분개하는 건 자연스럽지 않으니까. 하지만 음모를 꾸민 자로서는 최선의 방어라고 생각할 수 있는 행동이기도 하지. 그런데 그 청년은 순순히 받아들였어. 그건 그가 결백하거나, 아니면 상당한 자제력과 단단함을 가진 사람이라는 뜻이지. 게다가 자식 된 도리를 저버리고 아버지와 언쟁을 한 그날 아버지가 죽었고, 그가 직전에 아버지의 시신 옆에 있었다는 사실을 고려해볼 때, 자기가 벌을 받아 마땅하다고 말한 것도 무리는 아니지. 그리고 결정적인 증거가 된 어린 소녀의 말에 따르면 그가 아버지를 때리려는 듯 손을 높이 쳐들었다고 하지 않은가. 그러한 자기 행동에 대한 자책과 회한 때문에 그렇게 말했을 거라고 생각하면, 나는 그가 범행을 저지른 사람이라기보다는 매우 건강한 심성을 가진 청년으로 보이네."

"그보다 더 신빙성 없는 증거로 교수형에 처해진 사람도 많아."

내가 고개를 저으며 말했다.

"그랬지. 억울하게 사형당한 사람도 많고."

"청년 자신은 사건을 어떻게 보고 있지?"

"청년의 진술 역시 그를 믿는 사람들에게 그다지 희망적이진 않다네. 물론 주목할 만한 한두 가지가 있지만 말이야. 여기 있으니 한번 읽어보게."

홈스는 서류 뭉치에서 헤리퍼드셔 지역 신문을 빼더니 페이지를 넘겨 그 불운한 청년의 진술이 실린 부분을 짚어주었다. 나는 기차 구석자리에 앉아 찬찬히 읽어보았다. 거기엔 이렇게 적혀 있었다.

피해자의 외아들인 제임스 매카시는 소환된 후 다음과 같이 증언했다.

증인 : 저는 지난 3일 동안 브리스틀에 가 있다가 지난 월요일인 3일 아침에 돌아왔습니다. 집에 도착했을 때 아버지는 외출하고 안 계셨어요. 하녀는 아버지가 마부인 존 캅과 함께 로스에 가셨다고 했습니다. 그런데 잠시 후 마당에서 아버지의 마차 소리가 들렸습니다. 창밖을 내다보니 아버지가 마차에서 내리더니 서둘러 뜰을 빠져나갔어요. 어디로 가는지는 알 수 없었습니다. 곧 저는 총을 꺼내 들고 보스콤 저수지 쪽으로 걸어갔습니다. 저수지 건너편에 있는 토끼 굴에 가볼 생각이었습니다. 가는 길에, 사냥터지기인 윌리엄 크로더가 증언한 것처럼, 그를 만났습니다. 하지만 제가 아버지를 따라갔다는 건 오해입니다. 저는 아버지가 앞에 가고 있다는 걸 전혀 몰랐으니까요. 저수지까지

100야드 정도 남겨두었을 때 '쿠우이!' 하는 소리가 들렸습니다. 아버지와 제가 서로를 부를 때 사용하는 신호였어요. 그래서 서둘러 가봤더니 아버지가 저수지 옆에 서 있었습니다. 아버지는 저를 보고 깜짝 놀라면서 뭐 하러 여길 왔냐고 좀 거칠게 물으셨어요. 그러다가 서로 언성을 높이게 되었고, 거의 주먹다짐까지 갈 뻔했습니다. 아버지는 성격이 매우 급하셨거든요. 아버지가 걷잡을 수 없이 흥분하시는 걸 보고 저는 아버지를 남겨둔 채 혼자 해설리 농장으로 돌아가려고 자리를 떴습니다. 그리고 150야드 정도 갔을 때 뒤에서 비명이 들렸습니다. 소름 끼치게 무서운 소리였어요. 돌아서서 달려가보니 아버지가 땅바닥에 쓰러져 있었습니다. 머리가 심하게 손상되어 있었고, 숨이 끊어지려는 것 같았어요. 저는 총을 내려놓고 아버지를 안았어요. 그리고 곧 아버지는 숨을 거두셨습니다. 저는 몇 분 동안 아버지 옆에 무릎을 꿇고 있다가 거기서 제일 가까운 터너 씨의 별장으로 갔습니다. 도움을 청할 생각이었어요. 제가 다시 갔을 때 아버지 주변에는 아무도 없었고, 어쩌다 머리를 그렇게나 심하게 다쳤는지 알 길이 없었습니다. 아버지는 냉정하고 험악한 면이 있어서 평소에 사람들이 따르는 편은 아니었습니다. 하지만 제가 아는 한, 아버지는 적을 만들고 사는 사람은 아니었어요. 이 이상은 저도 아는 바가 없습니다.

검시관 : 부친이 사망하기 전에 남긴 말은 없었나요?

증인 : 몇 마디 중얼거리긴 했는데, 무슨 '쥐'와 관련된 말 같았다는 것 말고는 알아들은 게 없습니다.

검시관 : 그 말을 어떻게 이해했습니까?

증인 : 아무것도 떠올릴 수 없었고, 그저 헛소리라고 생각했습니다.

검시관 : 아버지와 마지막으로 언쟁을 한 건 무엇 때문이었습니까?

증인 : 그건 대답할 수 없습니다.

검시관 : 대답해야 합니다.

증인 : 말할 수 없습니다. 하지만 이번 사건과 무관하다는 사실은 분명히 말씀드릴 수 있습니다.

검시관 : 그건 법정에서 판단할 일이오. 대답을 거부하는 행위는 향후의 재판 과정에서 증인에게 불리하게 작용할 것임을 말해두는 바이오.

증인 : 그래도 대답할 수 없습니다.

검시관 : '쿠우이'라는 말이 증인과 부친이 서로를 부르는 신호라고 했는데, 맞습니까?

증인 : 그렇습니다.

검시관 : 부친은 증인이 브리스틀에서 돌아온 걸 알기 전이었는데, 어떻게 증인을 보기도 전에 그렇게 외쳐서 신호를 보낼 수 있었을까요?

증인 : (몹시 당황하면서) 저도 잘 모르겠습니다.

배심원 중 1인 : 비명을 듣고 달려가서 부친이 치명상을 입고 쓰러져 있는 걸 보았을 때 주변에서 의심스러운 점을 발견하지는 못했나요?

증인 : 확실하게 본 것은 없습니다.

검시관 : 그게 무슨 뜻이오?

증인 : 숲속 공터에 다다랐을 때 너무나 당황하고 흥분해 있었기 때문에 아버지를 걱정하는 것 외에 다른 건 신경 쓸 겨를이 없었습니다. 그런데 아버지에게로 달려가면서 제 왼편에 뭔가 떨어져 있다는 느낌이 들었습니다. 회색이었는데 코트 같기도 하고, 숄 같기도 했어요. 그런데 아버지를 안고 있다가 다시 일어섰을 때는 그것이 보이지 않았습니다.

검시관 : 당신이 도움을 청하러 가기 전에 그 물건이 사라졌다는 말입니까?

증인 : 네, 없어졌습니다.

검시관 : 그게 뭔지는 모르고요?

증인 : 모릅니다. 그저 뭔가 떨어져 있다는 느낌만 받았으니까요.

검시관 : 시신이 있는 곳에서 어느 정도의 거리에 있었나요?

증인 : 12야드 정도 되었던 것 같습니다.

검시관 : 나무가 우거진 곳에서는 얼마나 떨어져 있었나요?

증인 : 거의 같은 거리였습니다.

검시관 : 그렇다면 증인이 12야드 정도의 거리에 있는 동안 그것이 없어졌다는 뜻인
가요?

증인 : 그렇습니다. 하지만 저는 그 방향을 등지고 있었습니다.

이로써 증인 심문을 마친다.

"그렇게 된 거로군. 검시관의 마지막 말이 젊은 매카시에게 매우 불리한걸. 그의 부친
이 그를 보기 전에 소리쳐 불렀다는 점, 부친과 언쟁한 내용을 밝히지 않으려 하는 점,
그리고 부친의 마지막 말을 들은 사람이 청년 혼자라는 점을 논리적으로 강조하잖아.
이 모든 것이 청년에게 불리한 사실들이지."

내가 기사를 훑어보며 그렇게 말하자 홈스가 푹신한 의자에서 몸을 쭉 펴며 조용히
웃었다.

"자네도, 검시관도 청년에게 유리한 점을 애써 피해가고 있어. 자네는 지금 그 청년의
상상이 지나치다고 지적하다가, 또 너무 부족하다고 지적하고 있다는 걸 모르겠나? 그
가 아버지와 언쟁한 이유를 지어내어 배심원의 연민을 사지 않는 건 상상력이 부족한
것이고, 부친이 죽어가면서 쥐에 대해 말했다거나, 근처에 옷이 떨어져 있었는데 중간
에 없어졌다는 이야기를 의식적으로 지어냈다고 의심하는 건 그가 상상력이 지나치다
는 거잖아. 그러면 안 되지. 이 사건은 청년이 진실을 말하고 있다는 관점에서 접근해야
해. 그러한 전제가 어떠한 결론으로 우리를 이끄는지를 보는 거지. 자, 이제 나는 주머니
에 넣어 온 페트라르카의 시집이나 읽어야겠어. 현장에 도착하기 전까지 사건에 대해서
는 더 이상 얘기하지 말자고. 점심은 스윈던에서 먹
기로 했는데, 앞으로 20분이면 도착할 것 같아."

아름다운 스트라우드 계곡을 지나고 은빛으로
반짝이는 넓은 세번 강을 건너 로스라는 작은 교외
마을에 도착했을 때는 오후 4시경이었다. 플랫폼에
는 음흉하고 교활한 족제비를 닮은 홀쭉한 사내가

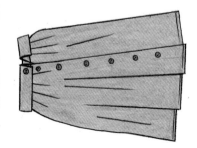

우리를 기다리고 있었다. 시골 풍경에 걸맞게 옅은 갈색 외투에 가죽 각반을 착용하고 있었지만, 나는 그가 런던 경찰국의 레스트레이드라는 걸 한눈에 알아보았다. 우리는 그와 함께 우리의 숙소로 예약된 헤리퍼드 암스 호텔로 갔다.

차를 마시며 레스트레이드가 말했다.

"마차를 불러두었소. 당신이 열성적인 사람이라는 걸 알기 때문에, 사건 현장을 보기 전까지는 마음이 편치 않을 것 같아서 말이오."

홈스가 대답했다.

"아주 친절한 배려시군요. 기압이 어떤가에 달린 문제이긴 하지만요."

"무슨 말인지 모르겠소."

레스트레이드가 의아하다는 듯 말했다.

"기압이 어떤가? 수은주가 29를 가리키는군. 바람도 없고, 하늘에 구름도 없고. 한 통 가득 들어 있는 담배도 피워줘야 하고, 시골 호텔치고는 소파도 상당히 푹신하고 좋네요. 아무래도 오늘 밤에 마차를 쓸 일은 없을 것 같군요."

레스트레이드가 너그러이 웃으며 말했다.

"신문을 보고 이미 결론을 내리신 모양이군요. 이건 아주 빤한 사건이오. 깊이 들여다볼수록 점점 더 명백해지지. 그렇지만 아가씨의 부탁을 거절할 수는 없지 않소. 더구나 그렇게 적극적으로 부탁하는데 말이오. 그녀가 당신이 온다는 이야기를 듣고 당신의 의견을 듣고 싶다고 했소. 물론 내가 한 일들 외에 당신이 더 할 수 있는 건 없다고 몇 번이나 말했지만 말이오. 아, 저런! 그녀의 마차가 벌써 문 앞에 당도했군."

레스트레이드의 말이 끝나기가 무섭게 아름다운 아가씨가 뛰어 들어왔다. 지금까지 그렇게 아름다운 여자는 본 적이 없다는 생각이 들 정도로 사랑스러운 아가씨였다. 반짝이는 보랏빛 눈동자에 반쯤 벌어진 입술, 분홍빛으로 물든 양 볼, 수줍은 천성을 가졌으나 너무나 다급하고 걱정스러운 나머지 천성적인 수줍음 따위는 넘어선 것 같았다.

"오, 셜록 홈스 선생님!"

그녀는 나와 홈스를 번갈아 쳐다보다가 울먹이다가 여성 특유의 직관으로 점차 홈스에게 집중하며 말했다.

"선생님께서 오셔서 얼마나 다행인지 몰라요. 선생님께 제임스가 저지른 일이 아니라는 말씀을 드리고 싶어서 이렇게 왔습니다. 저는 알거든요. 선생님께서도 그 점을 염두에 두시고 수사를 시작하셨으면 좋겠어요. 그 점에 대해서는 절대 의심하시면 안 됩니다. 저와 제임스는 어렸을 때부터 알고 지냈습니다. 그래서 그의 단점을 누구보다도 잘 알아요. 그는 파리 한 마리도 해치지 못할 정도로 마음이 여려요. 그를 아는 사람이라면 그런 끔찍한 혐의가 가당치 않다는 걸 알 거예요."

셜록 홈스가 말했다.

"터너 양, 저도 그의 혐의를 벗겨줄 수 있기를 바랍니다. 최선을 다할 테니, 그 점에 대해서는 믿으셔도 됩니다."

"증언은 읽어보셨죠. 결론은 내리셨나요? 어떤 틈새나 허점 같은 건 없고요? 선생님은 그가 결백하다고 생각하지 않으시나요?"

"그가 결백할 가능성이 아주 높다고 생각합니다."

"그것 보세요!"

그녀는 그렇게 소리친 뒤 고개를 돌려 의기양양하게 레스트레이드를 노려보았다.

"들으셨죠! 홈스 선생님께서 희망적인 말을 해주셨어요."

레스트레이드는 어깨를 한 번 들썩여 보이고 말했다.

"내 동료가 좀 성급한 결론을 내린 것 같소."

"그렇지만 이분 말씀이 옳아요! 저는 안다고요. 제임스는 절대 그러지 않았어요. 그가 검시관 앞에서 자기 아버지와 언쟁한 이유를 밝히지 않은 건 제가 관련되어 있기 때문이에요."

"어떻게 말입니까?"

홈스가 물었다.

"지금 뭐든 숨길 때가 아닌 것 같으니 말씀드릴게요. 제임스의 아버지는 저에 대해 제임스와 생각이 다르셨어요. 제임스의 아버지는 저희가 어서 결혼해야 한다며 몹시 재촉

하셨죠. 제임스와 저는 늘 남매처럼 서로를 좋아했으니까요. 하지만 제임스는 아직 젊고, 세상을 많이 경험해보지 못했잖아요. 그래서 아직은 결혼 같은 걸 할 생각이 없었어요. 그 문제로 제임스가 아버지와 자주 언쟁을 했는데, 그날도 그 일 때문이었을 거예요."

"그렇다면 아가씨의 아버지는요? 아가씨의 아버지께서도 두 사람이 결혼하길 바라셨나요?"

홈스가 물었다.

"아니요. 아버지도 결혼을 바라지 않으셨어요. 저희 둘의 결혼을 원한 건 제임스의 아버지뿐이었어요."

홈스가 캐묻는 듯한 예리한 시선을 던지자 터너 양의 풋풋한 얼굴이 발갛게 달아올랐다.

홈스가 말했다.

"말해줘서 고맙습니다. 내일 댁으로 찾아가면 아버지를 뵐 수 있을까요?"

"의사 선생님께서 허락하지 않으실 것 같아요."

"의사라고요?"

"네, 아직 못 들으셨어요? 아버지는 지난 몇 년간 건강이 좋지 않았어요. 그런데 이번 일로 충격을 받아 더 나빠졌답니다. 윌로즈 박사님께서 아버지는 현재 위태로운 상태인데, 특히 신경계가 불안정하다고 하셨어요. 매카시 씨는 오스트레일리아의 빅토리아 주에 살 때부터 아버지와 알고 지낸 유일한 친구분이었거든요."

"아하! 빅토리아! 그거 중요한 단서가 되겠네요."

"네, 광산에서요."

"그렇겠군요. 금광이겠지요. 터너 씨는 거기서 돈을 모은 거고요."

"네, 그렇습니다."

"감사합니다, 터너 양. 큰 도움이 되었어요."

"내일이라도 새로운 소식이 생기면 알려주세요. 제임스를 면회하러 가시겠군요. 홈스 선생님, 제임스를 만나면 저는 그의 결백을 믿는다고 전해주세요."

"그러겠습니다, 터너 양."

"아버지가 편찮으셔서 저는 이만 집에 가봐야 할 것 같습니다. 제가 곁에 없으면 찾으시거든요. 안녕히 계세요. 선생님께서 하시는 일에 신의 가호가 있기를 빌겠습니다."

그녀는 들어올 때와 마찬가지로 뛰쳐나가듯 방에서 나갔다. 그녀가 탄 마차 바퀴가 도로를 굴러가는 소리가 들렸다.

잠시 후 레스트레이드가 경직된 표정으로 입을 열었다.

"홈스, 부끄러운 줄 아시오. 실망시킬 게 뻔한데 왜 희망을 줘서 부추기는 거요? 나도 그다지 정감 어린 사람은 아니지만, 그건 너무 잔인하지 않소."

홈스가 말했다.

"난 제임스 매카시의 혐의를 벗길 수 있다고 믿고 있습니다. 그를 면회할 수 있는 허가서는 가지고 있죠?"

"그렇소. 하지만 당신과 나만 가능하오."

"그렇다면 오늘 외출하지 않겠다는 말은 재고해봐야겠군요. 아직 헤리퍼드행 기차를 타고 가서 그를 면회할 시간이 있겠죠?"

"시간은 충분하지."

"그러면 그렇게 합시다. 왓슨, 자네가 기다리기 지루하겠지만 한두 시간이면 될 것 같네."

나는 기차역까지 함께 걸어가 그들을 배웅한 다음 혼자서 마을의 거리를 돌아다니다가 호텔로 돌아왔다. 그리고 소파에 누워 노란 표지의 소설책을 읽으려고 펼쳤다. 하지만 지금 우리가 풀어야 하는 난해한 수수께끼에 비해 소설의 줄거리는 너무 빈약하고 얄팍했다. 나는 소설의 줄거리와 실제 상황을 끊임없이 오락가락하다가 결국은 책을 바닥에 던져두고 본격적으로 오늘 일어난 일들에 대해 생각하기로 했다. 불운한 이 청년의 말이 모두 사실이라면, 그가 자기 아버지와의 말다툼 끝에 자리를 뜬 시점부터 비명을 듣고 다시 목초지로 달려간 시점 사이에 무슨 끔찍한 일이 벌어진 것일까? 참혹하고 치명적인 일인데, 무슨 일이 있었던 거지? 혹시 내가 손상 부위를 자세히 살펴본다면 의학적 본능으로 뭔가를 짚어낼 수 있을까? 나는 프런트 벨을 누르고 검시 결과 보고서 전문이 실린 지역 주간지를 가져다달라고 부탁했다. 외과의의 진술을 보면 좌측 두정골의 후부 3분의 1과 후두골 좌측 절반이 둔기로 심하게 가격당해서 부서졌다고 되어 있다. 나는 내 머리를 더듬으며 진술에서 지적된 부위들을 짚어보았다. 그런 형태의 타격이라면 뒤에서 가해진 것이 분명하다. 그렇다면 어느 정도는 용의자로 지목된 청년에게 유리할 수 있다. 두 사람이 말다툼을 했다면 청년은 아버지와 마주 보고 있었을 테니까. 그렇지만 타격이 가해지기 전에 청년의 아버지가 돌아섰을 수도 있으므로 그것만으로는 결정적인 힘을 가지지 못한다. 그래도 일단 홈스에게는 말해주는 게 좋을 것 같다. 다음 문제는 아버지가 죽어가면서 했다는 쥐에 대한 말이었다. 무슨 말을 하려 했을까? 섬망 증세로 인한 헛소리는 아닐 것이다. 갑작스럽게 공격당해 죽는 사람은 일반적으로 섬망 상태에 빠지지 않는다. 그보다는 자기가 어떻게 당했는가를 설명하려 했을 가능성이 높다. 그렇다면 뭘 말하려던 걸까? 나는 타당성 있는 가설을 찾아내기 위해 머리를 쥐어짰다. 그러다 보니 청년이 봤다는 회색 천이 떠올랐다. 청년의 말이 사실이라면, 범인은 달아나면서 외투나 망토 같은 걸 떨어뜨렸고, 청년이 불과 열두 발짝 정도 떨어진 곳에 등을 돌린 채 앉아 있는 동안 다시 와서 집어 갈 만큼 강심장을 가졌다는 말이 된다. 어쩌면 이렇게 모든 게 수수께끼에 싸여 있을까! 레스트레이드의 견해가 틀렸다고 생각하지는 않지만, 셜록 홈스의 통찰력을 믿는 나로서는 그가 청년의 결백을 뒷받침하는 단서를 하나씩 찾아내는 한, 그에게 희망을 걸지 않을 수 없었다.

　셜록 홈스는 늦은 시간이 되어서야 돌아왔다. 혼자였다. 레스트레이드는 시내에 있는 숙소에서 묵는다고 했다.

　홈스가 의자에 앉으며 말했다.

　"여전히 고기압이야. 우리가 현장에 가보기 전에 비가 오면 안 되는데 다행이네. 세심한 주의가 필요한 일을 할 때는 몸 상태가 최상이어야 하고 정신적으로도 예리해야 하거든. 긴 여행으로 피곤한 상태에서 일하고 싶지는 않아. 제임스 매카시를 만났다네."

　"무슨 이야길 들었나?"

　"아무것도."

　"단서가 될 만한 게 없었단 말인가?"

"전혀. 그래서 잠깐이긴 하지만, 그 청년이 범인을 알고 있는데 그를 보호하려고 그러는가 싶은 생각이 들더라니까. 그런데 사실은 그 역시 다른 사람들만큼이나 황당해하고 있었어. 머리가 민첩하게 돌아가는 청년은 아닌데 인상이 좋고 마음이 선한 것 같았어."

내가 말했다.

"하지만 그의 취향이 맘에 들지는 않아. 터너 양처럼 매력적인 아가씨와 결혼하기를 꺼린다는 게 사실이라면 말일세."

"아, 거기엔 아주 가슴 아픈 사연이 있었어. 그 청년은 터너 양을 미치도록 사랑하고 있다네. 그런데 2년쯤 전, 터너 양은 기숙학교에 다니느라 5년 정도 떠나 있었고 두 사람이 뜨거운 사랑에 빠지기 전에, 완전 애송이였던 청년은 브리스틀에 있는 술집 아가씨의 꾐에 넘어가 등기소에서 혼인신고를 해버렸다지 뭔가. 그 사실은 아무도 모른다네. 하지만 자기 눈을 빼주고라도 터너 양과 결혼하고 싶을 텐데, 그걸 할 수 없는 신세라는 게 얼마나 답답했겠나? 그런데 자기 아버지가 계속 결혼하라고 성화를 부리니 분통이 터졌을 테지. 마지막으로 아버지를 만났을 때도 왜 터너 양에게 청혼하지 않느냐고 몰아붙였다는군. 그 바람에 말다툼을 하다가 쌓였던 분노가 폭발해서 손을 치켜들고 말이야. 하지만 현실적으로 그는 독립할 형편도 안 되었고, 사방이 꽉 막힌 그의 아버지는 자기 아들의 과거를 알면 바로 내쫓아버릴 게 뻔했던 거지. 지난 사흘간 브리스틀에 가 있었던 것도 그 술집 여자와 지내기 위해서였다는 거야. 물론 매카시 씨는 자기 아들이 어디에 갔다 왔는지 모르고 있었지. 그 점을 기억해두어야 해. 중요한 단서가 될 것 같거든. 그런데 전화위복이라고, 신문을 보고 청년이 교수형을 당할 수도 있다는 사실을 알게 된 술집 여자는 청년과 끝내기로 마음먹고 그에게 편지를 보냈다네. 자기는 이미 버뮤다 조선소에 남편이 있으며, 청년과는 아무 관계도 아니라고 말이야. 내 생각에는 그 편지가 청년이 그동안 안고 있었던 고민을 완전히 해결해주었을 것 같아."

"만약 그가 결백하다면, 누가 범행을 저질렀을까?"

"아! 누구냐고? 여기서 특별히 주목해야 할 두 가지 사실이 있어. 첫째, 피살자가 저수지에서 누군가와 만나기로 약속되어 있었다는 사실이야. 그런데 그 상대가 아들은 아니

었다는 거지. 아들은 마을에 없었고, 언제 돌아올지도 모르고 있었으니까. 둘째, 피살자는 아들이 돌아온 걸 알기 전에 누군가를 향해 '쿠우이!'라고 외쳤고, 그 소리를 아들이 들었다는 사실이야. 이것이 핵심 단서가 될 수 있다네. 자, 이제 세세한 문제는 내일 생각하기로 하고, 자네만 좋다면 조지 메러디스George Meredith(영국의 소설가이자 시인 – 옮긴이)에 대해 이야기를 나누지 않겠나?"

다음 날은 홈스의 예상대로 비가 오지 않았고, 구름 한 점 없이 맑은 아침을 맞았다. 9시가 되자 레스트레이드가 마차를 타고 우리를 데리러 왔다. 우리는 해설리 농장과 보스콤 저수지를 향해 출발했다.

레스트레이드가 말했다.

"오늘 아침엔 심각한 소식 하나를 가져왔소. 터너 씨의 상태가 많이 안 좋아져서 회복될 가망이 없다고 합니다."

"나이가 꽤 많지요?"

홈스가 물었다.

"예순 살쯤 됐을 거요. 그런데 외국에서 오래 생활하면서 몸이 망가져 지난 몇 년간 건강이 좋지 않았소. 그런데다 이번 사건이 그에게 큰 충격을 주었소. 터너 씨는 죽은 매카시의 오랜 친구이자 은인이기도 했소. 해설리 농장을 무상으로 빌려주었던 걸로 알고 있소."

"그랬군요! 그거 정말 흥미롭네요."

홈스가 말했다.

"그렇소! 그러고도 다방면으로 많은 도움을 주었지. 마을 사람들도 그가 매카시에게 얼마나 잘했는지 늘 이야기할 정도니까."

"정말 그렇단 말이죠! 그런데 아무것도 가진 것 없이 터너 씨에게 신세를 지고 사는 매카시 씨가 자기 아들에게 터너 씨의 딸과 결혼하라고 재촉을 한다는 게 좀 이상하지 않습니까? 터너 씨의 딸이라면 영지의 상속녀인데, 청혼만 하면 감지덕지 따라올 것처럼 자신만만하게 말이죠. 더구나 터너 씨는 그 결혼을 반대했다지 않습니까. 터너 양이 말해주었어요. 경감님은 그러한 정황에서 추론되는 것이 없습니까?"

레스트레이드가 내게 윙크해 보이며 말했다.

"이렇게 또 추론과 추리로 귀결되는군요. 홈스 선생, 나는 사실만 다루기도 바빠서 이론이나 공상을 좇을 여유가 없소."

홈스가 점잖게 말했다.

"맞는 말씀입니다. 사실을 공략하는 게 어려운 일이죠."

"아무튼, 선생이 파악하지 못한 사실을 하나 알아냈소."

레스트레이드가 약간 들떠서 말했다.

"그게⋯⋯."

"매카시가 자기 아들의 손에 죽었다는 거요. 그것에 반하는 모든 이론은 희미한 달빛일 뿐이요."

홈스가 웃으며 말했다.

"글쎄요. 달빛이 안개보다는 밝지요. 그런데 저기 왼쪽에 있는 것이 해설리 농장 같은데요."

"그렇소."

왼쪽에 슬레이트 지붕을 얹은, 넓고 안락해 보이는 2층짜리 건물이 보였다. 그 회색 건물 벽면에는 노란 이끼가 퍼져 있었다. 그러나 커튼이 드리워져 있고 굴뚝에서 연기가 피어오르지 않아서 여전히 끔찍한 사건의 무게가 집을 무겁게 짓누르고 있는 듯한 인상을 주었다. 문을 두드리니 하녀가 나왔고, 홈스의 요청에 따라 주인이 사망 당시 신었던 부츠와 아들의 부츠 한 켤레씩을 보여주었다. 아들의 부츠는 사고 당시 신었던 것은 아니라고 했다. 홈스는 부츠들을 여덟 군데 정도 아주 세밀하게 측정한 다음, 안뜰로 안내해달라고 청했고, 거기서 보스콤 저수지로 이어지는 구불구불한 길을 따라갔다.

그렇게 냄새를 맡으며 단서를 좇을 때 홈스는 몹시 흥분하면서 전혀 다른 사람으로 변한다. 그를 베이커 가에 살면서 조용히 사색이나 하는 논리학자로 알고 있는 사람이라면 지금의 그를 알아보지 못할 수도 있다. 얼굴은 검붉게 달아오르고, 잔뜩 긴장해서

가운데로 모인 굵고 검은 눈썹 아래 쇠구슬처럼 차가운 두 눈을 반짝이는 모습. 고개를 숙이고 어깨는 활처럼 구부린 채 입술은 굳게 다물고, 힘줄이 길게 드러난 목에는 혈관이 채찍처럼 뻗쳐 있는 모습. 콧구멍은 사냥감을 쫓는 동물적 욕망으로 확장되고, 마음은 눈앞의 일에 오롯이 몰두하여 무슨 말을 하거나 질문을 해도 귓등으로 스쳐 지나가고 기껏해야 짜증스럽게 한두 마디 내뱉듯이 대꾸할 뿐이다. 홈스는 말없이 민첩하게 풀밭 사이로 난 길을 따라 보스콤 저수지로 이어지는 숲을 빠져나갔다. 그 지역이 다 그러했지만, 저수지 부근은 축축한 늪지 같았다. 오솔길과 양옆의 목초지에는 수많은 발자국이 나 있었다. 홈스는 빠른 걸음으로 걷다가 이따금 멈춰 서고, 풀숲으로 들어갔다 나오기도 했다. 레스트레이드와 나는 그의 뒤에서 걸었다. 레스트레이드는 별다른 관심을 보이지 않았고, 심지어 경멸하는 듯했지만 나는 홈스의 모든 행동에는 확실한 목적이 있다는 믿음으로 주의 깊게 지켜보았다.

갈대가 무성한 보스콤 저수지는 폭이 50야드 정도였는데, 해설리 농장과 터너의 사유지 사이의 경계에 펼쳐져 있었다. 저수지 건너편의 숲 위로 대지주의 저택임을 알 수 있는 붉은 뾰족탑이 솟아 있었다. 해설리 농장 쪽으로는 숲이 무성했는데, 나무들과 연못 가장자리의 갈대들 사이로 폭이 20보 정도 되는 질퍽한 목초지가 좁은 띠처럼 나 있었다. 레스트레이드가 매카시의 시신이 발견된 지점을 보여주었는데, 땅이 너무 질척해서 피해자가 맞고 쓰러지면서 파인 자국이 선명했다. 홈스의 열의에 찬 표정과 꿰뚫을 듯한 눈빛을 보니 풀밭에 난 발자국에서 새로운 사실을 계속 찾아내고 있는 것 같았다. 그는 냄새 맡는 개처럼 원을 그리며 뛰어다니다가 우리의 동료를 돌아보며 물었다.

"저수지에는 왜 들어간 겁니까?"

"갈퀴로 휘저어보았소. 무기나 다른 단서를 찾을 수 있을까 해서. 그런데 대체 어떻게……."

"아, 됐어요! 시간이 없다고요! 안짱다리인 경감님의 왼쪽 발자국이 사방에 나 있잖아요. 눈먼 두더지도 찾을 수 있겠구먼. 그 발자국이 갈대들 사이에서 사라졌고 말이죠. 사람들이 버펄로 떼처럼 몰려와서 사방을 밟고 다니기 전에 내가 왔더라면 일이 얼마나

쉬웠을까. 여기가 별장지기 일행이 와서 머문 지점이군. 시신을 둘러싸고 여섯이나 여덟 개의 발이 온통 흙을 밟아놓은 걸 보면. 여기는 같은 사람이 만들어놓은 발자국이 세 갈래 방향으로 나 있고."

홈스는 돋보기를 꺼내 들고 좀 더 자세히 보기 위해 비옷을 입은 채 엎드렸다. 그러면서도 우리에게라기보다는 혼잣말로 계속 중얼거렸다.

"이건 청년 매카시의 발자국이네. 두 번은 걸어서 왔다 갔고, 한 번은 급히 뛰었어. 그러니까 바닥이 깊게 파였으면서 발뒤꿈치는 거의 닿지 않은 거야. 그가 말한 대로라는 걸 보여주는 거지. 아버지가 쓰러져 있는 걸 보고 달려온 거야. 이것은 그의 아버지가 서성인 발자국이고. 그럼 이건 뭐지? 아들이 서서 아버지의 말을 듣는 동안 생긴 총의 개머리판 자국이군. 그럼 이건? 아! 이건 뭘까? 까치발을 한 거네! 까치발! 사각형의 특이한 부츠로군! 이리로 왔다가 갔어. 그리고 다시 왔어. 물론 그랬겠지. 망토를 집으러 왔어야 할 테니까. 그런데 어디서 온 거지?"

홈스는 발자국을 놓치기도 하고 다시 찾기도 하면서 이리저리 뛰어다녔다. 그러는 동안 우리 일행은 숲의 끝자락에 있는 커다란 너도밤나무 그늘에 이르렀다. 그 근방에서 가장 큰 나무 같았다. 홈스는 발자국을 따라 나무 뒤편으로 돌아가더니 만족스러운 듯 탄성을 지르며 다시 한 번 엎드렸다. 홈스는 잎새들을 뒤집어보고, 마른 나뭇가지를 들춰보고, 먼지 조각 같은 것들을 봉투에 담으면서 오랫동안 그 자세를 유지했다. 돋보기를 꺼내 들고 땅바닥뿐 아니라 나무껍질까지 손이 닿는 한 샅샅이 살폈다. 이끼 사이에 삐죽삐죽한 돌멩이 하나가 있었는데, 홈스는 그것도 조심스럽게 살펴보고는 집어 들었다. 그런 다음 숲속 오솔길을 따라 큰길까지 갔다. 거기서부터는 아무런 흔적도 남아 있지 않았다.

평소의 모습으로 돌아온 홈스가 말했다.

"아주 흥미로운 사건이로군. 오른쪽에 있는 이 집이 별장인 것 같군요. 들어가서 모런 양과 이야기를 나눠봐야겠습니다. 메모도 좀 하고. 그런 다음에 점심을 먹으러 가죠. 두 분은 먼저 마차로 가세요. 곧 뒤따라갈 테니."

10분쯤 후 우리는 로스로 돌아오는 마차에 타고 있었다. 홈스는 여전히 숲에서 주워 온 돌을 들고 있었다.

"이것 좀 보세요, 레스트레이드."

홈스가 돌을 들어 보이며 말했다.

"이게 바로 살인 무기입니다."

"그런 흔적이 없지 않소."

"흔적이 없지요."

"그런데 어떻게 안다는 거요?"

"이 돌 밑에서 풀이 자라고 있었어요. 그러니까 바로 며칠 전 그곳에 떨어진 거죠. 이 돌을 어디서 가져왔는지는 알 수 없습니다. 하지만 상처의 모양과 일치해요. 그 밖에 다른 무기가 사용된

흔적도 보이지 않고요."

"그렇다면 누가?"

"키가 크고 오른쪽 다리를 저는 왼손잡이입니다. 바닥이 두꺼운 사냥 부츠를 신고 회색 망토를 두르고 있었으며, 인도산 시가를 파이프에 끼워 피우는 사람이에요. 주머니에는 날이 무딘 접이식 칼을 가지고 다녀요. 그 밖에도 여러 표식이 남아 있지만 수사에 도움이 되는 건 이 정도입니다."

"난 그 추리에 회의적이오."

레스트레이드가 웃으며 말했다.

"이론은 훌륭하지만, 우리가 상대해야 하는 건 고지식한 영국의 배심원들이란 말이오."

홈스가 차분하게 대꾸했다.

"두고 보면 알겠지요. 경감님은 경감님 방식대로 수사하십시오. 저는 제 방식대로 할 테니. 오늘 오후에는 좀 바쁠 것 같네요. 저녁 기차로 런던으로 돌아갈 것 같습니다."

"사건을 종결짓지 않고 가겠다는 거요?"

"아니요. 완결하고 가야죠."

"그 많은 의문은?"

"다 풀었습니다."

"그렇다면 범인이 누구요?"

"내가 방금 말한 그 사내죠."

"그게 누군데?"

"그걸 알아내는 건 어렵지 않을 겁니다. 사람이 많이 사는 동네가 아니니까요."

레스트레이드가 어깨를 들썩해 보이며 말했다.

"나는 현실적인 사람이오. 무턱대고 왼손잡이에 절름발이인 사내를 찾아 이 시골 마을을 돌아다닐 수는 없다는 말이오. 런던 경찰국의 웃음거리가 될 게 뻔하니까."

홈스가 차분한 음성으로 말했다.

"좋습니다. 경감님께 기회를 드린 거였는데. 경감님의 숙소에 다 왔군요. 안녕히 가십시오. 떠나기 전에 연락드리겠습니다."

레스트레이드를 숙소에 내려주고 호텔로 돌아오니, 테이블 위에 점심 식사가 준비되어 있었다. 홈스는 몹시 난감한 표정으로 말없이 생각에 잠겼다.

"여보게 왓슨, 여기 잠깐 앉아서 내 말을 좀 들어보게. 어떻게 해야 할지 모르겠어. 담배 한 대 피우면서 자세히 말해줄 테니 자네의 의견을 말해주게."

식탁이 치워진 뒤에 홈스가 말했다.

"그렇게 해."

"자, 들어보라고. 이번 사건에서 우리는 젊은 매카시와 관련해서 두 대목에 주목하고 있어. 그런데 그 둘을 나는 청년에게 유리한 쪽으로 해석하고 있는 반면에 자네는 그에게 불리한 쪽으로 해석하고 있지. 첫 번째는 그의 말에 따르자면 그의 아버지가 아들을 보기 전에 '쿠우이!' 하고 소리쳤다는 사실이야. 그리고 두 번째는 그가 죽으면서 쥐에 대해 무슨 말인가를 했다는 사실이지. 자네도 이해하고 있겠지만, 매카시는 몇 마디 다른 말도 했을 테지만, 청년이 알아들은 게 그것뿐이라는 거지. 우리는 이 두 가지에 근거해서 사건을 조사해나가야 해. 그러려면 청년의 말이 모두 진실이라는 가정에서 출발해야 하고 말이야."

"그렇다면 '쿠우이!'는 뭘까?"

"그게 뭐든, 아들을 향해 외치지 않은 게 분명해. 그는 자기 아들이 브리스틀에 있는 줄 알았으니까 말이야. 청년이 그 소리를 들은 건 마침 그때 가까운 곳에 있었기 때문이지. 죽은 매카시는 자기가 만나기로 약속한 사람을 향해 소리쳤던 거야. 그런데 '쿠우이'는 오스트레일리아 원주민들 사이에서 쓰는 말이라네. 따라서 매카시가 보스콤 저수지에서 만나기로 한 사람도 오스트레일리아에서 살았던 사람일 가능성이 높은 거지."

"그러면 쥐에 대해서 말했다는 건?"

셜록 홈스는 주머니에서 접혀진 종이 한 장을 꺼내더니 탁자 위에 펼쳐놓고 말했다.

"이건 오스트레일리아가 영국 식민지였을 당시의 빅토리아 주 지도라네. 어젯밤 브리스틀에 전보를 쳐서 얻어놓았어."

홈스는 손가락으로 지도의 한 부분을 가리켰다.

"여기에 뭐라고 적혀 있는지 보이나?"

"어랫ARAT이라고 적힌 것 같은데."

"지금은?"

홈스가 지도를 짚었던 손가락을 들고 다시 물었다.

"밸러랫BALLARAT."

"맞았어. 매카시가 말한 게 바로 그거였네. 그런데 그의 아들은 마지막 두 음절만 알아들은 거지. 그는 범인의 이름을 말한 거였어. 밸러랫에 산 아무개."

"훌륭해!"

내가 탄성을 질렀다.

"그거야 뻔한 거지. 자, 이제 범위가 상당히 좁혀졌어. 그리고 아들의 진술이 사실이라면, 그가 회색 옷을 가지고 있다는 게 세 번째 단서가 될 거야. 이제 모든 게 희미한 상태에서 범인이 오스트레일리아 밸러랫 출신이며 회색 옷을 입고 있었다는 제법 확실한 윤곽을 그리게 되었네."

"정말 그렇군."

"그리고 범인은 이 근처에 집이 있어. 저수지에 가려면 농장이나 영지를 지나야 하는데, 그 땅은 외부인이 함부로 들어갈 수 없는 사유지이지 않은가."

"그렇지."

"이제 오늘 현장 조사에서 알아낸 것들을 살펴보자고. 땅바닥을 관찰하면서 범인의 신상에 대한 소소한 사실들을 알아낼 수 있었어. 그걸 내가 미련한 레스트레이드에게 말해준 거지."

"어떻게 알아냈는데?"

"자넨 내 방식을 잘 알잖아. 모든 걸 세밀히 관찰하는 거지."

"그의 키는 보폭을 측정해서 짐작했을 것 같고, 부츠도 땅에 찍힌 자국을 보고 알았을 것 같은데."

"맞아. 아주 특이한 부츠였거든."

"그런데 그가 한쪽 다리를 저는 건 어떻게 알아냈지?"

"오른발 자국이 매번 왼발 자국보다 희미했거든. 오른발에 체중을 덜 싣는다는 걸 알 수 있었지. 왜? 다리를 저니까. 범인은 절름발이인 거야."

"그러면 그가 왼손잡이라는 건?"

"자네도 외과 의사의 검시 보고서를 보고 알았겠지만, 타격은 피살자의 바로 뒤에서 가해졌어. 그것도 왼쪽에서. 왼손잡이가 아니라면 어떻게 그게 가능했겠나? 범인은 매카시가 아들과 이야기를 나누는 동안 나무 뒤에 숨어 있었다네. 거기서 담배도 피웠지. 나무 뒤에서 담뱃재를 발견했거든. 내가 알고 있는 담배에 관한 지식에 근거해서 그것이 인도산 담배라는 걸 알았지. 자네도 알다시피 내가 한동안 담뱃재에 관심을 가져서 140여 종의 파이프, 시가, 궐련 등의 재에 관해 논문도 쓰지 않았나. 담뱃재를 발견하고 나서 주변을 살펴보니 이끼 사이에 꽁초를 던져놓았더라고. 로테르담에서 만든 인도산 시가였어."

"파이프를 사용했다는 건 어떻게 알았나?"

"담배꽁초를 살펴보고 입에 들어간 적이 없다는 걸 알았지. 그러니 파이프를 쓰는 게 분명하고. 꽁초 끝은 이로 물어서 끊은 게 아니라 칼로 잘려져 있었어. 그런데 잘린 면이 깨끗하지 않은 거야. 그래서 날이 무딘 칼을 가지고 다닌다고 추측한 거지."

"범인이 빠져나가지 못하게 그물을 쳐놓은 셈이구먼. 게다가 자넨 무고한 생명 하나를 살렸어. 교수대의 밧줄을 끊어 그의 목숨을 구한 거나 마찬가지야. 이제 모든 단서가 누구를 가리키는지 알겠네. 그러니까 범인은……."

"존 터너 씨가 오셨습니다."

호텔 웨이터가 우리 숙소의 응접실 문을 열고 방문객을 안내하며 말했다.

방 안에 들어선 사람은 특이한 인상을 풍겼다. 느리고 절룩거리는 걸음걸이, 구부정한 어깨는 기력이 쇠한 노인의 모습이었으나 굵은 주름이 잡힌 얼굴에 우락부락한 이목구비, 길고 굵은 팔다리는 육체적으로나 정신적으로 매우 강한 사람이라는 인상을 주었다. 거기에 헝클어진 수염과 반백의 머리, 유난히 늘어진 눈썹이 위엄과 강직함을 더해 주었다. 그러나 안색은 백지장처럼 창백했으며 입술과 콧구멍 주변엔 푸르스름한 빛이 감돌았다. 얼핏 보기에도 오랫동안 병고에 시달려온 사람임을 알 수 있었다.

홈스가 정중하게 말했다.

"소파에 앉으십시오. 제 편지를 받으셨습니까?"

"받았소. 별장지기가 가져왔더군. 소란을 피하려면 여기서 만나는 게 좋을 것 같다고 했던데."

"제가 댁으로 찾아가면 사람들 입에 오르내리게 될 것 같아서요."

"그런데 왜 날 보자고 한 거요?"

그는 피곤이 가득한 눈으로 홈스를 바라보았다. 이미 홈스의 대답을 알고 있는 듯한 눈빛이었다.

"네, 그렇습니다. 저는 매카시 씨의 일에 대해 모두 알고 있습니다."

홈스는 노인의 말이 아니라 그의 눈빛에 응답하고 있었다.

노인은 두 손으로 얼굴을 감싸고 절규하듯 말했다.

"주여, 도와주소서! 그렇지만 그 젊은이가 피해를 보게 할 생각은 아니었소. 만약 순회 법정에서 상황이 그에게 불리하게 돌아간다면 내가 사실을 털어놓았을 거요."

"그렇게 말씀하시니 저도 마음이 놓이는군요."

홈스가 침착하게 말했다.

"내 사랑하는 딸아이만 아니면 지금이라도 사실을 말하겠소. 내가 체포되었다는 걸 알면 그 애의 가슴이 무너질 거란 말이요."

"그렇게 되지 않을 수도 있습니다."

"뭐라는 거요?"

"저는 경찰이 아닙니다. 저를 여기에 오게 한 사람이 따님이라고 들었습니다. 그러므로 저는 따님을 도와 일을 하는 것이지요. 그렇지만 그 청년은 혐의를 벗어야 합니다."

터너 씨가 말했다.

"나는 곧 죽을 사람이오. 수년간 당뇨병을 앓아왔는데, 의사 말로는 한 달을 넘기기도 어려울 거라고 하오. 나는 교도소가 아닌 내 집에서 죽을 수 있으면 좋겠소."

홈스는 자리에서 일어나더니 펜을 들고 테이블로 가서 앉았다. 그의 앞에는 백지 한 묶음이 놓여 있었다.

"진실을 말해주십시오. 제가 여기에 받아 적겠습니다. 그런 다음 서명하시면 왓슨이 증인이 되어줄 것입니다. 그러면 제가 결정적인 순간에 당신의 진술서를 제시하여 그 청년을 구하겠습니다. 꼭 필요한 경우에만 진술서를 사용하겠다고 약속하지요."

노인이 말했다.

"좋소. 순회 재판이 열릴 때까지 내가 살 수 있을지도 의문이오. 그러니 내게는 별로 중요하지 않아. 하지만 앨리스가 충격을 받는 일만은 피하고 싶소. 이제 당신에게 사실대로 털어놓겠소. 오랜 세월의 이야기지만, 얘기하는 데는 얼마 안 걸릴 거요.

당신은 죽은 매카시를 잘 모르겠지만, 그는 악의 화신이었소. 그건 분명한 사실이오. 신께서 그와 같은 자들의 손아귀에서 당신들을 지켜주시기를 바라는 마음이오. 나는 지난 20년간 그의 손아귀에 잡혀 살면서 내 인생을 날려버렸소. 처음에 어쩌다가 그에게 걸려들었는지부터 얘기하겠소.

1860년대 초에 광산에서 있었던 일이오. 그때 나는 피 끓는 청년이었고, 무서울 게 없었소. 어쩌다 나쁜 친구들과 어울리다 보니 술꾼이 되었고, 운까지 나빠서 내가 불하받은 광산에서는 금도 나오지 않았지. 결국 나는 산적 신세가 되었는데, 요즘식으로 말하자면 노상강도가 된 거지요. 우리 패거리는 여섯이었는데, 그런 대로 거칠 것 없이 살았소이다. 가끔 목장을 털기도 하고, 광산으로 가는 길목에서 마차를 습격하기도 했소. 당시 나는 밸러랫의 블랙 잭이라는 별명으로 불렸고, 우리 일당은 지금도 식민지에서는 밸러랫 갱단으로 기억되고 있을 거요.

어느 날 밸러랫에서 멜버른으로 금괴 호송대가 지나간다는 사실을 알게 되었소. 우리는 그것을 기다리다가 덮쳤지. 기마 호송병 여섯 명에 우리 일당이 여섯 명이었으니 거의 비등했지만, 우리는 첫 번째 일제사격을 하면서 그들 중 네 명을 말에서 떨어뜨렸소.

하지만 우리도 일당 중 세 명을 잃고서야 금괴를 차지할 수 있었소. 그때 나는 마부의 머리에 총을 겨누었는데, 그게 바로 죽은 매카시였소. 내가 그때 그를 쏘아 죽였더라면 얼마나 좋았을까. 하지만 나는 그를 살려주었소. 그의 사악한 눈이 나의 털끝 하나까지 기억하려는 듯 노려보고 있었는데 말이오. 나는 금을 가지고 달아나 큰 부자가 되었소. 그리고 아무에게도 의심받지 않고 영국으로 건너왔소. 그런 다음 옛 친구들과는 헤어지고 이제부터 조용하고 건실하게 살기로 마음먹었소. 그리고 때마침 매물로 나온 이 영지를 산 거요. 그때부터 나는 나쁜 방법으로 부를 쌓은 것에 대해 속죄하는 의미에서 선을 베풀며 살기로 결심했지. 결혼도 했소. 아내가 젊은 나이에 죽었지만, 사랑스러운 딸 앨리스를 내게 남겨주었소. 그 애는 아기 때부터 그 작은 손으로 나를 바른길로 인도하는 것 같았소. 마치 나쁜 일은 한 번도 저지르지 않았던 사람처럼 살도록 말이오. 한마디로 나는 새사람이 되었고 과거의 잘못을 씻기 위해 최선을 다했소. 모든 일이 잘돼가고 있는데 매카시의 손길이 내게 뻗쳐온 거요.

투자 관련 일로 마을에 갔다가 리젠트 가에서 헐벗은 거지꼴의 매카시를 만났던 거요. 그가 내 팔을 툭 치며 말했소.

'여기서 보는군, 잭. 우리, 가족처럼 잘 지내보자고. 우린 둘이네. 나와 내 아들. 우릴 좀 보살펴주게. 그럴 수 없다면, 뭐 괜찮아. 영국은 법을 지키는 나라니까. 소리만 지르면 어디서든 경찰이 달려올 테고.'

그렇게 매카시 부자는 서부의 시골 마을로 왔고, 나는 그들을 떨쳐낼 수 없었소. 그때부터 그들은 내 소유지 중에서도 가장 좋은 터에서 살아온 거요. 그동안 나는 안식도 평화도 찾을 수 없었고, 지난 일을 잊을 수도 없었소. 어디를 가든 그의 교활하게 웃는 얼굴이 내 옆에 따라붙었으니까. 앨리스가 커가면서 상황은 더욱 나빠졌소. 내 과거가 드러날까 가장 두려워하는 대상은 경찰이 아니라 앨리스라는 걸 그가 알게 되었기 때문이지. 그는 자기가 원하는 건 무엇이든 가져야 했고, 나는 그게 땅이든 돈이든 다 주었소. 그런데 결국 그는 내가 줄 수 없는 것까지 요구했던 거요. 바로 내 딸 앨리스였지.

당신도 보았겠지만, 그의 아들도 장성했고 내 딸도 컸소. 게다가 내 건강이 좋지 않다

는 걸 안 매카시의 눈에 자기 아들이 내 전 재산을 아주 쉽게 차지할 수 있는 길이 보였
던 거지. 그렇지만 난 단호하게 거절했소. 그의 저주받은 혈통과 내 자손이 얽히는 건 용
납할 수 없으니까. 그 젊은이가 싫어서라기보다는 그에게 매카시의 피가 흐른다는 사실
때문이었소. 나는 단호하게 내 생각을 고수했고 매카시는 나를 협박했소. 나는 그에게
무슨 짓을 해도 원하는 대로 안 될 거라고 맞섰소. 그러다가 그의 집과 내 집의 중간 지
점인 저수지에서 만나 얘기해보기로 했던 거요.

내가 저수지에 갔을 때 그는 자기 아들과 얘기하는 중이었소. 그래서 나는 나무 뒤에
서 담배를 피우며 기다렸지. 그런데 그의 말을 듣다 보니 내 안에 쌓인 어둡고 쓰디쓴 울
분이 끓어오른 거요. 자기 아들에게 무조건 결혼하라고 윽박지르는 게 아니겠소. 마치
내 딸이 거리의 창녀라도 되는 것처럼 말이오. 나 자신과 나의 가장 소중한 딸이 그런 야
비한 놈의 손아귀에 걸려들었다고 생각하니 화가 나서 미칠 것 같았소. 그와의 악연을
끊을 수는 없는 걸까? 나는 이미 죽을 날을 받아놓았고, 너무나 절실했소. 아직 정신이
멀쩡하고 팔다리에 힘도 남아 있지만, 내 운명은 이미 끝이 정해져 있다는 생각이 들었
지. 하지만 나에 대한 추억과 내 딸! 그놈의 몹쓸 혓바닥만 잠재울 수 있다면 둘 다 구할
수 있을 것 같았소. 그래서 그렇게 한 거요, 홈스 선생. 나는 다시 돌아가도 그렇게 할 거
요. 이미 깊은 죄를 지었기에 속죄하기 위해 순교자처럼 살아왔소. 그렇지만 내 딸까지
내가 걸려든 그물에 걸린 채 살아야 한다는 건 도저히 용납할 수 없었소. 그를 내리칠 때
죄책감은 없었소. 그는 더럽고 유해한 짐승과 다를 바 없었으니까. 그가 비명을 지르는
바람에 그의 아들이 달려왔고, 나는 숲으로 달려가 몸을 숨겼소. 떨어뜨린 망토를 집으
러 다시 가야 했지만 말이오. 이게 그동안 벌어졌던 일의 전부요.”

“당신을 심판하는 건 제 일이 아닙니다. 저희도 그런 유혹에 걸려들지 않도록 기도할
뿐이지요.”

노인이 진술서에 서명하는 동안 홈스가 말했다.

“나도 그러길 기도하겠소. 이제 어떻게 할 생각이오?”

“당신의 건강을 고려해서, 아무것도 하지 않을 생각입니다. 당신도 알다시피, 곧 순회

법정보다 더 고결한 법정에 나아가 당신의 죄를 심판받을 테니까요. 서명하신 진술서는 제가 가지고 있겠습니다. 만약 그 청년이 유죄를 받게 된다면 이 진술서를 사용해야지요. 그런 경우를 제외하고는 누구에게도 보여주지 않을 것입니다. 당신의 비밀은, 당신의 생사를 떠나서, 안전하게 지켜드리겠습니다."

노인이 진중한 음성으로 인사를 건넸다.

"그럼 안녕히 계시오. 두 분이 삶을 마치는 순간, 오늘 내게 준 이 평화를 생각하며 마음의 평안을 얻기 바라오."

노인은 거구의 몸을 위태롭게 비틀거리며 천천히 방에서 나갔다.

"어떻게 이런 일이!"

노인이 가고 한동안 말이 없던 홈스가 입을 열었다.

"가엾고 힘없는 인간에게 운명은 왜 이런 장난을 치는 걸까? 이렇게 상상도 못할 이야기를 듣고 보니 백스터Baxter(17세기에 살았던 영국의 청교도 지도자이자 시인, 학자 – 옮긴이)의 말을 떠올리지 않을 수 없군. '신의 은총이 아니었다면, 셜록 홈스여, 너도 별수 없이 저 꼴이다.'"

제임스 매카시는 순회 법정에서 무죄를 선고받았다. 홈스가 자세한 반론을 써서 변호인에게 제출한 덕분이었다. 터너 씨는 우리와 만난 이후 7개월을 더 살고 세상을 떠났다. 매카시의 아들과 터너 씨의 딸은 과거에 그들에게 먹구름이 드리워졌다는 사실을 전혀 모른 채 어디서든 행복한 삶을 꾸려갈 것이다.

5
다섯 개의
오렌지 씨앗

1882년부터 1890년 사이에 셜록 홈스가 맡은 사건을 정리한 나의 노트와 기록을 보면 기이하고 흥미로운 사건이 너무 많아서 어느 것을 취하고 어느 것을 버려야 하는지 모를 정도다. 그중에는 신문을 통해 이미 알려지기도 했지만, 그런 기회를 얻지 못해서 홈스가 발휘한 뛰어난 자질이 알려지지 못한 채 묻혀버린 사건도 있었다. 그것들을 널리 알리는 게 신문의 사명인데도 말이다. 그런가 하면 시작은 했지만 끝이 없는 이야기처럼 홈스의 분석력을 조롱하며 결말 없이 끝나버린 사건도 있고, 일부분만 해결되어서 홈스가 무엇보다 중시하는 절대 논리에 근거해 입증하기보다는 추정과 추측에 근거해 설명할 수밖에 없는 사건도 있었다. 내가 여기서 이야기하려는 사건은 이 마지막 유형에 해당한다. 그 사건 역시 완전히 밝혀지지 않았고 앞으로도 영원히 미궁으로 남겠지만, 그럼에도 굳이 여기서 이야기하려는 이유는 그 내용이 너무나 특이했으며 충격적일 만큼 뜻밖의 결말을 드러냈기 때문이다.

1887년에는 크고 작은 흥미로운 사건이 줄을 이었고, 나는 그 사건들의 기록을 지금도 보관하고 있다. 그중에는 '파라돌 챔버 사건'도 있고, 그 외에 가구 창고 지하실에서 호화 클럽을 운영한 '아마추어 걸인 협회 사건', '영국 범선 소피 앤더슨의 실종'과 관련된 사실들, 우파 섬에 사는 '그라이스 패터슨 일가의 기이한 모험', 그리고 '캠버웰 독살 사건' 등이 있다. 마지막 사건에서는, 아직 기억하는 사람이 있을지 모르겠지만, 셜록 홈스가 죽은 사람의 시계태엽을 감아보고, 태엽이 두 시간 전에 감겼으며 죽은 사람이 그 시간에 잠자리에 들었음을 증명했고, 그러한 추리가 사건 해결에 결정적으로 작용했다. 이 사건들에 대해서도 언젠가 정리해서 이야기하겠지만, 그중 어떤 것도 지금 이야기하려는 사건과 관련된 일련의 정황보다 더 기묘하지는 않을 것이다.

추분의 모진 바람이 유난히 거센 9월 하순이었다. 하루 종일 바람이 세차게 불고 빗방울이 창문을 두드렸기 때문에, 거대한 인공 도시 런던에 사는 우리도 일상을 멈추고 우리에 갇힌 야수처럼 문명의 창살 사이로 자연의 위대한 힘을 절감해야 했다. 저녁이 되면서 폭풍이 점점 거세졌고 바람은 굴뚝 안에서 아이처럼 울어댔다. 셜록 홈스는 침울한 표정으로 벽난로 한쪽에 앉아 사건 기록에 색인을 달고 있었고, 나는 맞은편에 앉아 클라크 러셀의 재미있는 해양소설에 빠져 있었다. 소설에 깊이 몰입하다 보니 책 속의 활자들이 휘몰아치는 강풍 소리에 섞여들고, 빗방울 떨어지는 소리는 길게 확장되어 바다의 파도 소리가 되었다. 아내가 친정에 다니러 갔기 때문에 나는 며칠 동안 베이커 가에 있는 옛 친구의 집에서 지내는 중이었다.

"이보게, 초인종 소리 같지 않아? 이런 밤에 누가 찾아온 거지? 자네 친구가?"

"난 자네 말고 친구가 없는데. 방문객을 반가워하는 편도 아니고 말이야."

홈스가 대꾸했다.

"그럼 의뢰인인가?"

"그렇다면 아주 심각한 사건이겠군. 그러지 않고서야 이런 날씨, 이런 시간에 찾아올 리가 없잖아. 아마 집주인 아주머니를 찾아온 사람일 거야."

하지만 셜록 홈스의 짐작은 틀렸다. 발걸음이 계단을 올라왔고, 홈스의 방문을 노크했기 때문이다. 홈스는 긴 팔을 뻗어 자기를 비추고 있던 램프를 방문자가 앉을 의자를 향해 돌려놓았다.

"들어오세요!"

방 안에 들어선 사람은 스물두 살쯤 되어 보이는 청년이었는데, 말끔하고 단정한 옷차림에 세련되고 기품 있는 분위기를 풍겼다. 물이 뚝뚝 떨어지는 우산과 긴 비옷이 그가 뚫고 온 궂은 날씨를 말해주었다. 그는 램프의 불빛 속에서 불안한 듯 방 안을 둘러보았다. 안색은 창백했으며 눈빛은 깊은 불안에 지친 듯 한없이 무거워 보였다.

그가 코안경을 치켜올리며 말했다.

"먼저 양해를 구해야겠군요. 방해가 되지 않았기를 바랍니다. 안락한 실내에 제가 폭풍우를 끌고 들어온 것 같아서요."

홈스가 말했다.

"코트와 우산을 주십시오. 여기 고리에 걸어두면 금세 마를 겁니다. 남서 방향에서 오신 것 같군요."

"네, 호샴에서 왔습니다."

"구두 끝에 점토와 석회질이 혼합된 흙이 묻어 있어요. 그 지역의 흙은 매우 독특하지요."

"선생님의 조언을 구하고 싶어서 찾아왔습니다."

"그건 어렵지 않습니다."

"선생님의 도움도 필요하고요."

"그건 항상 쉬운 건 아닙니다만."

"홈스 선생님, 프렌더개스트 소령님께 당신에 관한 소문을 들었습니다. 선생님이 탱커빌 클럽 사건에서 소령님을 구해주신 얘기를 들려주셨거든요."

"아, 그랬죠. 그분이 카드 게임에서 속임수를 쓴다고 억울하게 몰리고 계셨거든요."

"선생님은 해결하지 못하는 사건이 없다고 하셨어요."

"과찬을 하셨군요."

"한 번도 실패하신 적이 없다고요."

"네 번이나 실패했답니다. 세 번은 남성에게, 한 번은 여성에게."

"하지만 성공하신 사건에 비하면 대수롭지 않은 숫자이지 않습니까?"

"그렇긴 합니다. 대부분은 성공하니까요."

"제 일도 그렇게 해결해주시면 좋겠네요."

"난로 쪽으로 가까이 다가앉으세요. 그리고 무슨 일인지 말씀해보십시오."

"평범한 사건은 아닐 겁니다."

"제게 의뢰하는 사건 중에 평범한 건 없습니다. 저는 최후의 항소 법정인 셈이니까요."

"그렇더라도 제 가족에게 일어난 일련의 사건보다 더 기이하고 불가해한 사건은 경험해보지 못하셨을 거예요."

"점점 더 궁금해지는군요. 처음부터 요점만 정리해서 말씀해보세요. 필요한 세부 사항은 그 후에 다시 물어볼 테니."

홈스가 말하자 청년은 의자를 끌어다놓고 앉아서 불을 향해 젖은 발을 뻗었다.

"제 이름은 존 오펜쇼입니다. 그런데 아무리 생각해도 저는 이 끔찍한 사건과 아무 상관이 없는 것 같습니다. 상속 문제라서 아무래도 처음부터 말씀드려야 이해하기 편하실 것 같네요.

저의 할아버지에게는 아들이 둘 있습니다. 큰아버지인 일라이어스와 제 아버지 조지프입니다. 아버지는 코번트리에 작은 공장을 가지고 있었는데, 자전거가 발명되었을 때 공장을 크게 확장하셨죠. 터지지 않는 오펜쇼 타이어의 특허권을 가지고 있었거든요. 하지만 아버지는 사업이 큰 성공을 거두자 좋은 가격에 팔고 은퇴하셨어요.

큰아버지는 젊었을 때 미국 플로리다로 이주해서 농장주가 되었는데, 농장을 아주 잘 경영했답니다. 내전 중에는 잭슨 장군의 부대에서 싸웠고, 나중에는 후드 장군 밑으로 가서 대령까지 진급했답니다. 그러다가 리 장군이 항복하자 큰아버지는 농장으로 돌아갔답니다. 그리고 3~4년 뒤인 1869년인가 1870년 무렵에 유럽으로 돌아와 서섹스 주 호샴 근처의 작은 영지를 사들였답니다. 미국에서 많은 돈을 모았다는데, 그곳을 떠난 이유는 흑인들이 싫어서라고 합니다. 흑인에게 참정권을 부여하는 공화당의 정책도 못마땅했고요. 큰아버지는 성격이 괴팍한 편이었답니다. 성격이 급하고 사나워서 한번 화가 나면 거친 말을 마구 쏟아낼 뿐 아니라 평소에도 사람들과 잘 어울리지 않는 편이었어요. 호샵에서 몇 년이나 살았는데도 시내에 한 번도 발을 들여놓은 적이 없었을 겁니다. 집 주변에 정원과 밭이 있어서 운동 삼아 일을 할 때도 있지만, 대부분 방 안에 틀어박혀 몇 주씩 밖으로 나오지 않았답니다. 브랜디를 엄청 많이 마셨고 담배도 자주 피웠지만, 친교 모임에 참석하거나 친구를 사귀지 않았고 친동생조차 가까이하지 않았어요.

그런데 유독 저는 좋아해주셨어요. 큰아버지가 처음 저를 봤을 때는 제가 열두 살 정도였는데, 아마 1878년이었을 거예요. 영국으로 돌아와 8년이나 9년쯤 되었을 때죠. 큰아버지는 아버지에게 저를 자기 집에 데려가 살게 해달라고 부탁했습니다. 그러고는 나름대로 저에게 무척 잘해주셨죠. 술에 취하지 않았을 때는 저와 백개먼이나 체커 게임도 하고, 하인이나 상인들 앞에서 저를 자신의 대리인으로 내세우기도 했습니다. 그러다 보니 제가 열여섯 살이 되었을 때는 그 집의 주인이나 다름없이 지내게 되었지요. 집 열쇠도 모두 제가 관리했기 때문에 큰아버지의 사생활을 침해하지 않는 한 어디든 들어갈 수 있고, 뭐든 마음대로 할 수 있었습니다. 그런데 단 한 군데, 예외가 있었어요. 다락에 창고로 쓰는 방 중에 늘 잠겨 있는 곳이 있었는데, 저를 포함해서 누구도 그 방에 들어가는 걸 허락하지 않았죠. 철없는 사내 녀석의 호기심이 발동해서 열쇠 구멍으로 들여다본 적도 있지만 낡은 트렁크나 종이 뭉치 같은 것들 외에 특별한 건 없었어요.

그러던 어느 날, 1883년 3월이었을 거예요. 외국 우표가 붙은 편지 한 통이 식탁 위에 차려진 큰아버지의 접시 앞에 놓여 있었어요. 큰아버지는 뭐든 현금으로 거래했고, 친구나 지인도 없었기 때문에 우편물을 받는 일이 드물었습니다.

큰아버지가 편지를 집어 들고 말했어요.

'인도에서 온 거로군! 퐁디셰리 소인이 찍혔어! 뭐가 온 거지?'

큰아버지가 서둘러 봉투를 열자, 안에서 바싹 마른 오렌지 씨앗 다섯 개가 큰아버지의 접시에 떨어졌어요. 나는 큰 소리로 웃었죠. 그러다가 큰아버지의 표정을 보는 순간

웃음이 멎어버렸어요. 안색이 잿빛으로 변한 큰아버지가 입을 다물지도 못한 채 튀어나올 듯 휘둥그레진 눈으로 봉투를 뚫어지게 바라보고 있었기 때문이에요. 손을 덜덜 떨면서 말이죠.

큰아버지가 비명처럼 외쳤어요.

'K. K. K.! 맙소사, 오, 하느님, 내가 죗값을 치르는구나!'

'큰아버지, 무슨 일이에요?'

내가 물었죠.

'죽음이야.'

큰아버지는 그렇게 말하고는 일어나 방으로 들어가버렸어요. 겁에 질려 가슴이 쿵쾅거리는 저를 남겨두고 말이죠. 봉투를 집어서 살펴보니 덮개 안쪽의 풀칠한 부분 바로 위에 빨간 잉크로 'K' 자가 세 개 찍혀 있었습니다. 봉투 안에는 마른 오렌지 씨앗 다섯 개 말고는 아무것도 들어 있지 않았어요. 뭣 때문에 저렇게 겁에 질린 거지? 식탁에서 일어나 2층으로 올라가다가, 내려오는 큰아버지와 마주쳤어요. 한 손에는 다락 열쇠로 보이는 녹슨 열쇠를 들고 있었고, 다른 손에는 돈궤처럼 보이는 작은 놋쇠 상자를 들고 있었어요.

큰아버지가 거친 욕설을 섞어가며 말했어요.

'할 테면 해보라지. 내가 대적해줄 테니까. 메리에게 오늘 내 방에 불을 지피라고 일러라. 그리고 사람을 보내서 호샴의 변호사 포드햄을 오게 해.'

저는 큰아버지가 시키는 대로 했습니다. 변호사가 도착하자 큰아버지는 저도 방으로 올라오라고 했어요. 벽난로가 활활 타오르는데 재받이에 재가 수북했어요. 종이를 태웠나 보다 생각했죠. 그 옆에는 텅 빈 놋쇠 상자가 열린 채 놓여 있었고요. 상자를 흘깃 보니 뚜껑에 'K' 자 세 개가 찍혀 있는 거예요. 편지 봉투에 인쇄되어 있었던 것처럼 말이죠. 저는 흠칫 놀랐습니다. 큰아버지가 제게 말했어요.

'존, 네가 내 유서의 증인이 되어주면 좋겠다. 내 소유지와 그에 따르는 모든 혜택과 손실을 너의 아버지인 내 동생에게 물려주려고 한다. 결국 그것들은 너에게로 이어지겠

지. 네가 그것을 평화롭고 건전하게, 그리고 선하게 누릴 수 있으면 좋겠구나! 하지만 그럴 수 없다고 판단된다면, 네가 가장 증오하는 상대에게 넘겨주어라. 이렇게 양날의 검을 너에게 물려주게 되어 미안하다. 앞일이 어느 방향으로 흘러갈지는 나도 알 수 없구나. 포드햄 변호사가 보여주는 서류에 서명해주면 고맙겠다.'

저는 큰아버지가 시키는 대로 서류에 서명했고, 변호사는 서류를 가지고 갔습니다. 이 사건은 저에게 충격적인 기억으로 남았고, 두고두고 머릿속을 떠나지 않았습니다. 그렇지만 아무것도 알아내지 못했어요. 뭔지 모를 두려움을 떨쳐버리지 못한 상태로 시간이 지나면서 충격적인 기억은 점점 무뎌졌고 우리의 일상도 그런 대로 흘러갔습니다. 하지만 큰아버지는 변했습니다. 이전보다 술을 더 많이 마셨고, 사교 활동은 더 멀리하려 들었습니다. 대부분의 시간을 방 안에서 지냈고 문도 안에서 걸어 잠갔습니다. 그러다가 가끔 술주정하듯이 집 밖으로 뛰쳐나가 권총을 손에 든 채 자기는 아무도 두렵지 않으며, 누구도 자기를 우리에 든 양처럼 가둬둘 수 없을 거라고 소리치며 정원을 뛰어다녔죠. 그런 광분이 가라앉고 나면 허둥지둥 방으로 돌아가 문을 걸어 잠갔습니다. 영혼의 밑바닥에 도사린 공포를 더는 마주할 수 없어서 도망치는 사람처럼 보였어요. 그럴 때 큰아버지의 얼굴을 보면 추운 날씨인데도 막 세수를 끝낸 사람처럼 땀으로 흠뻑 젖어 있었어요.

홈스 선생님, 지루하시겠지만 이제 곧 이야기가 끝나갑니다. 큰아버지는 그 후 다시 한 번 광란의 술주정을 하며 뛰쳐나가 돌아오지 못했거든요. 저를 포함해서 사람들이 수색대를 꾸렸고, 정원 끝에 있는 녹색 이끼가 가득한 작은 연못에서 얼굴을 박은 채 숨져 있는 큰아버지를 찾았습니다. 폭행당한 흔적도 없고 수심도 2피트 정도밖에 안 되었으므로, 그의 괴팍한 행적을 고려한 배심원단은 '자살'로 결론 내렸습니다. 큰아버지가 죽음의 공포에 시달려온 사실을 아는 저로서는 큰아버지가 차라리 그것을 맞으러 나갔을 거라는 쪽으로 생각이 기울었어요. 하지만 사건은 그대로 종결되었고, 아버지는 큰아버지의 영지와 1만 4,000파운드의 은행 예금을 소유하게 되었습니다."

"잠깐만요, 이렇게 기상천외한 이야기는 처음 들어보는 것 같습니다. 큰아버지가 편지를 받은 날짜와, 자살로 추정되는 사건이 일어난 날짜를 다시 한 번 말씀해주세요."

홈스가 끼어들었다.

"편지가 배달된 날은 1883년 3월 10일이고, 사망일은 그로부터 7주 뒤인 5월 2일 밤입니다."

"감사합니다. 계속하시죠."

"아버지가 큰아버지의 영지를 물려받은 후, 잠겨 있었던 다락방을 샅샅이 뒤져보았어요. 놋쇠 상자도 그 방에 있더라고요. 내용물은 이미 모두 파기되어 없었지만. 상자 뚜껑 안쪽에는 종이 라벨이 붙어 있었는데 'K. K. K.'라고 적혀 있었고, 그 밑에는 '편지, 메모, 영수증, 장부'라고 적혀 있었어요. 큰아버지가 그 상자에 보관하고 있다가 태워버린 것이 무엇이었는지 짐작할 수 있었어요. 그것 말고는 별로 특별한 게 없었습니다. 큰아버지가 미국에서 지내는 동안 일기처럼 적은 종이와 공책들이 흩어져 있기는 했지만요. 그중에는 전쟁 기간의 기록도 있었는데, 그것들을 읽어보면 큰아버지가 자기 임무에 충실했으며 용감한 군인으로 인정받았음을 알 수 있었어요. 그리고 남부의 땅을 재건하는 시기에 적은 글도 있었죠. 대부분 정치와 관련된 내용이었어요. 큰아버지는 북쪽에서 내려간 부패한 기회주의 정치가들을 무척 싫어하셨거든요.

1884년 초에 아버지는 호샴에 정착했고, 1885년 1월까지는 모든 게 순조로웠습니다. 새해를 맞고 4일째 되는 날, 아침 식사를 하려고 식탁에 앉은 아버지가 날카로운 비명을 질렀습니다. 한 손에는 편지 봉투가, 다른 손의 손바닥에는 마른 오렌지 씨앗 다섯 개가 놓여 있었어요. 평소에 아버지는 큰아버지에게 일어난 일을 늘 황당무계한 이야기라고 치부하며 웃어넘기곤 하셨거든요. 그런데 같은 일이 자신에게 일어나니 몹시 두렵고 당황스러운 것 같았어요.

'아니! 존, 이게 도대체 무슨 일이냐?'

아버지가 더듬거리며 묻자, 저는 심장이 내려앉는 것 같았습니다.

'K. K. K.예요.'

제가 떨리는 음성으로 대답했죠.

아버지가 봉투 안을 들여다보시더니 소리쳤어요.

'정말 그렇구나. 여기에 그렇게 적혀 있어. 그런데 그 위에 적힌 건 뭐지?'

'문서를 해시계 위에 올려놓으라고 적혀 있네요.'

제가 아버지의 어깨 너머로 봉투에 적힌 글씨를 읽었어요.

'무슨 종이? 해시계는 또 뭐고?'

아버지가 물었습니다.

'정원에 있는 해시계겠지요. 그것밖에 없으니까요. 그리고 문서는 큰아버지가 태워버린 걸 말하는 것 같네요.'

내가 대답하자 아버지가 애써 태연한 척 말했어요.

'제길! 우리는 문명국가에 살고 있다. 이런 엉터리 같은 짓에 신경 쓸 것 없어. 어디서 보낸 거냐?'

'던디에서 왔습니다.'

내가 소인을 확인하고 대답했어요.

'누군가가 장난친 거다. 내가 해시계나 문서와 무슨 상관이 있단 말이냐? 그런 말도 안 되는 짓거리는 무시해버리면 그만이야.'

아버지가 말했어요.

'경찰에 신고하는 게 좋겠습니다.'

제가 말했어요.

'그래 봐야 비웃음만 살 거다. 그런 짓은 안 해.'

'제가 할까요?'

'아니, 하지 말거라. 그런 황당무계한 장난 때문에 소란을 피우는 건 말이 안 돼.'

아버지와 더 이상 언쟁을 해봐야 소용없다는 걸 알고 있었어요. 고집이 무척 센 분이었으니까요. 하지만 불길한 마음은 걷잡을 수 없었습니다.

편지가 배달되고 3일째 되는 날, 아버지는 포츠다운 힐 요새에서 지휘관으로 근무하는 옛 친구 프리바디 소령을 만나러 가셨어요. 나는 아버지가 집을 떠나면 위험으로

부터도 멀어지는 것으로 생각했기 때문에 마음이 놓였지요. 그렇지만 제 생각이 틀렸던 겁니다. 아버지가 가신 지 이틀째 되는 날 소령님으로부터 전보가 왔어요. 당장 그리로 오라는 내용이었습니다. 아버지가 그 근방에 널려 있는 석회암 갱도에 빠져 머리뼈가 깨졌는데 아직 의식을 찾지 못하고 있다고 했어요. 저는 서둘러 아버지에게로 갔어요. 하지만 아버지는 의식을 찾지 못한 채 세상을 떠났습니다. 아버지는 해 질 무렵 페어

럼에 다녀오는 길이었다는데, 그 지역에 익숙하지 않은데다 갱도 주변에 울타리도 쳐져 있지 않아서 그런 사고를 당하신 것 같다고 했습니다. 배심원단도 '사고에 의한 사망'으로 판결 내렸고요. 저도 관련 사실들을 주의 깊게 살펴보았지만, 살인을 의심할 만한 정황은 발견되지 않았습니다. 폭력이 오간 흔적이나 발자국 같은 게 발견되지도 않았고, 사라진 물건도 없었거든요. 길에서 수상한 사람을 목격했다는 증언도 없었고요. 그렇다

고 해도 제 마음은 결코 판결을 받아들일 수 없었어요. 아버지가 뭔가 악의적인 계략에 말려들었다는 느낌이 거의 확신에 가까웠습니다.

이렇게 불길한 과정을 거쳐 그 재산은 결국 제게로 왔습니다. 왜 제가 그것을 처분해 버리지 않았는지 의아해하실 수도 있을 거예요. 그 대답은 이렇습니다. 우리 집안에 닥친 불행이 무슨 영문인지는 모르지만, 큰아버지의 생전에 일어난 어떤 사건과 연관되어 있다는 확신이 들었어요. 그러니 영지를 처분하고 다른 곳으로 옮기더라도 위험은 똑같이 따라다닐 것이라고 생각한 거죠.

1885년 1월에 아버지가 세상을 떠나고 2년 8개월이 지났을 때였습니다. 그때까지 호샴에서 아무런 문제 없이 살았기 때문에 이제는 그 저주가 우리 집안에서 사라졌다는 생각이 들기 시작했습니다. 불행은 아버지 대에서 끝난 거라고 말이죠. 그런데 너무 일찍 마음을 놓은 모양입니다. 어제 아침에 제게 똑같은 일이 일어났어요."

청년은 조끼 주머니에서 꼬깃꼬깃한 봉투를 꺼내 테이블 위에 대고 흔들었다. 그러자 봉투 안에서 마른 오렌지 씨앗 다섯 개가 떨어졌다.

"이게 그 봉투입니다. 동부 런던의 소인이 찍혀 있는데, 봉투 안에는 'K. K. K.'라는 글자와 '문서를 해시계 위에 올려놓으시오'라는 메시지가 적혀 있습니다."

"그래서 어떻게 했나요?"

홈스가 물었다.

"아무것도 하지 않았습니다."

"아무것도?"

"솔직하게 말씀드리자면, 아무것도 할 수가 없었어요. 다가오는 뱀을 마주한 토끼의 심정이랄까요. 어쩔 수 없는 악마의 손아귀에 잡혀 있는 느낌이에요. 아무리 주의하고 경계해도 피할 수 없는 적이죠."

청년이 가늘고 흰 손으로 얼굴을 감싸며 말했다.

셜록 홈스가 혀를 차며 말했다.

"쯧쯧! 맞서야죠. 그러지 않으면 지는 겁니다. 힘을 내어 대응하는 수밖에 없어요. 절망하고 있을 시간이 없습니다."

"경찰을 찾아갔어요."

"아하!"

"하지만 그들은 제 이야기를 듣더니 빙긋이 웃기만 하더라고요. 편지가 장난이라고 생각하는 것 같았어요. 제 일가의 죽음은 배심원단의 판결처럼 사고일 뿐이고 말이죠. 편지를 경고의 의미로 전혀 생각하지 않았습니다."

홈스는 허공을 향해 주먹을 휘두르며 외쳤다.

"한심한 명청이들!"

"그렇지만 집에 경찰관 한 명을 배치해서 저와 함께 있어주도록 했어요."

"오늘 밤에 같이 왔나요?"

"아니요. 그의 임무는 저와 함께 집에 있어주는 거니까요."

홈스는 다시 한 번 허공에 대고 화를 토하듯 소리쳤다.

"왜 나를 찾아온 거요? 아니 그보다, 왜 진작 나를 찾지 않은 거요?"

"선생님을 몰랐으니까요. 오늘에야 프렌더개스트 소령님께 내 문제를 털어놓았고, 선생님을 찾아뵈라는 조언을 들었거든요."

"당신이 그 편지를 받고 이미 이틀이 지났어요. 진작에 움직여야 했단 말이오. 지금 우리 앞에 내놓은 것 말고 달리 증거가 될 만한 건 없나요? 수사에 도움이 될 만한 내용이나 단서 같은 것 말입니다."

"하나 있습니다. 큰아버지가 문서를 태우던 날, 잿더미 위에서 한쪽 귀퉁이가 채 타지 않은 종이를 봤는데 바로 이 색이었어요. 이건 큰아버지의 방바닥에서 발견했는데, 태울 때 빠진 것 같습니다. 오렌지 씨앗에 대해 언급한 것 말고는 별로 도움이 될 것 같지 않아요. 그저 큰아버지의 개인적인 메모장 같습니다. 글씨체는 큰아버지의 것이 분명하고요."

존 오펜쇼는 그렇게 말하면서 코트 주머니를 뒤지더니 색 바랜 푸르스름한 종이를 꺼내 테이블 위에 올려놓았다.

홈스가 램프를 가까이 끌어당겼고 우리는 몸을 기울여 종이를 들여다보았다. 한쪽 가장자리가 들쑥날쑥한 걸 보니 책에서 뜯어낸 게 분명했다. 제목란에 '1869년 3월'이라고 적혀 있고, 그 밑으로 암호 같은 메모가 적혀 있었다.

4일. 허드슨 도착. 예전과 같은 승강장.

7일. 세인트 오거스틴의 매컬리, 파라모어, 존 스웨인에게 오렌지 씨앗 발송.

9일. 매컬리 처리.

10일. 존 스웨인 처리.

12일. 파라모어 방문. 양호.

홈스가 종이를 접어 방문자에게 주며 말했다.

"감사합니다! 이제 더 이상 지체하지 마세요. 지금 내게 해준 이야기에 대해서도 더는 논의할 시간이 없습니다. 지금 바로 집으로 가서 대처해야 해요."

"뭘 해야 하는데요?"

"할 건 한 가지밖에 없어요. 하지만 당장 해야 합니다. 우리에게 보여준 종이를 그 놋쇠 상자에 넣으세요. 그리고 다른 문서를 모두 큰아버지가 태웠다는 메모를 적고, 이 종이가 유일하게 남은 것이라는 내용도 적어야 합니다. 그들에게 확신을 줄 수 있도록 잘 쓰세요. 그런 다음 편지에 적힌 대로 상자를 해시계 위에 올려놓는 겁니다. 이해하시겠습니까?"

"잘 알겠습니다."

"지금 복수 같은 건 생각하지 마세요. 그건 법을 통해서 하면 되니까요. 하지만 그들이 그물을 처놓았으니, 우리도 그물을 짜야 해요. 가장 먼저 해야 할 일은 당신을 위협하는 이유를 해결하는 겁니다. 그다음에 수수께끼를 풀고 죄지은 자들을 처벌받게 하는 거지요."

청년이 일어서서 코트를 집어 들며 말했다.

"감사합니다. 선생님은 제게 새 삶과 희망을 주셨어요. 말씀하신 대로 하겠습니다."

"한시도 지체하지 마세요. 특히 몸조심하시고요. 지금 매우 위험하고 긴박한 상황에 놓여 있다는 걸 명심해야 합니다. 어떻게 돌아갈 생각인가요?"

"워털루에서 기차를 타려고요."

"아직 9시도 안 됐습니다. 길에 사람이 많으니 안전할 겁니다. 그렇지만 단단히 경계하고 조심하세요."

"총을 가지고 왔습니다."

"잘하셨어요. 우리는 내일 수사에 착수할 겁니다."

"호샴에 오실 건가요?"

"아니요. 사건의 비밀은 런던에 있습니다. 그러니 런던에서 단서를 찾아야지요."

"그럼 하루 이틀 뒤에 상자와 문서에 대한 소식을 갖고 찾아 뵙겠습니다. 말씀하신 것을 하나도 빠짐없이 따르고요."

청년은 우리와 악수한 뒤 방에서 나갔다. 밖에서는 여전히 바람이 기승을 부리고 빗방울은 사정없이 창문을 두드리고 있었다. 그 험악한 날씨를 타고 기이한 이야기 하나가 강풍에 실려 온 해초처럼 우리에게 왔다가 다시 그 폭풍 속으로 빨려 들어간 느낌이었다.

셜록 홈스는 고개를 숙이고 벌겋게 타오르는 불길을 응시하며 한동안 침묵 속에 앉아 있었다. 그러다가 파이프에 불을 붙이고 의자에 깊숙이 기대앉아 푸른색 고리를 이루어 천장으로 올라가는 담배 연기를 바라보았다.

"왓슨, 내 생각에는 말이야, 우리가 맡았던 사건 중에 이보다 더 흥미로운 건 없었던 것 같네."

드디어 홈스가 입을 열었다.

"아마 '네 명의 서명 사건'을 제외하고는 그럴 걸세."

"그래, 맞아. 그건 빼고. 그렇지만 존 오펜쇼라는 젊은이는 숄토 형제보다 더 심각한 위험에 빠진 것 같거든."

"그 위험이 뭔지는 알겠나?"

내가 물었다.

"무엇에 관련된 위험인가는 의문의 여지가 없지."

홈스가 대답했다.

"그게 뭔데? 'K. K. K.'는 뭐고, 왜 그들은 이 가여운 일가를 쫓아다니는 거지?"

셜록 홈스는 눈을 감고 양 손가락을 맞댄 채 안락의자의 팔걸이에 팔꿈치를 얹었다.

"논리적 사고력이 최고의 경지에 이른 사람은 하나의 사실을 보고 그 사실에 이르기까지 일어난 일련의 사건뿐 아니라 그 사실에서 비롯될 앞으로의 사건까지 추론해낼 수 있어야 해. 동물학자인 퀴비에가 동물의 뼈 하나만 보고 그 동물의 전체를 그려낼 수 있었던 것처럼 말이야. 그렇듯이 일련의 사건을 관찰해 하나의 고리를 완전하게 이해하게 되면, 다른 고리들에서도 과거와 미래를 정확히 짚어낼 수 있어야 해. 우리는 아직 논리만으로 결과를 추론해내지 못했네. 사고를 통해 문제를 들여다보는 것만으로도, 감각에 의지해 해답을 얻으려는 사람들이 도저히 해결하지 못하는 문제를 해결할 수 있는데도 말이야. 하지만 그러한 능력을 한껏 발휘하려면, 추리자는 자신이 알게 된 모든 사실을 유용할 수 있어야 해. 그리고 자네도 알겠지만, 다방면의 지식을 갖추고 있다는 걸 전제로 해야 하지. 하지만 그건 자유교육과 백과사전이 보편화된 이 시대에도 쉽지 않은 일이지 않은가. 그렇다고 자기 일을 하는 데 필요한 지식을 모두 습득하는 게 불가능하지는 않아. 나는 그렇게 되려고 노력해왔네. 내 기억이 맞는다면, 우리가 서로를 알게 되고 얼마 지나지 않았을 때 자네가 내 지식의 한계에 대해 정확히 말해준 적이 있었어."

홈스의 말에 나는 웃으며 대답했다.

"그랬지. 그건 정말 특이한 기록이었어. 자네는 철학, 천문학, 정치학 분야의 지식이 전혀 없었던 걸로 기억하네. 식물학은 분야마다 달랐고, 지질학 분야의 지식은 아주 깊

어서 도심에서 50마일 이내에 있는 어느 지역의 흙이든 한 줌만 보면 구별해내는 정도
였지. 화학 지식은 특출났고, 해부학은 체계적이지 않았네. 선정적인 문학과 범죄 기록
에 대해서는 독보적이었고 말이야. 바이올린 연주, 권투, 검술, 법률 분야에서도 전문가
못지않았어. 동시에 코카인과 담배 애호가였지. 내 분석의 골자는 이 정도였던 걸로 기
억하네만."

홈스는 내가 마지막에 열거한 항목을 들으며 빙긋이 웃었다.

"그렇지. 그때도 말했지만, 머릿속 작은 다락방에는 자기가 유용하게 쓸 것을 채워야
하네. 나머지는 도서실이라는 헛간에 치워두었다가 필요할 때 가져다 쓰는 거지. 그런
데 오늘 의뢰받은 사건은 모든 자원을 총동원해야 하네. 자네 옆에 있는 책장에서 미국
백과사전 'K' 항목을 좀 꺼내주겠나? 이제 사건의 정황을 살펴보면서 추론할 수 있는 것
들을 정리해보세. 제일 먼저 오펜쇼 대령이 미국을 떠나야만 했던 강력한 이유가 있다고
가정해보자고. 그 나이의 남자라면 일반적으로 삶의 변화를 추구하지는 않아. 더구나 플
로리다의 매력적인 기후를 버리고 영국 지방 도시의 쓸쓸한 삶을 찾아오지는 않을 거란
말이야. 또한 그가 영국에 온 뒤 외부와 단절하고 고적하게 살았다는 점을 생각하면 필
시 누군가를, 또는 뭔가를 두려워했을 거라고 짐작할 수 있지. 고로 그가 미국을 떠난 이
유가 미국 내에 있는 누군가가, 또는 무엇인가가 두려워서였다는 가설을 세울 수 있어.
그가 두려워한 것이 무엇이었는지는 오펜쇼 대령과 그의 재산을 물려받은 사람들이 받
은 공포의 편지를 단서로 추론할 수밖에 없어. 그 편지들에 찍힌 소인을 기억하나?"

"첫 번째 편지는 퐁디셰리, 두 번째 편지는 던디, 세 번째 편지는 런던이었어."

"동부 런던이었지. 자넨 그걸로 무엇을 추론할 수 있었지?"

"모두 항구도시 아닌가. 편지를 보낸 사람이 배를 타고 있다는 거지."

"훌륭해. 그러니 우리는 단서 하나를 얻었어. 편지를 보낸 사람이 배를 타고 다닌다는
가능성이지, 거의 확실하게 말이야. 또 다른 단서를 찾아보자고. 퐁디셰리 소인이 찍힌
편지의 경우 협박 편지를 보낸 시점과, 그것이 실행된 시점 사이에 7주라는 시간이 있었
어. 던디의 경우에는 3~4일밖에 걸리지 않았고. 그건 어떤 단서가 될 수 있을까?"

"이동 거리를 말해주는 거겠지."

"하지만 편지가 이동하는 거리는 별도로 고려해야 하지 않겠나."

"그렇다면 잘 모르겠네."

"편지를 보낸 사람 또는 그의 일행이 타고 온 것은 범선이라고 가정할 수 있어. 그들은 항상 작전을 수행하기 전에 편지를 발송하고 출발했을 거야. 던디에서 온 편지가 도착한 시점과 범행 시점의 간격이 얼마나 짧았는지 생각해보게. 만약 그들이 퐁디셰리에서 증기선을 타고 왔다면 편지와 거의 비슷한 시점에 도착했을 걸세. 그런데 7주가 걸렸어. 그 7주는 편지를 싣고 온 우편선과 그들이 타고 온 범선의 속도 차이를 말해주는 거라고 생각되네."

"그럴 수도 있지."

"그 정도가 아니야. 그럴 가능성이 아주 높네. 그러니 이번에 편지를 받은 오펜쇼가 얼마나 긴박한 상황에 놓여 있는지 알겠나? 내가 오펜쇼에게 왜 그렇게 조심하라고 당부했는지 말이야. 매번 편지를 보낸 자들이 도착한 시점에 범행이 저질러졌어. 그런데 이번 편지는 런던에서 왔지 않은가. 그러니 지체할 시간이 없다는 걸세."

내가 다급하게 외쳤다.

"알았네, 알았어! 그렇게나 무자비하게 밀어붙이는 이유가 대체 뭘까?"

"오펜쇼 대령이 가지고 있던 문서가 그들에게 치명적으로 중요한 것임에 틀림없어. 범인은 한 명이 아닐 거라고 확신하네. 한 사람이 검시 배심원들을 속일 정도로 감쪽같이 두 명을 살해할 수는 없어. 여러 명이 함께 움직이는 게 분명해. 그중에는 지략이 뛰어난 자와 판단력이 좋은 자도 있을 거야. 그들은 누가 문서를 가지고 있든, 그걸 손에 넣으려는 거지. 그러니 'K. K. K.'는 인명의 머리글자라기보다는 어떤 단체를 상징하는 글자인 거지."

"어떤 단체일까?"

"자네 혹시 쿠 클럭스 클랜이라고 들어봤나?"

셜록 홈스가 몸을 앞으로 숙이며 목소리를 낮추었다.

"못 들어봤는데."

홈스가 무릎 위에 올려놓은 백과사전의 책장을 넘기며 말했다.

"여기 있네."

홈스는 사전에 실린 내용을 읽기 시작했다.

쿠 클럭스 클랜Ku Klux Klan. 소총의 공이치기를 당기는 소리를 본떠서 만든 이름. 미국의 내전이 끝난 뒤, 남부의 각 주에 남아 있던 남부군 중 일부가 결성한 비밀 결사대인데 짧은 시간 내에 전국 각지에 그 지부가 생길 정도로 빠르게 확산되었다. 대표적인 지역으로는 테네시, 루이지애나, 캐롤라이나, 조지아, 플로리다가 있다. 주로 정치적 사안에 영향력을 행사했으며, 특히 흑인 유권자를 협박하거나 자기들의 견해에 반대하는 사람들을 살해하거나 추방했다. 표적이 된 사람을 가해하기 전에 특이하지만 잘 알려진 방식으로 미리 경고하는 게 특징인데 지역에 따라 떡갈나무 잔가지를 사용하기도 하고, 멜론이나 오렌지 씨앗을 사용하기도 했다. 이러한 경고를 받은 사람은 공개적으로 기존의 사고방식을 버리거나 다른 나라로 피신해야 했으며, 감히 맞서고자 하는 사람은 반드시 기이하고 독특한 방식으로 죽음을 맞이했다. 이 결사대의 조직과 운영 방식은 완벽하고 체계적이어서 이들의 경고에 맞서고도 살아남은 사람은 없었으며, 이들이 저지른 어떤 잔혹한 행위와 관련해서도 범인이 드러난 경우는 없었다. 이들은 미국 정부와 남부 의식계층의 노력에도 굴하지 않고 수년간 위세를 떨치다가 1869년에 갑자기 약화되었으며, 그 후로는 이와 비슷한 양상의 사건이 산발적으로 일어나고 있다.

"자네도 알아챘겠지만, 이 결사대가 갑자기 몰락한 시점과 오펜쇼 대령이 문서를 가지고 미국을 떠난 시점이 일치하네. 원인과 결과로 맞물려 있는지도 몰라. 그렇다면 오펜쇼 대령과 그의 일가가 악랄하게 추적당하는 게 이상하지 않다는 거지. 그 장부와 일기가 남부의 유력 인사들과 연관되어 있으며, 그것을 회수할 때까지 발 뻗고 잘 수 없는 사람이 여럿일 거라는 정도는 짐작이 되지 않나."

홈스가 책을 내려놓으며 말했다.

"그렇다면 우리가 읽은 건……."

"우리가 예상하는 대로지. 내 기억이 맞는다면 거기엔 이렇게 쓰여 있었어. 'A, B, C에게 씨앗 발송.' A, B, C에게 결사대의 경고를 보냈다는 거지. 그다음에 A, B가 제거되었다고 기록되어 있었어. 죽었거나 나라 밖으로 떠났다는 뜻이겠지. 그리고 C를 방문했다고 되어 있었어. 아마 C도 불운한 일을 당했을 거야. 왓슨 박사, 우리가 이 사건을 해결할 수 있을지도 모르겠네. 하지만 그동안 존 오펜쇼가 무사하려면 내가 시키는 대로 해야 돼. 오늘 밤에 달리 이야기할 수 있는 것도, 할 수 있는 것도 없어. 그러니 내 바이올린 좀 집어주게. 한 30분 정도 짓궂은 날씨도, 우리 의뢰인의 불운한 일도 머릿속에서 떨쳐내고 싶어."

다음 날 아침에는 날이 갰다. 도시를 뒤덮은 안개 사이로 햇살이 은은하게 빛났다. 아래층으로 내려가니 홈스는 벌써 아침 식사 중이었다.

홈스가 말했다.

"미안, 먼저 먹고 있었네. 존 오펜쇼의 사건을 조사하려면 하루 종일 바쁠 것 같아서 말이야."

"어떻게 진행할 건데?"

내가 물었다.

"그건 첫 번째 수사 결과에 달렸어. 어찌 되든 호샴에는 가야겠지만 말이야."

"호샴부터 가보는 게 아니고?"

"아니. 런던에서부터 시작해야 할 것 같아. 종을 흔들면 하녀가 커피를 가져다줄 거야."

커피를 기다리는 동안 나는 아직 펼치지 않은 신문을 집어 들었다. 그리고 맨 처음 눈에 띄는 머리기사를 읽는 순간, 심장이 얼어붙는 것 같았다.

"홈스, 우리가 한발 늦은 것 같네."

홈스가 커피잔을 내려놓으며 말했다.

"젠장! 그럴까봐 걱정했던 건데. 어떻게 된 거래?"

홈스는 차분하게 말했지만, 깊이 동요되고 있음을 알 수 있었다.

"오펜쇼라는 이름이 먼저 눈에 들어왔는데, 기사 제목은 '워털루 다리 부근의 참사'라고 되어 있군. 기사를 읽어보겠네."

지난밤 9시에서 10시 사이에 H지구의 쿡 순경은 워털루 다리 근처를 순찰하던 중 살려달라는 비명과 함께 '첨벙' 하는 물소리를 들었다. 하지만 어두운 밤인데다 폭풍우가 쏟아지는 바람에 행인 여럿이 도왔음에도 구조하지 못했다. 그렇지만 비상벨이 울리고 수상경찰의 도움으로 시신은 수습할 수 있었다. 사망한 사람은 젊은 남성이며, 주머니에서 나온 봉투에 적힌 이름을 통해 호샴에 거주하는 존 오펜쇼임이 밝혀졌다. 워털루 역에서 출발하는 마지막 기차를 타기 위해 어둠 속에서 서둘러 가다가, 증기선 선착장으로 잘못 들어가 발을 헛디뎌 사고를 당한 것으로 추정된다. 시신에 폭행을 당한 흔적이 발견되지 않았으므로 단순 사고로 판명되었다. 이번 사건을 계기로 당국이 선착장 안전 대책을 강화해야 한다는 의견이 제기될 것으로 예상된다.

우리는 한동안 말없이 앉아 있었다. 홈스는 그 어느 때보다도 침통해 보였으며, 깊이 동요하고 있었다.

홈스가 말했다.

"왓슨, 나는 지금 자존심에 상처를 입은 것 같네. 물론 그게 중요하진 않지만, 그래도 자존심이 상하네. 이제는 나의 개인적인 문제가 되었어. 신이 내게 건강을 허락하는 한, 그들을 잡을 걸세. 내게 도움을 청하러 온 사람을 내가 사지로 내몰다니!"

홈스는 의자에서 벌떡 일어나더니 몹시 분개한 상태로 방 안을 서성거렸다. 창백한 얼굴이 벌겋게 달아오른 채, 가늘고 긴 손가락을 쥐었다 폈다 하면서.

그러더니 홈스가 소리쳤다.

"교활한 악마들! 어떻게 그를 거기까지 꼬여냈을까? 템스 강변은 역으로 가는 방향에서 벗어나 있지 않은가 말이야. 아무리 날씨가 궂은 밤이었대도 다리 위에는 지나다니는 사람이 많았을 텐데. 좋아, 왓슨, 장기전에서 누가 이기는지 두고 보자고. 난 지금 바로 나가봐야겠네!"

"경찰서에 가려고?"

"아니. 내가 경찰이 되어야겠어. 내가 그물을 짜주면 그들이 파리를 잡겠지. 하지만 그 전에는 아무 도움도 안 될 걸세."

나는 하루 종일 내 일을 하느라 바빴고, 저녁 늦게야 베이커 가로 갈 수 있었다. 셜록 홈스는 아직 돌아오기 전이었다. 홈스는 10시가 다 되어서야 지치고 창백한 얼굴로 돌아왔다. 곧장 주방 탁자로 향한 홈스는 빵 한 조각을 잘라 입에 넣고는 허겁지겁 씹어 삼킨 뒤 물 한 모금을 길게 들이켰다.

"배가 고팠군."

내가 말했다.

"허기져 죽는 줄 알았네. 먹을 생각을 아예 잊고 있었어. 아침밥만 먹고 식사를 못했네."

"아무것도?"

"한 입도. 그런 생각을 할 겨를이 없었어."

"그래, 일은 잘되었나?"

"잘됐지."

"단서를 찾았어?"

"내 손에 꽉 움켜쥐고 있다네. 곧 존 오펜쇼의 원수를 갚아줄 수 있을 거야. 왓슨, 그들의 악랄한 표징을 그들에게 되돌려주는 게 어떨까 싶어. 기막힌 생각이잖아!"

"무슨 뜻인가?"

홈스는 찬장에서 오렌지 하나를 꺼내 자르더니 씨앗을 짜내어 식탁 위에 올려놓았다. 그리고 그중에서 다섯 알을 집어 봉투에 넣었다. 봉투의 덮개에는 'J. O.를 위해 S. H.가'

라고 썼다. 그런 다음 봉투를 봉하고 주소란에 '미국 조지아 주 서배너 항 범선 론스타 호 제임스 칼훈 선장 귀하'라고 적었다.

"그가 항구로 돌아오면 이 편지가 그를 기다리고 있을 걸세. 그리고 잠을 설치겠지. 오 펜쇼가 그랬던 것처럼, 칼훈 선장에게도 이것이 죽음의 전령이 될 테니까."

홈스는 그렇게 말하며 낮게 웃었다.

"칼훈 선장이란 자가 누군데?"

"조직의 리더라네. 다른 자들도 처리해야겠지만 우선 이자부터."

"어떻게 추적해냈지?"

홈스는 주머니에서 커다란 종이 한 장을 꺼냈다. 날짜와 이름이 가득 적힌 종이였다.

"하루 종일 걸렸다네. 로이드 해상보험협회의 선박등기부와 지난 문서들을 뒤졌어. 그다음에는 1883년 1월에서 2월 사이에 퐁디셰리에 기항한 배들의 다음 목적지를 조사 했지. 어느 정도 큰 선박으로 36척을 조사했는데, 그중에서 '론스타 호'라는 이름이 눈에 띄더군. 그 배는 런던에서 출항한 것으로 기록되어 있었지만, '론스타'라는 이름은 미국 어느 주의 별명이기도 하거든."

"텍사스인 것 같아."

"어느 주인지는 잘 모르지만, 미국 국적의 선박이라는 건 짐작할 수 있었어."

"그다음에는?"

"그다음에는 던디 항의 기록을 뒤졌어. 그 결과 범선 론스타가 1885년 1월 그곳에 들 렀다는 기록을 발견했고, 나의 의혹은 확신으로 바뀌었어. 그다음에는 런던 항에 현재 정박 중인 배를 조사했어."

"그래서?"

"지난주에 론스타가 도착했더군. 바로 앨버트 선창으로 갔더니 론스타가 아침 일찍 썰물을 타고 서배너로 출발했다는 거야. 그래서 그레이브젠드로 전보를 쳐서 알아보니 론스타가 몇 시간 전에 지나갔더군. 마침 동풍이 불고 있으니 지금쯤엔 굿윈을 지나 와 이트 섬 근처에 있겠다고 짐작했어."

"그래서 이제 어떻게 할 생각인가?"

"이제는 그를 잡은 거나 마찬가지네. 그 배에 탄 사람들 중에 미국인은 그와 두 명의 패거리뿐이라는 걸 알았어. 그 외에는 모두 핀란드인과 독일인이야. 그리고 그들 셋이 지난밤에 육지로 올라갔다는 사실도 알아냈지. 그들의 짐을 실은 부두 일꾼들에게 들었어. 그들이 탄 배가 서배너에 도착할 즈음엔 이 편지를 실은 우편선이 먼저 도착해 있을 걸세. 그리고 그 세 명이 살인죄로 이곳에서 수배 중인 인물들임을 알리는 전보가 해저 전선을 통해 서배너 경찰에 전달되겠지."

인간이 아무리 완벽한 계획을 세워도 허점은 있게 마련이다. 존 오펜쇼 살해범들은 오렌지 씨앗을 받지 못했다. 그걸 받았다면 자기들 못지않게 교활하고 결단력 있는 사람이 자기들을 뒤쫓고 있다는 걸 알게 되었을 텐데. 그해에 불어닥친 추분의 광풍은 몹시 길고 거셌다. 우리는 한동안 론스타 호가 서배너에 도착했다는 소식을 기다렸다. 하지만 아무리 기다려도 그 소식은 끝내 들을 수 없었다. 그러다가 결국 우리에게 들려온 건 대서양 한가운데서 부서진 범선의 돛대가 파도에 쓸려 다니는 것이 목격되었다는 소식이었다. 돛대에는 'L. S.'라는 글자가 새겨져 있었다고 했다. 우리가 범선 론스타의 운명에 대해 아는 건 거기까지다.

6
입술이 뒤틀린
사내

신학박사이자 세인트조지 신학대학의 학장을 지낸 고故 엘리아 휘트니의 동생인
아이자 휘트니는 심한 아편 중독자다. 대학 시절에 장난삼아 시작했다가 습관성
으로 발전된 것이다. 드퀸시De Quincey(영국의 소설가. 자신의 체험을 기록한 『어느 아편 중독자의 고
백』을 썼다 - 옮긴이)의 작품에서 몽환과 환각에 대한 묘사를 읽고 자기도 같은 경험을 해보
고 싶어서 담배를 아편제에 담가서 피웠다고 한다. 그렇게 쉽게 시작된 습관이지만 끊
기는 어려워서 그 후로 수년간 약물의 노예로 살았고, 친구와 친지들에게 동정과 두려
움의 대상이 되었다. 요즘도 그를 보면, 노랗게 부어오른 얼굴에 늘어진 눈꺼풀, 바늘구
멍 같은 눈동자를 한 채 의자에 웅크리고 앉아 있는 꼴이 영락없이 몰락한 귀족의 모습
이다.

1889년 6월의 어느 늦은 밤, 하품을 하며 시계를 쳐다보는데 누군가가 초인종을 울렸
다. 나는 의자에서 몸을 일으켰고, 아내가 바느질감을 무릎에 내려놓고 조금 난감한 표
정으로 말했다.

"환자인가 봐요! 나가봐야겠네요."

힘든 하루를 보내고 퇴근한 지 얼마 되지 않은 나의 입에서는 저절로 앓는 소리가 새어 나왔다.

현관문이 열리고 몇 마디 주고받는 소리가 들리더니 누군가가 리놀륨 계단을 서둘러 올라왔다. 잠시 후 방문이 열리고 짙은 색 드레스에 검정 베일을 쓴 여자가 들어왔다.

"이렇게 늦은 시간에 찾아와서 죄송해요."

그녀는 그렇게 말하면서 곧바로 아내에게 달려가 목을 끌어안고 어깨에 얼굴을 묻은 채 훌쩍이기 시작했다. 그러고는 울먹이며 말했다.

"아, 나 어떡하지? 큰일 났어! 날 좀 도와줘."

"어머나, 케이트 휘트니잖아. 놀랐어, 케이트! 넌 줄 몰랐거든."

아내가 그녀의 베일을 걷어 올리며 말했다.

"어떻게 해야 할지 몰라서 그냥 널 찾아왔어."

늘 그랬다. 사람들은 슬픈 일을 당하면 등대를 찾는 새처럼 아내를 찾아왔다.

"잘 왔어. 포도주와 물을 좀 마시고 여기에 편안하게 앉아서 차근차근 얘기해봐. 제임스는 먼저 가서 자라고 할까?"

"아, 아니야! 의사의 조언과 도움도 필요할 것 같아. 아이자 때문이거든. 집에 안 들어온 지 이틀이나 되었어. 너무나 걱정되고 무서워!"

그녀는 이전에도 자기 남편 문제로 의사인 나에게, 그리고 친구이자 동창인 아내에게 고민을 털어놓았고, 그때마다 우리는 우리가 할 수 있는 말로 그녀의 마음을 달래주고 위로해주었다. 남편이 어디 있는지는 알고 있나? 우리가 그를 그녀 곁에 데려다줄 수 있을까?

그럴 수 있을 것처럼 보였다. 그녀가 가지고 있는 확실한 정보에 의하면 그녀의 남편은 최근에 도시 동쪽 끝에 있는 아편 소굴에 가서 아편을 피우곤 했다는 것이다. 그래도 지금까지는 하루를 넘기지 않고 저녁에 집으로 들어왔는데, 이번에는 마흔여덟 시간이 지났다고 했다. 지저분한 부두의 쓰레기들 사이에 누워 유독한 아편을 흡입하거나 약에 취해 자고 있는 게 뻔하다는 것이다. 그녀는 어퍼 스완덤 레인에 있는 '바 오브 골드'에

가면 분명히 그가 있을 거라고 했다. 하지만 그녀가 무엇을 할 수 있겠는가? 젊고 겁 많은 여인이 어떻게 그런 곳에 가서 부랑자들 틈에 있는 남편을 끌고 나올 수 있겠는가 말이다.

방법은 하나뿐이었다. 내가 그녀를 호위하고 그곳에 함께 가면 되니까. 나는 아이자 휘트니의 주치의이기 때문에 그도 내 말은 가볍게 여기지 않았다. 하기는 그녀도 그것 때문에 우리 집에 온 것이지 않은가. 하지만 나는 혼자 가는 편이 상황을 정리하기가 수월할 것 같았다. 나는 케이트에게, 그녀의 남편이 그녀가 알려준 주소에 있다면 어떻게든 마차에 태워 두 시간 안에 집으로 보내겠다고 약속했다. 그로부터 10분 후, 나는 단란한 거실의 안락의자를 떠나 이륜마차를 타고 예상치 못했던 임무를 수행하기 위해 동쪽으로 달리고 있었다. 그때까지만 해도 그렇게만 생각했을 뿐, 장차 마주하게 될 기상천외한 상황에 대해서는 알지 못했다.

임무 수행의 첫 단계에서는 별 어려움이 없었다. 어퍼 스완덤 레인은 템스 강 북쪽 연안을 따라 런던 다리 동편으로 늘어서 있는 선착장 뒤에 숨어 있는 지저분한 골목이었다. 싸구려 양복점과 술집 사이에 가파른 계단이 있는데, 동굴의 입구처럼 입을 벌린 시커먼 어둠 속으로 내려가면 그 끝에 아편 소굴이 있었다. 나는 마부에게 기다리라고 해놓고 계단을 내려갔다. 약에 취한 발걸음이 무수히 지나다닌 탓에 계단 가운데가 닳아서 움푹 파여 있었다. 문 위에서 깜빡거리는 기름등잔의 불빛에 의지해 문고리를 찾았다. 그리고 천장이 낮은 긴 지하 공간으로 들어섰다. 갈색의 아편 연기가 자욱한 실내에는 나무 침상이 줄지어 있어서 마치 이주민을 태운 배의 선실 같았다.

어둑한 불빛 아래 기이하고 몽롱한 자세를 취한 채 누워 있는 사람들이 희미하게 보였다. 어깨를 구부리거나 무릎을 굽힌 사람도 있고, 머리를 뒤로 젖히거나 턱을 위로 쳐든 사람도 보였다. 여기저기서 어둡고 생기 없는 눈동자들이 방금 들어온 나를 바라보고 있었다. 어둠 속에서 동그랗고 빨간 불빛이 나타났다 사라지곤 했다. 금속제 파이프에서 타오르는 아편의 불빛이었다. 대부분 조용히 누워 있고, 몇몇은 혼자 중얼거리기도 했다. 그런가 하면, 낯설고 단조로운 저음으로 대화하는 사람들도 있었다. 갑자기 봇

물 터지듯 와자지껄하다가 한순간 조용해지는 식이었는데, 각자 자기가 하고 싶은 말만 쏟아낼 뿐 상대방의 말을 듣는 건 아니었다. 맞은편 벽 쪽에는 숯불을 피워놓은 작은 화로가 있었고, 그 옆에 놓인 다리가 세 개 달린 나무 의자에는 키가 크고 마른 노인이 앉아 팔꿈치로 무릎을 짚고 두 손으로 턱을 괸 자세로 화로의 불꽃을 바라보고 있었다.

내가 들어가자 얼굴이 누렇게 뜬 말레이시아인 종업원이 빈 침상을 가리키며 파이프와 마약을 들고 다가왔다.

"고맙네. 하지만 여기에 있을 건 아니고 내 친구 아이자 휘트니가 여기에 있다고 해서 만나러 온 걸세."

그렇게 말하자 내 오른편에서 누군가가 움직이며 소리를 질렀다. 어둠 속을 유심히 뚫어보니 휘트니였다. 창백하고 초췌하게 헝클어진 몰골로 나를 바라보았다.

"아니, 세상에! 왓슨 아닌가. 지금 몇 시나 됐지?"

휘트니가 온몸의 신경이 경련을 일으키는 것 같은 몸짓을 하며 물었다.

"11시가 다 됐네."

"무슨 요일이더라?"

"6월 19일, 금요일이야."

"맙소사! 수요일로 알고 있었는데. 오늘은 수요일이야. 왜 나를 이렇게 놀라게 하나?"

그는 두 팔로 얼굴을 감싸고 소리 높여 울기 시작했다.

"오늘은 금요일이야. 자네 아내가 이틀 동안 기다리고 있다고. 부끄러운 줄 알게!"

"부끄럽네. 하지만 자네가 착각하고 있는 거야. 난 여기에 온 지 몇 시간밖에 안 되었고, 세 파이프밖에 안 피웠어. 아니, 네 파이프인가? 잊어버렸네. 아무튼 자네와 집으로 갈게. 케이트를 걱정시키지 말아야지. 가여운 케이트. 날 좀 부축해주게! 마차는 와 있지?"

"그래, 기다리라고 했어."

"그럼 그걸 타야겠네. 그런데 돈을 내야 해. 얼마를 내야 하는지 알아봐주게, 왓슨. 몸이 안 좋아. 혼자서는 아무것도 할 수가 없네."

나는 두 줄로 늘어선 침상 사이의 좁은 통로를 따라갔다. 그러는 동안, 감각을 마비시

킬 듯 지독한 아편 연기를 들이마시지 않으려고 숨을 참으며 매니저를 찾기 위해 사방을 둘러보았다. 화롯가에 앉아 있는 키 큰 남자 옆을 지나는데, 갑자기 누군가가 옷자락을 잡아당기며 낮게 속삭였다.

"우선 나를 지나쳐 간 다음에 돌아봐주게."

그의 음성이 내 귀에 또렷하게 들어왔다. 나는 그를 내려다보았다. 그렇게 말할 사람은 내 옆의 노인밖에 없었다. 하지만 그는 여전히 취한 듯 앉아 있었다. 주름투성이 얼굴에 나이 들어 구부정한 모습인데다 아편 파이프는 무기력한 손가락에서 흘러내린 듯 무릎 사이에 대롱거리며 매달려 있었다. 나는 두 걸음쯤 더 떼어놓은 다음 뒤를 돌아보았다. 그 순간 하마터면 깜짝 놀라 소리를 지를 뻔했다. 노인은 나 외에 다른 사람은 볼 수 없도록 돌아앉아 있었는데, 어느새 꼿꼿한 자세로 바뀐 그의 얼굴에 주름은 간데없고, 흐릿했던 눈동자엔 생기가 돌아와 있었다. 그렇게 화롯가에 앉아 미소를 짓고 있는 사람은 놀랍게도 셜록 홈스였다. 그는 내게 손을 약간 흔들어 다가오라는 신호를 보내고는, 곧바로 사람들이 있는 쪽으로 다시 얼굴을 반쯤 돌렸다. 쇠약하고 무기력한 노인의 모습으로.

나는 속삭이듯 그를 불렀다.

"홈스! 자네 여기서 뭐 하는 거야?"

홈스가 말했다.

"나는 청력이 좋으니 더 작게 말해도 되네. 자네의 저 아편쟁이 친구를 보낸 다음에 잠시 나와 얘기하세."

"밖에 마차를 대기시켜놓았어."

"그러면 저 친구는 그 마차에 태워 집으로 보내게. 기운 없이 늘어져 있는 모습이 말썽 부릴 처지는 아닌 듯싶으니 안심해도 되겠어. 그리고 마부 편에 자네 아내에게 쪽지를 보내서 나와 함께 있다고 알려주는 게 좋을 것 같아. 밖에서 잠시 기다려주면, 내가 5분 안에 나가겠네."

나는 웬만해서는 셜록 홈스의 부탁을 거절하지 못하는데, 그 이유는 그의 말이 항상 명확하고 단호하며, 확신에 찬 분위기를 풍기기 때문인 것 같다. 아무튼 휘트니를 마차에 태우기만 하면 나는 할 일을 다 한 거라는 생각이 들었다. 그러고 나면 홈스의 삶이기도 한 그의 특별한 모험에 동참할 수 있을 것이며, 내게도 그보다 더 보람된 일은 없을 것이었다. 나는 얼른 쪽지를 적은 다음 휘트니가 내야 하는 돈을 치르고 그를 부축해 마차에 태웠다. 그리고 마차가 어둠 속으로 사라질 때까지 지켜보았다. 잠시 후 노인 한 명이 아편 소굴에서 나왔고, 나는 홈스와 함께 거리를 따라 걸었다. 두 블록 정도를 구부정하고 비틀거리는 모습으로 걷던 홈스는 재빨리 사방을 둘러보더니, 허리를 펴고 큰 소리로 웃기 시작했다.

"왓슨, 자네는 내가 코카인 주사만으로 모자라 이제 아편까지 피운다고 생각했을 거야. 자네가 의사로서 걱정해주는 여러 가지 안 좋은 습관에 하나가 더해졌다고 생각했겠지."

그가 말했다.

"자네를 거기서 만나서 놀라기는 했지."

"내가 자네를 보고 놀란 만큼은 아닐 거야."

"난 친구를 찾으러 갔던 거고."

"나는 적을 찾으러 갔는데."

"적이라고?"

"그래. 나의 천적 중 한 명, 아니 운명적 먹잇감이라고 해야겠군. 간단히 말해서, 왓슨, 지금 아주 특별한 조사를 하는 중이라네. 아편쟁이들이 두서없이 흘리는 말에서 단서를 찾을 수 있을까 해서 왔어. 전에도 그런 적이 있었거든. 그렇지만 만약 저 안에서 내 신분을 들켰다면 한 시간도 목숨을 부지하지 못했을 거야. 전에 그런 목적으로 여길 이용했을 때, 이곳을 운영하는 불한당 같은 인도인 뱃사람이 가만두지 않을 거라고 악담을 퍼부었거든. 저 마약 소굴이 있는 건물 뒤쪽으로 작은 문이 하나 나 있네. 폴 부두의 한쪽 귀퉁이로 통하지. 문이 말을 할 수 있다면 달 없는 밤에 그 문으로 뭐가 지나갔는지 말해줄 수 있을 텐데 말이야."

"뭔데! 설마 시체를 말하는 건 아니지?"

"왜 아니겠나, 왓슨. 저 아편 소굴에서 죽음을 맞이한 시체 한 구당 1,000파운드씩만 받아도 우린 부자가 될 걸세. 템스 강 연안에서 가장 악랄하고 치명적인 덫이지. 그래서 그곳에 들어간 네빌 세인트클레어가 살아 나오지 못할까봐 걱정하는 거라네. 우리가 탈 마차가 여기쯤 있기로 했는데."

홈스는 양쪽 검지를 입에 물고 날카로운 휘파람 소리를 냈다. 그러자 멀리서 같은 소리로 응답이 왔다. 그리고 곧 바퀴 소리와 말발굽 소리가 들렸다.

"이제 됐네, 왓슨."

홈스가 말했다. 어두컴컴한 곳에서 높은 이륜마차가 모습을 드러냈다. 마차의 측등에서 노란 두 줄기 불빛이 드리워졌다.

"같이 가지 않겠나?"

"같이 가는 게 도움이 된다면."

"믿을 수 있는 동지는 언제나 도움이 되지. 게다가 자네는 사건 연감을 기록해주는 사람이지 않은가. 시다스 저택에 있는 내 방엔 더블베드가 있다네."

"시다스 저택?"

"응. 세인트클레어 씨의 집이야. 조사하는 동안 거기에 머물고 있거든."

"그 집이 어디 있는데?"

"켄트 주의 리 근처라네. 여기서 7마일쯤 되지."

"난 아직 사건에 대해 아는 게 없는데."

"물론 그렇지. 하지만 곧 다 알게 될 걸세. 어서 타세. 존, 자넨 이제 가도 되겠어. 여기 반 크라운 있네. 내일 11시쯤 와주게. 말고삐는 좀 늦춰주고. 그럼 잘 가게!"

홈스가 채찍을 가볍게 휘두르자 마차가 황량한 거리를 달리기 시작했다. 거리는 점점 넓어지더니 난간이 있는 넓은 다리로 이어졌다. 다리 밑으로는 탁한 강물이 유유히 흐르고 있었다. 다리를 건너자 또다시 썰렁한 벽돌 건물이 늘어선 거리가 나왔다. 인적 없는 고요한 거리에 이따금 경찰의 무겁고 규칙적인 발걸음 소리와 심야 파티를 즐기는 사람들의 흥얼거림, 고성이 울려 퍼졌다. 하늘에는 어둑한 구름이 천천히 흐르고 구름 사이로 드문드문 별이 희미하게 반짝였다. 홈스가 고개를 가슴까지 숙이고 깊은 생각에 잠긴 채 말없이 마차를 모는 동안 나는 그 옆에 앉아서, 그를 이렇게 몰입하게 하는 새로운 사건은 어떤 것일까 궁금해하고 있었다. 하지만 생각의 흐름을 방해할까 봐 말을 걸지는 않았다. 몇 마일 정도 달리니 교외의 별장 지대가 나왔다. 홈스가 생각에서 빠져나온 듯 어깨를 들썩이더니 파이프에 불을 붙였다. 스스로 잘하고 있다는 걸 확인한 듯 만족스러운 표정이었다.

"왓슨, 자네는 침묵하는 재능을 타고났네."

홈스가 말했다.

"동료로서 더 이상 바랄 게 없어. 오해하지는 말게. 자네 같은 친구가 있어서 얼마나 좋은지 몰라. 다만 내가 하는 생각들이 그다지 즐거운 것만은 아니라서 말이야. 오늘 나를 맞이할 가여운 부인에게 뭐라고 말해야 할지 고민 중이었어."

"내가 아직 사건의 내용을 전혀 모르고 있다는 걸 잊지 말게."

"리에 도착하기 전에 자네에게 다 말해줄 수 있을 거야. 사실은 믿을 수 없을 정도로 간단한데, 이상하게 아무것도 잡히는 게 없다네. 실마리가 여럿인 건 분명한데 막상 그 끄트머리를 잡을 수가 없어. 자, 이제 사건의 내용을 간략하고 명확하게 정리해주겠네. 내가 보지 못하는 빛줄기를 자네가 발견할 수 있을지 모르지."

"어서 말해보게."

"몇 년 전, 정확히 말하자면 1884년 5월인데, 네빌 세인트클레어라는 신사가 리로 이사를 왔다네. 돈이 꽤 많은 사람 같아. 그는 큰 빌라를 사서 정원도 잘 꾸미고 멋있게 살았어. 점차 이웃에 친구도 사귀더니 1887년에는 지역 양조업자의 딸과 결혼해서 두 아이의 아버지가 되었지. 딱히 직업이 있지는 않았지만 여러 회사에 관여하고 있어서 아침에는 시내로 출근했다가 저녁에는 캐논 역에서 5시 14분 기차를 타고 돌아오곤 했어. 현재 서른일곱 살인 세인트클레어 씨는 성격이 온화할 뿐 아니라 좋은 남편에 자상한 아버지라네. 그를 아는 모든 사람은 그를 좋아하지. 우리가 확인한 바로 그는 현재 88파운드 10실링의 부채를 안고 있는데, 캐피털 앤 카운티스 은행에 있는 그의 계좌에 220파운드의 예금이 있다고 하네. 그러니 그가 금전 문제로 걱정할 이유는 없다는 거지.

지난 월요일, 네빌 세인트클레어 씨는 평소보다 일찍 시내로 갔다네. 떠나기 전에 중요한 볼일이 두 가지 있다면서, 집에 올 때 아들한테 장난감 블록을 사다 주겠다고 했다는군. 세인트클레어가 나가자마자 그의 아내도 전보를 받았는데, 그녀가 기다리던 꽤 값나가는 물건이 애버딘 선박회사 사무실에 도착해 있다는 내용이었대. 자네도 런던 거리에 익숙하니까 선박회사 사무실이 어퍼 스완덤 레인에서 이어지는 프레즈노 가에 있다는 것쯤은 알 거야. 오늘 밤 거기서 자네가 날 만난 거 아닌가. 세인트클레어 부인은 점심 식사를 마치고 시내로 갔다네. 거기서 쇼핑을 한 다음 선박회사 사무실에 가서 물건을 찾아 기차역으로 돌아가는 길에 스완덤 레인을 지났는데, 그때 시계를 보니 4시 35분이더래. 여기까지 알아들었나?"

"잘 듣고 있네."

"자네도 기억하겠지만, 월요일엔 무척 더웠어. 세인트클레어 부인은 지나가는 마차를 잡아탈 요량으로 천천히 걸었다네. 그 동네가 걸어 다니기에 좋은 건 아니잖아. 그렇게 스완덤 레인을 걷고 있는데 갑자기 어디선가 고함인지, 비명인지 모를 큰 소리가 들렸고, 소리 나는 쪽을 돌아본 부인은 온몸이 얼어붙었다네. 어느 건물 2층 창가에 그녀의 남편이 서 있었거든. 그녀를 향해 손을 흔드는 것 같았대. 창문이 열려 있어서 그의 얼굴을 똑똑히 볼 수 있었는데, 몹시 겁먹거나 다급한 표정 같았대. 미친 듯이 손을 흔들던 남편은 마치 누군가가 엄청난 힘으로 뒤에서 낚아채기라도 한 것처럼 한순간에 창문 너머로 사라졌다네. 그런데 한 가지 이상한 건, 그녀가 여성 특유의 예민한 눈으로 본 바에 따르면 아침에 나갈 때 입었던 검정 코트를 입고 있기는 했는데, 그 안에 셔츠도 넥타이도 착용하지 않았다는 거야.

　남편에게 안 좋은 일이 생긴 거라고 확신한 세인트클레어 부인은 그 집으로 통하는 계단을 서둘러 내려갔대. 거기가 바로 오늘 자네가 나를 만난 그 아편 소굴이 아니겠나. 현관에 들어선 그녀는 1층으로 통하는 계단을 오르려다가, 아까 내가 말한 그 불한당 같은 인도인과 마주쳤다네. 그 녀석은 부인을 밀어내고는 그곳을 관리하는 종업원을 시켜 그녀를 거리로 쫓아내게 했다네. 의혹과 두려움에 싸인 그녀는 정신없이 골목을 달려가다가 다행히도 프레즈노 가에서 순찰을 돌던 경위 한 명과 경찰 몇 명을 만났다네. 경위와 경찰 두 명을 대동하고 다시 아편 소굴로 돌아온 그녀는 주인의 거센 만류를 제치고 세인트클레어가 모습을 드러냈던 방으로 올라갔다네. 하지만 세인트클레어는 거기에 없었던 거지. 2층 전체에 있는 사람이라곤 형편없는 몰골의 장애인뿐이었는데, 그는 거기에 상주하는 거 같았다. 그 장애인과 인도인이 오후 내내 그 방엔 자기들밖에 없었다고 어쩌나 강력하게 주장하는지, 경위도 한 걸음 물러서면서 세인트클레어 부인이 잘못 봤을 거라고 거의 확신하게 되었다네. 하지만 그 순간 부인이 비명을 지르며 탁자 위에 놓인 작은 나무상자의 뚜껑을 열어젖혔는데, 그 안에서 어린이용 장난감 블록이 쏟아져 나왔다는 거야. 세인트클레어 씨가 아들에게 사다 주겠다고 약속했던 바로 그 블록이었다네.

　장난감 블록이 발견되고 장애인이 당황하는 모습을 보이자, 경위는 상황이 심각하다

는 걸 깨달았나 봐. 비로소 방들을 샅샅이 수색한 결과 뭔가 중대한 범죄가 저질러졌다
는 걸 확신하게 된 거지. 그 방은 거실로 간소하게 꾸며져 있었고 작은 침실이 딸려 있었
는데, 침실 창문은 건물 뒤에 있는 부두 쪽으로 나 있었다네. 부두와 창문 사이에는 좁은
틈이 있었는데, 썰물 때는 바닥이 드러나지만 밀물 때는 깊이 4피트(약 1.2미터 - 옮긴이) 이
상 물이 찬다나 봐. 창문은 폭이 넓고 아래에서 위로 여는 방식인데, 그 창틀에서 핏자국
이 발견되었다는 거야. 침실의 나무 바닥에도 몇 방울 튀어 있었고 말이지. 커튼 뒤에서

네빌 세인트클레어의 옷가지가 발견되었는데, 코트를 제외하고 그의 부츠와 양말, 모
자, 시계가 다 거기에 있었다네. 소지품에서 폭력이 가해진 흔적은 찾지 못했대. 그 외에
세인트클레어의 흔적은 찾아볼 수 없었지만, 다른 출구가 없었으므로 그는 분명 창문을
통해 밖으로 나갔을 것이라는 거지. 창틀에 핏자국이 있는 걸로 보아 그가 헤엄쳐 달아
났을 가능성도 있다고 보고 있어. 사건이 일어난 게 밀물 때였으니까.
    이제 사건에 연루된 악당들에 대해 말해주겠네. 인도인 뱃사람은 전과가 화려하기는
하지만, 세인트클레어 부인의 말에 따르면 그녀의 남편이 창가에 모습을 드러낸 시점에
서 불과 몇 초 뒤에 계단 밑에서 그녀와 마주쳤던 걸로 보아 범행에 직접적으로 관련되
어 있지는 않을 것으로 보이네. 그는 아무것도 모른다는 걸로 일관하고 있어. 그리고 세
입자인 휴 분이 하는 일에 대해서도 전혀 아는 바가 없으며, 실종된 남자의 옷이 어떤 연
유로 거기에 있는지도 모른다고 주장하고 있다네.
    인도인 매니저에 대해서는 그 정도로 하고, 아편 소굴 2층에 살고 있는 장애인에 대해

말해주겠네. 그가 네빌 세인트클레어를 마지막으로 본 사람인 건 확실해. 그의 이름은 휴 분인데, 시내를 자주 왕래하는 사람이라면 그의 흉한 얼굴이 익숙할 거야. 전업 거지이지만 경찰의 단속을 피하려고 밀랍 성냥을 파는 척한다네. 자네도 보았는지 모르겠지만, 스레드니들 가를 따라 조금 내려가다 보면 왼편에 벽이 약간 꺾인 지점이 있어. 그는 매일 그곳에 나가 책상다리를 하고 앉아 무릎에 작은 성냥을 올려놓는다네. 그의 모습이 너무 가련해 보여서 그런지 옆에 내놓은 기름때 절은 가죽 모자에 사람들이 수시로 동전을 던져주는 모양이야. 이번 일로 그에게 관심을 가지기 전에도 그를 몇 번 본 적이 있어. 그때도 그가 단시간에 꽤 많은 돈을 거둬들이는 걸 보고 놀랐던 적이 있다네. 그의 외모는 너무 특이해서 한 번쯤 눈길을 돌리지 않고는 지나칠 수 없을 정도지. 오렌지색 머리는 봉두난발이고, 창백한 얼굴은 끔찍한 흉터로 일그러져 있거든. 흉터 부위의 피부가 수축하면서 윗입술 끝이 한쪽으로 말려 올라간데다 턱은 불도그처럼 생겼어. 오렌지색 머리와 대조되는 검은 눈은 사람을 꿰뚫어볼 것처럼 날카롭고. 그러다 보니 거지 무리에서도 단연 눈에 띄는 거야. 그런데다가 지나가는 사람들이 툭툭 던지는 말에 재치 있게 응대를 한다는 거야. 이자가 바로 그 아편 소굴을 임대해서 운영하고 있으며, 우리가 찾고 있는 세인트클레어를 마지막으로 본 사람이라네."

"하지만 장애인이지 않나!"

내가 말했다.

"그런 자가 혼자서 한창나이의 남자를 상대로 뭘 할 수 있었겠어?"

"다리를 절긴 하지만, 그 밖에는 힘도 있고 튼튼하다네. 자네도 의료 경험이 있으니 알겠지만, 신체 일부에 장애가 있는 사람이 다른 신체 기능은 정상인보다 월등한 경우도 종종 있잖아."

"계속 이야기해보게."

"세인트클레어 부인은 창틀에 묻은 핏자국을 보고 정신을 잃었다네. 그래서 경찰이 마차에 태워 집에 데려다주었어. 어차피 부인이 있어봐야 수사에 도움이 되는 것도 아니니까. 이번 사건의 수사를 책임지고 있는 바턴 경위가 현장을 자세히 조사했지만 도움이 될 만한 어떤 것도 발견하지 못했네. 한 가지 실수라면, 휴 분을 바로 체포하지 않아서 그가 인도인 매니저와 몇 분 동안 입맞출 시간을 준 거야. 경찰은 곧 그걸 깨닫고 분을 붙잡아 수색했지만, 혐의를 입증할 만한 건 찾아내지 못했어. 그의 셔츠 오른쪽 소매에 핏자국이 있기는 한데, 약지손톱 근처에 베인 상처를 가리키며 거기서 묻은 피라고 했다는군. 그러면서 덧붙이기를, 자기가 조금 전에 창가로 갔기 때문에 창틀에 남은 핏자국도 거기서 묻었을 거라고 했다는 거야. 그리고 네빌 세인트클레어는 못 봤다면서, 자기도 그 방에 왜 그의 옷이 있는지 모르겠다고 했다는 거지. 창가에 서 있는 남편을 보았다는 세인트클레어 부인의 주장에 대해서도, 그녀가 제정신이 아니었거나 꿈을 꾸고 나서 착각하는 것이라고 했다네. 그는 거세게 항의했지만 결국 경찰서로 끌려갔고, 경위는 현장에 남았대. 썰물이 되면 새로운 단서가 드러날 수 있다고 기대한 것이겠지.

그가 예상했던 대로 진흙 바닥에서 뭔가가 나오긴 했는데, 결정적인 건 아니었다네. 그들이 혹시나 발견하게 될까봐 두려워한 것은 세인트클레어의 시신이었겠지만, 그건 아니고, 그가 입고 있었던 외투를 찾은 거야. 물이 빠지면서 드러난 거지. 그런데 외투 주머니에서 뭐가 나온 줄 아나?"

"난 짐작조차 못하겠네."

"맞아, 짐작 못할 거야. 주머니마다 1페니 동전과 반 페니 동전이 가득 들어 있었다는군. 페니가 421개, 반 페니가 270개. 그렇게 무거우니 물살에 휩쓸리지 않은 거야. 하지만 인간의 몸은 다르지. 부두와 그 집 사이에는 썰물 때 물살이 무척 거세다네. 동전 때문에 무거워진 외투는 남았지만, 옷이 벗겨진 몸은 물살에 휩쓸려 강으로 떠내려간 거야."

"다른 옷들이 모두 방 안에서 발견되었다는데, 그러면 그는 외투만 입고 있었던 걸까?"

"그렇지 않아. 하지만 그런 것처럼 보이게 할 수는 있지. 만약 휴 분이라는 자가 네빌 세인트클레어를 창문 너머로 밀었고, 그걸 본 사람이 아무도 없었다고 하세. 그렇다면 그는 그다음에 어떻게 할까? 당연히 단서가 될 옷을 치워야겠다고 생각할 거야. 그는 외투를 집어 창밖으로 던지려 하겠지. 그러다가 생각할 거야. 외투가 가라앉지 않고 수면으로 떠오를 거라고 말이야. 시간이 없었겠지. 세인트클레어의 아내가 위로 올라오려고 실랑이 벌이는 소리가 들렸을 테니까. 그리고 공범자인 인도인으로부터 경찰이 오고 있다는 소리도 들었을 거야. 지체할 시간이 없었겠지. 그는 구걸해서 모은 동전을 놓아두는 곳에서 동전을 꺼내 외투 주머니를 채웠을 거야. 그리고 외투를 던진 거지. 아래층에서 올라오는 소리가 들리지 않았으면 나머지 옷들도 똑같이 처리했겠지. 하지만 그는 경찰이 들어오기 전에 겨우 창문 닫을 시간밖에 없었던 거야."

"상당히 개연성 있는 설명이군."

"일단 이 정도를 작업가설로 세워두고 수사를 진행하세. 더 나은 설명이 없으니까 말이야. 내가 말했듯이, 분은 체포되어 경찰서로 끌려갔어. 하지만 전과기록 같은 건 없다는군. 수년간 직업적으로 거지 노릇을 했지만 법을 어기거나 말썽 부리는 일 없이 조용하게 살아온 거 같아. 아무튼 지금부터 풀어야 할 문제는 네빌 세인트클레어가 아편 소굴에서 뭘 했는지, 그곳에 있는 동안 무슨 일이 생긴 건지, 지금 그는 어디에 있는지, 그리고 분은 세인트클레어가 사라진 것과 어떤 관련이 있는지 등인데 아직 아무것도 밝혀지지 않았다네. 고백하건대, 지금까지 이렇게 겉으론 단순해 보이면서 막상 속을 열어보면 어려운 문제투성이인 사건은 처음인 것 같아."

셜록 홈스가 기이한 일련의 사건을 자세히 설명하는 동안 마차는 시내의 외곽을 달리고 있었다. 드문드문 서 있는 집들을 지나자 길 양편에 관목 울타리가 쳐진 시골길이 나왔다. 그리고 홈스의 이야기가 끝날 즈음, 우리는 집들이 점점 흩어져 있는 두 개의 작은 마을에 도착했다. 그중 몇 집의 창문에서는 아직 불빛이 흘러나오고 있었다.

"여기가 리의 외곽이라네."

홈스가 말했다.

"짧은 시간이었지만 세 개의 자치주를 지나왔어. 미들섹스에서 출발해서 서리의 변두리를 지나 켄트까지 온 거지. 저기 나무들 사이에 불빛 보이나? 시다스 저택이라네. 저 등잔불 옆에는 한 여인이 내 이야기를 듣고 싶어 조바심을 내며 앉아 있을 거야. 지금 우리가 타고 가는 마차의 말발굽 소리를 들었을 걸세."

"그런데 왜 자네는 베이커 가에 있으면서 사건을 해결하지 않는 거지?"

내가 물었다.

"여기서 조사해야 할 것이 많아서 그렇다네. 세인트클레어 부인이 고맙게도 내게 방 두 개를 내주었어. 내 친구이자 동료인 자네도 반갑게 맞아줄 걸세. 그런데 남편의 행방에 대해 아무것도 알아낸 게 없으니 그녀를 어떻게 대면할지 모르겠구먼. 이제 다 왔네. 자, 얌전히들 서거라. 얌전히!"

마차가 영지 내에 우뚝 서 있는 커다란 빌라 앞에 멈추자 마구간지기 소년이 달려 나와 말 머리를 잡았다. 마차에서 내린 나는 홈스를 따라 자갈이 깔린 좁고 구불구불한 진입로를 걸었다. 잠시 후 현관문이 열리더니 자그마한 금발의 여성이 나왔다. 목과 소매에 하늘거리는 분홍색 시폰으로 단을 댄, 가벼운 실크 모슬린 드레스를 입고 있었다. 안에서 쏟아져 나오는 불빛에 그녀의 윤곽이 드러났다. 한 손으로는 문을 잡은 채 다른 한 손을 살짝 들어올리고 몸을 앞으로 굽힌 것으로도 모자라 고개까지 앞으로 쭉 빼고 있는 모습이 얼마나 애를 태우고 있었는지 짐작케 했다. 간절한 눈빛과 반쯤 벌어진 입은 벌써 무엇인가를 묻고 있었다.

"어떻게?"

그녀가 소리쳤다.

"잘됐나요?"

두 사람이 온 걸 보고 기대에 부풀었던 그녀는 내 친구가 고개를 저으며 어깨를 들썩이자 곧 실망해서 한숨을 지었다.

"좋은 소식이 없다는 건가요?"

"없습니다."

"나쁜 소식은요?"

"나쁜 소식도 없고요."

"그것만으로도 감사하네요. 아무튼 들어오세요. 하루 종일 바쁘셨을 테니 피곤하시겠어요."

"이쪽은 제 친구, 왓슨 박사입니다. 저의 사건 수사에 늘 도움을 주는 친구죠. 이번에

도 운이 좋아서 이 친구를 데려올 수 있게 되었습니다."

"만나 뵙게 되어 반갑습니다."

그녀가 내 손을 잡으며 말했다.

"집안에 갑자기 일이 생겨서 모시는 데 부족한 점이 많을 거예요. 부디 이해해주시길 바랍니다."

"부인, 이 친구와는 오랜 친구 사이입니다. 그리고 그렇지 않더라도 그런 말씀은 하지 않으셔도 됩니다. 부인이나 여기 있는 제 친구에게 제가 조금이라도 도움이 될 수 있다면 기쁘겠습니다."

내가 말했다.

"그런데 셜록 홈스 선생님, 몇 가지 꼭 여쭤보고 싶은 게 있는데요. 반드시 솔직하게 말씀해주셔야 해요."

환한 식당으로 들어서자 부인이 말했다. 식탁 위에는 간단한 식사가 준비되어 있었다.

"그렇게 하겠습니다, 부인."

"제 마음이 어떨지 너무 염려하지 않으셔도 됩니다. 신경 발작을 일으키거나 기절하는 일은 없을 테니까요. 선생님의 솔직한 생각을 알고 싶어요."

"어떤 점이 궁금하신데요?"

"선생님은 네빌이 살아 있다고 생각하시나요?"

셜록 홈스는 당황한 것 같았다.

"솔직하게요!"

그녀는 곧은 자세로 서서 홈스를 쳐다보며 물었다. 홈스는 등나무 의자에 몸을 기댔다.

"솔직하게 말씀드리자면, 부인, 그렇지 못할 것 같습니다."

"죽었을 거라고 생각하시나요?"

"그렇습니다."

"살해된 걸까요?"

"단정 지을 수는 없지만, 그럴 가능성도 있다는 겁니다."

"그게 언제쯤이었을까요?"

"월요일이었을 겁니다."

"그렇다면 홈스 선생님, 그가 보낸 편지가 오늘 배달된 건 어떻게 설명할 수 있을까요?"

셜록 홈스는 감전된 사람처럼 의자에서 벌떡 일어났다.

"뭐라고요!"

홈스가 외쳤다.

"네, 오늘이요."

그녀는 미소를 지으며 작은 종이 한 장을 들어 보였다.

"볼 수 있을까요?"

"물론이죠."

홈스는 너무 흥분한 나머지 그녀의 손에서 편지를 낚아채다시피 해서 테이블 위에 펼쳤다. 그런 다음 등잔불 가까이 가져가 세심하게 살폈다. 나도 일어나 홈스의 어깨 너머로 편지를 들여다보았다. 조악한 싸구려 봉투에 그레이브젠드의 소인이 찍혀 있었다. 당일 날짜였다. 아니, 자정이 지났으므로 전날이라고 하는 게 정확하겠다.

"글씨체가 거칠군."

홈스가 중얼거렸다.

"이건 부군의 글씨가 아닌 것 같은데요, 부인."

"맞아요, 그이 글씨가 아니에요. 그렇지만 안에 들어 있는 편지는 분명 남편의 글씨입니다."

"누군가가 봉투를 쓴 사람이 주소를 몰라서 확인해야 했던 것 같네요."

"그걸 어떻게 아세요?"

"이름은 온전히 검정 잉크로 쓰였고, 그대로 말라 있지 않습니까. 나머지 주소는 회색이에요. 잉크로 쓴 후 압지로 찍어 닦아낸 것이죠. 만약 한 번에 이름과 주소를 적고 압지로 눌렀다면 검은색 글씨가 남아 있지 않겠죠. 편지 봉투를 쓴 사람은 이름을 먼저 쓰고 나서 잠시 틈을 두었다가 주소를 썼어요. 주소를 잘 몰랐기 때문이라고 추측할 수 있죠. 이건 아주 사소하지만, 사소한 사실이 가장 중요한 단서가 될 수도 있습니다. 이제 편지를 읽어보겠습니다. 아하! 이게 동봉된 편지로군요!"

"네, 그이의 인장이 찍혀 있어요. 늘 끼고 다니는 인장 반지로 찍은 거예요."

"부군의 글씨체가 분명합니까?"

"남편의 글씨체 중 하나예요."

"글씨체 중 하나요?"

"그가 서둘러 쓸 때 나오는 글씨체죠. 보통 때의 글씨체는 다르거든요. 그렇지만 저는 잘 알죠."

사랑하는 여보, 놀라지 말아요. 모두 잘될 거요. 문제가 좀 생겼는데 바로잡는 데 시간이 좀 걸릴 것 같소. 힘들겠지만 참고 기다려줘요. -네빌.

"8절지 크기의 책 속표지를 찢어 연필로 썼네요. 종이에 워터마크도 없고. 흠! 그레이브젠드에서 오늘 발송되었는데, 편지를 보낸 사람은 엄지손가락이 깨끗하지 않았군요.

그리고 제가 잘못 본 게 아니라면, 씹는담배를 애용하는 사람이 자기 침으로 편지 봉투를 붙인 모양입니다. 부군의 필체인 게 확실하다고 하셨죠, 부인?"

"확실합니다. 네빌이 쓴 게 분명해요."

"그리고 오늘 그레이브젠드에서 발송되었어요. 이제 뭔가 좀 보일 듯하군요. 그렇다고 안심할 단계는 아니고요."

"하지만 남편이 살아 있는 건 분명한 거죠, 홈스 선생님."

"이 편지가 우리를 엉뚱한 방향으로 유인하기 위한 누군가의 영리한 속임수가 아니라면요. 사실 인장 반지는 단서가 되지 못합니다. 누군가가 부군의 손에서 빼내어 사용했을 수도 있으니까요."

"아니, 아니요. 맞습니다. 그이가 직접 쓴 거예요!"

"좋습니다. 그럴지도 모르죠. 그런데 월요일에 쓴 편지를 오늘 부쳤어요."

"그럴 수도 있죠."

"그렇다면 그동안 많은 일이 일어났을 수 있지 않습니까."

"아, 제발 저의 희망을 꺾지 말아주세요, 홈스 선생님. 저는 남편이 무사하다는 걸 알아요. 남편과 저 사이에는 아주 예민한 공감대가 형성되어 있어서 그이에게 나쁜 일이 생기면 제가 모를 수 없을 겁니다. 제가 남편을 보았던 그날 아침에도 침실에서 그이가 실수로 손을 베었는데, 제가 아래층 식당에 있다가 뭔가 잘못된 것 같은 예감이 들어 위층으로 뛰어 올라갔답니다. 사소한 일에도 그 정도로 예민하게 반응했는데 그의 죽음을 제가 모르고 지나쳤을 리가 있겠어요?"

"저도 많은 경험을 통해 여성의 직감이 논리적 분석보다 더 정확하다는 걸 잘 압니다. 그리고 이 편지가 부인의 주장을 뒷받침해주는 강력한 증거가 될 수도 있지요. 하지만 부군이 살아 있어서 편지를 쓸 수 있다면, 왜 부인에게 돌아오지 못하는 걸까요?"

"그건 모르겠어요. 저로서는 짐작할 수도 없습니다."

"월요일 아침에 집을 나서면서 특별히 남긴 말은 없었나요?"

"없었어요."

"그렇다면 스완덤 레인에서 부군을 봤을 때 놀라셨겠네요?"

"많이 놀랐죠."

"창문은 열려 있었나요?"

"네."

"그럼 부군이 부인을 불렀겠군요."

"그랬는지도 모르죠."

"그런데 그 소리가 고함이나 비명 같았다고 하셨죠?"

"네."

"도움을 청하는 것 같았나요?"

"네. 두 손을 흔들었어요."

"놀라서 그랬을 수도 있지 않습니까. 전혀 예상하지 못했는데 부인을 만나니 놀라서 두 손을 흔든 것 아닐까요?"

"그럴 수도 있었겠네요."

"그리고 뒤에서 누가 당기는 것 같았다고 하셨죠?"

"네. 갑자기 사라졌거든요."

"뒤로 물러선 것일 수도 있습니다. 방 안에 다른 사람이 보이진 않으셨나요?"

"아니요. 하지만 그 무섭게 생긴 사람이 자기가 거기에 있었다고 자백했어요. 인도인 뱃사람은 계단 아래에 있었고요."

"그렇군요. 부인이 보시기에 부군은 평소의 옷차림새였나요?"

"네. 그렇지만 셔츠와 넥타이를 착용하지 않았어요. 그의 목이 그대로 보였거든요."

"부군이 스완덤 레인에 관해 말한 적이 있습니까?"

"아니요, 전혀."

"부군이 평소에 아편을 피우는 것 같은 기색은 없었습니까?"

"아니요. 한 번도 없었어요."

"감사합니다, 세인트클레어 부인. 확인해야 하는 것들은 이 정도입니다. 이제 간단히

요기하고 가서 쉬어야겠네요. 내일은 무척 바쁠 것 같아서요."

우리가 쓸 방에는 넓고 안락한 2인용 침대가 놓여 있었다. 밤늦게까지 바빴던 터라 몹시 지친 나는 곧장 침대에 누웠다. 그러나 셜록 홈스는 머릿속에 풀리지 않은 문제가 남아 있는 한 며칠, 아니 1주일이 걸려도 쉬지 않고 꼼꼼히 되짚어보고 이리저리 생각해보는 사람이었다. 문제를 완전히 간파하든 자료가 충분치 않다는 판단에 이르든, 어느 쪽으로든 결론이 날 때까지 모든 가능성을 추적해보아야 했다. 홈스는 곧 밤새울 준비를 시작했다. 겉옷과 조끼를 벗고 헐렁한 파란색 가운을 걸친 뒤 방 안을 돌아다니며 침대와 소파, 안락의자에 놓인 쿠션을 모았다. 그런 다음 그것들로 동양식 보료 같은 걸 만들고 그 위에 가부좌를 틀고 앉았다. 그의 앞에는 잎담배 1온스와 성냥 한 갑이 놓여 있었다. 희미한 등잔 불빛에 낡은 브라이어 파이프를 물고 천장의 한 모퉁이에 시선을 고정한 채 앉아 있는 홈스의 모습이 보였다. 고요하게 앉아 있는 그의 머리 위로 푸른 연기가 모락모락 피어올랐다. 매부리코가 주는 강렬한 얼굴 윤곽이 희미하게 빛났다. 그렇게 앉아 있는 홈스를 보고 잠들었던 나는 갑작스러운 고함에 놀라 눈을 떴다. 홈스는 어젯밤과 같은 자세로 앉아 있었고, 방 안으로 여름 햇살이 스며들고 있었다. 홈스는 여전히 파이프를 물고 있었고 연기도 여전히 피어올랐으며, 방 안은 매캐한 담배 연기로 자욱했다. 어젯밤에 보았던 잎담배는 남아 있지 않았다.

"왓슨, 깼나?"

그가 물었다.

"응."

"아침 드라이브 어떤가?"

"좋지."

"그러면 어서 옷부터 입게. 아직 아무도 일어난 기척은 없지만 마구간 소년이 자는 방을 알고 있어. 곧 출발할 수 있을 걸세."

그렇게 말하는 동안에도 혼자 키득거리고 눈을 반짝이는 것이 전날 밤의 침울한 사색가의 모습과는 사뭇 달랐다.

나는 옷을 입으며 시계를 보고서야 아무도 일어난 기척이 없는 이유를 알 수 있었다. 새벽 4시 25분이었다. 내가 옷을 다 입기도 전에 홈스가 와서 마구간 소년이 말을 준비시키고 있다고 전했다.

"내 이론을 확인해보고 싶어서 그런다네. 유럽에서 가장 어리석은 자가 바로 나였네. 나를 발로 차서 채링크로스까지 날려버린다 해도 할 말이 없어. 그렇지만 이제는 사건의 열쇠를 찾은 것 같아."

"열쇠가 어디 있는데?"

내가 빙긋이 웃으며 말했다.

"욕실에 있었네."

홈스가 대답했다.

"정말이야. 농담이 아니라네."

홈스가 의아해하는 내 표정을 보며 말을 이었다.

"방금 욕실에 가서 열쇠를 가져왔거든. 이 여행 가방에 들어 있어. 어서 가세. 가서 열쇠가 맞는지 확인해보자고."

우리는 되도록 조용히 아래층으로 내려와 밝은 아침 햇살이 쏟아지는 밖으로 나왔다. 길가에 우리가 타고 갈 마차와 말이 대기하고 있었고, 옷도 제대로 챙겨 입지 못하고 나온 마구간 소년이 말 머리에 서 있었다. 우리가 재빨리 올라타자 마차는 런던 로드를 달리기 시작했다. 채소를 싣고 대도시로 향하는 화물 마차 몇 대가 보일 뿐, 길 양편에 늘어선 마을은 꿈을 꾸는 듯 고요했다.

"어느 시점까지는 온통 알 수 없는 수수께끼뿐이었어."

홈스가 말에 채찍질하여 속도를 높이며 말했다.

"솔직히 말해서 두더지처럼 앞이 안 보이는 심정이었지. 하지만 이제라도 깨우친 것이 영영 어둠 속에 남아 있는 것보다 낫지 않은가."

서리 쪽을 지나는데 부지런한 누군가가 졸린 눈으로 창밖을 내다보았다. 워털루 다리를 건너 웰링턴 가로 들어섰다. 거기서 오른쪽으로 꺾어지니 보우 가였다. 셜록 홈스는 그 지역 관할서에서 유명 인사였고, 정문 앞에 서 있는 두 명의 경찰도 그를 알아보고 인사를 건넸다. 경찰 한 명이 말을 잡아주고, 다른 한 명이 우리를 맞아들였다.

"오늘 담당자가 누굽니까?"

홈스가 물었다.

"브래드스트리트 경위입니다."

"오, 브래드스트리트 경위, 안녕하세요?"

키가 크고 다부진 경찰관 한 명이 포석이 깔린 길을 따라 내려오고 있었다. 앞 챙이 달린 모자에 정복 차림이었다.

"의논할 일이 있어서 왔는데요."

"좋아요, 홈스 선생. 제 방으로 들어가시지요."

작은 사무실에는 테이블이 하나 있었고 그 위에 커다란 장부가 놓여 있었으며, 벽걸이 전화가 한 대 있었다. 경위는 자기 책상 앞에 앉았다.

"무엇을 도와드릴까요, 홈스 선생?"

"휴 분이라는 거지에 대해 알고 싶어서 왔습니다. 리에 사는 네빌 세인트클레어 씨 실종 사건과 관련하여 연행됐지요."

"네. 조사할 것이 남아서 아직 구금 중입니다."

"저도 그렇게 들었습니다. 지금 여기 있나요?"

"네, 유치장에 있어요."

"얌전히 잘 있습니까?"

"그럼요, 아무 문제 없습니다. 아주 더럽고 지저분한 자더군요."

"더럽다고요?"

"그래요. 땜장이 얼굴만큼 시키면 얼굴과 손만 겨우 씻게 했어요. 일단 사건이 정리되고 나면 감옥에서 규칙적으로 목욕을 하게 되겠지요. 선생도 그를 보고 나면 내 말을 이해할 겁니다."

"그를 만나보고 싶은데요."

"그러시겠어요? 그건 어렵지 않습니다. 이쪽으로 오세요. 가방은 여기 두셔도 됩니다."

"아니요, 가져가겠어요."

"좋습니다. 이쪽으로 오시죠."

우리는 경위를 따라 좁은 복도를 지났다. 철제 창살문을 지나자 아래로 내려가는 계단이 나왔다. 계단 아래엔 흰색 벽으로 둘러싸인 좁은 복도가 이어졌고 양쪽에 문이 늘어서 있었다.

"오른쪽 세 번째 방에 있습니다."

경위가 말했다.

"여기네요!"

그러고는 문 윗부분에 달린 조그만 덮개를 가만히 열고 안을 들여다보았다.

"자고 있군요."

경위가 말했다.

"이리로 보면 잘 보입니다."

우리는 작은 창살문에 눈을 갖다 대고 안을 들여다보았다. 분은 우리 쪽을 향해 옆으로 누워 있었다. 숨소리가 깊고 느린 것으로 보아 깊이 잠든 것 같았다. 보통의 체격에 거지다운 허름한 옷차림새였다. 낡고 해진 외투 사이로 알록달록한 셔츠가 보였다. 경위가 말한 대로 그는 지독하게 더러웠지만, 얼굴을 덮은 땟국물도 혐오스러운 인상을 덮어주지는 못했다. 눈에서부터 턱까지 굵은 흉터가 나 있었는데, 흉터 부위의 피부가 수축해서 윗입술의 한쪽 꼬리가 말려 올라간 것 같았다. 그 때문에 치아 세 개가 드러나 마치 으르렁거리는 듯한 인상을 주었으며, 정신이 번쩍 날 정도로 빨간 머리가 눈과 이마를 덮고 있었다.

"볼 만하지 않습니까?"

경위가 말했다.

"좀 씻기는 해야겠네요."

홈스가 말했다.

"혹시 그럴지 몰라서 제가 도구를 좀 챙겨왔습니다."

홈스는 그렇게 말하며 여행 가방을 열었다. 가방에서 나온 건 뜻밖에도 목욕용 스펀지였다.

"하! 하! 당신 정말 재미있는 사람이오."

경위가 킬킬 웃었다.

"자, 이제 이 문을 조용히 열어주시면 이 친구와 제가 저 사람을 아주 멀끔하게 만들어놓겠습니다."

"말릴 이유가 없지요."

경위가 말했다.

"그래도 보우 유치장의 명성이 있는데 저 몰골은 곤란하지요."

경위가 열쇠로 문을 열었고, 우리는 조용히 안으로 들어갔다. 분은 몸을 약간 틀더니 다시 깊은 잠에 빠져들었다. 홈스는 물통 위로 몸을 숙여 스펀지를 적신 뒤 분의 얼굴을 가로세로로 벅벅 문질렀다.

"자 여기, 켄트 주의 리에서 오신 네빌 세인트클레어 씨를 소개합니다."

홈스가 큰 소리로 외쳤다.

그런 광경은 생전 처음이었다. 나무껍질이 벗겨지듯 스펀지가 지나가는 대로 분의 얼굴이 껍질을 벗었다. 꺼칠한 갈색 피부가 사라졌다! 얼굴을 가로지른 끔찍한 흉터도 지워졌다. 그리고 섬뜩한 냉소를 짓던 뒤틀린 입술도! 머리카락을 잡아당기자 뒤엉켜 있던 빨간 머리도 벗겨졌다. 그러자 침대 위에 앉아 있는 창백하고 침울한 얼굴의 세련된 남자가 보였다. 검은 머리에 매끄러운 피부를 가진 그 남자는 졸음에 겨운 듯 어리둥절한 표정으로 주변을 둘러보았다. 그러다가 자기 모습이 드러난 걸 알아차린 듯 비명을 지르며 베개에 얼굴을 묻었다.

"아니 이런, 세상에!"

경위가 놀라서 외쳤다.

"실종되었던 그 사람이잖소. 사진에서 봐서 알아요."

"어쩔 수 없군요."

분은 모든 걸 체념한 사람처럼 담담하게 말했다.

"그래서 내가 무슨 죄를 지었단 말입니까?"

"네빌 세인트클레어 씨를 살해한……. 아, 아니지. 그 죄는 성립되지 않는군. 자살 미수로 혐의를 씌울 수 있으면 몰라도."

경위가 웃음을 지으며 말했다.

"경찰에 몸담은 지 27년이지만, 이렇게 황당한 경우는 처음이오."

"내가 네빌 세인트클레어가 맞는다면, 범죄는 성립되지 않는 겁니다. 그러니 나는 지금 불법으로 구금된 거지요."

"범죄 성립은 안 되지만 큰 실수를 저지른 것이죠."

홈스가 말했다.

"부인을 믿으셨다면 이렇게까지 하지는 않으셨을 겁니다."

"아내 때문이 아닙니다. 아이들 때문이에요."

분이 몹시 낙담한 듯 말했다.

"어쩔 수가 없었어요. 아이들에게 부끄러운 아버지가 될 수는 없었습니다. 오, 하느님! 이렇게 들켜버리다니! 이제 어쩌면 좋습니까?"

셜록 홈스는 그 옆에 앉아서 어깨를 가만히 토닥여주었다.

"이번 일을 법정으로 가져간다면, 어쩔 수 없이 세상에 알려질 것입니다. 하지만 당신이 죄가 없다는 것을 경찰이 인정하게 된다면 신문 기사가 날 이유는 없겠지요. 브래드스트리트 경위님은 당신이 하는 말을 정리해서 담당관에게 제출하면 될 테고, 이 사건이 법정에 가는 일은 없을 것입니다."

홈스가 말했다.

"오, 감사합니다!"

분이 진심을 담아 말했다.

"제가 감옥에 가는 건 괜찮습니다. 사형을 당해도 좋아요. 저의 한심한 이야기가 가족의 허물이 되어 아이들에게 남겨지느니 차라리 그편이 낫다고 생각했습니다.

다른 사람에게 제 얘기를 하는 건 처음인 것 같습니다. 제 아버지는 체스터필드에서 교장직을 지내셨습니다. 저도 거기서 좋은 교육을 받았고요. 젊은 시절에 여행도 하고, 배우로 무대 공연도 하다가 런던에서 석간신문 기자가 되었습니다. 어느 날 우리 팀의 편집자가 대도시에서 구걸하는 일을 주제로 연재 기사를 싣고 싶어 했고, 제가 그 일에 지원했습니다. 거기서부터 모든 게 시작되었어요. 기사의 근거가 되어줄 사실들을 수집하기 위해서는 직접 아마추어 거지가 되어보는 수밖에 없었습니다. 배우 생활을 하면서 화장술도 익혔고 동료들 사이에서 꽤 인정받았던 저는 그때 배운 기술을 활용했습니다. 얼굴에 칠을 하고, 되도록 불쌍하게 보이기 위해 흉터도 만들고, 살색 회반죽을 이용해

한쪽 입술이 뒤틀어진 것처럼 보이게 했습니다. 그런 다음 빨간 머리 가발과 적당히 허름한 옷을 입고 시내의 가장 분주한 곳에 자리를 잡았습니다. 명목상으로는 성냥팔이지만 사실은 거지였던 거죠. 일곱 시간 동안 열심히 거지 노릇을 하고 집에 돌아왔는데, 구걸해서 받은 돈이 놀랍게도 26실링 4펜스나 되었어요.

저는 기사를 썼고, 이후로 그 일은 거의 잊고 지냈습니다. 그런데 얼마 후 친구를 위해 수표에 뒷보증을 했다가 25파운드의 지급 영장을 받게 되었습니다. 돈을 어디서 구해야 할지 몰라 당황하고 있는데 문득 아이디어 하나가 떠올랐어요. 저는 채권자에게 2주일만 시간을 달라고 사정하고 직장에 휴가를 냈습니다. 그러고는 변장하고 시내에 나가 구걸을 했지요. 열흘이 지나자 충분한 돈이 모였고, 저는 빚을 갚을 수 있었습니다.

그다음부터 1주일에 2파운드를 벌자고 고된 직장 생활을 하는 게 얼마나 한심하게 느껴졌는지 상상이 되실 겁니다. 얼굴에 분장 좀 하고 길거리에 나가 땅바닥에 모자 하나 내놓고 앉아 있으면 하루에도 그 정도는 벌 수 있는데 말이죠. 그건 자존심과 돈의 긴 싸움이었습니다. 그리고 마침내 돈에 항복한 거죠. 저는 기자 생활을 청산하고, 처음 선택했던 그 모퉁이 자리에 매일 앉아 있었습니다. 흉측한 얼굴로 동정심을 자아내어 동전으로 주머니를 채우면서 말이죠. 저의 비밀을 알고 있는 사람은 스완덤 레인에 있는 아편 소굴 관리인뿐입니다. 매일 아침 그곳에서 지저분한 거지로 변장하고 나갔다가 저녁이 되면 잘 차려입은 도시의 남자로 돌아오곤 했습니다. 그 인도인 친구에게 방을 빌리는 대가를 넉넉히 주었습니다. 비밀을 안전하게 지켜달라는 의미였던 거죠.

저는 얼마 지나지 않아 꽤 많은 돈을 모았습니다. 런던 거리의 모든 거지가 1년에 700파운드를 벌 수 있는 건 아닐 겁니다. 하지만 저의 평균 수익은 그 정도 되지요. 제게는 분장술이라는 좋은 기술이 있었고 적당한 말재주도 타고났으니까요. 연습할수록 말재주는 더 늘었고, 저는 시내에서 꽤 유명해졌습니다. 하루 종일 동전 세례가 쏟아졌고 가끔 은화도 섞여 있었어요. 아주 운 없는 날이 아니면 수익이 2파운드 이하로 내려가지 않았지요.

돈이 모일수록 저의 꿈도 커졌습니다. 교외에 집을 사고 결혼도 했어요. 그러는 동안 누구에게도 의심을 사지 않았습니다. 아내는 제가 시내에서 사업을 하는 줄로만 알고 있어요. 어떤 사업인지는 모르고요.

지난 월요일, 저는 하루 일을 끝내고 아편 소굴 2층 방에서 옷을 갈아입고 있었습니다. 그러면서 밖을 내다보다가 소스라치게 놀랐어요. 아내가 길가에 서서 제가 있는 방 창문을 올려다보고 있었거든요. 저는 기절초풍하며 소리를 질렀죠. 팔로 얼굴을 가리고 인도인 친구에게 달려갔습니다. 아무도 2층에 올라오지 못하게 해달라고 부탁했죠. 아래층에서 아내의 음성이 들렸지만, 올라올 수 없다는 걸 알고 있었어요. 저는 재빨리 입고 있던 옷을 벗고 거지 차림을 한 뒤 물감을 칠하고 가발을 썼습니다. 아내의 눈도 꿰뚫어보지 못할 만큼 완벽한 변장술이었던 거죠. 그러다가 방을 수색할 수도 있겠다는 생각이 들었어요. 제 옷이 문제가 될 것 같았죠. 그래서 창문을 열었어요. 그런데 너무 급히 열다가 아침에 베인 손가락의 상처가 다시 벌어진 것입니다. 저는 얼른 외투를 집었어요. 구걸해서 모은 동전을 가죽 가방에서 주머니로 옮겼기 때문에 외투가 꽤 묵직했어요. 외투를 창밖으로 던졌어요. 외투는 곧바로 템스 강물 속으로 사라졌습니다. 다른 옷들도 던지려고 했는데 경찰이 계단을 뛰어 올라오는 소리가 들렸어요. 그리고 몇 분후, 저는 네빌 세인트클레어가 아니라 그를 살해한 혐의로 체포된 것입니다.

이 밖에 제가 더 설명해야 할 것이 있는지 모르겠네요. 저는 가능하다면 끝까지 들키고 싶지 않았습니다. 그래서 더러운 몰골로 지냈던 것이고요. 아내가 몹시 걱정할 것을 알고 있었기 때문에, 경찰이 보지 않는 틈을 타서 인장 반지를 인도인 친구에게 주었습니다. 그리고 아내에게 걱정하지 말라고 급히 몇 자 적어서 함께 주었고요."

"그 편지는 어제 도착했습니다."

홈스가 말했다.

"저런, 맙소사! 1주일 동안 아내가 얼마나 힘들었을까요!"

"경찰이 그 인도인 뱃사람을 감시하고 있었소."

브래드스트리트 경위가 말했다.

"눈에 띄지 않고 편지를 부치기가 어려웠을 거요. 아마 손님으로 온 어느 선원에게 부탁했겠지. 그 선원은 며칠 동안 까맣게 잊고 있었을 테고."

"그렇게 된 거죠."

홈스가 고개를 끄덕이며 말했다.

"의심의 여지가 없어요. 그런데 구걸하면서 처벌받은 적은 없었나요?"

"여러 번 처벌받았죠. 그렇지만 벌금 정도는 제게 전혀 부담되지 않았어요."

"그렇지만 이쯤에서 멈춰야 할 거요."

브래드스트리트 경위가 말했다.

"경찰이 이번 일을 조용히 넘어가준다면 더 이상 휴 분이라는 자가 나타나서는 안 될 테니까."

"남자로서 명예를 걸고 맹세합니다."

"그렇다면 이 사건을 더 이상 문제 삼지 않겠소. 하지만 또다시 구걸하는 게 눈에 띈다면, 모든 걸 밝히겠소. 홈스 선생 덕분에 사건이 해결되었군요. 그런데 어떻게 알아내셨는지 궁금하네요."

"쿠션 다섯 개를 깔아놓고 앉아서 잎담배 1온스를 피우며 생각했죠. 왓슨, 지금 마차를 타고 베이커 가로 가면 아침 식사 시간에 맞출 수 있을 것 같네."

홈스가 말했다.

7
푸른 카벙클

크리스마스를 지내고 이틀 후, 내 친구 홈스와 덕담을 나누고 싶은 마음에 그의 집
을 방문했다. 그는 보라색 가운을 입고 소파에 편안히 앉아 있었다. 오른쪽 팔 닿
는 곳에 파이프 걸이가 놓여 있었고, 막 읽고 난 듯한 조간신문이 손닿는 자리에 아무렇
게나 접혀 있었다. 소파 옆에는 나무 의자가 있었는데, 등받이 한쪽 모서리에 형편없이
낡은 중절모가 걸려 있었다. 여러 군데 해지고 닳아서 더 이상 쓰고 다닐 수 없을 정도였
다. 의자 위에 돋보기와 핀셋이 놓여 있는 것으로 보아 모자를 그렇게 걸어놓은 이유가
자세히 살펴보기 위해서인 것 같았다.

"뭔가 하는 중이었나 보군."

내가 말했다.

"내가 방해했나 보네."

"아니, 그렇지 않아. 조사 결과를 의논할 친구가 마침 와줘서 기쁘다네. 아주 사소한
일이지만 말이야."

홈스가 엄지손가락으로 허름한 모자를 가리키며 말했다.

"하지만 관련 사실들을 추적해가다 보면 전혀 흥미가 없지만은 않을 것 같아. 배울 점이 있을 것도 같고."

나는 홈스의 안락의자에 앉아 타닥거리며 타오르는 불길에 꽁꽁 언 손을 녹였다. 혹독한 추위가 시작되어 창문에는 성에가 두껍게 끼어 있었다.

"소박해 보이는 이 모자에 뭔가 끔찍한 이야기가 담겨 있나 보네. 그러니까 이 물건이 자네가 미스터리를 해결하고 범죄를 단죄하도록 이끌어줄 단서인 게로군."

"아니. 범죄는 아니라네."

셜록 홈스가 웃으며 말했다.

"400만 명의 인구가 몇 제곱마일의 공간에서 복작거리며 살다 보면 일어날 수 있는 소소하고 별스러운 이야기일 뿐이라네. 오밀조밀 모여 있는 사람들이 뭔가를 행하고 반응하는 동안 별별 일이 다 생길 수 있지 않은가. 범죄가 아니어도 놀랍고 기상천외한 상황이 수없이 벌어지지. 우리도 그런 경험을 하지 않았는가."

"물론 그렇지. 내가 최근에 정리한 여섯 사건 중에서도 셋은 법적으로 아무런 문제가 없었으니까."

"바로 그거야. 아이린 애들러의 사진을 찾으려 했던 일과 메리 서덜랜드의 특이한 사건, 그리고 입술이 뒤틀린 사내의 모험을 이야기하는 거로군. 이번에도 그와 같은 유형으로 무고한 사건임에 틀림없을 것 같아. 자네, 피터슨 수위 알지?"

"그럼, 알지."

"그가 바로 이 물건의 주인이라네."

"그의 모자로군."

"아니, 그건 아니고. 그가 주운 거야. 모자 주인이 누군지는 몰라. 이 물건을 단순히 낡은 중산모가 아닌 지적인 문제로 봐주면 좋겠네. 먼저 이게 어떻게 여기에 있게 되었는지부터 이야기하겠네. 크리스마스 날 아침에 통통한 거위 한 마리와 함께 왔다네. 거위는 지금쯤 피터슨네 난로에서 구워지고 있을 거야. 그날 새벽 4시경이었어. 자네도 알다시피 피터슨은 정직하기로 둘째가라면 서러울 사람 아닌가. 그가 파티에 갔다가 집으로 돌아가기 위해 토트넘 코트 로드를 지날 때였다네. 가스등 불빛에 앞서가는 키 큰 남자가 보이더래. 어깨에 흰 거위를 둘러메고 가는데 살짝 비틀거리더라는 거야. 그런데 굿지 가의 모퉁이에 다다랐을 때 그 키 큰 남자와 몇 명의 불량배 사이에 시비가 붙었다네. 불량배들 중 한 명이 그 남자의 모자를 쳐서 떨어뜨리자 남자가 방어하기 위해 지팡이를 들어 그의 머리를 향해 휘두르다가 상점의 유리를 깨뜨린 거야. 피터슨은 그를 도와야겠다는 생각으로 달려갔다네. 그런데 창문을 깨뜨려 겁을 먹은 그 남자는 제복을 입은 피터슨이 달려가자 거위를 팽개치고 달아났다는 거야. 그리고 토트넘 코트 로드 뒤에 있는 좁고 어두운 골목으로 사라졌다네. 피터슨이 경찰인 줄 알았던 거지. 그를 보고 불량배들도 달아나자 시비가 붙었던 자리에 피터슨 혼자 남게 된 거야. 그리고 이 허름한 모자와 근사한 크리스마스 거위가 전리품으로 남겨졌던 거지."

"피터슨은 당연히 주인을 찾아줬겠지."

"왓슨, 바로 거기서 문제가 생긴 거라네. 거위의 왼쪽 다리에 '헨리 베이커 부인에게'라는 카드가 묶여 있었고, 모자 안쪽에 'H. B.'라는 머리글자가 찍혀 있기는 하지만, 이 도시에 베이커라는 성씨를 가진 사람이 수천 명일 테고, 헨리 베이커만 해도 몇백 명은 될 테니, 그중에 모자와 거위의 주인을 찾기는 쉬운 일이 아니지 않겠나."

"그래서 피터슨은 어떻게 했는데?"

"크리스마스 날 아침에 모자와 거위를 가지고 나를 찾아왔더군. 아무리 사소한 문제라도 나는 관심을 가질 거라고 생각했던 거지. 거위는 오늘 아침까지 여기에 두었는데, 날씨가 춥기는 해도 얼른 먹어 치우는 게 나을 것 같았어. 주운 사람이 임자이니 피터슨이 가져가서 거위의 소임을 다할 수 있도록 구워 먹기로 했다네. 크리스마스 날 저녁 식탁에 오를 거위를 잃어버린 남자의 모자는 내가 보관하기로 하고 말이야."

"분실물 광고 같은 건 안 냈나 보군."

"응."

"그렇다면 어떻게 그를 찾아내겠나?"

"추리를 통해 단서를 찾아내야지."

"이 모자를 가지고?"

"그렇다네."

"농담하는 거겠지. 이 모자로 뭘 알아낸다는 말인가?"

"여기 내 돋보기가 있네. 내 방법은 자네도 잘 알 거야. 자네는 이 모자를 썼던 사람에 대해 뭘 알아낼 수 있겠나?"

나는 다 해진 모자를 들고 마지못해 조심스럽게 돌려보았다. 둥근 모양의 흔하고 평범한 중산모였다. 딱딱한 형태를 갖추었는데 너무 낡아서 쓰고 다니기엔 부적합할 것 같았다. 빨간색 비단으로 안감을 댔는데, 색이 많이 흐려져 있었다. 제조자의 이름은 없었지만, 홈스가 말한 대로 한쪽에 'H. B.'라는 머리글자가 흘림체로 쓰여 있었다. 챙에 모자를 고정하기 위한 구멍이 뚫려 있었지만, 고무줄은 끼워져 있지 않았다. 그 외의 특징이라면 형태가 망가지고, 먼지투성이였으며, 얼룩이 여러 군데 묻어 있다는 정도였다. 그래도 덧댄 부분에 색이 바랜 것을 감추기 위해 잉크로 칠한 흔적이 있었다.

"알아낼 만한 게 전혀 없는 것 같은데."

나는 홈스에게 모자를 건네주며 말했다.

"사실은 말이야, 왓슨, 이 모자가 모든 것을 말해주고 있다네. 다만 자네는 본 걸 논리적으로 분석하지 못한 것뿐이지. 추리를 대담하게 끌어내지 못해서 그런 거라네."

"그렇다면 자네는 이 모자에서 뭘 알아냈는지 말해주게나."

홈스는 모자를 집어 들더니 특유의 성찰하는 눈빛으로 바라보았다.

"어쩌면 기대하는 것만큼 많은 걸 알아내지 못할 수도 있어."

홈스가 말했다.

"그렇지만 분명하게 추리해낼 수 있는 몇 가지가 있기는 하네. 추리가 가능한 몇 가지 특이점을 포함해서 말일세. 이 모자의 주인이 높은 지성을 갖춘 사람이라는 건 분명한 사실로 꼽을 수 있네. 그리고 지난 3년 정도는 여유롭게 살았지만, 지금은 궁핍해졌다는 것도 확실하고. 예지력이 있었지만, 예전만큼은 아니라는 걸로 미뤄보아 정신적으로 퇴보되었을 수 있어. 그 점이 그의 경제적 궁핍과 결부되었다면 그는 안 좋은 길로 빠졌을 수 있어. 예를 들어 폭음하는 습관이 생겼다거나. 그의 아내가 더 이상 그를 사랑하지 않게 된 것도 그래서일 수 있어."

"이보게, 홈스!"

"그렇지만 그는 아직 자존심을 완전히 잃지는 않았어."

홈스는 나의 저항에 아랑곳하지 않고 말을 이었다.

"그는 차분하고 조용한 일상을 이어가며 외출하는 일이 거의 없고, 운동 같은 건 아예 잊어버리고 사는 사람이지. 중년에 이르러 희끗희끗해진 머리를 불과 2~3일 전에 이발했어. 머리에는 라임 크림을 발랐고. 이 정도가 모자를 보고 추측해낼 수 있는 분명한 사실이라네. 그리고 그의 집에 가스가 설치되었을 가능성은 거의 없다네."

"자네 지금 농담하는 거지."

"전혀 아닌데. 내가 이렇게 말해주는데도 어떻게 그런 추론을 할 수 있었는지 모르겠단 말인가?"

"내가 아둔해서 그런지 모르겠는데, 자네의 추리를 이해할 수가 없어. 예를 들어 모자의 주인이 지적인 사람이라는 건 어떻게 추측한 건가?"

대답 대신 홈스는 모자를 썼다. 모자는 홈스의 이마를 완전히 가리고 콧잔등까지 덮었다.

"그건 뇌 용적의 문제야."

홈스가 말했다.

"큰 뇌를 가졌다면 그 안에 뭔가 들어 있을 거라는 거지."

"그가 경제적으로 몰락했다는 건?"

"이 모자는 3년 전에 산 게 틀림없네. 그즈음에 챙이 평평하고 끝이 말려 올라간 스타일이 유행했거든. 그리고 이 모자는 최고급 제품이야. 골이 지게 짠 비단으로 띠를 두르고 세심하게 댄 안감을 보게. 3년 전에 이렇게 비싼 모자를 살 수 있었던 사람이 그 후로 모자를 사지 않았다면 형편이 나빠진 게 틀림없지 않은가."

"듣고 보니 그렇군. 예지력이 있었는데 이제는 예전만 못하다는 건 또 무슨 얘긴가?"

"예지력이 있다는 건 여길 보고 한 말이네."

홈스가 웃으며 모자를 고정하는 끈을 끼우는 작은 구멍을 가리켰다.

"이런 건 모자에 원래 뚫려 있는 게 아니야. 그가 별도로 주문해서 구멍을 낸 거라면, 어느 정도 예지력이 있다는 신호지. 바람에 모자가 날려가지 않도록 대비한 거니까. 그렇지만 고무줄이 끊어져 달아났는데도 바꿔 끼우지 않았어. 그러니 예전만큼 세심하지 않은 것이고 마음이 허술해졌다는 증거지. 그러면서도 펠트에 묻은 얼룩을 지우려고 잉크로 덧칠한 흔적이 있네. 그러니 자존심을 완전히 잃어버린 건 아니지 않겠나."

"자네의 추론이 일리가 있군."

"그 외에 그가 중년의 나이라든가 머리가 희끗희끗하다는 것, 그리고 최근에 이발했으며, 라임 크림을 사용한다는 건 모자 안감의 아랫단을 세밀하게 살펴보고 알아낸 거라네. 돋보기로 살펴보니 이발사가 가위로 잘라낸 짧은 머리카락이 많더군. 그런데 전부 끈적끈적하게 들러붙어 있을 뿐 아니라 라임 크림 냄새가 나는 거야. 그리고 이 먼지는 길에 돌아다닐 때 쌓인 깔끄러운 회색 먼지가 아니라 집 안에 쌓이는 보푸라기 같은 갈색 먼지라네. 그걸 보면 그가 집 안에서 많은 시간을 보낸다는 걸 알 수 있지. 모자 안쪽에 마른 땀자국이 많은 것을 보면 모자의 주인이 땀을 많이 흘렸다는 걸 알 수 있고, 그걸로 보아 신체가 잘 단련된 사람은 아니라고 보네."

"그런데 그의 아내가 이제 그를 사랑하지 않는다는 건 어떻게 추측했나?"

"이 모자는 몇 주 동안 한 번도 솔질을 하지 않았어. 왓슨, 내가 자네를 만났는데 모자에 1주일 분량의 먼지가 쌓여 있다면, 그런데도 자네 아내가 그대로 나가게 두었다면 나는 자네가 불행하게도 아내의 사랑을 잃어버렸다고 판단할 걸세."

"그렇지만 독신일 수도 있잖아."

"아니지. 아내를 기쁘게 해주려고 거위를 들고 집으로 가는 중이었잖나. 거위 다리에 매달려 있던 카드를 생각해보게."

"자네는 나의 모든 질문에 답을 가지고 있구먼. 그렇지만 그의 집에 가스가 들어가 있지 않을 거라는 건 어떻게 추측했나?"

"모자에 수지 양초의 얼룩이 한두 번 묻을 수는 있어. 하지만 다섯 개 이상이라면, 그가 자주 양초를 켜야 했다는 걸 알 수 있지. 밤이면 한 손에는 모자를 들고, 다른 손에는 수지 양초를 들고 계단을 올라갔겠지. 가스등을 켠다면 수지 양초 얼룩이 묻을 일은 없겠지. 이제 됐나?"

"좋아. 아주 훌륭해. 천재적이야."

내가 웃으며 말했다.

"그런데 자네가 말했듯이 이건 범죄 사건은 아니네. 거위 한 마리를 잃어버린 것 말고는 피해자도 없고. 이 일에 더 이상 매달리는 건 에너지 낭비 같은데."

셜록 홈스가 내 말에 대꾸하기 위해 입을 벌리려는 순간 문이 벌컥 열리고 피터슨이 뛰어 들어왔다. 양 볼이 벌겋게 달아오른 것이 뭔가에 몹시 놀라고 당황한 것 같았다.

"거위 말인데요, 홈스 선생님! 그 거위요!"

피터슨이 숨을 헐떡이며 외쳤다.

"그런데? 거위가 왜? 다시 살아나서 주방 창문으로 달아나기라도 했나?"

홈스가 소파에서 몸을 돌려 피터슨의 상기된 얼굴을 보며 물었다.

"이걸 보세요, 선생님! 아내가 거위의 모이주머니에서 이걸 발견했답니다!"

피터슨이 내민 손바닥 위에는 눈이 부시게 반짝이는 푸른 보석이 놓여 있었다. 콩알보다 조금 작은 크기였는데, 순도 높은 반짝거림이 마치 어둑한 손바닥에 등을 켠 것 같았다.

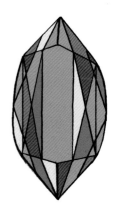

셜록 홈스가 놀라움에 겨운 탄성을 내며 몸을 일으켰다.

"이럴 수가! 피터슨, 이건 정말 진귀한 보물이야. 자네도 이게 뭔지는 알고 있겠지?"

"다이아몬드 아닙니까? 귀중한 보석이잖아요. 유리를 연한 풀처럼 자른다죠."

"이건 그냥 보석이 아니라 세상에서 하나뿐인 보석이라네."

"설마 모르카 백작 부인의 푸른 카벙클(루비, 석류석, 홍색 수정 등

붉은색을 띠는 보석을 둥글게 다듬은 것을 카벙클이라 한다. 여기서는 푸른색을 띠고 있어서 더욱 희귀하고 값진 것으로 추측할 수 있다 - 옮긴이)은 아니겠지!"

내가 큰 소리로 외쳤다.

"정확히 맞았네. 근래에 〈타임스〉에 매일 광고가 실려서 그 크기와 모양을 잘 알고 있어. 아주 희귀한 보석이라서 그 가치는 알려지지 않았지만, 상금으로 내건 1,000파운드는 보석 시장가의 20분의 1도 안 될걸세."

"1,000파운드라고요? 오, 주님!"

피터슨은 의자에 털썩 주저앉더니 홈스와 나를 번갈아 바라보았다.

"상금이 1,000파운드라는 말일세. 이 보석은 백작 부인에게 정서적 가치가 있는 게 분

명해. 그러니까 그걸 되찾기 위해 재산의 절반을 내놓는 거겠지."

"내 기억이 맞는다면, 코스모폴리탄 호텔에서 도난당했어."

내가 말했다.

"맞아, 정확해. 12월 22일, 5일 전이지. 배관공인 존 호너가 백작 부인의 보석함에서 훔쳤다는 혐의를 받고 있어. 증거가 꽤 확실해서 순회 법정으로 넘겨졌다네. 여기 그에 관한 기사가 실려 있었는데."

홈스가 신문을 뒤적이며 날짜를 확인하더니 한 장을 꺼내 펼쳐놓고 읽기 시작했다.

"코스모폴리탄 호텔 보석 도난 사건. 26세의 배관공 존 호너는 22일 현재 모르카 백작 부인의 보석함에서 푸른 카벙클로 알려진 값비싼 보석을 훔친 혐의로 기소되었다. 호텔 사무장인 제임스 라이더의 증언에 따르면 도난 사건이 있던 날 그가 직접 호너를 모르카 백작 부인의 옷방으로 안내했다고 한다. 난로 연료 받침대의 두 번째 살대가 느슨해져서 땜질하기 위해서였다고 했다. 사무장은 잠시 옷방에 함께 있다가 호출을 받고 자리를 떴는데 돌아와보니 호너는 이미 가고 없었으며, 방 안에 있는 서랍장이 열려 있었고 작은 모로코가죽 보석함이 텅 빈 채로 화장대 위에 놓여 있었다고 했다. 나중에 밝혀진 사실에 따르면 백작 부인은 항상 그 안에 보석을 보관했다. 라이더는 즉시 도난 사실을 알렸고, 호너는 그날 저녁에 체포되었다. 하지만 보석은 호너의 소지품에서도, 그의 방에서도 발견되지 않았다. 백작 부인의 하녀인 캐서린 쿠삭은 도난 사건이 발생한 것을 알게 된 라이더가 분개해서 지르는 소리를 듣고 백작 부인의 방으로 달려갔으며, 방 안의 정황은 라이더가 진술한 대로였다고 한다. B지구 브래드스트리트 경위의 증언에 따르면 호너는 체포 당시 몹시 거칠게 저항했으며, 자신의 결백을 강력하게 주장했다고 한다. 조사 결과 호너는 절도 전과가 있음이 밝혀졌으며, 치안판사는 호너를 즉결재판에 넘기지 않고 순회 법정으로 넘겼다. 심리가 진행되는 동안 호너는 심한 감정적 동요를 보였으며, 결국 실신하여 법정에서 실려 나갔다."

홈스가 생각에 잠긴 채 신문을 옆으로 치우며 말했다.

"흠! 즉결심판에 관한 얘기는 그 정도면 됐고, 이제 우리는 보석이 도난당한 일과 토트

넘 코트 로드에서 거위를 주운 일을 연결할 수 있는 일련의 사건을 찾아내야 하네. 이것 보게, 왓슨, 우리가 소소하게 추리했던 사실들이 갑자기 중요해지면서 그 무고함이 의심스러워지고 있지 않나. 여기 보석이 있어. 그리고 이 보석은 거위의 모이주머니에서 나왔어. 거위의 임자는 헨리 베이커 씨이고 말이야. 헨리 베이커 씨는 이 모자의 주인일 뿐 아니라 내가 자네에게 시시콜콜 설명한 특성을 가진 사람이지. 그러니까 우리는 이 남자를 찾는 데 중점을 두어야 하고, 그가 이 사건에 어떻게 연결되어 있는지 알아내야 해. 그러기 위해서는 가장 단순한 일부터 처리해야 하는데, 그건 저녁 신문에 광고를 싣는 일이야. 이 방법이 실패하면 다른 방법을 찾아봐야 하고."

"광고에 뭐라고 쓸 건데?"

"연필하고 종이 한 장 줘보게. 어디 보자. '굿지 가의 모퉁이에서 거위 한 마리와 검은색 중산모를 습득했습니다. 헨리 베이커 씨는 오늘 저녁 6시 30분까지 베이커 가 221B로 오시면 상기 물건을 찾으실 수 있습니다.' 이러면 아주 명확하면서도 간략하지."

"정말 그러네. 그런데 그 사람이 이걸 볼까?"

"그날 이후로 신문을 주시하고 있을 테니까. 큰 손해를 본 셈 아닌가. 실수로 유리창을 깨뜨렸기 때문에 피터슨이 다가갈 때 무척 겁을 먹었을 거야. 달아날 생각밖에 못했겠지. 그리고 시간이 지나면서 그렇게 충동적으로 도망가느라 거위를 잃어버린 걸 가슴 아프게 후회했겠지. 광고 문구에 이름이 들어가 있으니 그를 아는 사람들이 모두 그에게 이 기사에 관해 얘기할 걸세. 자, 여기 있네, 피터슨. 자네는 얼른 광고 대행사에 이걸 가져다주고 저녁 신문에 낼 수 있게 해주게."

"어느 신문에 낼까요?"

"음, 〈글로브〉, 〈스타〉, 〈폴몰〉, 〈세인트 제임스〉, 〈이브닝 뉴스〉, 〈스탠더드〉, 〈에코〉, 그 외에도 생각나는 대로 다 내도록 하게."

"알겠습니다. 그런데 이 보석은 어떻게 하죠?"

"아, 그거. 내가 보관하도록 하지. 고맙네. 그리고 돌아오는 길에 거위 한 마리를 사다 주게. 자네 가족이 지금 맛있게 먹고 있는 녀석을 대신해서 헨리 베이커에게 줄 거위를 준비해야 하니까."

피터슨이 나가자, 홈스는 보석을 들고 햇빛에 비춰보았다.

"정말 아름답군. 얼마나 눈부시게 빛나는지 보라고. 물론 범죄의 핵이자 표적이기도 하지. 좋은 보석이 다 그렇지만 말이야. 마치 악마의 미끼와도 같아. 크고 오래된 보석일수록 단면 하나하나가 혈전을 상징한다고 볼 수도 있어. 이 보석은 역사가 20년도 안 되었네. 중국 남부 아모이 강둑에서 발견되었는데, 카벙클의 특성을 모두 갖추고 있으면서 루비의 빨간빛이 아닌 푸른빛을 띠는 거야. 발견된 지 얼마 되지 않았는데도 이미 사악한 역사가 있다네. 두 건의 살인, 황산을 뿌린 사건, 자살, 여러 차례의 절도가 이 40그레인짜리 탄소 결정체 때문에 벌어졌어. 이렇게 어여쁜 돌덩이가 인간을 교수대와 감옥으로 유인하는 매개일 거라고 누가 상상이나 하겠나? 금고에 넣어두고 백작 부인에게 전보를 쳐서 우리가 보석을 가지고 있다고 해야겠네."

"자네는 호너라는 자가 결백하다고 생각하나?"

"그건 모르지."

"그럼 헨리 베이커라는 남자에 대해서는?"

"사실은 헨리 베이커가 결백할 가능성이 높다고 생각하네. 자기가 메고 가는 거위가 자기 몸집 크기의 금덩이보다도 값나가는 물건을 품고 있다는 걸 전혀 모르고 있었잖아. 그의 결백은 그가 광고를 보고 왔을 때 간단하게 확인해볼 수 있을 거야."

"그때까지는 할 수 있는 게 없고?"

"없지."

"그렇다면 나는 환자들을 한번 돌아보고 와야겠네. 자네가 말한 시간까지는 돌아올 거야. 나도 이 수수께끼 같은 문제의 결말을 보고 싶거든."

"자네가 오면 좋지. 난 7시에 저녁을 먹네. 오늘은 도요새 요리일 거야. 이번에 거위 사건도 있었고 하니, 허드슨 부인에게 도요새 모이주머니를 잘 살피라고 말해줘야겠네."

왕진을 돌다가 한 군데서 지체되는 바람에 6시 반이 조금 지나서 베이커 가로 갈 수 있었다. 홈스의 집에 다가가는데 스코틀랜드식 모자에 외투 단추를 턱까지 채운 키 큰 남자가 문 앞에 서 있는 게 보였다. 작은 창문으로 흘러나온 불빛이 반원을 그리고 있었는데, 그 안에 서 있었다. 내가 문 앞에 다다르자 문이 열렸고, 우리는 함께 홈스의 방으로 들어갔다.

"헨리 베이커 씨죠?"

홈스가 안락의자에서 일어나며 한껏 편안하고 따듯한 어투로 인사를 건넸다. 홈스는 마음만 먹으면 너무나 자연스럽게 그런 분위기를 자아낼 수 있다.

"난로 옆으로 앉으십시오, 베이커 씨. 밤 기온이 무척 차갑습니다. 보아하니 선생님은 겨울보다 여름을 더 편안해하실 것 같은데요. 왓슨, 자네도 시간을 잘 맞춰 왔군. 이게 선생님 모자가 맞나요, 베이커 씨?"

"네, 제 모자가 틀림없군요."

헨리 베이커 씨는 어깨가 둥글고 체격이 큰 사람이었다. 유난히 큰 머리를 가졌고 지적인 얼굴은 넓적한 편이었으며, 희끗희끗한 갈색의 뾰족한 턱수염을 기르고 있었다. 코끝과 볼에 붉은 기운이 돌며 손을 살짝 떨고 있는 모습을 보니, 그의 근황에 관해 아침

에 홈스가 했던 이야기가 떠올랐다. 옷깃을 세운 허름한 프록코트 단추를 끝까지 채우
고, 소맷단이나 셔츠 소매도 없이 삐져나온 야윈 손목이 허전해 보였다. 단어를 조심스
럽게 선택해가며 천천히 또박또박 말하려는 모습이 학식을 갖추었으나 불운한 삶에 시
달린 사람이라는 인상을 주었다.

"이 모자를 습득한 지는 며칠 되었습니다."

홈스가 말했다.

"혹시라도 연락처를 알리는 광고를 내실지 몰라 기다렸지요. 왜 광고를 내지 않으셨
는지 모르겠네요."

베이커 씨는 조금 민망한 듯 웃었다.

"예전만큼 금전적으로 여유가 없어서 말입니다."

그가 말했다.

"그리고 제게 시비를 걸었던 불량배들이 모자와 거위를 가져갔을 것 같아서, 어차피
찾을 수 없을 바에야 헛돈 쓰지 말자 생각했습니다."

"그러셨겠네요. 그런데 그 거위는 저희가 요리해서 먹었습니다."

"드셨다고요!"

베이커 씨가 놀라서 의자에서 반쯤 몸을 일으켰다.

"네. 그냥 놔둬봤자 상해서 버리게 될 것 같아서요. 그렇지만 저기 탁자 위에 있는 거
위도 같은 무게에 신선한 것이니 선생님께서 가져다 잘 드실 수 있을 것 같은데요."

"아, 그럼요. 그럼요."

베이커 씨가 안도의 숨을 내쉬며 말했다.

"물론 잃어버리신 거위의 털과 다리, 모이주머니 같은 것들은 아직 가지고 있습니다.
원하신다면……."

그러자 베이커 씨가 웃음을 터뜨리며 말했다.

"제가 겪은 일들을 기념하는 의미는 있겠네요. 하지만 그 외에 죽은 거위의 잔여물이
무슨 쓸모가 있겠습니까. 선생님만 괜찮으시다면 저는 저 탁자 위에 있는 거위로 만족

하고 싶습니다."

셜록 홈스가 내 쪽으로 짧은 시선을 보내며 어깨를 살짝 들썩였다.

"그러시다면 여기 선생님의 모자가 있고, 거위는 저기 있습니다."

홈스가 말했다.

"혹시 괜찮으시다면 저희가 먹은 거위를 어디서 구하셨는지 말씀해주실 수 있겠습니까? 저는 가금류를 특별히 좋아하는데, 그렇게 잘 키운 거위는 보기 힘든 것 같더라고요."

"물론 말씀드릴 수 있죠, 선생님."

베이커 씨가 새로 얻은 거위를 옆구리에 끼고 말했다.

"저는 친구들과 함께 박물관 근처에 있는 알파 주점에 자주 갑니다. 선술집이지요. 낮에는 주로 박물관에서 시간을 보내고요. 그런데 올해, 성격 좋은 주막 주인 윈디게이트가 거위 클럽이라는 걸 만들었어요. 매주 몇 펜스씩 모아서 크리스마스에 거위 한 마리씩을 타는 겁니다. 저는 정해진 돈을 충실히 냈고, 나머지는 짐작이 가실 거예요. 선생님께 큰 신세를 졌습니다. 이 스코틀랜드 모자는 제 나이와 스타일에 맞지 않는 것 같아서 말이죠."

베이커 씨는 유머 섞인 몸짓으로 머리를 까닥여 인사하고 방을 나갔다.

"헨리 베이커에 대해서는 더 생각할 게 없는 것 같군."

홈스가 등 뒤로 문을 닫으며 말했다.

"아무것도 모르고 있는 게 확실해. 자네, 시장한가?"

"별로."

"그럼 오늘은 좀 늦은 저녁을 먹기로 하고, 먼저 이 단서를 추적해보는 게 어때? 쇠뿔도 단김에 빼랬다고 말이야."

"물론 좋지."

기온이 몹시 차가웠으므로 우리는 긴 외투를 입고 목도리를 둘렀다. 밖으로 나오니 구름 한 점 없는 하늘에 별들이 차갑게 빛나고, 행인들의 입김이 모락모락 피어오르는 모습이 마치 일제히 권총 사격이라도 하고 난 뒤 같았다. 우리 두 사람은 쩌렁쩌렁 발소

리를 울리며 병원 거리를 지나고 웜폴 가, 할리 가를 지나고 위그모어 가를 지나 옥스퍼드 가로 들어섰다. 그렇게 15분 정도 걸어서 블룸스버리에 있는 알파 주점에 도착했다. 알파 주점은 홀본 가로 이어지는 거리 모퉁이에 있는 작은 선술집이었다. 홈스는 술집 문을 밀고 들어가 흰 앞치마를 두른 혈색 좋은 주인에게 맥주 두 잔을 주문했다.

"이 집 거위가 맛있는 걸 보면 맥주 맛도 훌륭할 것 같은데."

홈스가 말을 건넸다.

"우리 집 거위!"

주인이 놀란 표정을 지었다.

"그렇소. 30분쯤 전에 헨리 베이커 씨를 만났는데, 여기 거위 클럽 회원이라고 하더군요."

"아! 맞아요. 알지. 하지만 우리 집 거위는 아니오."

"그러면 누구네 거위요?"

"코벤트 가든에 있는 거위 장수에게 스물네 마리를 샀소."

"그랬군. 나도 거위 장수들을 좀 아는데, 누구에게 샀는지?"

"브레킨리지라는 사람이오."

"아! 내가 모르는 사람인데. 아무튼 주인 양반, 당신의 건강과 이곳의 번영을 위해 건배. 안녕히 계시오."

"이제 브레킨리지라는 사람을 찾아야겠군."

꽁꽁 얼어붙은 밤공기 속으로 나오자 홈스가 다시 외투 단추를 잠그며 말했다.

"왓슨, 이번 사건은 말이지, 하찮은 거위 한 마리에 관한 문제처럼 보이지만 막상 그 끝을 추적해보면, 7년간의 징역살이를 하게 된 무고한 남자의 혐의를 벗겨주는 일이라는 걸 기억해야 돼. 반대로 우리가 하는 조사가 그의 죄를 입증하는 결과를 가져올 수도 있지만 말이야. 아무튼 우리는 경찰이 수사 과정에서 놓치고 넘어간 점들을 되짚어가는 중이고, 지금 절호의 기회를 얻은 셈이야. 그러니 끝까지 파헤쳐보자고. 자, 남쪽을 향하여 전진!"

우리는 홀본 가를 지나 엔델 가로 내려갔다. 꼬불꼬불한 빈민가를 지나니 코번트 가든 시장이 나왔다. 큰 상점 중 하나에 브레킨리지라는 간판이 붙어 있었는데, 그 집 주인인 듯한 남자가 사내아이와 함께 셔터를 닫고 있었다. 말을 닮은 얼굴에 구레나룻을 말끔하게 기른 남자였다.

"안녕하세요. 날씨가 매우 춥습니다."

홈스가 말을 붙였다.

가게 주인은 고개를 끄덕이고는 홈스를 힐끗 쳐다보았다.

"거위가 다 나갔나 보네요."

홈스가 텅 빈 대리석 매대를 가리키며 말을 이었다.

"내일 아침에 오시면 500마리도 팔 수 있소."

"내일 아침엔 필요 없고요."

"음, 저기 가스등을 켜놓은 가게에 좀 남아 있을 거요."

"그렇지만 저는 이 가게를 추천받았거든요."

"누구에게 말이요?"

"알파 주점 주인 양반이요."

"아, 그 집에 스무여 마리를 보내주었소."

"품질이 아주 좋은 거위던데요. 어디서 거위를 공급받으시는지?"

그러자 뜻밖에도 가게 주인이 버럭 화를 내는 것이었다.

"이거 봐요, 선생. 원하는 게 뭔지 솔직하게 말해보시오."

주인이 허리에 양손을 대고 말했다.

"솔직하게 묻고 있지 않습니까. 주인장께서 알파 주점에 공급한 거위를 어디서 샀는지."

"아, 그건 말해줄 수 없소. 그럼, 이만!"

"별일도 아닌 걸 가지고 왜 그렇게 흥분하는지 알 수가 없군요."

"흥분한다고! 누가 당신을 그렇게 귀찮게 한다면 당신은 화를 내지 않을 것 같소? 비싼 값을 지불하고 좋은 물건을 샀으면 거래는 끝난 거요. 그런데 '거위가 어디 있느냐?', '누구한테 거위를 팔았느냐?', '얼마 주면 거위를 다시 살 수 있느냐?' 하는 식으로 수선을 떠니, 누가 보면 세상에 거위가 그것뿐인 줄 알지 않겠느냔 말이오."

"나는 당신에게 그렇게 물어본 사람들하고 아무 관계도 없어요."

홈스가 아무렇지도 않은 듯 말했다.

"말해주기 싫으면 그만이지. 하지만 가금류에 관해서는 일가견이 있다고 자신합니다. 내가 먹은 거위가 시골에서 키운 거라는 데에 5파운드를 걸 수도 있어요."

"그렇다면 좋소. 당신은 5파운드를 잃었소. 그 거위는 도시에서 키운 거요."

가게 주인이 내뱉듯이 말했다.

"그럴 리가 없는데."

"내가 그렇다고 하지 않소."

"믿을 수 없네요."

"당신이 나보다 거위에 대해 더 많이 안다는 거요? 거위 장사로 잔뼈가 굵은 나보다? 내 분명히 말해두지만, 알파 주점으로 간 거위는 모두 도시에서 키운 거요."

"아무리 그러셔도 나는 안 믿어요."

"내기하겠소? 보나마나 당신이 돈을 잃게 될 거요. 내가 옳다는 걸 나는 아니까. 하지만 쓸데없는 고집을 부리면 손해라는 걸 가르쳐주기 위해 금화 한 닢을 걸겠소."

가게 주인은 비장한 미소를 지으며 말했다.

"빌, 장부를 가져오너라."

　사내아이는 작고 얇은 장부 하나와 기름때가 묻은 큰 장부 하나를 가져와 등불 아래에 놓았다.

　"자, 그럼 자신만만한 양반, 거위를 다 판 줄 알았는데 조금 이따가 나는 거위 한 마리 값을 더 벌게 될 거요. 이 작은 장부 보이시오?"

　주인이 말했다.

　"그래서요?"

　"이게 내가 거위를 산 업체요. 잘 봤소? 자, 그리고 이 페이지가 시골에서 거위를 키우는 사람들의 명단이오. 이름 옆에 적힌 숫자는 이 큰 장부에 각자의 계정이 정리되어 있는 페이지 번호고. 자 그리고, 여기 빨간 잉크로 적힌 이름들이 보이시오? 이게 도시에서 거위를 공급하는 사람들의 명단이오. 위에서 세 번째에 적힌 이름을 읽어보시오."

　"오크셧 부인, 117, 브릭스톤 로드-249."

　홈스가 큰 소리로 읽었다.

　"그렇소. 이제 장부의 그 페이지를 찾아보시오."

　홈스는 작은 장부에 적힌 페이지를 펼쳤다.

　"여기 있군요. '오크셧 부인, 브릭스톤 로드 117번지, 달걀 및 가금류 공급자.'"

　"자 그럼, 마지막에 적힌 내용이 뭐요?"

　"12월 22일. 거위 24마리. 7실링 6펜스.'"

　"그렇소. 그 밑에는 뭐라고 적혀 있소?"

　"'알파 주점의 윈디게이트 부인에게 12실링에 판매.'"

　"이제 더 할 말이 있소?"

　셜록 홈스는 몹시 분한 표정을 지으며 주머니에서 금화 1파운드를 꺼내 매대에 던졌다. 그러고는 너무 화가 나서 말을 할 수 없다는 듯이 돌아서서 걷기 시작했다. 그러더니 조금 떨어진 가로등 아래에 멈춰 서서 더 이상 참을 수 없다는 듯 소리 없는 폭소를 터뜨렸다.

　"구레나룻을 기르고 주머니에 〈핑크 언〉(주로 축구 소식을 다루는 스포츠 주간지 - 옮긴이)을 꽂고 있는 남자는 내기로 유인하면 백발백중 넘어온다네."

홈스가 말했다.

"자기가 나에게 내기를 건다고 착각하게 하니, 100파운드를 줘도 내놓지 않았을 완벽한 정보를 술술 내놓지 않나. 왓슨, 이제 우리의 탐험이 결실을 보게 되는 것 같네. 이제 남은 건 오크셧 부인에게 오늘 밤에 가느냐, 내일 가느냐를 결정하는 문제야. 저 불친절한 주인 말에 의하면 이번 일로 애가 닳는 사람은 우리뿐이 아닌 것 같단 말이지. 그러니 내가……."

홈스가 말을 맺기도 전에 거위 가게에서 커다란 아우성이 들려왔다. 돌아보니 쥐를 닮은 자그마한 사내가 흔들리는 램프의 불빛이 드리우는 노란 동그라미 안에 서 있었고, 가게 주인인 브레킨리지는 문 안쪽에서 움츠린 사내를 향해 사납게 주먹을 들이대고 있었다.

"당신과 그놈의 거위 얘기는 이제 지겨워."

그가 소리쳤다.

"너희 모두 지옥에나 가버리라고. 더 이상 말도 안 되는 소리로 나를 귀찮게 하면 개를 풀어 물게 하겠어. 오크셧 부인이 온다면 또 몰라. 하지만 당신이 무슨 상관이냔 말이야. 내가 당신한테 거위를 샀어?"

"아니죠. 하지만 그중 한 마리가 내 거위란 말입니다."

자그마한 사내가 울상을 지으며 말했다.

"그렇다면 오크셧 부인을 찾아가 물어보면 될 거 아니야."

"부인이 당신한테 물어보라고 했다고요."

"당신이 누구에게 가서 물어보든 말든 나는 관심 없어. 이제 아주 지겹다고. 그러니 돌아가!"

주인이 무섭게 소리치며 문밖으로 나서자 사내는 재빨리 어둠 속으로 사라졌다.

"아하! 브릭스톤 로드까지 갈 필요가 없을 것 같군."

홈스가 낮은 소리로 말했다.

"따라오게. 저 친구에게서 뭘 알아낼 수 있는지 보자고."

홈스는 불 켜진 가게들 주변을 어슬렁거리는 사람들 사이를 지나 키 작은 사내를 쫓아갔다. 그리고 뒤에서 그의 어깨를 툭 쳤다. 사내는 화들짝 놀라며 돌아섰다. 가스등 불빛에 비친 그의 얼굴에 핏기라곤 없었다.

"당신은 누구요? 뭘 원하는 거요?"

그가 떨리는 음성으로 물었다.

"실례합니다."

홈스가 부드러운 음성으로 말을 건넸다.

"조금 전에 가게 주인에게 하시던 말씀을 우연히 듣게 되었는데, 도움이 될까 해서요."

"당신이? 누군데? 당신이 이 문제에 대해 어떻게 안다는 거요?"

"제 이름은 셜록 홈스입니다. 다른 사람들이 모르는 걸 알아내는 게 저의 직업이거든요."

"하지만 당신이 이 일에 대해 알 리가 없지 않소?"

"실례되는 말씀이지만, 다 알고 있습니다. 브릭스톤 로드에 사는 오크셧 부인이 브레킨리지라는 상인에게 거위를 팔았는데, 그 거위를 찾고 싶으신 것 아닙니까. 브레킨리지는 그걸 알파 주점의 윈디게이트에게 팔았고, 그는 그걸 자기 클럽 회원들에게 주었는데, 그 회원들 중에 헨리 베이커라는 사람이 있지요."

"아, 선생님. 제가 만나고 싶었던 바로 그분이시군요."

사내는 떨리는 손을 내밀며 울먹였다.

"제가 이 일에 깊이 관여하게 된 연유를 어떻게 설명해드려야 할지 모르겠네요."

셜록 홈스는 때마침 지나가는 사륜마차를 손짓해 부르며 사내에게 말했다.

"그렇다면 이렇게 칼바람 부는 시장 바닥에서 얘기할 게 아니라 안락한 실내로 가는 게 좋겠네요. 그렇지만 먼저 선생님의 성함을 여쭤봐야 할 것 같네요."

사내는 잠시 망설이다가 곁눈질을 하며 말했다.

"제 이름은 존 로빈슨입니다."

"아니, 아니. 본명을 말씀하셔야지요."

홈스가 친절한 어조로 말했다.

"가명을 쓰시는 분과 일을 하는 건 좀 불편해서요."

그러자 사내의 창백한 볼이 빨갛게 달아올랐다.

"좋습니다, 그러시다면. 본명은 제임스 라이더입니다."

"그렇지요. 코스모폴리탄 호텔의 사무장이시죠. 마차에 타시면, 곧 궁금한 걸 모두 말씀드리겠습니다."

자그마한 사내는 겁먹은 가운데 얼마쯤 희망을 감지한 듯한 눈빛으로 우리 둘을 번갈아 힐끗거렸다. 뜻밖에 횡재를 하게 된 것인지, 아니면 파국을 맞이한 것인지를 가늠할 수 없어 혼란스러운 것 같았다. 하지만 그는 마차에 올랐고 30분 후 우리는 베이커 가의 거실에 앉아 있었다. 마차를 타고 오는 동안 서로 아무 말도 나누지 않았으며, 사내의 얇고 가쁜 숨소리와 손가락을 깍지 꼈다 풀었다 하는 불안한 동작이 그의 불안한 마음을 대변해주고 있었다.

"다 왔습니다!"

홈스가 거실에 들어서며 밝은 음성으로 말했다.

"역시 오늘 같은 날씨에는 난롯불이 제격이군요. 추워 보이십니다, 라이더 씨. 이 등나무 의자에 앉으세요. 이야기를 나누기 전에 저는 슬리퍼를 좀 신겠습니다. 자, 됐어요! 거위들의 행방에 대해 알고 싶으신 거죠?"

"그렇습니다, 선생님."

"아니지요. 사실은 거위 한 마리가 궁금한 거죠. 꼬리에 검정 줄무늬가 있는 흰 거위를 찾고 있지 않습니까."

라이더는 감정이 격해지면서 몸을 떨었다.

"오, 선생님, 그 거위가 어디 있는지 말해주실 수 있습니까?"

"여기 있습니다."

"여기요?"

"맞습니다. 보통 거위가 아니더군요. 그렇게 애타게 찾으실 만합니다. 죽은 다음에도 알을 낳더라고요. 지금까지 한 번도 본 적이 없는 아름답고 반짝이는 푸른색 작은 알을 말이지요. 여기 제 박물관에 보관해두었습니다."

자그마한 사내는 비틀거리면서 일어나 오른손으로 벽난로 선반을 잡았다. 홈스는 금고를 열고 푸른 카벙클을 꺼내 들었다. 수많은 단면마다 차가운 빛을 발하며 별처럼 찬란하게 빛나는 돌. 라이더는 찡그린 표정으로 보석을 바라보았다. 자기 것이라고 주장해야 할지, 아니면 모르는 척해야 할지 갈피를 잡지 못하고 있었다.

"게임은 끝났소, 라이더."

홈스가 조용히 말했다.

"똑바로 서시오, 잘못하면 불구덩이로 넘어지겠소! 이자를 부축해서 의자에 앉혀주게, 왓슨. 범죄 혐의로 감옥에 보내기엔 너무 창백해. 이 친구에게 브랜디 한 잔을 주게. 그렇지! 이제 조금 사람 같군. 소심한 친구 같으니!"

비틀거리며 쓰러질 것 같았던 사내는 브랜디 한 잔 덕분에 혈색이 돌며 몸을 추스르고 앉았다. 하지만 여전히 겁먹은 표정으로 홈스를 바라보았다.

"사건의 전모를 거의 다 파악했소. 필요한 증거도 모두 모았고. 그러니 당신의 진술은 군이 필요하지 않아. 하지만 사건을 완벽하게 마무리하기 위해 몇 마디 더 묻겠소. 모르카 백작 부인의 푸른 카벙클에 대해 알고 있었소?"

"보석에 대해 내게 말해준 사람은 캐서린 쿠삭이었습니다."

사내가 잠긴 소리로 대답했다.

"아, 백작 부인의 하녀 말이군. 쉽게 벼락부자가 될 수 있다는 유혹이 너무 큰 건 사실이었을 거요. 당신보다 더 잘난 사람이라도 마찬가지였을 테고. 그렇지만 방법이 너무 비열했어. 내가 보기에 자네는 악당이 될 소지를 충분히 가지고 있어. 자네는 배관공 호너가 전과자라는 사실을 알고 그에게 혐의를 씌우면 쉽게 넘어갈 것으로 생각했던 거야. 그래서 어떻게 했지? 자네와 공범인 캐서린 쿠삭은 백작 부인의 방에 호너가 해야 할 일을 만들어놓고 그를 불러들였어. 그리고 호너가 일을 마치고 간 다음에 그 방에 들어가 보석함을 뒤지고, 소란을 피우며 신고해서 불운한 호너를 잡혀가게 했어. 그런 다음……."

그 순간 라이더가 카펫 바닥에 엎어지더니 홈스의 무릎을 잡고 매달렸다.

"제발, 저를 가엾게 여겨주십시오!"

그가 쇳소리를 내며 울먹였다.

"제 아버지를 생각해서라도! 제 어머니를 생각해서라도! 부모님께서 몹시 가슴 아파하실 것입니다. 지금까지 한 번도 나쁜 짓을 한 적이 없어요! 앞으로도 다시는 나쁜 짓을 하지 않겠습니다. 맹세합니다. 성서에 대고 맹세하겠어요. 제발 재판에 넘기지만 말아주십시오! 제발 부탁드립니다!"

"의자에 앉으시오!"

홈스가 단호하게 말했다.

"지금이라도 무릎을 꿇고 사정하니 다행이긴 한데, 억울하게 누명을 쓰고 재판 중인 가여운 호너 생각은 전혀 안 하는 것 같군."

"멀리 달아나겠습니다, 홈스 선생님. 이 나라를 떠나겠어요. 그러면 그가 쓴 누명은 자연히 벗겨질 것입니다."

"흠! 그것에 관해서는 차차 생각해보고, 지금은 그다음에 어떻게 되었는지 들어보기로 하지. 보석이 어쩌다가 거위의 모이주머니에 들어가게 되었고, 그 거위는 어떻게 거위 시장에 팔리게 된 거지? 진실을 털어놓는 게 좋을 거야. 자네가 무사하기 위해서는 그 방법밖에 없으니까."

라이더가 혀로 바싹 마른 입술을 축이고 말했다.

"있는 그대로 다 말씀드리겠습니다. 호너가 연행되자 당장 보석을 가지고 달아나는 게 최선이라는 생각이 들었습니다. 언제 경찰이 저와 제 방을 수색할지 모르니까요. 호텔에는 안전한 곳이 없었습니다. 저는 볼일이 있는 척 밖으로 나와 누나 집으로 갔습니다. 누나는 오크셧이라는 남자와 결혼해서 브릭스톤 로드에 살고 있어요. 가금류를 키워서 시장에 파는 일을 하죠. 누나 집에 가는 동안 만나는 사람 모두가 경찰이나 수사관인 것 같았습니다. 지독하게 추운 날인데도 땀이 온 얼굴을 적셨어요. 누나가 무슨 일이냐고 묻더군요. 왜 그렇게 창백하냐고요. 저는 호텔에서 보석 도난 사건이 발생해서 그렇다고만 말했어요. 그리고 뒤뜰에 가서 담배를 피우며 어떻게 하는 게 좋을지 궁리했습니다.

옛 친구 중에 모즐리라고 있습니다. 나쁜 짓을 해서 얼마 전까지 펜턴빌 교도소에 있었죠. 언젠가 그와 이야기를 나누는 중에 물건을 훔치는 방법과, 훔친 물건을 처리하는 방법에 관해 들은 적이 있어요. 그 친구에 관해서는 좀 알고 있었기 때문에 그가 하는 말이 진실이라는 걸 알 수 있죠. 저는 그가 사는 킬번으로 가서 그에게 모두 털어놓기로 했어요. 그가 보석을 현찰로 바꾸는 방법을 알려줄 수 있을 것 같았거든요. 하지만 어떻게 하면 보석을 가지고 안전하게 그에게 갈 수 있을까? 호텔에서 누나 집까지 가는 동안 진땀을 뺐던 생각이 났어요. 어느 순간에 붙잡혀 몸수색을 당하고 조끼 주머니에 숨긴 보석을 들킬지 모르니까요. 아무튼 저는 벽에 기댄 채 그런 생각을 하며 발치에 돌아다니는 거위들을 바라보았어요. 그러다가 문득 기발한 아이디어가 떠오른 겁니다. 제아무리 예리한 수사관이라도 속아 넘어갈 만한 방법이었지요.

몇 주 전에 누나가 크리스마스 선물로 거위 한 마리를 주겠다고 한 것이 생각났습니다. 누나는 자기가 한 말은 반드시 지키는 사람이에요. 거위 한 마리를 골라서 배 속에 보석을 넣으면 킬번까지 안전하게 가져갈 수 있겠다 싶었죠. 저는 거위 한 마리를 작은 헛간 뒤로 몰고 갔습니다. 크고 튼튼해 보이는 녀석이었어요. 흰 거위였는데 꼬리에 검정 줄무늬가 있었지요. 저는 거위를 잡고 부리를 벌렸어요. 보석을 그 녀석의 목구멍에 넣고 손가락이 닿는 데까지 밀어 넣었죠. 거위가 그것을 꿀꺽 삼키자 보석이 녀석의 식도를 타고 내려가 모이주머니로 들어가는 걸 느낄 수 있었습니다. 잠시 후 녀석이 푸드덕거리며 몸부림을 치는 바람에 누나가 뛰어나왔습니다. 누나를 돌아보는데 녀석이 손아귀에서 벗어나 다른 거위들 틈으로 달아나버렸습니다.

'제임스, 거위 데리고 뭐 하니?'

누나가 물었습니다.

'어, 누나가 크리스마스에 거위 한 마리 준다고 했잖아. 그래서 어떤 놈이 제일 통통한지 만져보고 있었어.'

'아, 너한테 줄 거위는 골라놓았어. 얼마 전부터 '젬의 거위'라고 부르고 있단다. 저쪽에 있는 희고 큰 녀석이야. 모두 스물여섯 마리가 있거든. 그중에 한 마리는 네 것이고, 한 마리는 우리가 먹고, 나머지 스물네 마리는 내다 팔 거야.'

'고마워, 매기 누나.'

제가 말했어요.

'그런데 누나만 괜찮다면, 방금 내가 안아본 놈으로 갖고 싶은데.'

'저 거위가 3파운드나 더 무거워. 너한테 주려고 특별히 더 잘 먹었거든.'

'괜찮아. 난 저놈으로 할래.'

제가 말했어요.

'좋을 대로 하렴.'

누나가 조금 실망한 투로 말했어요.

'네가 원하는 게 어떤 녀석이지?'

'저기 가운데에 있는 거위. 몸통은 희고 꼬리에 검정 줄무늬 있는 녀석.'

'그래, 좋아. 그럼 잡아서 갖고 가려무나.'

누나가 시키는 대로 거위를 잡아서 킬번으로 가져갔습니다. 거기서 친구에게 제가 한 일을 다 털어놓았어요. 그런 이야기를 하기에 더없이 편한 친구였으니까요. 친구는 너

무 웃다가 사레들릴 정도로 재미있어했습니다. 그러고 나서 우리는 칼로 거위의 배를 갈랐죠. 그런데 보석이 없는 거예요. 저는 가슴이 철렁 내려앉았습니다. 너무나 어이없는 실수를 한 거죠. 저는 거위를 친구 집에 둔 채 곧장 누나네 집 뒤뜰로 달려갔어요. 그런데 거위가 한 마리도 보이지 않는 거예요.

'거위 다 어디 갔어, 누나?'

제가 물었죠.

'거위 장수에게 보냈지.'

'거위 장수 누구?'

'코번트 가든에 있는 브레킨리지.'

'꼬리에 검정 줄무늬 있는 거위가 두 마리였어?'

제가 물었어요.

'내가 고른 거위랑 똑같은 놈 말이야.'

'맞아, 제임스. 두 마리가 똑같아서 늘 헷갈린단다.'

누나의 말을 듣고 보니 어떻게 된 일인지 알 수 있었고, 그길로 브레킨리지에게 달려간 거죠. 그는 이미 거위를 한곳에 다 판 뒤였고, 누구에게 팔았는지는 절대 알려주려 하지 않았습니다. 오늘 밤에 다 들으셨지요. 그동안에도 계속 그런 식이었어요. 누나는 제가 미쳐간다고 생각하는 것 같아요. 가끔은 저도 스스로 그런 생각을 한답니다. 이제 저는 공식적인 도둑이 되었군요. 제 인격과 맞바꾼 재물을 손에 넣어보지도 못하고 말이죠. 어떻게 이럴 수가 있단 말입니까! 제발 저를 도와주세요!"

사내는 두 손으로 얼굴을 감싸고 흐느껴 울기 시작했다.

한동안 침묵이 흘렀다. 그의 무거운 숨소리와 셜록 홈스가 손가락으로 탁자를 두드리는 규칙적인 소리만이 방 안의 정적을 깨뜨렸다. 한참 만에 셜록 홈스가 일어나더니 문을 열었다.

"가시오!"

홈스가 말했다.

"뭐라고요! 오, 정말 감사합니다!"

"아무 말도 하지 말고 어서 나가라고!"

더 이상 아무 말도 필요하지 않았다. 사내는 서둘러 계단을 내려가 문을 제대로 닫지도 못한 채 골목을 달려갔다.

홈스가 도자기 파이프를 집으며 말했다.

"왓슨, 생각해보면 나는 경찰의 결점을 보완해주기 위해 일을 하는 게 아니란 말이지. 호너가 위험에 처해 있다면 그건 다른 문제지만, 이 친구가 다시 또 나타나 그에게 불리한 증언을 하는 일은 없을 게 아닌가. 그러면 사건은 기각될 거야. 결국은 내가 범인을 풀어준 셈이지만, 한 영혼을 구하는 일이기도 한 것 같아. 이 친구는 두 번 다시 나쁜 짓을 하지 않을 거야. 이번 일로 너무 겁을 먹었어. 하지만 지금 그를 감옥에 보내면, 평생 감옥을 드나들 또 하나의 인간을 만드는 셈이 될 거야. 그리고 지금은 용서의 계절 아닌가. 우연이 우리 앞에 기이하고 흥미로운 사건을 가져다주었고, 그걸 해결한 걸로 보상은 충분하다고 보네. 왓슨 박사, 자네가 그 종을 눌러주지 않겠나. 그러면 새가 주인공인 또 하나의 탐사를 시작할 수 있을 것 같은데 말이야."

8
얼룩무늬 띠의 비밀

지난 8년간 내가 셜록 홈스의 수사 방법을 연구하면서 기록한 70건의 사건 일지를 보면, 비극적인 사건도 있고 희극적인 사건도 있는데 대다수가 특이하거나 기이하며 평범한 사건은 단 하나도 없다. 홈스는 돈을 벌려고 사건 수사를 맡는 게 아니라 능력 발휘 자체를 즐기기 때문에, 특별히 기이하거나 끌리는 점이 없는 사건은 아예 맡지 않는다. 하지만 그 다양한 사건들 중에도, 서리 주의 스토크 모런에 사는 유명한 로일롯 일가에서 일어난 일만큼 특이한 사건도 없을 것이다. 내가 홈스를 알게 되고 얼마 지나지 않았을 때의 일인데, 당시 둘 다 독신이었던 홈스와 나는 베이커 가에서 함께 살고 있었다. 사건을 의뢰받았을 때 비밀 보장을 약속하지 않았다면, 나는 진작에 이 사건도 정리해서 발표했을 것이다. 그런데 인제 와서 내가 이 사건을 공개하는 게 좋겠다고 생각하게 된 것은, 비밀 보장을 요청했던 여성이 지난달에 갑자기 세상을 떠나기도 했고, 그림스비 로일롯 박사의 죽음에 대해 왜곡된 소문이 나돌아 이미 끔찍한 사실을 더욱 참담하게 하고 있기 때문이다.

1883년 4월 초의 일이었다. 아침에 눈을 뜨니 셜록 홈스가 옷을 말끔히 차려입고 침대

옆에 서 있었다. 평소에 그는 늦게 일어나는 편이었는데, 그날은 벽난로 선반 위에 있는
시계를 보니 7시 15분밖에 안 된 이른 시간이었다. 나는 의아하기도 하고, 또 규칙적인
나의 아침 습관을 방해받은 것 같아 약간은 짜증이 나서 그를 올려다보았다.

"깨워서 미안하네, 왓슨."

홈스가 말했다.

"하지만 오늘 아침에는 우리 모두 그렇게 됐어. 먼저 허드슨 부인이 깼고, 그녀가 나를
깨웠지. 그리고 나는 자네를 깨우고."

"무슨 일이야? 불이라도 났나?"

"아니, 의뢰인이 왔다네. 젊은 여성인데 몹시 흥분한 상태로 와서 나를 만나겠다고 하는 것 같아. 지금 응접실에서 기다리고 있네. 젊은 여성이 이렇게 이른 시간에 시내로 나와 아침잠에 빠진 사람을 깨울 정도라면, 몹시 다급한 상황이 분명하잖아. 흥미로운 사건이라면 자네도 처음부터 함께 듣고 싶어 할 것 같아서, 기회를 주려고 깨운 거라네."

"그거야 당연히 놓칠 수 없지."

홈스의 사건 수사는 전문가의 경지에 이르렀고, 그의 추리력은 언제나 직관적이면서도 논리적 사고에 근거하고 있으므로 감탄스러운 마음으로 그것을 지켜보는 일은 내게도 커다란 기쁨이었다. 나는 얼른 옷을 챙겨 입고 홈스를 따라 응접실로 내려갔다. 검은 드레스 차림에 얼굴에는 짙은 베일을 드리운 여성이 창가에 앉아 있다가 우리를 보고 일어섰다.

"안녕하세요."

홈스가 밝게 인사를 건넸다.

"셜록 홈스입니다. 이쪽은 저를 도와주는 제 친구 왓슨 박사이고요. 제게 하실 말씀은 뭐든 이 친구 앞에서 하셔도 될 겁니다. 아, 사려 깊은 허드슨 부인이 난롯불을 피워놓았군요. 가까이 다가앉으십시오. 따뜻한 커피 한잔 가져다달라고 부탁할게요. 추위에 떨고 계신 것 같네요."

"추워서 떨고 있는 게 아니에요."

그녀가 홈스의 말대로 난로 가까이 다가앉으며 조용히 말했다.

"그럼 뭣 때문에?"

"두려워서요, 홈스 선생님. 겁이 납니다."

그녀가 베일을 들어올리며 말했다. 얼핏 보기에도 그녀는 몹시 불안해하고 있었다. 하얗게 질린 얼굴에 불안하고 겁에 질린 눈빛이 마치 포획된 동물을 연상케 했다. 외모는 30대 정도로 보이는데 머리는 이미 반백이었으며, 몹시 지친 표정을 짓고 있었다. 셜록 홈스의 통찰력 있는 시선이 그녀를 재빨리 훑었다.

"두려워하지 마십시오."

홈스가 몸을 앞으로 굽혀 그녀의 팔뚝을 가볍게 토닥이며 말했다.

"모든 게 다 잘될 겁니다. 오늘 아침 기차로 오신 것 같군요."

"저에 대해 알고 계신가요?"

"아닙니다. 하지만 왼손에 돌아갈 때 쓸 기차표를 쥐고 계신 게 살짝 보여서요. 일찍 출발했겠군요. 기차역까지 가느라 이륜마차를 타고 진창길을 한참 달렸나 보네요."

그녀는 깜짝 놀라서 홈스를 바라보았다.

"별로 신기한 일은 아닙니다, 부인."

홈스가 미소를 지으며 말했다.

"재킷 왼쪽 소매에 진흙이 여러 군데 튀었어요. 아직 마르지는 않았고요. 흙이 그런 식으로 튀는 건 이륜마차밖에 없습니다. 마부의 왼편에 앉으셨던 거고요."

"어떻게 추측하셨는지는 모르겠지만 정확히 맞히셨어요."

그녀가 말했다.

"새벽 6시 전에 집을 나와 20분 후 레더헤드에 도착했어요. 거기서 첫 기차로 워털루까지 왔고요. 선생님, 너무 불안하고 두려워서 더 이상 견딜 수가 없습니다. 이러다가 제가 미쳐버릴 것 같아요. 의지할 사람이 아무도 없습니다. 단 한 사람 말고는요. 그는 저를 무척 아껴주지만, 가여운 그 사람은 제게 도움이 되지 못합니다. 패린토시 부인에게 선생님 이야기를 들었어요. 선생님께서 그녀가 몹시 어려운 상황에 있을 때 도와주셨다더군요. 선생님의 주소도 그녀에게서 받았어요. 저를 도와주실 수 있을까요? 이 암담한 상황에 한 가닥 희망만 비춰도 좋겠습니다. 지금은 제가 대가를 치를 만한 돈이 없습니다. 하지만 한 달이나 한 달 반만 있으면 결혼할 거예요. 그러면 제 앞으로 일정한 수입이 생길 겁니다. 그때 반드시 갚아드리겠습니다."

홈스는 책상으로 가더니 서랍을 열고 작은 사건 일지를 꺼냈다.

"패린토시, 아 여기 있군요. 이 사건 기억합니다. 오팔 티아라와 관련된 사건이었죠. 왓슨, 자네를 만나기 전에 맡았던 사건이라네. 기꺼이 도와드리겠습니다. 그리고 보상에 관해서 말씀인데, 사건을 수사하는 과정이 제게는 충분한 보상입니다. 다만 제가 쓰는 비용은, 원하신다면, 부인의 형편이 나아졌을 때 갚아주시면 됩니다. 이제 사건을 이해하는 데 도움이 될 만한 사실들을 이야기해주십시오."

"아, 그래야지요!"

그녀가 말했다.

"제가 불안한 가장 큰 이유는 지금 느끼는 두려움이 너무 모호하기 때문이에요. 그리고 저의 의구심이 너무나 사소한 사실에 근거한다는 것 때문이고요. 다른 사람에게는 하찮은 일일 수 있다는 겁니다. 제가 당연히 도움을 청해야 하고 조언을 구해야 하는 사람조차도 제 이야기를 듣고는 마음이 불안한 여자의 공상이라고 치부해버리니까요. 말로 내뱉지는 않아도 시선을 피하며 건성으로 위로해주는 걸 보면 알 수 있습니다. 하지만 홈스 선생님은 인간의 복잡하고 미묘한 심리를 꿰뚫어보신다고 들었어요. 그러니 저를 둘러싸고 있는 이 위험한 상황을 어떻게 헤쳐가야 할지 조언해주세요."

"열심히 듣고 있습니다."

"제 이름은 헬렌 스토너입니다. 현재 양부와 살고 있는데, 그분은 서리 주의 서부 접경 지역에 있는 스토크 모런에 본향을 둔 로일롯 일가의 마지막 후손이에요. 영국의 가장 유서 깊은 색슨 가문의 일족이랍니다."

홈스가 고개를 끄덕이며 말했다.

"그 이름은 저도 들어서 알고 있습니다."

"한때 영국에서 가장 부유했던 가문이에요. 가문의 영지가 북쪽으로는 버크셔, 서쪽으로는 햄프셔까지 펼쳐져 있었지요. 그러다가 지난 100년 동안 4대에 걸쳐 방탕하고 사치스러운 생활로 가산을 탕진하다가 섭정 시대에 도박꾼이 가문을 이어받으면서 완전히 몰락했답니다. 남은 재산이라곤 몇 에이커의 땅과 200년이나 된 집뿐이었는데 그마저 저당 잡혀 있는 상황이었죠. 몰락한 귀족이 된 그 집의 마지막 주인은 참담한 생활을 이어갔어요. 하지만 그의 아들인 저의 양부는 새로운 현실에 적응해야 한다는 사실을 깨닫고 친척에게 돈을 빌려 의대를 졸업한 뒤 인도의 캘커타로 갔습니다. 그곳에서 전문의로서의 실력과 박력 있는 성격 덕분에 큰 병원을 개업할 수 있었어요. 그러는 중에 그 집에서 도난 사건이 몇 번 발생했고, 분을 참지 못한 양부는 현지인 집사를 때려 사망에 이르게 했습니다. 겨우 사형은 면했지만 오랫동안 감옥 생활을 한 양부는 우울하고 의기소침한 사람이 되어 영국으로 돌아왔답니다.

양부인 로일롯 박사는 영국에 머무는 동안 저의 어머니와 결혼했어요. 그때 어머니는 저의 생부인 벵골 포병대의 스토너 대령과 사별한 젊은 미망인이었어요. 언니인 줄리아와 저는 쌍둥이인데 저희가 두 살이었을 때 어머니가 재혼했어요. 당시 어머니는 상당히 많은 돈을 가지고 있었습니다. 연 수입이 1,000파운드 이상이었을 겁니다. 그런데 그걸 양부에게 모두 넘기기로 유언장에 명시한 거예요. 언니와 제가 결혼하면 일정 금액을 매년 저희에게 지급한다는 조건을 달아서요. 그런데 어머니가 영국으로 돌아오고 얼마 되지 않아 돌아가신 거예요. 8년 전이었는데, 크루 근처에서 철도 사고를 당하셨어요. 양부는 런던에 병원을 세우려던 계획을 포기하고 스토크 모런에 있는 가문의 저택으로 저희를 데리고 들어가 살았어요. 친부가 남긴 돈은 저희가 살기에 부족함이 없었고, 저희는 아무런 걱정거리 없이 편안하게 살 수 있는 상황이었어요.

그런데 그즈음부터 양부가 무섭게 변하기 시작한 거예요. 친구를 사귀거나 이웃과 왕래하는 일도 없이 집 안에 틀어박혀 혼자 지내다가 가끔 밖에 나가면 사람을 가리지 않고 싸웠어요. 처음에는 이웃들도 스토크 모런의 로일롯이 돌아왔다고 무척 반갑게 맞아 주었는데 말이죠. 그 집안 남자들에게 광기에 가까운 폭력성이 유전적으로 내려오는 것 같긴 한데, 양부는 열대지방에 오랫동안 거주하면서 그게 더 심해진 것 같아요. 수시로 싸움을 벌였는데, 그중에 두 번은 즉결심판에 넘겨질 정도였어요. 결국 양부는 이웃 사람들 모두가 두려워하는 존재가 되었고, 그가 나타나면 모두 멀리 피했습니다. 힘도 장사인데다 한번 화가 나면 걷잡을 수 없거든요.

지난주에는 마을의 대장장이를 다리 난간 너머로 밀어서 강물에 빠뜨렸어요. 일이 더 커지지 않도록 저는 있는 돈을 다 끌어모아 피해 보상을 해야 했습니다. 이제 양부에게 친구라곤 떠돌이 집시밖에 없습니다. 양부는 그 떠돌이들에게 가시나무로 덮인 몇 에이커의 땅을 야영지로 쓰도록 허락했어요. 그 덕분에 가끔 그들의 텐트에 초대받기도 하

고, 몇 주씩 그들과 함께 유랑도 한답니다. 인도의 동물에도 관심이 많아서 그것들을 들여오기도 하는데, 지금은 치타와 개코원숭이를 영지에 풀어놓았어요. 마을 사람들은 양부만큼이나 그 동물들도 무서워하고요.

제 이야기를 들으시면, 선생님도 저희 자매의 삶이 고달프고 지루했으리라는 걸 짐작하실 거예요. 하인들조차도 있으려고 하지 않아서 벌써 오랫동안 집안일을 저희가 다 해왔답니다. 사망 당시 제 언니는 서른 살밖에 안 됐는데, 그때 이미 지금 저보다도 흰머리가 많았어요."

"언니분이 사망했다고요?"

"네, 2년 전이었어요. 제가 선생님께 의논드리고 싶은 것도 바로 그 일 때문입니다. 짐작하시겠지만, 그렇게 살다 보니 저희 자매는 같은 나이, 같은 신분의 사람들과 어울릴 기회가 거의 없었어요. 그런데 저희 자매에게 이모가 한 분 계십니다. 이름은 호너리아 웨스트파일이고 어머니의 친정 동생인데 해로우 근처에 사시죠. 저희는 양부의 허락을 받아 가끔 이모 집을 방문할 수 있었습니다. 줄리아는 2년 전 크리스마스에 이모 집에 갔다가 휴직 중인 해병대 소령을 만났고 그 사람과 약혼했습니다. 언니가 약혼한 사실을 알게 된 양부도 결혼을 반대하지 않았어요. 그런데 결혼식을 2주일 앞두고 끔찍한 일이 벌어졌고, 저는 하나뿐인 혈육을 잃었답니다."

의자에 기대어 눈을 감은 채 이야기를 듣고 있던 홈스가 눈을 반쯤 뜨더니 말했다.

"좀 더 자세히 말씀해주십시오."

"그건 어렵지 않습니다. 그 당시의 일은 제 기억 속에 빠짐없이 선명하게 새겨져 있으니까요. 말씀드린 것처럼 저희가 사는 집은 무척 오래되었고, 저희는 건물의 한쪽만 사용하고 있습니다. 그쪽에 있는 침실은 모두 지상층에 있어요. 거실은 건물 중앙에 있고요. 거실에서 첫 번째 방이 양부의 방이고, 그다음 방을 언니가 사용했습니다. 세 번째 방이 제 방이고요. 방끼리 통해 있지는 않지만 모두 하나로 연결된 회랑에 맞닿아 있어요. 제가 설명을 잘하고 있나요?"

"아주 잘하고 계십니다."

"침실의 창문을 통해서는 정원의 잔디가 내다보입니다. 사고가 벌어진 날 양부는 방으로 들어갔어요. 그렇지만 잠을 자려고 들어간 건 아니었나 봐요. 양부 방에서 인도산 시가 냄새가 새어 나오는 바람에 언니가 너무 괴로웠다고 했거든요. 양부는 인도산 시가를 즐겨 피운답니다. 결국 언니는 냄새를 못 견디고 제 방으로 왔어요. 언니와 저는 다가오는 결혼식에 대해 얘기하다가 11시쯤 언니가 자러 간다고 일어났는데, 제 방문을 열고 나가려다가 돌아보며 이렇게 묻는 거예요.

'헬렌, 한밤중에 휘파람 부는 사람이 있다는 얘기 들어봤어?'

'아니.'

제가 대답했죠.

'자면서 휘파람을 불 수는 없겠지?'

'그럴 수는 없지. 그런데 왜?'

'지난 며칠간 새벽 3시쯤 휘파람 소리가 들려서 말이야. 작지만 아주 또렷해. 난 잠귀가 밝아선지 그 소리에 잠이 깨더라고. 그런데 어디서 나는지 모르겠어. 옆방인 것 같기도 하고, 잔디밭에서 나는 것 같기도 하고. 너도 들었는지 물어봐야겠다고 생각했어.'

'난 못 들었는데. 영지에 있는 그 집시들인가 보다.'

'그렇겠다. 잔디밭에서 나는 거라면 네가 못 들었을 리가 없잖아.'

'그렇지. 하기는 난 언니보다 깊이 자는 편이잖아.'

'그래, 아무튼 별일 없으니 됐지 뭐.'

언니는 나를 향해 웃어 보이고는 문을 닫고 나갔습니다. 그리고 잠시 후 언니의 방문이 잠기는 소리가 들렸어요."

"그랬군요."

홈스가 말했다.

"밤에 늘 방문을 잠그고 주무시나요?"

"네, 항상요."

"왜죠?"

"양부가 치타와 개코원숭이를 기른다고 말씀드렸잖아요. 그 때문에 방문을 잠그지 않으면 마음이 놓이지 않아요."

"그렇겠군요. 계속하십시오."

"그날 밤은 잠을 이룰 수 없었어요. 뭔가 불길한 예감이 들었던 것 같아요. 말씀드렸듯이, 언니와 저는 쌍둥이기 때문에 정신적인 유대가 좀 특별하답니다. 두 영혼이 밀접하게 연결된 것 같은 거죠. 그날 밤엔 바람이 거세게 불고 빗방울이 창문을 두드리는 소리가 요란했는데, 그 비바람 소리를 뚫고 갑자기 겁에 질린 듯한 여자의 비명이 들리는 거예요. 저는 그게 언니의 음성인 걸 바로 알았습니다. 침대에서 튀어오르듯 일어나 숄을 두르고 복도로 뛰어나갔어요. 그런데 방문을 열었을 때 작은 휘파람 소리가 들리는 것 같았어요. 언니가 말한 바로 그 소리 같았습니다. 그러고는 몇 분 후에 무거운 쇠붙이가 떨어지는 소리가 철커덩하고 들렸고요. 복도를 달려 언니 방으로 가는데 언니 방문의 걸쇠 풀리는 소리가 들리더니 문고리가 천천히 돌아가는 거예요. 저는 겁에 질려 문고리를 쏘아보았죠. 문 뒤에서 뭐가 나타날지 모르니까요. 복도를 밝히는 등잔 불빛에 언니의 모습이 나타났습니다. 잔뜩 겁에 질린 표정으로 도움을 청하듯 손을 허우적거렸어요. 술에 취한 사람처럼 앞뒤로 흔들거리면서 말이죠. 저는 얼른 언니를 안았어요. 그 순간 언니의 무릎이 꺾이면서 바닥에 쓰러졌습니다. 그러고는 극심한 고통을 느끼는 듯 몸을 비틀었어요. 팔다리에 무섭게 경련이 일었고요. 처음에는 언니가 저를 못 알아보는 줄 알았는데, 몸을 구부려 언니의 얼굴에 가까이 다가가니 갑자기 언니가 잠겨드는 소리로 외쳤어요. '헬렌! 띠였어! 얼룩무늬 띠!' 그때의 언니 음성을 저는 영영 못 잊을 거예요. 언니는 그것 말고도 뭔가 더 말하려고 하면서 손가락으로 양부의 방을 가리켰는데, 그 순간 또다시 심한 경련이 일어나 말을 잇지 못했습니다. 저는 큰 소리로 양부를 부르며 그의 방으로 달려갔어요. 양부는 가운 차림으로 황급히 나왔습니다. 그가 언니 곁으로 왔을 때 언니는 이미 의식을 잃은 뒤였는데, 양부는 그녀의 입속으로 브랜디를 흘려 넣고, 의사를 불러오라고 마을로 사람을 보냈습니다. 하지만 그 모든 노력도 소용없이 언니는 서서히 맥을 잃다가 끝내 의식을 차리지 못한 채 숨을 거두고 말았어요. 그것이 제 사랑하는 언니의 끔찍했던 마지막 모습이었습니다."

"그런데 잠깐, 그 휘파람 소리와 쇠붙이 소리는 분명히 들었습니까? 맹세할 수 있어요?" 홈스가 말했다.

"검시관도 바로 그걸 묻더군요. 저는 분명히 들었다고 생각하지만, 그날 비바람이 세차게 몰아쳤기 때문에 혹시 잘못 들었을 수도 있긴 합니다."

"언니가 옷을 입은 상태였나요?"

"네, 잠옷 바람이었어요. 오른손에는 타다 남은 성냥개비를 들고 왼손에는 성냥갑을 들고 있었죠."

"소리가 났을 때 성냥을 켜고 주위를 둘러보려 했던 것 같군요. 중요한 대목입니다. 검시관은 어떻게 결론을 내렸죠?"

"양부의 난폭한 행동이 마을 사람들 사이에서도 악명이 높았기 때문에 검시관도 면밀하게 조사했습니다. 하지만 이렇다 할 사인을 밝혀내지 못했어요. 저는 언니의 방문이 안에서 잠겨 있었고, 창문의 옛날식 쇠덧문도 다른 날과 마찬가지로 닫혀 있었다고 증언했습니다. 방바닥도 철저하게 조사했지만 아무런 이상도 발견하지 못했고, 굴뚝이 넓기는 했지만 창살 네 개로 가로막아놓았기 때문에 언니는 그날 밤 방 안에 혼자 있었던 게 분명합니다. 게다가 폭행당한 흔적도 없었어요."

"독극물의 흔적은 없었나요?"

"의사들이 조사해보았지만, 그런 흔적은 발견하지 못했어요."

"그렇다면 불운한 언니가 왜 죽었다고 생각하시나요?"

"제 생각에 언니는 공포와 불안감으로 인한 신경 발작을 일으키다가 죽은 것 같습니다. 그 대상이 무엇이었는지는 모르겠지만요."

"그때 집시들은 농장에 있었나요?"

"네. 집시들은 몇 명씩이라도 늘 있었어요."

"언니가 '띠, 얼룩무늬 띠'라고 한 건 무엇을 말하려는 것이었을까요?"

"그건 섬망 증세에 의한 헛소리가 아니었을까 싶기도 하고, 또 어떻게 생각해보면 농

장에서 지내는 집시들을 말하려 한 게 아닐까 하는 생각도 든답니다. 얼룩무늬를 언급
한 건 잘 모르겠지만, 집시들이 흔히 무늬 있는 스카프를 머리에 두르고 다니니까 그걸
말한 것 같기도 하고요."

홈스가 아쉬운 듯 고개를 저었다.

"심오한 사건이군요."

홈스가 말했다.

"계속 말씀하십시오."

"벌써 2년 전의 일입니다. 그동안 저는 너무나 외로운 시간을 보냈어요. 그런데 한 달
전쯤 저의 오랜 친구가 제게 청혼을 했답니다. 퍼시 아미티지라는 친구인데, 레딩 근처
의 크레인 워터에 사는 아미티지 가의 둘째 아들이에요. 양부도 결혼에 반대하지 않아
서 저희는 봄에 결혼하기로 했어요. 그래서 이틀 전부터 저택의 서쪽 일부를 수리하기
시작했는데, 인부들의 실수로 제 방 벽에 구멍이 뚫리게 되어 저는 언니가 썼던 방으로
옮겨가야 했습니다. 언니가 죽은 그 방의 언니 침대에서 자야 했던 거죠. 그러니 지난밤
에 제가 얼마나 무서웠을지 상상해보세요. 언니의 참혹한 운명을 떠올리며 누워 있는
데, 나지막한 휘파람 소리가 들려왔어요. 언니의 죽음 직전에 들렸던 그 소리였어요. 저
는 벌떡 일어나 등불을 켰죠. 하지만 이상한 점은 발견하지 못했습니다. 그래도 다시 침
대에 눕기엔 너무 무서워서 옷을 챙겨 입었어요. 그리고 날이 밝자마자 조용히 집을 나
와 길 건너편에 있는 크라운 여관으로 가서 이륜마차를 타고 레더헤드로 갔습니다. 그
러고는 선생님을 뵙고 조언을 구하려고 이리로 온 거예요."

"잘하셨습니다."

홈스가 말했다.

"다 말씀하신 건가요?"

"네, 이게 다예요."

"미스 로일롯, 다 얘기하지 않으셨어요. 양부에 관한 이야기는 걸러내신 것 같은데요."

"그게 무슨 말씀이시죠?"

홈스는 대답 대신 무릎 위에 올려놓은 그녀의 손목을 덮고 있는 검정 소맷자락의 레이스를 들어올렸다. 그러자 흰 손목에 선명하게 남아 있는 네 개의 손가락과 엄지손가락 자국으로 보이는 검푸른 멍이 드러났다.

"심한 학대를 당하셨군요."

홈스가 말했다.

그녀는 얼굴을 붉히며 손목을 가렸다.

"양부는 몹시 거친 분이에요. 자기도 모르게 힘을 주다가 그런 것 같아요."

한동안 침묵이 흘렀고, 홈스는 두 손으로 턱을 괴고 말없이 타오르는 불꽃을 바라보았다.

"이건 아주 심각한 문제입니다."

드디어 홈스가 입을 열었다.

"수사를 시작하기 전에 알고 싶은 것이 너무 많습니다. 하지만 한시가 급한 것 같군요. 저희가 오늘 스토크 모런으로 간다면, 양부 모르게 방들을 보여주실 수 있겠습니까?"

"마침 아버지가 오늘 시내에 중요한 볼일이 있다고 했어요. 하루 종일 걸릴 테니 조사하시는 데 아무 문제 없을 겁니다. 가정부가 있기는 하지만 나이가 많고 둔해서 잠시 다른 곳으로 보내놓으면 될 거예요."

"좋습니다. 자네도 이 여행이 싫지는 않겠지, 왓슨?"

"전혀."

"그럼 함께 가세. 미스 스토너는 어떻게 하시겠습니까?"

"저는 시내에 나온 김에 볼일이 몇 가지 있어요. 그래도 12시 기차로는 돌아갈 수 있을 겁니다."

"저희는 이른 오후에 도착할 수 있을 겁니다. 저도 소소한 볼일이 몇 가지 있어서요. 잠시 기다렸다가 아침 식사를 함께하시는 건 어떨까요?"

"아니요, 가야 할 것 같아요. 고민을 털어놓고 나니 마음이 한결 가벼워졌어요. 그럼 오후에 뵙겠습니다."

그녀는 다시 베일을 드리우고 사뿐히 방을 나갔다.

"왓슨, 자네는 이 문제에 대해 어떻게 생각하나?"

셜록 홈스가 의자에 등을 기대며 물었다.

"무척 음흉하고 악의적인 사건 같아."

"맞아, 지독하게 음흉하고 사악해."

"그렇지만 바닥과 벽에서 소리가 났다는 게 사실이고 방문과 창문, 굴뚝이 막혀 있었다면, 그녀의 언니는 원인 미상의 죽음을 맞이할 때 혼자였던 게 분명하잖아."

"그런데 한밤중의 휘파람 소리와 죽어가는 여자의 수수께끼 같은 말은?"

"그건 나도 모르겠네."

"한밤중의 휘파람 소리, 양부와 가까이 지내는 집시들의 존재, 양부가 딸들의 결혼을 막아야 할 이유, 죽어가는 여자가 말하려 한 띠에 대한 암시, 그리고 마지막으로 헬렌 스토너가 들었다는 쇠붙이 부딪히는 소리를 연결해서 생각해볼 때, 그 소리는 창문에 달린 덧문의 철제 막대를 제자리로 되돌리는 소리였을 테고, 아무튼 이번 사건의 비밀은 그러한 맥락에서 풀어야 할 것 같아."

"집시들이 뭘 했다고 생각하는데?"

"그건 나도 모르겠네."

"지금으로서는 자네의 추론에 동의할 수 없는 점이 많은 것 같네."

"나도 그렇게 생각해. 오늘 스토크 모런에 가려는 이유가 바로 그거라네. 나의 추론을 반박할 근거를 찾든, 아니면 뒷받침할 근거를 찾든, 어느 쪽으로든 확인하고 싶어. 이런,

도대체 누가!"

홈스가 말하다 말고 갑자기 소리를 질렀다. 문이 벌컥 열리고 거구의 사내가 문턱에 서 있었기 때문이다. 신사 같기도 하고, 농사꾼 같기도 한 묘한 분위기를 풍기는 사내는 검정 중절모에 긴 프록코트, 높이 올라오는 각반을 착용하고 손에 든 사냥용 채찍을 흔들며 서 있었다. 키가 어찌나 큰지 중절모가 문틀을 스칠 정도였으며, 몸통은 양쪽 문설주 사이를 꽉 채우고 있었다. 황갈색으로 그을린 주름진 얼굴엔 횡포한 성질이 그대로 드러나 있었다. 그는 깊고 날카로운 눈에 분노를 가득 담아 홈스와 나를 번갈아 쳐다보았는데, 높고 앙상한 콧대와 매서운 눈이 늙은 맹금류를 떠올리게 했다.

"누가 홈스요?"

유령 같은 사내가 물었다.

"제가 홈스입니다만, 누구신지요?"

홈스가 차분하게 물었다.

"스토크 모런에 사는 그림스비 로일롯 박사요."

"그러시군요, 박사님."

홈스가 아무렇지 않은 듯 편안하게 말했다.

"앉으십시오."

"그럴 생각은 없소. 내 딸이 여기 왔다는 걸 알고 있소. 그 애의 뒤를 밟았거든. 그래, 뭐라고 했소?"

"계절에 맞지 않게 오늘은 좀 춥습니다."

홈스가 말했다.

"그 애가 무슨 얘길 했느냐 말이오."

사내가 흥분하며 소리쳤다.

"그렇지만 크로커스 꽃이 곧 필 것 같던데요."

홈스가 태연하게 말했다.

"홍! 나를 기만할 생각이로군, 그렇지?"

사내가 채찍을 휘두르며 말했다.

"네가 어떤 자인지 알고 있어, 나쁜 놈! 전에 들은 적이 있어. 네가 바로 남의 일에 끼어 들기 좋아하는 홈스라는 녀석이지."

홈스가 미소를 지었다.

"오지랖 부리지 마!"

홈스가 더 활짝 웃었다.

"런던 경찰국의 졸개 같은 놈!"

홈스가 마침내 소리 내어 웃기 시작했다.

"말씀을 정말 재밌게 하시는군요."

홈스가 말했다.

"나가실 때는 문을 꼭 닫아주십시오. 외풍이 심하니까요."

"할 말 다 하면 알아서 나갈 것이다. 그러니 내게 이래라저래라 할 생각은 말아. 내 딸이 여기 왔다는 걸 알고 있어. 뒤를 밟았으니까! 날 잘못 건드리면 위험해질 거다! 잘 봐둬."

사내는 성큼 다가서더니 부지깽이를 집어 두 손으로 구부렸다.

"내 손에 걸리지 않도록 조심하는 게 좋아."

그는 그렇게 으르렁거리고는 휘어진 부지깽이를 벽난로 안으로 던져 넣고 방에서 나갔다.

"재밌는 양반이로군."

홈스가 웃으며 말했다.

"나는 그자만큼 거구는 아니어도, 그자가 좀 더 오래 있었다면 내 완력도 그에 못지않다는 걸 보여주었을 거야."

홈스는 사내가 던지고 간 부지깽이를 집어 들더니 순간적으로 힘을 줘 곧게 폈다.

"무례하게 나를 감히 경찰 나부랭이로 전락시키다니! 덕분에 수사가 더 흥미로워졌어. 다만 우리의 가녀린 친구가 더 이상 저 불한당 같은 자에게 허술하게 미행당하지 않았으면 좋겠군. 자, 왓슨, 이제 아침 식사를 하세. 그런 다음에 민법박사회관에 가봐야겠어. 유언, 결혼과 관련해서 필요한 기록을 좀 찾아봐야 할 것 같아."

　셜록 홈스가 돌아온 것은 1시가 다 되어갈 무렵이었다. 그는 메모와 숫자가 빽빽하게 적힌 파란색 종이 한 장을 들고 있었다.

　"그자의 죽은 아내가 남긴 유서를 읽어보았네."

　홈스가 말했다.

　"그 내용을 정확히 이해하기 위해 유서에 언급된 자산의 현 시가를 계산해보았지. 그의 아내가 사망할 당시에 수입 총액이 1,100파운드 조금 안 되더군. 요즘엔 농산물 가격이 내려갔으니 750파운드도 안 되겠지. 그렇다고 해도 두 딸은 결혼한 후부터 각각 250파운드씩 받게 되는 거야. 그만큼 양부의 생활비는 형편없이 줄어드는 거지. 둘 중 한 명만 결혼해도 그자가 받는 타격은 꽤 클 거야. 그자가 딸들의 결혼을 막으려는 강력한 동기가 있다는 사실을 확인한 것만으로도 오늘 아침의 수고는 헛되지 않았네. 자, 왓슨, 이제 한시가 급해졌네. 그자가 우리가 자기 문제에 관여하고 있다는 걸 알고 있지 않은가. 자네만 준비됐으면 어서 마차를 불러 워털루로 가세. 자네 권총을 가져가면 좋겠어. 쇠 부지깽이를 엿가락처럼 휠 수 있는 사내를 상대하는 데는 엘리 2가 최고지. 권총하고 칫솔만 가져가면 될 것 같아."

　워털루에 도착한 우리는 곧바로 레더헤드행 기차를 탈 수 있었다. 그리고 레더헤드 역에 있는 여관에서 마차를 빌려 네다섯 시간 동안 아름다운 서리의 시골길을 달렸다. 햇살이 밝게 빛나고 하늘엔 양털 구름이 몇 조각 떠다니는 화창한 날이었다. 나무들과 길가의 관목에선 싹이 트고, 대기엔 촉촉한 흙냄새가 배어 있었다. 우리를 기다리는 어둡고 사악한 사건과 대조되는 봄날의 상쾌한 기운이 낯설게 느껴졌다. 홈스는 모자가 흘러내려 눈을 덮고 턱을 가슴에 묻을 듯 고개를 숙인 채 팔짱을 끼고 깊은 생각에 빠져 있었다. 그러다가 갑자기 화들짝 놀라며 내 어깨를 치고는 초원을 가리켰다.

　"저길 보게!"

　홈스가 외쳤다.

　완만한 언덕에 나무가 빼곡한데 위로 갈수록 더욱 조밀해지다가 꼭대기에서는 숲을 이루고 있었다. 그 나무들 사이로 오래된 저택의 회색 박공지붕과 높은 지붕마루가 보였다.

"스토크 모런인가?"

홈스가 물었다.

"그렇습니다. 저게 그림스비 로일롯 박사님의 저택이죠."

마부가 대답했다.

"저기 저 집은 공사를 하는 모양이군."

홈스가 말했다.

"저기로 갔으면 하는데."

"마을은 저쪽입니다."

마부가 왼쪽으로 조금 떨어진 곳에 지붕이 모여 있는 곳을 가리키며 말했다.

"그렇지만 저 집으로 가시려면 이 계단으로 올라가서 들판에 난 오솔길로 가시는 게
빠르지요. 저기 말입니다. 저기 여자분이 걸어가고 있네요."

"아, 미스 스토너인 것 같군."

홈스가 이마에 손을 대서 햇빛을 가리고 그쪽을 바라보며 말했다.

"그래, 자네 말대로 하는 게 낫겠어."

우리가 내리고, 삯을 받은 마부는 방향을 돌려 레더헤드로 달려갔다.

"저 친구가 우리를 건축과 관련해서 온 사람들로 생각하게 하는 게 좋을 것 같았어. 그
래야 괜한 소문이 나지 않을 테니까. 아, 미스 스토너. 약속대로 저희가 왔습니다."

아침에 우리를 찾아왔던 그녀는 반가움이 가득한 얼굴로 우리를 향해 서둘러 다가왔다.

"기다리고 있었어요."

그녀가 악수를 청하며 말했다.

"마침 기회가 아주 좋습니다. 아버지는 시내에 가서 저녁때나 돌아올 거예요."

"로일롯 박사가 왔다 갔습니다."

홈스는 그녀가 떠난 뒤에 있었던 일을 간단히 설명했고, 미스 스토너는 놀라 입술까
지 하얗게 질렸다.

"맙소사! 그럼 저를 미행했다는 거로군요."

"그런 것 같습니다."

"양부는 너무 영리하고 교활해서 한시도 마음을 놓을 수가 없습니다. 시내에서 돌아오면 저에게 뭐라고 할까요?"

"자기보다 더 영리하고 교활한 상대를 만날 수도 있지요. 그러니 그자도 조심해야 할 겁니다. 오늘 밤에는 주무실 때 반드시 방문을 잠그세요. 그가 폭력을 행사할 위험이 있다면 저희가 해로우에 있는 이모님 댁으로 모셔다드리겠습니다. 자, 주어진 시간을 최대한 활용합시다. 살펴봐야 할 방으로 안내해주시지요."

저택은 이끼로 뒤덮인 회색 석조 건물이었다. 중앙부가 높이 솟아 있고 양옆으로 부속 건물이 게의 집게발처럼 곡선을 그리며 이어져 있었는데, 한쪽은 창유리가 깨져 나무판자를 대어놓았다. 지붕이 일부 내려앉은 것이 세월의 흔적을 느낄 수 있었다. 중앙부는 좀 더 세심하게 손질되어 있었으며, 그 오른편으로 이어진 부분은 비교적 새로 꾸민 듯 커튼이 제대로 갖추어져 있었다. 굴뚝에서 푸른 연기가 피어오르는 것으로 보아 가족들의 생활공간인 듯했다. 끝 쪽 벽에 공사용 발판이 세워져 있고 석재가 깨져 있었지만, 우리가 머무는 동안 인부는 보이지 않았다. 홈스는 아무렇게나 자란 잔디밭을 오르내리며 창문 밖을 자세히 살폈다.

"이것이 미스 스토너의 침실 창문인가 보군요. 가운데 있는 건 언니분 침실의 창문이고, 저 본관 바로 옆에 있는 것이 로일롯 박사의 침실 창문인가 보죠?"

"네, 맞습니다. 하지만 요즘 저는 가운데 방에서 자고 있어요."

"수리하는 동안에 그렇게 하는 거라고 하셨죠. 그런데 저 끝 벽은 시급히 수리할 필요가 있어 보이지 않는데요."

"수리할 필요는 없습니다. 저를 제 방에서 자지 못하게 하려고 핑계를 만든 것 같아요."

"아하! 그게 좀 수상하군요. 이쪽 부속 건물 뒤편에는 세 개의 방에 연결된 복도가 있지요? 각 방에서 회랑으로 창문이 나 있고요?"

"네, 그렇지만 아주 작은 창이에요. 너무 작아서 사람이 드나들 수는 없습니다."

"두 분 다 밤에는 방문을 잠그기 때문에 그쪽에서 방으로 들어올 수는 없지요. 자, 이제 방으로 들어가셔서 덧문을 잠가보시겠어요?"

미스 스토너는 홈스가 시키는 대로 했다. 홈스는 열려 있는 창문을 자세히 살펴보고 나서 미스 스토너가 잠근 덧문을 열려고 이리저리 궁리해보았다. 하지만 헛수고였다. 덧문에는 칼날을 밀어 넣을 틈도 없었다. 그다음에는 돋보기로 손잡이를 살펴보았다. 철제 손잡이는 거대한 석조 건축물에 견고하게 박혀 있었다.

"흠!"

홈스는 손가락으로 턱을 긁으며 의아한 표정을 지었다.

"내 추론이 난관에 부딪힌 것 같군. 덧문이 닫혀 있을 때는 아무도 이 문을 통과할 수 없어. 방 안으로 들어가서 살펴보면 뭔가 잡히는 게 있을지 모르지."

작은 옆문으로 들어가니 흰 벽으로 둘러싸인 복도가 나왔다. 세 개의 방이 모두 이 복도를 통해 드나들게 되어 있었다. 홈스가 세 번째 방은 볼 필요가 없다고 했으므로, 곧장 두 번째 방으로 들어갔다. 미스 스토너의 언니가 비극적 죽음을 맞은 방이자 현재 미스 스토너가 자는 방이었다. 방은 작고 아늑했는데, 전통 시골집의 양식에 따라 천장이 낮고 큼직한 벽난로가 있었다. 한쪽 구석에는 갈색 서랍장이, 맞은편 구석에는 흰 시트를 씌운 좁은 침대가 있었으며 화장대는 창문 왼편에 있었다. 거기에 두 개의 작은 등나무 의자가 가구의 전부였고, 방 한가운데에 월턴 카펫이 깔려 있었다. 바닥과 벽에 댄 판자는 벌레 먹은 흔적이 있는 갈색 참나무 재질이었는데, 색이 바랠 정도로 낡은 것으로 보아 집을 처음 지을 때 시공한 그대로인 것 같았다. 홈스는 의자 하나를 구석으로 가져다 놓고 앉았다. 그러고는 말없이 방 안을 둘러보며 세세히 관찰했다.

"저 벨은 어디와 연결되어 있나요?"

홈스가 침대 옆에 매달린 설렁줄을 가리키며 물었다. 줄 끝부분에 달린 술이 거의 베개에 닿을 정도로 길게 내려와 있었다.

"가정부의 방으로 연결되어 있습니다."

"다른 것들에 비해 새것처럼 보이는데요?"

"네, 몇 년 전에 단 거예요."

"언니분이 원해서 설치한 거겠죠?"

"아니요. 언니가 사용했다는 말은 못 들었어요. 저희 자매는 필요한 것이 있으면 늘 직접 해결했거든요."

"그렇군요. 그렇다면 저렇게까지 호사스러운 줄을 왜 굳이 설치했을까요. 실례지만 마룻바닥을 좀 자세히 살펴보겠습니다."

홈스는 그렇게 말한 뒤 바닥에 엎드려 돋보기를 들이대며 이리저리 기어다녔다. 바닥재의 틈새를 빈틈없이 살펴보고 난 홈스는 벽에 댄 나무판자도 자세히 들여다보았다. 그러고는 침대로 가서 한동안 바라보다가 벽을 아래위로 훑어보더니 설렁줄을 잡고 세게 당겨보았다.

"이런, 이건 그냥 장식용이군요."

홈스가 말했다.

"벨을 울리는 게 아닌가?"

내가 물었다.

"아니, 벨에 연결되어 있지도 않아. 매우 흥미로운 일이군. 환기구로 뚫어놓은 작은 구멍 바로 위에 고리를 박아 매달아놓은 거야."

"정말 이상하군요! 지금까지 몰랐어요."

"정말 이상해!"

홈스가 줄을 잡아당기며 말했다.

"이 방에는 매우 특이한 몇 가지가 있습니다. 예를 들면 환기구가 두 방 사이에 뚫려 있다는 거죠. 이해하기 힘든 구조예요. 환기구를 뚫은 바에는 바깥 공기가 들어오도록 하는 게 일반적인데 말이죠!"

"환기구도 최근에 설치한 것들 중 하나랍니다."

미스 스토너가 말했다.

"설렁줄을 설치한 것과 같은 시기인가요?"

홈스가 물었다.

"네. 그즈음에 몇 가지를 개조했어요."

"그런데 그것들이 모두 좀 특이한 발상이네요. 장식용 설렁줄이나, 환기를 해주지 않는 환기구 같은 것들 말입니다. 허락해주신다면, 옆방도 좀 보고 싶습니다."

그림스비 로일롯 박사의 방은 자매의 방보다 넓을 뿐, 간소하게 꾸며지긴 마찬가지였다. 야전용 침대, 전문 서적이 꽂혀 있는 작은 나무 책장, 침대 옆에 놓인 안락의자와 벽쪽에 놓인 소박한 나무 의자와 원탁, 그리고 다림질 받침대가 언뜻 눈에 들어오는 전부였다. 홈스는 방 안을 천천히 돌아다니며 예리한 눈으로 하나하나 자세히 살폈다.

"이 안에는 뭐가 들어 있습니까?"

홈스가 금고를 살짝 두드리며 물었다.

"양부의 사업 관련 서류들입니다."

"아하! 내부를 보신 적이 있나요?"

"몇 년 전에 딱 한 번 본 적이 있습니다. 서류가 가득 들어 있었어요."

"설마 이 안에 고양이가 들어 있는 건 아니겠죠?"

"아니요. 그건 너무 엉뚱한 생각이시네요!"

"음, 이걸 좀 보십시오!"

홈스는 금고 위에 있는 작은 우유 접시를 집어 들었다.

"아니요. 고양이는 기르지 않아요. 하지만 치타와 개코원숭이가 있죠."

"아, 그렇죠! 치타도 몸집이 큰 고양이이긴 하지요. 그렇지만 우유 한 접시 정도로는 목을 축이기에도 부족할 거예요. 한 가지 확인해야 할 것이 있네요."

홈스는 나무 의자 앞에 쪼그리고 앉아 의자를 자세히 들여다보았다.

"감사합니다. 이 정도면 된 것 같군요."

홈스는 일어나서 돋보기를 주머니에 넣었다.

"흠! 여기 흥미로운 물건이 있네요!"

홈스의 눈길을 끈 물건은 침대 한쪽 모퉁이에 걸려 있는 작은 개 훈련용 채찍이었다. 그런데 채찍이 똬리를 틀 듯 말려 있었으며, 끝에는 고리 형태로 매듭지어져 있었다.

"이것에 대해 어떻게 생각하나, 왓슨?"

"그저 평범한 채찍 아닌가. 그런데 왜 끝을 묶어놓았는지 모르겠군."

"그건 흔한 일이 아니지? 아, 알았다! 참 몹쓸 놈의 세상이야. 영리한 자가 범죄로 머리를 쓰면 그거야말로 최악이지. 이제 봐야 할 건 다 본 것 같습니다, 미스 스토너. 잔디밭을 좀 걸어봐도 될까요?"

방을 조사하고 돌아서는 홈스의 얼굴이 그 어느 때보다도 침울해 보였다. 홈스가 묵묵히 잔디밭을 몇 번이나 오가는 동안, 미스 스토너와 나는 그의 생각을 끊지 않기 위해 조용히 걸었다. 홈스가 마침내 깊은 명상에서 깨어난 사람처럼 말했다.

"지금부터 아주 중요한 내용을 말씀드리겠습니다, 미스 스토너. 모든 면에서 제 말대로 따라주셔야 합니다."

"그럴게요."

"주저하기엔 너무 중대한 일이라서요. 미스 스토너의 목숨이 달린 일입니다."

"뭐든 말씀하시는 대로 할게요. 약속드립니다."

"우선, 왓슨과 제가 오늘 밤 미스 스토너의 방에서 지내야 할 것 같습니다."

미스 스토너도 나도 깜짝 놀라 홈스를 바라보았다.

"그렇게 해야 하는 이유를 말씀드리겠습니다. 저기 보이는 저것이 숙박 시설인가요?"

"네, 크라운 여관이에요."

"저곳에서 미스 스토너의 침실 창문이 보이지요?"

"그럼요."

"저녁에 로일롯 박사가 돌아오면 두통이 있다고 핑계를 대고 방에 들어가 계십시오. 그러다가 로일롯 박사가 잠자리에 들기 위해 침실로 들어가는 소리가 들리면, 창의 덧문을 열고 걸쇠를 풀어놓은 뒤 등을 창틀에 올려놓으세요. 그것이 저희가 와도 좋다는 신호입니다. 그런 다음 필요한 물건을 챙겨서 조용히 원래 쓰던 방으로 들어가십시오. 수리 중이라고 해도 하룻밤 정도는 주무실 수 있겠지요."

"아, 그럼요. 문제없습니다."

"나머지는 저희가 알아서 하겠습니다."

"그런데 뭘 하실 건가요?"

"저희는 밤새 그 방에 있으면서 미스 스토너가 들었다는 소리가 뭐였는지 알아내려고 합니다."

"홈스 선생님, 벌써 수사 계획을 다 세우신 것 같네요."

미스 스토너가 홈스의 소매에 손을 얹으며 말했다.

"그런 것 같습니다."

"그렇다면 제발 제 언니의 목숨을 앗아간 것이 무엇이었는지 말씀해주세요."

"먼저 확실한 증거를 잡은 후에 말씀드리는 게 좋을 것 같습니다."

"최소한 제 추측이 맞았는지는 말씀해주실 수 있으시겠죠. 갑자기 놀라서 그 충격으로 죽은 건가요?"

"아니, 저는 그렇게 생각하지 않습니다. 그보다 더 확실하고 물리적인 원인이 있어요. 자, 이제 우리는 가야 할 것 같군요. 로일롯 박사가 돌아와서 우리를 보면 모든 게 허사가 될 테니까요. 그럼 조심하시고 용기를 내십시오. 제가 말씀드린 대로만 하시면, 미스 스토너를 위협하는 위험 요인을 반드시 제거해드리겠습니다."

셜록 홈스와 나는 크라운 여관에 거실이 딸린 침실을 구할 수 있었다. 방은 2층에 있었는데, 창문을 통해 스토크 모런 저택의 진입로가 시작되는 정문과 가족이 거주하는 부속 건물이 보였다. 땅거미가 질 무렵 그림스비 로일롯 박사의 마차가 지나갔다. 마차를 모는 어린 소년 옆에 로일롯 박사의 거대한 몸집이 우뚝 솟아 있었다. 소년이 무거운 철문을 여느라 끙끙대는 사이 호령하는 로일롯 박사의 음성이 들리고 허공에 대고 주먹질하는 모습이 보였다. 마차가 진입로를 올라가고, 잠시 후 나무들 사이로 등불이 비쳤다. 거실 중 하나에 램프를 켠 것 같았다.

"자네 그거 아나?"

짙어지는 어둠 속에 앉아 있다가 홈스가 말했다.

"오늘 밤에 자네를 여기 데려온 것에 대해 미안한 생각이 드네. 위험할 수도 있는 일인데 말이야."

"내가 도움이 될 수 있는 건가?"

"자네가 함께 있다는 것 자체가 큰 도움이지."

"그렇다면 내가 당연히 와야지."

"그렇게 말해주니 고맙네."

"위험하다고 하니까 말인데, 자네는 그 방들을 조사하면서 내가 보지 못한 것들을 본 것 같아."

"그런 건 아니고, 같은 걸 봤지만 나는 추론을 좀 더 많이 한 거지. 아마 자네도 내가 본 만큼 봤을 거야."

"내가 본 것들 중에는 설렁줄 말고 특이한 게 없었거든. 그리고 왜 그걸 달아놓았는지도 전혀 모르겠고."

"환기구도 봤지?"

"봤어. 하지만 방 사이에 작은 환기구를 내놓은 것이 별로 이상하게 보이진 않았어. 너무 작아서 쥐도 지나다닐 수 없겠던데 말이야."

"나는 스토크 모런에 오기 전부터 환기구가 있을 거라고 생각했네."

"어떻게 그걸!"

"암, 알고 있었지. 미스 스토너가 처음 우리를 찾아왔을 때 언니가 로일롯의 담배 냄새를 맡았다고 했지 않나. 그렇다면 당연히 두 방 사이에 통하는 지점이 있다는 거 아닌가. 그런데 그게 아주 작은 구멍이 아니었다면, 검시관의 심의에서 걸렸을 거야. 그래서 작은 환기구일 거라고 생각했지."

"그렇지만 그걸로 뭘 하겠어?"

"환기구를 설치한 시점과 설렁줄을 설치한 시점, 그 방에서 잔 언니가 사망한 시점이 우연이라기엔 이상할 정도로 일치한단 말이지. 자네는 뭔가 짚이는 게 없나?"

"아직은 연결을 짓지 못하겠네."

"그 침대를 보면서 이상하다고 생각한 점은 없었고?"

"없었는데."

"침대가 바닥에 고정되어 있었네. 그렇게 고정해놓은 침대를 본 적 있나?"

"그런 건 보지 못했지."

"그녀는 침대를 움직일 수 없었어. 환기구와 설렁줄, 그리고 침대의 상대적인 위치가 항상 똑같이 유지된다는 뜻이지. 더구나 밧줄은 벨을 당기기 위한 것도 아닌데 말이야."

"오, 홈스!"

나는 탄성을 질렀다.

"자네가 무슨 얘길 하는지 이제 좀 알겠네. 우리가 때맞춰 이곳에 온 덕분에 또 한 번의 교활하고 끔찍한 범죄를 막을 수 있게 되었군."

"아주 교활하고도 끔찍한 범죄지. 의사가 나쁜 마음을 먹으면 최고의 범죄자가 될 수 있다네. 배짱과 지식이 있으니까. 팔머와 프리처드도 자기 분야에서 일인자였지 않나. 로일롯 박사는 그들보다 한 수 위지만, 자네와 나는 그자보다 또 한 수 위임을 보여줄 수 있어. 그러기 위해서는 오늘 밤이 새기 전에 간담이 서늘해지는 경험을 하게 될 거야. 그러니 이제 잠시 조용히 파이프를 피우며 기분 전환을 하는 게 좋겠네."

9시가 되자 나무들 사이로 비치던 거실의 등잔불이 꺼지고 저택은 완전한 어둠에 잠겼다. 그리고 두 시간쯤 지나 11시가 되자, 밝은 빛 하나가 정면에 밝혀졌다.

"우리가 가도 된다는 신호로군."

홈스가 벌떡 일어서며 말했다.

"가운데 방에 켜졌어."

나오는 길에 여관 주인을 만나 몇 마디 나누며 사정을 설명했다. 밤늦게 지인을 방문하게 되어 그곳에서 밤을 지내게 될 것 같다고 했다. 곧 어두운 길로 들어서자 시린 바람이 얼굴을 때렸다. 정면에서 노란 불빛이 암울한 사건을 파헤치기 위해 밤길을 걷는 우리를 안내해주었다.

스토크 모런의 영지에 들어가는 일은 어렵지 않았다. 낡은 담장이 군데군데 무너져 틈새가 많았기 때문이다. 나무들 사이를 지나 잔디밭을 건넜다. 창문을 통해 막 방으로 들어가려는데 월계수 덤불에서 누군가가 튀어나왔다. 흉측하게 뒤틀린 형상을 한 아이 같았는데, 사지를 틀며 잔디 위로 몸을 던지더니 잔디밭을 달려 어둠 속으로 사라졌다.

"맙소사!"

나는 놀란 소리로 낮게 외쳤다.

"자네도 봤나?"

홈스도 잠시 놀란 듯 내 손목을 꼭 잡았다. 그러더니 숨죽여 웃으며 내 귀에 대고 속삭였다.

"아주 재밌는 집일세. 개코원숭이야."

로일롯 박사가 아낀다는 기이한 애완동물을 깜빡 잊고 있었다. 치타도 있다고 했는데. 어느 순간 어깨 위로 덮칠지도 모른다는 생각이 들었다. 솔직히 말하자면, 홈스가 하는 대로 신발을 벗고 창문을 통해 방 안으로 들어간 다음에야 마음이 놓였다. 홈스는 소리 없이 덧문을 닫고 등을 탁자 위로 옮긴 뒤 방 안을 둘러보았다. 모든 게 낮에 보았던 그대로였다. 홈스는 또다시 손을 말아 나팔처럼 내 귀에 대고 속삭였다. 너무 작게 말하는 바람에 반쯤밖에 못 알아들은 것 같았다.

"조금만 소리를 내도 계획은 물거품이 되는 거야."

나는 알아들었다는 뜻으로 고개를 끄덕였다.

"불도 켜지 말고 있어야 하네. 저자가 환기구를 통해 볼 수 있으니까."

나는 또다시 고개를 끄덕였다.

"잠들면 안 돼. 목숨이 달린 일이네. 만약을 대비해서 권총도 준비하고 있어. 나는 침대 한쪽에 걸터앉을 테니 자네는 의자에 앉게."

나는 권총을 꺼내 탁자 한쪽에 놓았다.

홈스가 가져온 길고 가는 지팡이는 자기가 앉은 자리에서 침대 위에 올려놓았다. 그 옆에 성냥 한 통과 양초를 놓았다. 그리고 등을 끄자 사방이 깜깜했다.

불침번을 섰던 그 무서운 밤을 어떻게 잊을까? 숨소리조차 들리지 않는 완벽한 정적이었다. 캄캄한 어둠 속이었지만 내 앞으로 몇 피트 거리에 홈스가 나만큼이나 긴장한 상태로 눈을 똑바로 뜬 채 앉아 있다는 걸 알고 있었다. 덧문까지 닫으니 빛이라곤 단 한 줄기도 들어오지 않았고, 우리는 완벽한 어둠 속에서 기다렸다.

밖에서 가끔 새 우는 소리가 들렸고, 긴 고양이 울음 같은 소리도 들리는 걸로 보아 치타가 정원을 자유로이 돌아다닌다는 걸 알 수 있었다. 멀리서 교회의 시계 소리가 15분마다 낮게 울려 퍼졌다. 그 15분이 얼마나 길게 느껴지는지! 12시가 지나고 1시, 2시, 3시가 될 때까지 우리는 무슨 일인가 일어나기를 기다렸다.

갑자기 환기구 쪽에서 섬광 같은 것이 번쩍였다. 그리고 기름 타는 냄새와 금속이 달궈지는 냄새가 강렬하게 나기 시작했다. 옆방에서 누군가가 한 면으로만 빛이 비치게 만들어진 등을 켠 것이 분명했다. 조심스럽게 움직이는 소리가 들리고 다시 한 번 정적이 흘렀다. 그러나 냄새는 점점 강해졌다. 귀를 쫑긋 세운 채 30분쯤 더 기다리니 또 다른 소리가 들리기 시작했다. 주전자에서 물이 끓어 김이 오르는 듯 낮고 부드러운 소리였다. 그 소리가 들리자마자 홈스가 침대에서 일어나 성냥불을 켰다. 그리고 지팡이로 설렁줄을 힘껏 내려쳤다.

"왓슨, 자네 봤나?"

홈스가 소리쳤다.

"봤어?"

하지만 나는 아무것도 보지 못했다. 홈스가 성냥불을 켜는 순간 낮은 휘파람 소리를 듣기는 했지만, 갑작스러운 불빛에 시야가 어두워져 홈스가 내려치는 것이 무엇인지 분간할 수는 없었다. 하지만 하얗게 질린 홈스의 얼굴은 볼 수 있었다. 몹시 두렵고 혐오스러운 광경을 목격한 사람처럼 몸서리를 치고 있었다. 내려치기를 멈춘 홈스는 환기구를 올려다보았다. 그 순간 밤의 정적을 깨고 지금까지 들어본 적 없는 무서운 비명이 터져 나왔다. 비명은 점점 커지더니 고통과 공포, 분노가 뒤섞여 목에 잠겨드는 괴성으로 바뀌었다. 나중에 사람들의 이야기에 따르면 그 소리는 마을 멀리에 있는 목사관까지 들렸으며, 곤히 자고 있는 사람들을 깨웠다고 한다. 심장이 얼어붙을 것 같은 소리를 들으며 우리는 서로를 바라보았다. 마침내 비명이 잦아들었다.

"뭐였을까?"

내가 숨을 몰아쉬며 물었다.

"모든 게 끝났다는 뜻이지."

홈스가 대답했다.

"어찌 됐든 최선의 결말을 맞은 거야. 권총을 들게. 로일롯 박사의 방으로 들어가야 하니까."

홈스는 침울한 표정으로 등을 들고 앞서서 복도를 걸었다. 방문을 두 번 노크했지만, 응답은 없었다. 홈스는 손잡이를 돌리고 방 안으로 들어갔다. 나도 권총을 장전한 채 뒤

따라 들어갔다.

방 안에는 기이한 풍경이 펼쳐져 있었다. 탁자 위에는 가림막이 반쯤 올라간 각등이 철제 금고를 향해 밝은 빛을 비추고 있었고, 금고 문은 살짝 열려 있었다. 탁자 옆 의자에는 그림스비 로일롯이 앉아 있었다. 회색 실내 가운 아래로 발목의 맨살이 보였고, 빨간색 터키식 슬리퍼를 신고 있었다. 무릎에는 낮에 보았던 긴 채찍이 놓여 있었다. 로일롯은 턱을 쳐들고 두려움이 가득 담긴 눈으로 천장의 한쪽 구석을 응시하고 있었다. 이마에는 노란 바탕에 갈색 얼룩무늬가 있는 특이한 띠가 둘러져 있었는데, 이마를 단단히 조이고 있는 듯 보였다. 우리가 들어갔는데도 그는 아무런 소리나 움직임이 없었다.

"띠! 얼룩무늬 띠로군!"

홈스가 조용히 속삭였다.

나는 한 발 더 다가섰다. 다음 순간 기이한 머리띠가 움직이기 시작하더니 로일롯의 머리카락 사이에서 납작한 다이아몬드 모양의 대가리가 모습을 드러냈다. 목이 잔뜩 부풀어 오른 뱀의 대가리였다.

"늪살모사였어!"

홈스가 소리쳤다.

"인도에서도 가장 악명 높은 독사라네. 물리고 나서 10초 만에 죽은 거야. 폭력은 폭력으로 돌려받게 마련이고, 교활한 모사꾼은 자기가 파놓은 함정에 빠지게 마련이지. 이놈은 제집에 넣어주고, 미스 스토너도 안전한 곳으로 보내야겠어. 그런 다음 경찰에 연락하세."

홈스는 그렇게 말하면서 민첩한 동작으로 죽은 로일롯의 무릎에 놓인 채찍을 집어 들어 고리 부분을 뱀 대가리에 씌우고 로일롯의 이마에 똬리를 튼 뱀을 낚아채어 금고 안으로 집어 던지고 문을 닫았다.

스토크 모런의 그림스비 로일롯은 그렇게 죽었다. 이 사실을 공포에 질린 미스 스토

너에게 어떻게 전했는지를 구구절절 설명하기 위해 이미 긴 이야기를 더 길어지게 할 필요는 없을 것 같다. 다음 날 아침 기차로 그녀를 품성 좋은 해로우의 이모에게 데려다줘서 그녀의 보살핌을 받게 한 일에 대해서도. 그리고 로일롯 박사가 위험한 동물을 함부로 다루다가 죽음을 맞게 된 것이라는 결론에 이르기까지 경찰의 조사가 얼마나 느리게 진행되었는가에 대해서도. 이번 사건에 관해 내가 아직 파악하지 못한 부분은 다음 날 돌아오는 길에 홈스가 설명해주었다.

"왓슨, 내 결론이 완전히 잘못되었네. 불충분한 데이터에 근거하여 추론한다는 것이 얼마나 위험한지를 다시 한 번 확인했어. 집시들이 거기에 머문다는 사실과, 미스 스토너의 언니가 죽으면서 외쳤다는 '띠'라는 말 때문에 전혀 다른 방향으로 추리하게 되었던 거야. 사실 그건 공포에 질린 그녀가 성냥 불빛에 얼핏 보고 말한 것일 뿐이었는데 말이야. 하지만 방 안에 있는 사람을 해칠 수 있는 위험 요인이 창문이나 방문으로 들어올 수 없다는 사실이 분명해지자마자 즉시 추론의 방향을 수정했다는 것 하나는 잘한 일인 것 같아. 자네에게 말했듯이, 곧바로 환기구와 침대에 늘어진 설렁줄에 주목했지. 설렁줄이 장식물에 불과하고 침대가 바닥에 고정되어 있다는 사실을 알고 나니, 설렁줄이 환기구를 통해 들어온 뭔가를 침대로 내려보내기 위한 장치가 아닌가 하는 의심이 들더군. 그러자 순간적으로 뱀이 떠올랐어. 거기에 로일롯 박사가 인도에서 들여온 동물들을 기르고 있다는 사실을 더하니, 나의 추론이 정확하다는 확신이 생기더군. 화학적인 방법으로 검출할 수 없는 독을 사용한다는 건 동양에서 의료 경험을 쌓은 로일롯이 할 수 있는 발상이지. 독의 효력이 빠르게 퍼진다는 점도 그에게는 유리했을 것일세. 뱀의 덧니가 남기게 될 두 개의 작은 점 같은 구멍은 아주 예리한 검시관이 아니면 잡아내지 못할 거라고 생각했겠지. 그다음에는 휘파람 소리를 떠올렸어. 아침 해가 뜨기 전에 뱀을 다시 불러들여야 했겠지. 로일롯은 뱀을 훈련했던 거야. 우리가 보았던 접시에 담긴 우유를 이용해 휘파람을 불면 돌아오도록 훈련했겠지. 매일 밤 최적의 시간이라고 생각되는 때에 환기구를 통해 뱀을 보내고, 뱀은 설렁줄을 타고 내려가 침대로 갔을 거야. 거기서 자는 사람은 뱀에게 물릴 수도 있고 안 물릴 수도 있어. 어쩌면 1주일 이상 무사했

을 수도 있고. 하지만 언젠가는 물리게 되어 있었던 것 아니겠나.

나는 로일롯의 방에 들어가기 전부터 그렇게 결론을 내리고 있었네. 그래서 그의 의자를 조사해보니 그 위에 자주 올라선 흔적이 역력했어. 환기구에 닿기 위해 올라가야 했던 거지. 금고, 접시에 담긴 우유, 채찍의 고리를 보니 더 이상 의구심을 가질 필요조차 없었다네. 미스 스토너가 들었다는, 철제 제품이 떨어지는 소리는 금고에 뱀을 집어넣고 문을 닫는 소리였어. 그렇게 결론을 내리고 나서, 자네도 알겠지만, 검증 단계에 들어간 거야. 그리고 뱀이 오는 소리가 들렸을 때 즉시 성냥을 켜고 그놈을 내려친 거지."

"그렇게 해서 뱀을 환기구로 돌려보낸 거로군."

"동시에 옆방에 있는 주인을 향하게 한 거야. 내 지팡이에 얻어맞은 뱀은 약이 잔뜩 올랐을 테고, 처음 눈에 띄는 사람에게 달려든 거지. 그러고 보면 그림스비 로일롯 박사의 죽음에 나도 간접적으로 책임이 있는 셈이지만, 그다지 양심의 가책을 느끼지는 않는다네."

9
어느 엔지니어의
엄지손가락

우 리가 가까운 친구로 지내온 수년 동안 홈스가 맡았던 많은 사건 중에 내가 소개한 사건은 두 건이었다. 하나는 해설리 씨의 엄지손가락 사건이고, 또 하나는 워버튼 대령의 광기 사건이다. 워버튼 대령의 광기 사건은 예리하고 독창적인 관찰자 홈스에게 최적의 기회를 제공했지만, 다른 하나는 처음부터 너무 기이했고 극적으로 전개되었기 때문에, 뛰어난 결과를 도출해내곤 했던 홈스의 추리 방식이 발휘될 기회는 적었다. 하지만 그 기록을 소개할 만한 가치는 충분하다고 여겨진다.

이미 신문에 여러 번 소개되었지만, 그러한 이야기가 늘 그렇듯이, 반 단 정도의 기사로 인쇄되어 소개되었을 때는 그 재미가 대폭 줄어들게 마련이다. 눈앞에서 서서히 사건이 전개되면서 새로운 사실이 드러나고 수수께끼가 풀려가다가 사건의 진실이 드러나는 것에 비하면 더욱 그렇다. 당시의 정황이 뇌리에 너무나 또렷이 박혀버려서 2년이 지난 지금도 전혀 흐려지지 않고 생생하다.

1889년 여름, 내가 결혼하고 얼마 지나지 않아서 일어난 그 사건에 대해 이제부터 요약해보려고 한다. 당시 나는 군대에서 제대하고 민간 의료를 시작했으며, 베이커 가에 있는 홈스의 하숙집에서 나와 따로 살고 있었다. 하지만 그의 집을 자주 방문했으며, 이제 보헤미안 같은 삶을 내려놓고 우리 집도 방문하면서 지내라고 그를 설득하곤 했다. 점차 나를 찾는 환자가 늘어났고, 집이 패딩턴 역에서 멀지 않다 보니 역무원들 중에도 나의 환자가 몇 명 생겼다. 그들 중에서 오랫동안 고질병으로 힘들어하는 사람을 치료해준 적이 있는데, 그는 지치지도 않고 나의 의술을 홍보해주면서 병으로 고생하는 사람들 중에 자기 말을 들을 만한 사람이 있으면 어떻게 해서든 내게 보내주곤 했다.

어느 날 아침, 노크 소리에 눈을 뜨니 7시가 되기 직전이었다. 하녀가 패딩턴 역에서 온 남자 둘이 진찰실에서 나를 기다리고 있다고 전했다. 그간의 경험상 철도 사고를 당한 사람은 경미한 부상인 경우가 드물었기 때문에 나는 서둘러 옷을 입고 내려갔다. 그러자 나와 오랫동안 알고 지낸 경비원이 진찰실에서 나오더니 등 뒤로 문을 닫았다.

"저 안에 데려다놓았어요."

경비원이 엄지손가락을 세워 어깨 너머를 가리키며 속삭였다.

"나쁜 상태는 아니에요."

"뭔데 그러세요?"

내가 물었다. 경비원의 말투나 표정이 진찰실 안에 아주 기이한 동물을 가둬놓은 듯한 분위기를 풍겼기 때문이다.

"새 환자예요."

그가 속삭였다.

"제가 직접 데려와야 한다고 생각했어요. 그래야 달아나질 못할 테니까요. 이제 저 안에 안전하게 데려다놓았으니 저는 가보겠습니다, 의사 선생님. 저도 가서 할 일이 있으니까요."

늘 나를 믿어주는 경비원은 그렇게 말한 뒤 내게 생각할 틈도 주지 않고 가버렸다.

진료실로 들어가자 탁자 옆에 소박한 트위드 정장 차림의 남자가 앉아 있었다. 부드러운 천으로 만든 모자는 탁자에 놓인 책 위에 얹어놓았다. 한 손을 손수건으로 감고 있었는데, 전체가 피로 얼룩져 있었다. 스물다섯 살이 넘지 않은 듯한, 남자다운 외모를 지닌 젊은이였는데 안색이 몹시 창백한 게 심한 불안을 감당하느라 심신의 기력을 소진한 사람 같았다.

"이렇게 이른 시간에 일어나시게 해서 죄송합니다."

그가 말했다.

"간밤에 심한 상처를 입어서요. 오늘 아침 기차로 와서 패딩턴 역에 내리자마자 의사 선생님을 찾았어요. 고맙게도 친절한 역무원이 저를 이리로 데려다주었습니다. 하녀에 게 제 명함을 주었는데, 탁자에 놓고 갔어요."

명함을 집어 읽어보았다. '빅터 해설리, 유압 엔지니어, 빅토리아 가 16A(3층)'. 이것 이 오늘 아침 나를 찾은 환자의 신상이었다.

"기다리시게 해서 죄송합니다."

나는 그렇게 말하고 의자에 앉았다.

"밤 기차로 오셨군요. 지루하셨겠네요."

"아니요. 지루했다고 할 수는 없었습니다."

그가 웃으며 말했다. 그러고는 의자에 기대고 온몸을 흔들며 크게 웃 었다. 의사의 직감으로 무슨 문제가 있음을 알아차릴 수 있었다.

"그만! 진정하세요!"

나는 물을 한 잔 따라주며 주의를 주었다.

하지만 한 번 터진 웃음은 쉽게 그쳐지지 않았다. 심각한 위기 상황을 겪은 뒤 그것이 끝났을 때 신경 발작적으로 쏟아내는 웃음 같은 것이었 다. 곧 그는 다시 정신을 차렸으며, 지치고 창백한 모습으로 돌아왔다.

"한심한 모습을 보여드려 부끄럽습니다."

그가 한숨을 쉬며 말했다.

"그렇지 않아요. 이걸 좀 마시세요."

물에 브랜디를 조금 섞어 마시게 했더니 창백했던 볼에 혈색이 돌았다.

"이제 좀 살 것 같네요!"

그가 말했다.

"선생님, 이제 제 손가락을 좀 봐주십시오. 아니, 손가락이 붙어 있었던 자리라고 해야 겠네요."

청년은 그렇게 말하면서 손수건을 풀고 손을 내밀었다. 그의 손을 보는 순간, 의료 경험으로 단련되었다고 믿었던 나의 신경이 경련을 일으키는 것 같았다. 네 개의 손가락은 그대로였지만, 엄지손가락이 있어야 할 자리에는 끔찍하리만치 새빨간 해면층이 드러나 있었다. 손가락은 뿌리에서부터 잘리거나 찢겨나간 것 같았다.

"이런 세상에, 끔찍한 사고를 당하셨군요. 출혈이 심했을 텐데요."

"네, 그랬습니다. 정신을 잃었으니까요. 그 후로 한동안 감각이 없었던 것 같습니다. 정신을 차렸을 때도 여전히 피가 흐르고 있었어요. 그래서 손수건으로 손목을 묶고 나뭇가지로 수건을 조여서 지혈했습니다."

"아주 잘했어요! 외과 의사가 됐어도 좋았겠군요."

"이것 역시 유체역학의 문제이지 않습니까. 제 전공 분야니까요."

"아주 무겁고 예리한 것에 잘린 것 같군요."

내가 상처 부위를 살펴보며 말했다.

"식칼 같은 것이죠."

"사고였나 보죠?"

"아닙니다."

"뭐라고요? 그럼 죽이려고 공격을 한 거란 말인가요?"

"살해 의도가 있었다고 볼 수도 있죠."

"그 말을 들으니 오싹하는군요."

나는 상처 부위를 닦아내고 치료해준 뒤 탈지면으로 덮고 탄화 밴드를 붙여주었다. 그는 얼굴도 찡그리지 않고 의자에 기대앉아 가끔 입술을 지그시 깨물었다.

"어떻습니까?"

치료를 마치고 물었다.

"아주 좋습니다! 브랜디를 마시게 해주시고 밴드를 감아주시니, 새로 태어난 느낌이에요. 완전히 탈진한 상태였는데 이제 기운이 나서 뭐든 할 수 있을 것 같네요."

"아직은 지난밤의 일에 대해 얘기하지 않는 게 좋을 겁니다. 정신적으로 부담될 테니까요."

"아, 아니에요. 지금은 괜찮습니다. 경찰에게도 진술하겠지만, 제 손의 상처가 입증해주지 않는다면 아무도 제 이야기를 믿으려 하지 않을 거예요. 너무나 희한한 일을 당했는데 제 말을 증명할 방법이 없는 거죠. 그리고 설령 경찰이 제 말을 믿는다고 해도, 제가 내놓을 수 있는 단서라는 게 너무 모호해서 법적으로 효력을 가질지 모르겠습니다."

"아, 그러시군요. 그런 문제를 해결하고 싶으시다면, 경찰서에 가기 전에 내 친구 셜록 홈스를 한번 만나보는 것도 좋을 겁니다."

"아, 저도 그분에 대해 들었습니다."

젊은이가 말했다.

"그분이 제 일을 맡아서 수사해주신다면 저는 감사하지요. 물론 경찰의 도움도 받아야겠지만요. 그분을 소개해줄 수 있으시겠습니까?"

"더 좋은 방법이 있지요. 나와 함께 그를 만나러 가시죠."

"그렇게 해주신다면 정말 감사하겠습니다."

"마차를 불러서 같이 갑시다. 지금 가면 다 같이 아침 식사를 할 수 있겠군요. 괜찮으시겠습니까?"

"네, 좋습니다. 제가 겪은 일을 말씀드리기 전에는 마음이 편해질 수 없을 것 같아요."

"하인에게 마차를 부르라고 하고 올 테니 잠깐만 기다리십시오."

나는 2층으로 가서 아내에게 어떻게 된 상황인지 간단히 설명해주었다. 그리고 나서

5분쯤 후, 젊은이와 나는 이륜마차를 타고 베이커 가로 향했다.

예상했던 대로 홈스는 거실에서 가운 차림으로 식전 담배를 피우며 〈타임스〉의 사설 광고란을 읽고 있었다. 그의 식전 담배는 전날 피우고 남은 꽁초나 코담배 찌꺼기를 모아 벽난로 위 선반에 말려두었다가 다시 피우는 것이다. 홈스는 평소처럼 조용하고 편안하게 우리를 맞아들이고 나서 신선한 베이컨과 달걀 요리를 주문해 함께 먹었다. 식사가 끝나자 홈스는 젊은이를 소파에 눕히고 머릿밑에 베개를 받쳐준 다음, 브랜디가 담긴 잔과 물을 그의 손이 닿는 곳에 놓아주었다.

"흔하지 않은 경험을 하신 것 같군요, 해설리 씨."

홈스가 말했다.

"당신 집처럼 편안하게 누워 계셔도 됩니다. 어떤 일이 있었는지 이야기해주시되, 힘들면 언제든 쉬세요. 브랜디 한잔하시면 기운이 좀 나실 겁니다."

"감사합니다."

젊은이가 대답했다.

"의사 선생님께서 치료해주시고 나서 새로 태어난 느낌이에요. 게다가 선생님 덕분에 아침 식사까지 든든히 하고 나니 완전히 회복된 것 같습니다. 바쁘신 선생님의 시간을 너무 많이 빼앗지 않도록 이제 제가 겪은 기이한 경험을 말씀드리겠습니다."

홈스는 그의 안락의자에 앉고, 나는 그 맞은편에 앉아 젊은 유압 엔지니어가 자세하게 털어놓는 이야기를 들었다. 홈스의 피곤하고 졸음에 겨운 표정 뒤에는 그의 예리하고 열정적인 기질이 작동하고 있었다.

"저는 고아인데다 현재 독신입니다. 런던에 있는 하숙집에서 혼자 살고 있어요. 유압 엔지니어로 일하고 있는데, 그리니치에서 유명한 기업인 베너 앤 매더슨에서 7년간 수습공으로 일하면서 기술을 배웠습니다. 2년 전에 수습 기간이 끝났는데, 그즈음 아버지가 돌아가시면서 상당한 재산을 물려받게 되었어요. 저는 독자적으로 사업을 해보기로 마음먹고 빅토리아 가에 사무실을 열었습니다.

누구나 처음 사업을 할 때는 힘든 일이 많지만, 저는 특히 더 그랬던 것 같아요. 2년 동안 들어온 일감이 세 건의 상담과 한 건의 소규모 작업뿐이었답니다. 총수입이 27파운드 10실링밖에 안 되더군요. 매일 오전 9시부터 오후 4시까지 작은 사무실에서 손님을 기다렸습니다. 그러다가 결국은 가슴이 답답해지면서 사업을 시작하지 말았어야 했다는 후회를 하곤 했죠.

어제는 막 사무실을 나서려는데, 직원이 들어오더니 손님이 오셔서 저를 만나고 싶어한다고 알려주는 거예요. 직원이 전해준 명함을 보니 '라이샌더 스타크 대령'이라고 새겨져 있었습니다. 그러고는 곧바로 대령이 들어왔습니다. 보통 키보다 조금 큰 듯하고 무척 마른 신사였습니다. 그렇게 마른 사람은 처음 본다는 생각이 들 정도였어요. 얼굴에 살이 너무 없어서 코와 턱밖에 안 보였고, 볼의 피부는 튀어나온 광대뼈에 들러붙은 것 같았습니다. 하지만 눈빛이 강렬하고 걸음걸이와 동작에 기운이 넘치는 것으로 보아 선천적으로 마른 체질일 뿐 아픈 사람 같지는 않더군요. 수수하지만 말끔한 옷차림새에 30대 후반 정도로 보였습니다.

'해설리 씨요?'

그가 독일어 억양이 섞인 어투로 물었습니다.

'지인의 소개로 찾아왔소. 당신이 기술도 좋고 신중해서 고객의 비밀을 지킬 수 있는 사람이라고 하더이다.'

그런 말을 들으면 누구라도 그렇겠지만 저도 몹시 기분이 좋아져서 고개 숙여 감사 표시를 하고 물었죠.

'저를 그렇게 칭찬해주신 분이 누군지 물어봐도 되겠습니까?'

'지금은 말하지 않는 게 좋을 것 같소. 그리고 그 사람에게서 당신이 고아이고 독신이며, 런던에 혼자 살고 있다는 이야기도 들었소.'

'맞습니다.'

제가 대답했죠.

'그런데 실례지만, 그런 것들이 제 일과 무슨 관련이 있는지 모르겠군요. 일 때문에 저를 만나러 오신 걸로 알고 있는데요?'

'그렇소. 하지만 내가 이야기한 것들이 결국 일과 관련되어 있다는 걸 곧 알게 될 거요. 당신에게 일을 의뢰하고 싶은데, 비밀을 지켜야 한다는 게 첫 번째 조건이오. 절대적인 비밀 보장 말이오. 가족들에 둘러싸여 사는 사람보다는 독신인 남자가 그럴 가능성이 높다는 게 우리의 생각이오.'

'제가 만약 비밀 보장을 약속한다면, 그 점에 대해서는 전적으로 믿으셔도 될 겁니다.'

제가 대답하는 동안 그는 저를 뚫어지게 바라보았습니다. 지금까지 그렇게 의심 가득한 눈초리는 본 적이 없었어요.

'약속할 수 있소?'

마침내 그가 물었습니다.

'네, 약속합니다.'

'일을 하기 전에도, 하는 중에도, 끝내고 나서도 절대적이고 완벽한 비밀 보장을 약속하겠소? 그 일에 관해서는 구두로든 서면으로든 절대로 밝히지 않을 자신이 있소?'

'이미 말씀드리지 않았습니까.'

'좋소.'

그는 벌떡 일어나 번개처럼 방을 가로지르더니 방문을 벌컥 열었습니다. 밖엔 아무도 없었어요.

'이제 됐소.'

그가 자리로 돌아오면서 말했습니다.

'가끔은 주인의 일에 관심 갖는 직원들이 있어서 말이오. 이제 안심하고 얘기를 나눠도 되겠군.'

그는 의자를 가까이 끌어오더니 조금 전과 같은 의심과 계산이 가득한 눈초리로 저를 뜯어보았습니다.

그 깡마른 사내의 괴팍한 행동에 불쾌감과 함께 두려움 같은 게 밀려오더군요. 고객을 잃는 한이 있어도 더 이상 참을 수 없다는 생각이 들었습니다.

'손님, 이제 일 얘기를 해주시면 감사하겠습니다. 제 시간도 소중하니까요.'

마지막 말은 안 했더라면 좋았겠지만, 저도 모르게 나오고 말았어요.

'하룻밤 일당으로 50기니면 되겠소?'

그가 물었습니다.

'좋습니다.'

'하룻밤이라고 했지만, 실제로 일하는 시간은 한 시간 정도일 거요. 기어가 맞물리지 않는 유압 프레스에 관해 당신의 의견을 듣고 싶은 것뿐이니까. 어디가 이상한지만 말해주면 우리가 고칠 수 있소. 그런 일인데 어떻소?'

'일이 간단한 데 비해서 보수는 대단히 후하게 주시는군요.'

'그렇소. 오늘 밤 마지막 기차로 와줬으면 하는데.'

'어디로 가면 됩니까?'

'버크셔에 있는 아이포드요. 옥스퍼드셔 경계 가까이에 있는 작은 마을인데 레딩에서는 7마일 거리요. 패딩턴 역에서 마지막 기차를 타면 11시 15분에 도착할 거요.'

'좋습니다.'

'내가 마차로 데리러 가겠소.'

'다시 마차를 타고 가야 합니까?'

'그렇소. 우리가 일하는 곳이 좀 외진 곳에 있어서. 아이포드 역에서 7마일은 될 거요.'

'그렇다면 자정 전에 도착하기는 힘들겠군요. 제가 다시 기차를 타고 돌아올 수도 없을 테니 별수 없이 그곳에서 밤을 보내야겠네요.'

'그렇소. 하지만 우리가 잠자리를 마련해줄 수 있소.'

'저는 좀 이해할 수가 없는데요. 좀 더 편리한 시간에 가서 할 수는 없나요?'

'당신이 늦은 시간에 오는 것이 가장 좋다고 판단한 거요. 그로 인한 불편을 보상할 만큼의 보수를 제시한 거고. 젊고 이름도 없는 당신에게 그 분야 최고의 전문가에게 상담하는 값을 치르겠다고 하지 않소. 그렇지만, 원하지 않는다면 지금도 늦지 않았소.'

50기니가 얼마나 많은 돈이며 제게 유용할 것인가를 생각해보았습니다.

'그런 건 아닙니다. 기꺼이 원하시는 대로 하겠습니다. 그렇지만 제게 의뢰하시려는

일에 대해 좀 더 자세히 알고 싶은데요.'

'그렇겠지. 우리가 철저한 비밀 보장을 요구했으니 당신도 호기심과 약간의 의구심이 드는 건 당연한 일일 거요. 사전에 충분히 설명하지 않고 일을 하라고 강요하지는 않겠소. 엿듣는 사람이 없는 건 확실한 거요?'

'없습니다.'

'그렇다면 얘기해주겠소. 백토라는 흙이 영국에서도 한두 군데에서만 나는 상당히 귀한 물질이라는 사실을 알고 있소?'

'저도 들은 적이 있습니다.'

'얼마 전 내가 레딩에서 10마일 정도 떨어진 곳에 아주 작은 땅을 샀소. 그런데 운 좋게도 한쪽에 백토가 매장되어 있다는 사실을 알게 되었소. 하지만 조사를 해보니 매장량이 아주 적은 거요. 내 땅과 좌우로 이웃하고 있는 땅에 대량으로 묻혀 있고, 내 땅에는 두 지점을 연결하는 지맥이 지나가는 거였소. 이웃 사람들은 금맥만큼이나 귀중한 물질이 자기 땅에 묻혀 있다는 사실을 전혀 모르고 있소. 나는 당연히 그들이 사실을 알기 전에 그 땅을 사고 싶지만, 안타깝게도 그럴 만한 돈이 없소. 몇몇 친구에게 비밀을 말해주었더니, 조용하고 은밀하게 내 땅에 있는 백토를 캐내서 팔라고 하더군. 그 돈으로 이웃의 땅을 사라는 거지. 그래서 한동안 그 일을 해오고 있소. 작업을 좀 수월하게 하려고 유압 프레스를 설치했고. 그런데 내가 말했듯이 그 프레스가 고장이 났고, 당신의 의견을 듣고 싶은 거요. 우리는 이 비밀을 철저하게 지키고 있소. 우리가 유압 엔지니어를 불렀다는 사실이 알려지면 곧 이웃 사람들이 궁금해하기 시작할 거고, 만약 사실이 들통나면 그들의 땅을 사려는 계획은 물론 우리의 계획이 물거품이 될 거란 말이오. 그래서 당신에게 오늘 밤 아이포드에 가는 일에 대해 누구에게도 발설하지 않겠다는 맹세를 하라고 한 거요. 내 말 이해하겠소?'

'이해합니다.'

제가 대답했어요.

'한 가지 이해되지 않는 것은 백토를 캐내는 데 왜 유압 프레스를 써야 하느냐는 겁니

다. 제가 알기로는 구덩이에서 자갈을 퍼내듯이 캐내면 되는데 말이죠.'

'아! 그건……'

그가 아무렇지 않은 듯이 말했습니다.

'우리만의 공정이 있기 때문이오. 흙을 벽돌처럼 압축해서 누가 보더라도 그게 뭔지 알아보지 못하는 상태로 캐내는 거요. 하지만 그건 중요하지 않소. 해설리 씨, 난 이제 당신을 완전히 믿기로 했소. 그래서 이렇게 털어놓음으로써 그걸 확인시켜주는 거요. 그럼 아이포드에서 11시 15분에 봅시다.'

그렇게 말한 뒤 그는 일어섰습니다.

'네, 가서 뵙겠습니다.'

'한마디도 발설하지 마시오.'

그는 다시 한 번 의심 짙은 눈빛으로 저를 뚫어지게 바라보았습니다. 그러고는 차갑고 축축한 손을 내밀어 짧은 악수를 나누고 황급히 나갔습니다.

저는 차분한 마음으로, 갑자기 맡게 된 그 일에 대해 다시 한 번 생각해보았습니다. 한편으로는 기쁘더군요. 제가 평소에 일을 해주고 받는 금액의 열 배는 되었으니까요. 게다가 그 일이 잘 끝나면 다른 일이 또 들어올 가능성도 있었고요. 그렇지만 그의 얼굴이나 태도를 떠올리면 불쾌했습니다. 백토에 관한 설명도 저를 한밤중에 그곳으로 부르기에 합당한 이유라고 생각되지 않았고요. 게다가 제가 누군가에게 그 일에 대해 말할까봐 전전긍긍하는 모습도 좀 이상했습니다. 하지만 모든 걱정과 두려움을 바람에 날려버리기로 했습니다. 저녁을 든든히 먹고 패딩턴으로 향했지요. 그가 요구한 대로 아무에게도 말하지 않고요.

레딩에 도착해서는 기차를 갈아타야 했어요. 다행히 아이포드로 가는 마지막 기차를 탈 수 있었고 11시 조금 넘어서 어둑한 아이포드 역에 내렸습니다. 승차장에는 역무원 한 명이 졸린 눈으로 랜턴을 들고 서 있을 뿐 아무도 없었습니다. 개찰구를 빠져나오니 라이샌더 대령이 길 건너편 어두운 곳에 서 있었어요. 그는 아무 말도 하지 않고 다짜고짜 제 팔을 잡더니 대기 중인 마차에 태웠습니다. 그러고는 양쪽 창문을 닫고 정면으로 향한 조그만 창문을 톡톡 두드리니 마차가 출발했습니다."

"말은 한 필이었나요?"

홈스가 물었다.

"네. 한 필이었습니다."

"무슨 색깔인지는?"

"아. 마차에 타면서 측등의 불빛에 얼핏 보았어요. 밤색이었습니다."

"지쳐 보이던가요, 아니면 기운차게 보이던가요?"

"아주 기운차고 윤기가 흘렀습니다."

"알겠습니다. 이야기를 끊어서 미안해요. 흥미로운 사건이군요. 계속해주시죠."

"마차로 한 시간 정도 달렸을 거예요. 라이샌더 스타크 대령은 7마일이라고 했지만, 마차의 속도와 시간으로 봐서 12마일은 되는 것 같았죠. 대령은 말없이 제 옆에 앉아 있었는데, 제가 슬쩍 그쪽으로 눈길을 돌릴 때마다 저를 뚫어지게 보고 있는 그의 시선을 느낄 수 있었습니다. 시골길이기도 했지만, 그 지역은 특히 길이 험한지 마차가 심하게 흔들렸어요. 밖을 내다보고 싶었지만, 창문에 간유리가 끼워져 있어서 가끔 불빛이 지나가는 것 외에는 아무것도 볼 수 없었습니다. 가는 동안 침묵을 깨기 위해 제가 가끔 뭔가를 물어봐도 그는 단답형으로 응대할 뿐이라서 대화가 이어지지 않았습니다. 마침내 울퉁불퉁한 길이 끝나고 포장도로에 들어섰습니다. 그리고 곧 마차가 멈췄어요. 라이샌더 대령이 먼저 내리고 저도 따라 내렸습니다. 그러자 바로 앞에 현관문 하나가 열려 있었는데, 대령은 제 팔을 잡아끌어 얼른 데리고 들어갔습니다. 그러다 보니 집의 정면이 어떻게 생겼는지도 얼핏 본 게 전부였어요. 문 안으로 들어서자마자 뒤에서 문이 쾅 하고 닫히더니, 덜컹거리는 마차 바퀴 소리가 들렸습니다.

집 안은 캄캄했습니다. 라이샌더 대령이 혼잣말로 뭐라고 중얼거리며 성냥을 찾고 있는데, 복도 반대편에 있는 문이 열리더니 노란 불빛이 길게 비쳐들었습니다. 불빛이 점점 넓어지면서 손에 램프를 든 여인이 보였어요. 그녀는 램프를 머리 위로 높이 들고 고개를 내밀어 우리 쪽을 바라보았습니다. 그녀는 아름다웠으며 짙은 색 드레스를 입고 있었는데, 불빛에 비치는 옷감의 광택으로 보아 고급 천인 것 같았습니다. 그녀가 외국어로 뭔가 물어보자 라이샌더 대령이 퉁명스럽고 짧게 대답했는데, 그 말을 들은 여인은 너무 크게 놀라는 바람에 들고 있는 램프를 떨어뜨릴 뻔했습니다. 그러자 대령이 그녀에게 다가가 귀에 대고 뭔가 속삭이고는 그녀를 밀어서 방 안으로 들여보낸 뒤 램프를 들고 다시 제게로 다가왔습니다.

'이 방에서 잠시 기다려주시오.'

대령이 또 다른 방문을 열며 말했습니다. 조용하고 소박하게 꾸며진 방이었어요. 가운데에 놓인 둥근 탁자에는 독일어 책이 몇 권 흩어져 있었습니다. 대령은 문 옆에 있는 작은 오르간 위에 램프를 올려놓았습니다.

'오래 기다리게 하지는 않을 거요.'

대령은 그렇게 말하고 어둠 속으로 사라졌습니다.

혼자 남은 저는 탁자 위에 있는 책들을 들춰보았어요. 독일어에 문외한이긴 하지만, 그중에 두 권은 과학 논문이고 다른 건 시집이라는 것 정도는 알 수 있었습니다. 창문으로 바깥을 볼 수 있을까 해서 맞은편에 있는 창문으로 다가갔습니다. 하지만 참나무로 만든 덧문이 닫혀 있고 빗장이 채워져 있더군요. 사방이 고요했습니다. 복도에서 째깍거리는 시계 소리가 들려오긴 했지만, 그 외에는 쥐 죽은 듯이 조용했습니다. 뭔지 모르게 불안한 느낌이 올라오기 시작했습니다. 이 독일 사람들은 대체 누구이며, 뭘 하느라 이 시골에 와 있는 걸까? 여긴 어딜까? 아이포드에서 10마일 정도를 왔다는 것밖에, 동서남북 어느 방향으로 왔는지는 알 수 없었으니까요. 그렇지만 레딩을 비롯해 다른 큰 도시들이 그 정도의 거리에 있다면, 그다지 외딴곳은 아니라는 생각이 들었습니다. 그렇지만 깊은 정적으로 보아 시골인 건 틀림없었지요. 저는 마음을 안정시키기 위해 작게 콧노래를 부르며 방 안을 서성였습니다. 그러면서 50기니를 벌게 되었다는 사실에 집중하려고 노력했어요.

그러는 중 사방이 고요한 가운데 문이 천천히 열렸습니다. 그리고 조금 전에 봤던 여성이 어두운 복도를 배경으로 서 있었습니다. 방에 켜놓은 램프의 노란 불빛이 진지하면서도 아름다운 그녀의 얼굴을 비췄어요. 얼핏 보기에도 그녀는 잔뜩 겁에 질려 있었습니다. 저도 가슴이 서늘해졌어요. 그녀는 떨리는 손가락을 세워 제게 조용히 하라는 신호를 보냈습니다. 그러고는 놀란 말처럼 어둠을 돌아보며 서툰 영어로 제게 속삭였어요.

'저라면 떠나겠습니다.'

그녀는 애써 침착하게 말했어요.

'저라면 가겠어요. 여기 있지 마세요. 당신에게 좋을 일이 하나도 없습니다.'

'그렇지만 부인…… 아직 의뢰받은 일을 하지 않았는데요. 기계를 살펴보고 나서 가겠습니다.'

제가 말했어요.

'그럴 만한 가치가 없는 일입니다.'

그녀가 말을 이었어요.

'이 문으로 나가시면 돼요. 지금 아무도 없어요.'

그래도 제가 미소를 지으며 고개를 젓자, 그녀는 두려움을 무릅쓰고 두 손을 맞잡은 채 앞으로 다가서서 속삭였어요.

'제발 가세요! 늦기 전에 여길 떠나셔야 해요!'

하지만 제가 천성적으로 고집스러운 편인데다 한번 마음먹은 일은 난관에 부딪힐수록 더 매달리는 성격입니다. 그리고 제가 받기로 한 50기니와 고생스러웠던 여정, 제가 지내야 할 썩 편할 것 같지 않은 밤을 생각해봤지요. 이제 와서 어떻게 포기한단 말인가! 내가 왜 의뢰받은 일을 하지도 않고, 받기로 한 보수를 포기한 채 몰래 빠져나가야 하지? 그녀가 매사에 지나치게 신경을 쓰는 편집증 환자일지도 모른다는 생각이 들었습니다. 그녀의 진지한 태도에 마음이 흔들린 건 사실이지만, 저는 고개를 가로저으며 남아서 맡은 일을 하겠다는 의사를 분명히 밝혔습니다. 그녀가 다시 저를 설득하려는데 2층에서 문소리가 나더니 누군가가 계단을 내려오는 소리가 들렸습니다. 그녀는 잠시 귀를 기울이더니 어쩔 수 없다는 듯 두 손을 들어올려 보이고는 들어올 때처럼 소리 없이 가버렸습니다.

잠시 후 라이샌더 대령이 땅딸막하고 다부진 사내와 함께 들어왔습니다. 이중으로 늘어진 턱 사이에 친칠라 같은 수염을 기른 사내였는데 이름이 퍼거슨이라고 했습니다.

'이 친구는 내 비서이자 관리인이요.'

대령이 말했어요.

'그건 그렇고, 내가 조금 전에 이 문을 닫고 간 것 같은데. 혹시 외풍이 들어와 춥지 않았소?'

'아, 전혀 아닙니다. 조금 답답한 것 같아서 제가 열어놓았습니다.'

대령은 예의 그 의심스러운 눈초리로 저를 쏘아보았습니다.

'그럼 바로 일을 시작합시다.'

대령이 말했어요.

'퍼거슨이 2층으로 안내해서 기계를 보여줄 거요.'

'안전모를 써야 할 것 같은데요.'

'아, 괜찮소. 집 안에 있으니까.'

'네? 백토를 집 안에서 캐낸다는 말입니까?'

'아니, 아니요. 집 안에서는 압축만 할 뿐이오. 하지만 그런 건 신경 쓰지 마시오. 당신은 기계를 점검하고 뭐가 잘못됐는지만 알려주면 되는 거요.'

우리는 다 같이 2층으로 올라갔습니다. 램프를 든 대령이 앞장서고 저와 뚱뚱한 관리인이 뒤에서 따라갔지요. 오래된 저택 안은 미로 같았어요. 회랑, 통로, 좁은 나선형 계단, 낮고 작은 문, 대대손손 넘어 다니면서 닳고 닳은 문지방들. 지상층 위로는 가구가 전혀 없었습니다. 회반죽이 벗겨진 벽에는 습기 때문에 지저분한 녹색 얼룩이 번져 있었고요. 가능한 한 태연한 척하려 했지만, 그 여자의 경고를 떨쳐버릴 수는 없더군요. 떠나라는 그녀의 말을 무시했지만, 함께 걷는 두 사내를 향한 경계를 늦추지는 않았지요. 퍼거슨은 말이 없고 음침한 사람 같았는데, 몇 마디 할 때 보니 영국인 같았습니다.

나지막한 문 앞에 이르자 라이샌더 대령이 멈춰 서서 자물쇠를 풀었어요. 정사각형인 방은 너무 작아서 우리 셋이 겨우 들어설 정도였습니다. 퍼거슨은 밖에서 기다리고 대령이 저를 안내했어요.

'이제 우리는 유압 프레스 안에 들어온 거요. 누군가가 지금 기계를 작동시키면 우리는 아주 불쾌한 경험을 하게 되겠지. 이 작은 방의 천장은 피스톤의 바닥면이오. 이 면이 수 톤이나 되는 압력으로 철제 바닥면을 향해 내려오지. 외벽에는 작은 수로가 연결되어 있어서 힘을 받아 증폭시키고 전달하는 역할을 하는 거요. 물론 당신도 잘 알고 있겠지만. 지금도 그런 대로 잘 돌아가고 있지만 작동할 때 좀 뻑뻑하고, 전보다 힘이 약해졌소. 당신이 살펴보고 어떻게 고쳐야 하는지 알려주시오.'

저는 대령에게서 램프를 받아들고 기계를 찬찬히 살펴보았습니다. 크기가 어마어마했고, 엄청난 압력을 낼 수 있는 기계였습니다. 밖으로 나와 조종키를 내려보니 쉭 소리가 나는 게 어딘가 새고 있다는 걸 알 수 있었어요. 그 때문에 측면 실린더 중 하나를 통해 물이 역류하는 게 분명했습니다. 좀 더 자세히 점검해보니 구동 로드의 머리 부분을 감싸고 있는 인도산 고무 밴드 중 하나가 오그라들어서 소켓과 구동 로드 사이에 틈이 생겨 있었습니다. 프레스의 힘이 약해진 것이 그 때문임을 확인하고 나서 대령과 퍼거

슨 씨에게 제 의견을 말했습니다. 대령은 제 말을 귀 기울여 듣고 나서, 수리를 하려면 어떤 과정을 거쳐야 하는지와 같은 몇 가지의 기술적인 문제를 물어보았습니다. 그의 질문에 답해주고 나서 저는 다시 프레스의 내실로 들어가 궁금한 부분을 자세히 살펴보았습니다. 얼핏 봐도 백토를 캐낸다는 말은 핑계임이 분명했습니다. 그 정도의 작업을 하려고 그렇게나 강력한 엔진을 사용한다는 건 말이 안 되니까요. 벽은 나무 재질이었지만 바닥은 커다란 철판이었어요. 바닥을 자세히 살펴보니 작은 금속 조각이 가득 떨어져 있었어요. 저는 그것들이 뭔지 확인하려고 몸을 굽혀 긁어보았습니다. 그 순간 독일어로 뭐라고 외치는 소리가 들렸어요. 고개를 들어보니 대령이 귀신처럼 새파랗게 질린 얼굴로 저를 내려다보고 있었습니다.

'거기서 뭐 하고 있나?'

그가 소리쳤습니다.

저는 그렇게까지 장황한 이야기로 저를 기만했다는 사실에 몹시 화가 났습니다.

'대령님의 백토를 감상하고 있었습니다. 프레스의 용도를 정확히 알았다면 좀 더 도움이 되는 조언을 해드릴 수 있었을 텐데 말이죠.'

그렇지만 그 말이 입 밖으로 나오는 순간 저는 경솔하게 말한 것을 후회했습니다. 대령의 얼굴이 굳어지더니 잿빛 눈에서 악마의 불꽃이 튀었기 때문이죠.

'잘하셨소. 기계에 대해서는 당신이 잘 알겠지.'

대령은 한 걸음 뒤로 물러서더니 작은 문을 쾅 닫고 잠갔습니다. 저는 얼른 앞으로 달려가 손잡이를 돌렸지만 아주 견고해서 발로 차고 밀쳐도 꿈쩍하지 않았습니다. 저는 소리쳤습니다.

'이봐요! 이봐요! 대령님! 날 내보내줘요!'

그러다가 어느 순간 정적을 뚫고 무슨 소리가 들렸습니다. 심장이 멎을 것 같았어요. 철컥하고 조종키 움직이는 소리와 함께 실린더에 물 새는 소리가 들렸던 것입니다. 대령이 엔진을 작동시킨 것이었죠. 램프는 제가 내실을 점검하느라 내려놓은 자리에 그대로 있었어요. 그 불빛에 검은 천장이 서서히 내려오는 게 보였어요. 기계를 누구보다 잘 알고 있는 저는 그 힘이면 1분 안에 저를 종잇장처럼 만들어버릴 수 있다는 것도 알고 있었습니다. 저는 온몸으로 문에 부딪치고 소리치고 손톱으로 자물쇠를 긁어댔습니다. 대령에게 나를 꺼내달라고 애원했지만, 조종키의 덜컹거리는 굉음에 잠겨버리고 말았

습니다. 천장이 머리 위로 1~2피트까지 내려왔습니다. 손을 올리니 천장의 딱딱하고 거친 면이 만져졌어요. 그 순간 내가 어떤 자세로 최후의 순간을 맞이하느냐에 따라 죽음의 고통이 달라지리라는 생각이 들었습니다. 얼굴을 바닥에 대고 엎드리면 천장의 무게가 척추에 전달될 텐데, 부러질 때의 고통을 생각하자 진저리가 쳐졌습니다. 천장을 보고 눕는 편이 낫겠다 싶었지만, 검은 천장이 나를 향해 내려오는 것을 바라볼 용기가 있을까? 그때, 이미 똑바로 설 수 없는 상태에서 뭔가가 눈에 들어왔습니다. 순간적으로 한 줄기 희망의 빛이 보였어요.

바닥과 천장은 철판이지만 벽은 나무라고 말씀드렸잖아요. 위기일발의 상황에서 사방을 둘러보는데 두 개의 판자 사이로 노란 불빛이 비쳤습니다. 작은 판자가 뒤로 밀리면서 불빛이 넓어졌어요. 거기에 죽음의 공간에서 빠져나갈 수 있는 문이 있다는 게 순간적으로 믿기지 않았습니다. 다음 순간 저는 그 문을 향해 몸을 날렸고, 다음 순간 반쯤 기절한 상태로 문밖에 쓰러져 있었습니다. 판자는 제자리로 돌아갔고, 잠시 후 램프 찌그러지는 소리와 두 개의 철판이 맞닿는 소리가 들렸습니다. 간발의 차이로 탈출했다는 걸 알 수 있었죠.

누군가가 손목을 세차게 잡아당기는 바람에 정신이 들었습니다. 그리고 제가 좁은 복도의 돌바닥에 누워 있다는 걸 알았죠. 어떤 여자가 오른손에 촛불을 든 채 왼손으로 저를 끌어당기고 있었어요. 제게 달아나라고 충고해준 바로 그 여자였습니다. 제가 어리석게도 무시했지만요.

'어서 오세요! 어서!'

그녀가 가쁜 숨을 몰아쉬며 외쳤어요.

'그들이 곧 이리로 올 거예요. 당신이 프레스 안에 없다는 걸 알게 될 테니까요. 시간 없어요, 어서 빨리요!'

이번에는 그녀의 충고를 무시하지 않았습니다. 저는 비틀거리면서 일어나 그녀와 함께 복도를 달려 나선형 계단을 내려갔습니다. 그러자 또 다른 넓은 복도가 이어졌는데, 거기까지 갔을 때 두 사내의 고함과 함께 달려오는 소리가 들렸습니다. 한 명은 우리와 같은 층에 있고, 다른 한 명은 한 층 아래에 있는 것 같았어요. 나를 안내해주는 여자는 잠시 멈춰 서서 난감한 표정으로 사방을 둘러보았습니다. 그러더니 갑자기 방문 하나를 열었어요. 침실 같았는데 창문으로 환한 달빛이 쏟아지고 있더군요.

'빠져나갈 유일한 기회입니다.'

그녀가 말했어요.

'조금 높긴 해도 뛰어내릴 수 있을 거예요.'

그녀가 말하는 동안 복도 끝에 불빛이 나타났고 한 손에는 램프를, 다른 한 손에는 푸줏간용 큰 칼을 든 라이샌더 대령의 홀쭉한 그림자가 우리를 향해 달려오고 있었습니다. 저는 방을 가로질러 창문을 열고 밖을 내다보았어요. 달빛에 비친 정원이 너무나 고요하고 정겹고 평화롭더군요. 지면에서 창문까지 30피트 정도 되는 것 같았습니다. 저는 문틀로 올라갔습니다. 하지만 저를 구해준 천사와 악당들 사이에 오가는 대화를 듣기 위해 잠시 망설였습니다. 만약 그녀가 위험해진다면 저는 어떠한 위험을 무릅쓰고라도 다시 돌아가 그녀를 도울 생각이었습니다. 하지만 그런 생각이 머리를 스쳐가기도 전에 대령은 문턱까지 와서 그녀를 밀치고 방으로 들어오려 했어요. 그때 그녀가 대령의 팔을 잡고 매달렸습니다.

'프리츠! 프리츠!'

그녀는 영어로 외쳤습니다.

'지난번에 약속했잖아요. 다시는 그런 일이 없을 거라고 했죠. 저 사람은 비밀을 지킬 거예요! 비밀을 지킬 거라고요!'

'당신 미쳤어, 엘리제!'

대령이 그녀의 손을 뿌리치며 소리쳤습니다.

'너 때문에 우리 다 망할 거야. 저자는 너무 많은 걸 봤어. 이거 놔!'

대령은 그녀를 옆으로 밀치고 창문으로 달려와 저를 향해 그 묵직한 칼을 내리쳤습니다. 그때 저는 창문 밖으로 나와 두 손으로 창틀을 잡고 매달려 있었고요. 둔탁한 통증이 느껴지더니 창틀을 잡고 있던 손이 풀리고 정원으로 떨어졌습니다.

충격이 있긴 했지만, 떨어지면서 다치지는 않았어요. 얼른 일어나 덤불 사이로 달려갔죠. 아직 위험에서 벗어난 게 아니었으니까요. 달리다 보니 어느 순간 심한 현기증이 느껴지면서 속이 메스꺼워졌습니다. 욱신거리는 손을 내려다보았어요. 그제야 엄지손가락이 잘려나갔고, 상처 부위에서 피가 쏟아지는 걸 알았습니다. 손수건으로 상처를 싸매는데 귀에서 윙윙거리는 소리가 나더니 정신이 희미해지면서 장미 덤불 사이로 쓰러졌습니다.

얼마나 오래 정신을 잃고 쓰러져 있었는지는 모르겠지만, 꽤 오랜 시간이었던 건 확실합니다. 정신을 차렸을 땐 달이 지고 아침이 밝아오고 있었으니까요. 옷은 밤이슬에 흠뻑 젖고, 코트 소매는 엄지손가락에서 흐른 피로 범벅이 되어 있더군요. 또다시 상처가 욱신거리기 시작하면서 밤새 있었던 일이 세세하게 떠올랐습니다. 아직은 안전하지 않다는 생각에 벌떡 일어났어요. 하지만 사방을 아무리 둘러봐도 저택이나 정원은 보이지 않았습니다. 큰길가에 늘어선 관목 울타리 사이에 누워 있었는데, 그 바로 아래에 긴 건물이 보였습니다. 다가가보니 전날 밤에 도착했던 아이포드 역이었습니다. 손에 흉한 상처가 나 있지 않았다면 간밤에 겪은 끔찍한 사건이 그저 악몽이었다는 착각이 들었을지도 모릅니다.

저는 조금 어지러운 상태로 역사에 들어가 아침 기차가 있는지 알아보았습니다. 한 시간 내에 레딩으로 가는 기차가 있더군요. 전날 도착했을 때 봤던 역무원이 근무하고 있었습니다. 그에게 라이샌더 스타크 대령을 아느냐고 물었죠. 그는 처음 듣는 이름이라고 했어요. 전날 밤에 저를 태우러 왔던 마차를 보았느냐고도 물었습니다. 그는 못 봤다고 했어요. 근처에 경찰서가 있느냐고 물었더니, 3마일 정도 떨어진 곳에 있다고 했습니다.

상처 입고 지친 상태로 가기엔 너무 멀어서, 런던에 돌아가서 경찰에 신고하기로 했습니다. 6시 조금 넘어서 런던에 도착한 저는 우선 상처를 치료하러 갔습니다. 그런데 친절한 의사 선생님께서 저를 여기로 데려와주신 거죠. 홈스 선생님께 저의 일을 전적으로 맡기고 조언해주시는 대로 따를 생각입니다."

젊은이의 기상천외한 이야기를 들은 우리는 한동안 말없이 앉아 있었다. 마침내 홈스가 책장에서 묵직한 비망록 하나를 꺼냈다. 신문 기사를 스크랩해놓은 것이었다.

"여기 있는 광고 중에 관심을 가지실 만한 게 있습니다."

홈스가 말했다.

"1년 전에 신문마다 실렸던 광고예요. 자, 들어보세요."

실종. 지난 9일, 26세의 유압 엔지니어인 제러마이어 헤일링이 실종되었다. 밤 10시에 숙소를 나간 이후로 소식이 없으며, 실종 당시 옷차림은……

"흠! 그때도 대령이 유압기를 점검한 모양이군요."

"이런 세상에!"

젊은이가 탄식했다.

"그 여자가 이 사건 때문에 그렇게 말했나 보네요."

"의심할 여지가 없지요. 대령은 냉혹한 인물인 게 분명합니다. 자기가 계획한 일에 어떠한 방해물도 끼어드는 걸 용납하지 않는 거죠. 배 한 척을 공략하면 한 명도 남기지 않고 다 죽이는 무지막지한 해적들처럼 말입니다. 일분일초가 급합니다. 당장 런던 경찰국에 갔다가 아이포드로 갑시다."

세 시간쯤 후 우리는 레딩에서 기차를 타고 버크셔의 작은 마을로 향하고 있었다. 셜록 홈스와 유압 엔지니어, 런던 경찰국의 브래드스트리트 경위, 사복형사 한 명, 나, 이렇게 다섯이었다. 브래드스트리트 경위는 의자 위에 그 지역의 측량 지도를 펼쳐놓고, 컴퍼스를 이용해 아이포드를 중심으로 원을 그렸다.

"자, 됐소."

경위가 말했다.

"이 동그라미는 마을에서 반경 10마일을 표시한 거요. 우리가 찾는 곳이 여기 어딘가에 있어요. 해설리 씨, 10마일이라고 하셨죠?"

"마차로 한 시간은 족히 달렸습니다."

"그렇다면 당신이 정신을 잃고 있는 동안 누군가가 여기까지 옮겨놓았다는 말이오?"

"그런 게 분명합니다. 정신이 혼미한 상태였지만 어렴풋이 제 몸이 들려져 어디론가 옮겨진 것 같거든요."

"이해되지 않네요."

내가 말했다.

"당신이 정신을 잃고 정원에 쓰러져 있는데 왜 살려둔 걸까요? 대령이 여자의 애원에 마음이 약해진 걸까요?"

"그럴 것 같지는 않습니다. 그렇게 냉혈한 같은 얼굴은 처음 봤으니까요."

"그것도 곧 밝혀질 거요."

브래드스트리트 경위가 말했다.

"일단 동그라미는 그려놓았고, 이 중 어느 지점에 우리가 찾는 자들이 있는지만 알아내면 되겠는데."

"내가 손가락으로 그 지점을 짚어드릴 수 있소."

홈스가 조용히 말했다.

"정말이오?"

경위가 놀라 소리쳤다.

"벌써 결론을 내렸나 보군! 자, 말해보시오. 동의할 만한 추리인지 봅시다. 나는 남쪽이라고 생각하오. 그쪽이 좀 더 한적하니까."

"저는 동쪽인 것 같습니다."

해설리가 말했다.

"난 서쪽."

사복형사가 말했다.

"그쪽에 작은 마을이 여럿 있거든요."

"나는 북쪽이라고 생각합니다."

내가 말했다.

"그쪽엔 언덕이 없어요. 해설리 씨의 말에 의하면 마차가 오르막이나 내리막을 간 기억은 없다고 했습니다."

"이거, 그야말로 의견이 제각각이군. 나침반에 나오는 방향이 다 나왔소. 홈스 선생은 어느 쪽에 표를 던지겠소?"

경위가 웃으며 말했다.

"다 틀렸습니다."

"다 틀릴 수는 없을 텐데."

"다 틀렸습니다. 그게 바로 단서입니다."

홈스는 원의 중심을 손가락으로 짚었다.

"바로 여기에 그들이 있을 겁니다."

"하지만 12마일은 되는 것 같은데요?"

해설리가 놀라며 물었다.

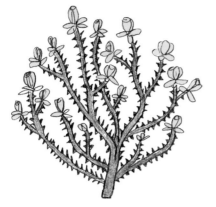

"6마일 갔다가 6마일 돌아온 겁니다. 아주 간단하
지요. 해설리 씨, 마차에 탈 때 말이 기운차고 윤기가
흘렀다고 했지요? 험한 길을 12마일이나 달려왔다면
그럴 수가 없지 않겠습니까."

"그렇군. 그들이 충분히 쓸 만한 속임수요."

브래드스트리트 경위가 대답했다.

"이들이 어떤 일을 하는지는 의심의 여지가 없소."

"의심의 여지가 없지요."

홈스가 맞장구를 쳤다.

"위조화폐를 만드는 자들입니다. 그 기계는 은 대신 쓸 수 있는 아말감을 만들기 위한
거지요."

"머리 좋은 녀석들이 위조화폐를 만들고 있다는 건 우리도 얼마 전부터 알고 있었소."
경위가 말했다.

"그자들은 반 크라운짜리 은화를 수천 개나 만들었지. 그들을 레딩까지 추적했지만,
그 이상은 알아내지 못했지. 흔적을 남기지 않는 걸 보면 상당히 노련한 놈들인 게 분명
해. 그런데 이렇게 잡을 기회가 생겼으니 고마운 일이오."

경위의 예상은 빗나갔다. 그 범죄자들은 법의 심판을 받을 운명이 아니었기 때문이
다. 기차가 아이포드 역에 도착했을 때, 근처의 작은 숲에서 거대한 타조의 깃털 같은 연
기 기둥이 피어오르고 있었다.

"민가에 불이 났습니까?"

기차가 증기를 내뿜으며 떠나간 뒤 브래드스트리트 경위가 물었다.

"그렇습니다!"

역장이 대답했다.

"언제부터요?"

"밤부터 타기 시작했는데 불길이 점점 거세져서 저택 전체가 불길에 휩싸여 있다는

군요."

"누구의 집인데요?"

"베커 박사의 집입니다."

"베커 박사라는 분이 독일인입니까? 무척 마르고 큰 키에 코가 몹시 뾰족하고요."

그러자 역장이 웃음을 터뜨렸다.

"아닙니다. 베커 박사는 영국인이에요. 우리 교구에 그보다 더 큰 조끼를 입는 사람은 없을 겁니다. 그 댁에서 지내는 신사분이 있기는 해요. 환자라는데, 외국인이에요. 버크셔 소고기를 좀 많이 드셔야 할 것 같은 분이죠."

역장이 말을 끝내기도 전에 우리 모두는 불이 난 곳을 향해 서둘러 걸음을 옮겼다. 나지막한 언덕 위까지 도로가 이어져 있었는데, 정상에 오르자 하얗게 회칠을 한 긴 건물이 눈앞에 펼쳐졌다. 벽 틈새와 창문마다 불길이 뿜어져 나오는 가운데 정원에 세워진 세 대의 소방펌프가 불길을 잡으려고 열심히 돌아가고 있었지만 별 도움이 안 되는 것 같았다.

"저겁니다!"

해설리가 잔뜩 흥분해서 소리쳤다.

"저기 자갈 깔린 진입로가 있고, 저기 제가 쓰러져 있었던 장미 덤불이 있어요. 저기 두 번째 창문에서 뛰어내렸고요."

"음, 적어도 복수는 한 셈이네요."

홈스가 말했다.

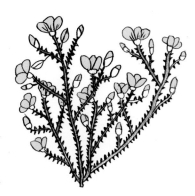

"해설리 씨가 들고 들어간 램프가 프레스에 눌리면서 나무 벽에 불이 붙은 겁니다. 저들은 해설리 씨를 뒤쫓기에 바빠서 그걸 일찍 확인하지 못했을 테고요. 여기 모인 사람들 중에 어젯밤을 함께 보낸 친구들이 있는지 잘 보세요. 벌써 멀리 도망가지 않았을까 걱정이긴 합니다만."

홈스의 예상은 사실로 드러났다. 그날부터 지금까지 그

아름다운 여인에 대해서도, 사악한 독일인이나 무뚝뚝한 영국인에 대해서도 전혀 알려진 바가 없다. 그날 이른 아침에 한 농부가 그들의 마차를 목격했다는데, 무거워 보이는 궤짝을 가득 실은 마차를 몇 사람이 타고 레딩을 향해 전속력으로 달렸다고 했다. 하지만 그들의 자취는 완전히 지워졌고, 천재적인 홈스도 그들의 행방을 알 수 있는 단서를 찾지 못했다.

소방관들은 집 안에서 이상한 장치를 발견했다며 수선을 피우다가 2층 창틀에서 방금 잘린 듯한 엄지손가락을 발견하자 한층 더 호들갑을 떨었다. 해가 질 무렵 모두가 애쓴 덕분에 불길이 잡혔지만, 결국 지붕은 가라앉았고 남은 거라곤 뒤틀어진 실린더와 쇠 파이프뿐이었다. 불운한 해설리가 큰 대가를 치러야 했던 프레스는 흔적조차 찾을 수 없었다. 창고에서 니켈과 주석이 대량 발견되었지만, 화폐는 하나도 없는 것으로 보아 마차에 가득 실린 궤짝 안에 무엇이 들어 있었는지 짐작할 수 있었다.

정원의 흙 위에 남은 가벼운 발자국이 아니었다면, 유압 엔지니어가 어떻게 정원에서부터 의식을 되찾은 곳까지 옮겨졌는가는 영원히 수수께끼로 남을 뻔했다. 해설리는 두 사람에 의해 옮겨졌다. 한 사람은 특히 작은 발자국을, 또 한 사람은 특히 큰 발자국을 남겼다. 이러한 정황을 통틀어 추리해볼 때, 대령보다 마음이 약하고 그만큼 잔인하지 못한 영국인이 아름다운 여인을 도와 의식을 잃은 해설리를 위험으로부터 구한 것이었다.

런던으로 돌아오는 기차에 자리를 잡고 앉았을 때 해설리가 아쉬운 듯 말했다.

"이번에는 정말 큰일을 맡았다고 좋아했어요! 하지만 그 일로 엄지손가락도 잃고 50기니도 날아갔네요. 그 대가로 제가 얻은 건 뭘까요?"

"경험이지요."

홈스가 웃으며 말했다.

"간접적이나마 아주 소중한 자산입니다. 앞으로 그 이야기를 풀어놓기만 하면 회사의 명성이 높아질 테니까요."

10
귀족 독신남

세인트사이먼 경의 결혼과 그 파경에 관한 이야기가 그가 속한 상류사회를 술렁이게 했던 것도 이미 오래전의 일이다. 새로운 스캔들이 계속 쏟아졌고, 그것들이 주는 짜릿한 자극을 탐닉하느라 4년이나 지난 이야기는 사람들의 관심 밖으로 밀려난 것이다. 하지만 내가 아는 한, 그 일의 전체 맥락은 대중에게 알려진 적이 없었다. 내 친구 셜록 홈스가 그 사건을 해결하는 데 중요한 역할을 했다는 점을 참작할 때, 그의 회고록을 완성하는 의미에서라도 이 기막힌 사건을 간략하게나마 정리해두는 것이 좋을 것 같다.

나의 결혼식이 있기 몇 주 전이었으므로, 베이커 가에 있는 홈스의 하숙집에서 함께 지내고 있을 때였다. 오후에 산책하러 나갔던 홈스가 돌아와보니 탁자에 편지 한 통이 도착해 있었다. 그날은 비가 내리고 바람이 세찬데다 아프가니스탄 전쟁 때 제자일 탄알이 박힌 다리가 욱신거렸기 때문에 나는 온종일 집에 있었다. 나는 의자에 앉아 맞은편 의자에 다리를 올려놓은 편안한 자세로 신문을 잔뜩 펼쳐놓고, 한동안 신문 읽기에 빠져 있었다. 그날의 뉴스를 다 읽고 신문을 대충 접어 옆으로 밀쳐두고 나서, 의자에 편히 기댄 채 탁자에 놓인 편지 봉투를 바라보았다. 커다란 문장과 이름의 첫 자로 만든 모노그램이 새겨진 봉투를 보니, 나는 홈스에게 편지를 보낸 귀족이 누군지 궁금해졌다.

"자네에게 아주 근사한 편지가 와 있네."

홈스가 들어오자 내가 말했다.

"아침에 도착한 편지들은 생선 장수와 세관 직원이 보낸 것이었잖아."

"그렇지. 다양한 사람들과 서신을 주고받으니 그것도 재미있네. 사실은 수수한 봉투가 더 흥미로운 내용을 담고 있기는 해. 이건 아마도 반갑지 않은 친교 모임 초대장일 걸세. 지루한 이야기나 거짓말을 들으러 오라는 거겠지."

홈스가 봉투를 열면서 말했다.

"아, 아닌데. 이건 뭔가 흥미로운 일이 될 수도 있겠어."

"친교 모임이 아니라는 건가?"

"아니야. 사건을 의뢰하려는 것 같아."

"귀족 고객이?"

"영국의 최상류층 귀족이군."

"홈스, 축하하네."

"왓슨, 솔직하게 말해서 내가 중요하게 생각하는 건 의뢰인의 지위보다 그가 의뢰하는 사건이 얼마나 흥미로운가 하는 거라네. 그런데 이 사건은 충분히 흥미로운 것 같단 말이지. 자네 요새 신문 열심히 읽지 않았나."

"그랬지. 달리 할 일이 없었으니까."

내가 수북이 쌓인 신문 더미를 가리키며 대꾸했다.

"잘됐어. 그럼 내가 미처 모르는 소식을 자네가 알려줄 수 있겠군. 난 범죄 기사 아니면 고민 상담란밖에 안 보니까 말이야. 고민 상담란은 유익한 게 많거든. 자네는 최근 소식을 계속 읽었으니 세인트사이먼 경의 결혼 기사도 읽었겠지?"

"그럼 읽었지. 아주 흥미로웠다네."

"잘됐어. 지금 내 손에 들려 있는 편지는 세인트사이먼 경이 보낸 거라네. 자네에게 편지를 읽어줄 테니, 자네는 신문을 뒤져 관련 기사를 찾아주게."

친애하는 셜록 홈스 선생,

백워터 경이 선생의 판단력과 신중함은 믿을 만하다며 추천해주었소. 선생을 찾아가 나의 결혼과 관련하여 일어난 난감한 일을 상담하고 싶소. 런던 경찰국의 레스트레이드 경감이 이 문제를 조사하고 있지만 선생이 수사에 참여하는 것을 반대하지 않겠다고 했으며, 오히려 도움이 될 수도 있다고 했소. 오늘 오후 4시에 찾아뵐까 하는데, 혹시 다른 약속이 있다면 알려주길 바라오. 내게는 매우 중요한 일이라서 그렇소. 그럼 이만 줄이오.

세인트사이먼.

"그로브너 저택에서 보냈고, 거위 깃털 펜으로 썼어. 그런데 귀족 양반이 오른손 새끼손가락 바깥쪽에 잉크를 묻히셨구먼."

홈스가 편지를 접으며 말했다.

"4시에 오겠다고 했는데 지금 3시야. 한 시간 남았어."

"자네가 도와준다면 한 시간 동안 충분히 사건을 파악할 수 있어. 신문을 뒤져서 관련 기사를 시간 순으로 정리해주게. 나는 그동안 사건을 의뢰한 귀족이 어떤 사람인지 알아보겠네."

홈스는 벽난로 선반 옆에 꽂혀 있는 참고 서적 중에서 표지가 빨간 책 한 권을 꺼냈다.

"여기 있군."

홈스는 의자에 앉아 책을 무릎 위에 펼쳐놓으며 말했다.

"로버트 월싱엄 드 비어 세인트사이먼 경. 발모럴 공작의 차남. 가문의 문장은 청색. 상단을 가로지르는 검정 띠에 세 개의 마름쇠가 그려져 있다. 1846년 출생.' 나이는 41세로 혼기를 꽉 채웠다고 봐야겠군. 전 정부에서 식민 차관을 지냈어. 그의 아버지인 공작은 외무부 장관을 지냈고. 영국의 왕가였던 플랜태저넷 가문의 직계 자손이며 외가는 튜더 왕가의 혈통을 이어받았네. 이런, 정작 필요한 내용은 없구먼. 왓슨, 자네가 좀 더 구체적인 사실을 찾아주는 수밖에 없겠어."

"그건 전혀 어려운 일이 아닐세."

내가 말했다.

"최근에 일어난 일이기도 하고, 워낙 기억에 남는 사건이었거든. 자네에게 얘기하지 않은 이유는 자네가 다른 사건을 조사하느라 바빴고, 그럴 때 다른 일이 끼어드는 걸 좋아하지 않아서였네."

"아, 그 그로브너 광장의 가구 운반 마차 사건 말이군. 그건 이제 거의 밝혀졌어. 물론 처음부터 뻔했던 거지만. 신문 기사 발췌한 걸 보여주게."

"여기 제일 처음 눈에 띄는 기사가 있네. 몇 주 전에 〈모닝 포스트〉 소식란에 실린 거야. '소식통에 따르면 발모럴 공작의 차남 로버트 세인트사이먼 경과 미국 캘리포니아 샌프란시스코에 사는 앨로이시어스 도런 씨의 외동딸 헤티 도런 양이 약혼했으며 곧 결혼할 예정이라고 한다.' 이게 다야."

"그야말로 간결하게 요점만 정리해놓았군."

홈스가 벽난로를 향해 긴 다리를 뻗으며 대꾸했다.

"같은 주에 발행된 사교계 신문에는 좀 더 자세한 내용이 실려 있었는데. 아, 여기 있군. '결혼 시장에 보호 장치를 요구하는 목소리가 높아질 것으로 예상된다. 현재의 자유무역제도는 자국의 상품에 매우 불리하기 때문이다. 대영제국 귀족 가문의 살림이 하나씩 대서양을 건너온 아름다운 사촌들에게 넘어가고 있다. 지난주에도 매력적인 침입자들이 또 한 번의 전승을 기록했다. 20년 이상 큐피드의 화살을 피해 온 세인트사이먼 경이 캘리포니아 백만장자의 매력적인 딸 헤티 도런 양과 곧 결혼할 예정이라고 발표한 것이다. 웨스트버리 저택의 축제에서 우아한 자태와 아름다운 용모로 많은 관심을 받은 도런 양은 무남독녀로서 장래에 받게 될 유산은 차치하고 지참금만 해도 10만 파운드가 훨씬 넘을 거라고 한다. 지난 몇 년간 발모럴 공작의 형편이 소장한 그림을 팔아야 할 정도로 어려워졌다는 건 공공연한 사실이고, 세인트사이먼 경도 버치무어에 있는 작은 영지 외에는 가진 게 없다고 알려져 있다. 따라서 이 결혼으로 인해 이득을 보는 사람은 공화국의 시민에서 영국의 귀부인이 되는 캘리포니아의 상속녀만은 아닐 것임이 분명하다.'"

"또 다른 건 없나?"

홈스가 하품을 하며 물었다.

"물론 또 있지. 〈모닝 포스트〉에는 그 결혼에 관한 다른 기사도 실렸는데 결혼식이 하노버 광장에 있는 세인트조지 성당에서 아주 조용하게 치러질 거라고 했어. 아주 가까운 여섯 명 정도의 친구만 초대될 것이고, 결혼식이 끝나면 참석자 전원이 앨로이시어스 도런 씨가 가구들까지 포함해서 구입한 집으로 가게 될 거라고 했어. 그리고 이틀 뒤인 지난주 수요일 신문에는 결혼식이 치러졌으며, 피터스필드 근처에 있는 백워터 경의 저택에서 신혼여행을 즐길 예정이라는 간단한 공고가 실렸다네. 이 정도가 신부가 사라지기 전까지 신문에 실렸던 기사들이야."

"뭘 하기 전까지?"

홈스가 깜짝 놀라며 물었다.

"신부가 사라지기 전까지."

"신부가 언제 사라졌는데?"

"결혼 축하 조찬 때."

"그랬군. 점점 더 흥미로워지는데. 상당히 극적이야."

"그렇다네. 나도 기사를 읽고 흔한 일은 아니라고 생각했어."

"결혼식을 앞두고 사라지거나 신혼여행 중에 사라지는 일은 있어도 이런 경우는 처음 들어보는 것 같아. 좀 더 자세히 말해보게."

"미리 말해두지만, 사건의 전모가 완전히 밝혀지진 않았어."

"우리가 좀 더 밝혀낼 수 있을지도 모르지."

"별건 아니지만 어제 조간신문에도 기사가 하나 실렸어. 내가 읽어보지. 제목은 '귀족의 결혼식에서 벌어진 희한한 사건'이라네. '로버트 세인트사이먼 경의 가족은 그의 결혼식과 관련하여 일어난 기이하고 황당한 사건 때문에 큰 충격에 빠졌다. 어제 각 신문에서 발표한 대로 결혼식은 전날 아침에 진행되었다. 그리고 이제야 그동안 끈질기게 떠돌던 이상한 소문의 진위를 확인할 수 있게 되었다. 사건을 조용히 덮으려고 친지들이 노력했지만 이미 대중의 관심을 끌고 화제에 오르기 시작한 이상, 이를 감추려는 노력은 무용할 것으로 보인다. 결혼식은 하노버 광장에 있는 세인트조지 성당에서 조용하게 거행되었으며 신부의 아버지 앨로이시어스 도런, 발모럴 공작 부인, 백워터 경, 신랑의 동생들인 유스터스 경과 클라라 세인트사이먼 양, 그리고 앨리셔 휘팅턴 양뿐이었다. 식이 끝나고 하객들은 조찬이 준비된 앨로이시어스 도런의 랭커스터 게이트 집으로 갔다. 그곳에서 이름이 밝혀지지 않은 한 여성이 소란을 피운 것으로 보인다. 그녀는 세인트사이먼 경에게 할 말이 있다며 신부 측 하객들을 따라 집 안으로 들어가려다가 집

사와 하인들이 제지하자 긴 실랑이를 벌인 끝에 쫓겨났다. 신부는 이 불쾌한 상황이 벌어지기 전에 집 안으로 들어갔는데, 식탁에 앉아 있다가 갑자기 몸이 불편하다며 방으로 올라갔다. 시간이 한참 지나도 신부가 돌아오지 않자 손님들이 궁금해하기 시작했고, 신부의 아버지가 방으로 갔다가 하녀로부터 신부는 아주 잠깐 방에 와서 얼스터 코트와 모자만 가지고 복도를 빠져나갔다는 말을 들었다. 또 다른 하인은 그런 차림을 한 여성이 집 밖으로 나가는 것을 보았으나, 신부는 하객들과 함께 있을 것이라고 믿었기에 그 여성이 신부일 거라고는 생각지 못했다고 했다. 딸이 실종되었음을 확인한 앨로이시어스 도런 씨는 신랑과 함께 경찰에 신고했으며, 현재 경찰이 전력 수사를 펼치고 있는 만큼, 모두가 이른 시일 내에 사건의 전모가 밝혀지기를 기대하고 있다. 하지만 지난밤 늦은 시간까지도 신부의 행방에 관한 어떠한 단서도 잡히지 않았다. 폭행치사 사건이라는 소문도 돌고 있으며, 경찰은 이와 관련하여 처음에 소동을 일으킨 여성이 질투심이나 그 밖의 동기로 인해 신부의 실종에 관여했을 수 있다는 데 가능성을 두고 그녀를 체포했다.'"

"그게 전부인가?"

"다른 조간신문에 난 짧은 기사가 하나 더 있네. 이게 뭔가 참고할 만한 것 같아."

"뭐라고 쓰여 있는데?"

"소란을 일으킨 플로라 밀러 양이 체포된 건 사실이라네. 그녀는 알레그로 극장의 무용수인데 신랑과 수년간 알고 지냈다는군. 그것뿐이야. 이제 나머지는 자네가 밝혀내야 할 것 같군. 신문에 보도된 내용은 여기까지야."

"매우 흥미로운 사건이군. 절대로 놓치고 싶지 않아. 초인종 소리가 들리는군. 4시가 조금 넘은 걸 보니 귀족 의뢰인이 온 것 같아. 왓슨, 가지 말고 있어주게. 확실하게 기억해두기 위해서라도 증인이 있는 게 좋아."

"로버트 세인트사이먼 경이 오셨습니다."

심부름하는 소년이 문을 활짝 열어젖히자 인상이 좋고 교양 있어 보이는 신사가 들어왔다. 흰 피부에 콧날이 높고, 성마른 성격이 엿보이는 입매를 가지고 있었다. 지그시 응시하는 듯한 눈빛은 명령을 내리거나 복종을 받는 데 익숙한 사람 특유의 위엄이 배어 있었다. 움직임이나 태도는 당당하고 거침없었지만, 등이 살짝 굽은데다 걸을 때 무릎이 조금씩 굽어지는 게 전체적으로 왠지 겉늙은 인상을 풍겼다. 챙을 말아 올린 모자를 벗자, 희끗희끗 세기 시작한 머리의 정수리 부분엔 벌써 탈모가 시작되고 있는 듯했다. 또한 깃이 높은 셔츠에 검은 프록코트, 흰 조끼, 노란 장갑, 특허 가죽으로 만든 구두에 밝은색 각반을 착용한 모습으로 보아 외모에 신경 쓰는 편임을 알 수 있었다. 그는 좌우를 둘러보며 천천히 방 안으로 들어왔다. 손으로는 금테 안경 줄을 만지작거리고 있었다.

"안녕하십니까, 세인트사이먼 경."

홈스가 일어나 머리를 숙이며 인사했다.

"그 등나무 의자에 앉으세요. 이쪽은 제 친구이자 동료인 왓슨 박사입니다. 불 가까이로 다가앉으시지요. 그리고 사건에 대해 의논하기로 하죠."

"짐작하시겠지만, 이보다 더 고통스러운 일은 없을 것 같소, 홈스 선생. 깊은 상처를 받았소이다. 선생은 이미 어려운 사건을 많이 해결한 경험이 있는 걸로 알고 있소. 물론 나와 같은 지위에 있는 사람들이 관련된 사건은 아니었겠지만 말이오."

"아니었죠. 이번엔 신분이 좀 내려갔군요."

"그게 무슨 말이오?"

"지난번에 사건을 의뢰하신 분은 국왕이었습니다."

"아, 정말이오? 그런 일은 상상도 못했소. 어느 왕이었는데?"

"스칸디나비아의 국왕이었습니다."

"뭐라고? 그분도 아내를 잃었단 말이오?"

"이해하시겠지만, 저는 의뢰인의 기밀을 소중하게 생각합니다. 이는 모든 의뢰인에게 똑같이 적용되지요."

"물론 그래야지! 좋소! 아주 좋소! 내가 실례를 했구려. 내 일에 관해서는 선생이 필요로 하는 모든 정보를 제공할 준비가 되어 있소."

"감사합니다. 신문에 실린 내용은 모두 파악했습니다. 그 내용을 모두 사실로 간주해도 된다고 믿고 있습니다만. 예를 들면 신부가 실종되었다는 사실에 관한 기사 말입니다.”

세인트사이먼 경이 신문 더미를 흘낏 보고 나서 대답했다.

“그렇소. 신문에 보도된 내용은 다 사실이요.”

“하지만 누구라도 사건에 대한 의견을 정리하려면 훨씬 더 많은 내용이 보충되어야 합니다. 직접 여쭤보면서 알아가는 게 가장 확실하고 빠를 것으로 생각하는데요.”

“그렇게 해주시오.”

“미스 헤티 도런은 언제 만나셨습니까?”

“1년 전 샌프란시스코에서 만났소.”

“미국을 여행 중이셨나요?”

“그렇소.”

“그때 약혼을 하셨나요?”

“아니, 그렇지 않소.”

“그렇지만 좋은 감정으로 친해지셨겠죠?”

“나는 그녀의 사교적인 성격에 매료되었고, 그녀도 그걸 알고 있었지.”

“그녀의 부친이 상당한 부자라지요?”

“태평양 연안에서 돈이 가장 많은 사람이라고 들었소.”

“어떻게 돈을 모으셨답니까?”

“광산업을 했다고 들었소. 몇 년 전만 해도 빈털터리였는데 금광을 발견하게 되었고, 그것을 투자해서 큰 부자가 된 거지.”

“미스 헤티 도런의 성품과 관련해서는 어떤 인상을 받으셨습니까?”

세인트사이먼 경은 안경을 좀 더 빠른 속도로 돌리면서 벽난로의 불길을 내려다보았다.

“홈스 선생, 내 아내의 부친이 부를 얻은 건 그녀가 스무 살 때였소. 그때까지는 광산 지역을 마음껏 뛰어다니고, 숲으로 산으로 자유롭게 돌아다니며 살았지. 그녀는 학교에서 배운 것보다 자연에서 배운 것이 더 많을 거요. 소위 영국에서 말하는 말괄량이 소녀였던 거지. 기가 세고 말괄량이인데다 자유분방해서 어떠한 관습에도 얽매이길 싫어하오. 즉흥적이랄까, 화산 같은 여자라고 할 수 있겠소. 마음을 정하는 것도 빠르고, 한번 정하면 두려움 없이 밀고 나가는 성격이지. 하지만 그녀가 만약에……."

세인트사이먼 경은 점잖게 헛기침을 하고 말을 이었다.

"본성적으로 고귀한 마음을 지닌 여자가 아니라고 생각했다면, 가문의 영예로운 이름을 주기로 하지 않았을 거요. 나는 그녀가 헌신적인 아내가 될 수 있는 사람이고, 불명예스러운 일은 절대 용납하지 않을 거라고 믿고 있소."

"미스 헤티 도런의 사진을 가지고 계십니까?"

"이걸 가져왔소."

세인트사이먼 경은 로켓(사진을 넣어 목걸이에 다는 작은 장신구 - 옮긴이)을 열어 아름다운 여인의 얼굴을 보여주었다. 사진은 아니었고, 상아를 조각한 것이었다. 윤기 흐르는 검은 머리와 커다랗고 검은 눈, 절묘한 입매를 잘 살려낸 예술 작품이었다. 홈스는 한동안 넋을 놓고 조각을 바라보다가 로켓을 닫아 세인트사이먼 경에게 돌려주었다.

"미스 헤티 도런이 런던에 온 뒤로 다시 교제를 시작하신 건가요?"

"그렇소. 런던 사교계의 마지막 시즌에 그녀의 부친이 그녀를 데리고 왔소. 나는 그녀를 여러 번 만나고 나서 약혼했고, 이렇게 결혼까지 한 거지."

"지참금이 상당하다고 들었는데요?"

"그런 편이오. 우리 집안의 내력으로 보면 보통 정도의 수준이긴 하지만."

"결혼이 기정사실이기 때문에 그 지참금은 세인트사이먼 경의 가문에 남는 것이지요?"

"그 문제에 대해서는 알아보지 않았소."

"그러셨겠지요. 결혼식 전날 미스 도런을 만나셨습니까?"

"만났소."

"기분이 좋아 보이던가요?"

"더없이 좋아 보였소. 우리가 함께 살면서 맞이하게 될 날들에 대해 쉴 새 없이 얘기하더군."

"그랬군요! 참 희한한 일입니다. 그럼 결혼식 날 아침에는 어땠습니까?"

"아주 밝아 보였지. 최소한 식이 끝날 때까지는."

"그다음에 그녀의 기분이 바뀌는 걸 알아차리셨습니까?"

"음, 사실을 말하자면, 그녀가 조금 예민해 보였소. 아주 사소한 일이 있기는 했지만, 문제를 삼을 정도는 아니라고 생각되는데 말이오."

"그래도 말씀해주십시오. 하나도 빼놓지 말고요."

"아, 그건 정말 아무것도 아니요. 결혼식이 끝나고 제의실로 갈 때 그녀가 부케를 떨어뜨렸소. 하객석의 맨 앞줄을 지날 때였는데, 부케가 좌석 쪽으로 떨어진 거지. 신부가 잠시 머뭇거리는데, 좌석 쪽에 있는 신사가 부케를 집어 건네주었소. 다행히 부케가 망가진 거 같지는 않더군. 하지만 나중에 내가 그 일에 대해 말하려고 하자 그녀는 몹시 당황하는 것 같았소. 마차를 타고 집으로 가는 길에도 그녀는 아무것도 아닌 일에 몹시 신경 쓰며 불안해하는 것 같았고."

"그랬군요! 앞좌석에 신사가 앉아 있었다고 하셨죠. 일반인이 거기에 들어와 있었던 걸까요?"

"그렇소. 교회가 열려 있는 동안에는 일반인들을 못 들어오게 할 수가 없으니까."

"그 신사가 미스 헤티 도런의 친구는 아니었나요?"

"아니, 아니. 예를 갖추느라 신사라 부르는 거지 그저 평범한 젊은이였소. 그의 모습이 어땠는지 떠오르지도 않을 정도요. 아무튼 지금 이런 이야기는 사건의 핵심에서 너무 벗어난 것 같소이다."

"세인트사이먼 부인이 결혼식을 끝내고 돌아왔을 때는 식전보다 기분이 많이 가라앉았다고 하셨는데, 부친의 집으로 들어갈 때는 어땠습니까?"

"그녀가 하녀와 무슨 이야기를 나누는 모습을 보았소."

"그 하녀가 누구였나요?"

"앨리스라고 하는데, 미국인이고 캘리포니아에서 아내와 함께 온 사람이오."

"부인이 신뢰하는 하녀인가 보죠?"

"조금 지나치다 싶을 만큼 신뢰하지. 하녀를 너무 자유분방하게 풀어주는 것 같았소.

물론 미국에서는 그런 문제에 관한 견해가 좀 다르겠지만 말이오."

"부인이 앨리스라는 하녀와 얼마나 오래 이야기를 나눴나요?"

"1~2분 정도였을 거요. 나도 다른 일이 있어서 잘은 모르지만."

"두 사람의 대화를 듣지는 못하셨고요?"

"아내가 '채굴권을 가로챈다'라고 말했던 것 같소. 그녀는 그런 식의 은어에 익숙했거든. 나는 그게 무슨 뜻인지도 모르지만 말이오."

"미국 속어 중에는 아주 재미있는 것이 많지요. 부인이 하녀와 이야기를 나눈 후에는 뭘 하셨나요?"

"조찬이 차려진 방으로 들어갔소."

"경과 함께 들어갔나요?"

"아니, 아내 혼자 들어갔소. 그녀는 그런 사소한 일에 당당하고 자유로운 사람이오. 자리에 10분 정도 앉아 있다가 작은 소리로 주변에 양해를 구하고는 일어나 나간 거요. 그리고 돌아오지 않은 거지."

"그런데 그 앨리스라는 하녀의 말에 따르면 부인은 방으로 가서 웨딩드레스 위에 긴 얼스터 코트를 입고 모자를 쓴 다음 밖으로 나갔다고 했습니다."

"그렇소. 그 후에 지금 경찰에 구류된 플로라 밀러라는 여자와 하이드 파크로 걸어 들어가는 걸 봤다는 사람도 있소. 조찬 파티 때 도런 씨의 집에 들어가려고 소란을 피운 여자 말이오."

"아, 네. 그 여성에 대해서도 자세히 알고 싶습니다. 경과 그녀의 관계에 대해서도요."

세인트사이먼 경은 어깨를 한 번 들썩여 보이더니 눈썹을 치켜올리며 말했다.

"몇 년 정도 가까이 지냈소. 꽤 가까운 사이였다고 해야겠지. 알레그로 극장에 나간 여자인데, 내가 박하게 대하지 않았기 때문에 내게 원망 같은 감정을 품고 있지는 않을 거요. 그렇지만 홈스 선생도 여자들이 어떤지 잘 알 거요. 플로라는 사랑스러운 여자이긴 한데 다혈질인데다 내게 심하게 집착했던 터라, 내가 결혼한다는 소식을 듣자 사실을 폭로하겠다는 협박 편지를 보내기도 했소. 내가 결혼식을 조용히 치르려는 게 교회에서 불미스러운 소동이라도 벌어질까봐 두려워하기 때문임을 밝히겠다고도 했소. 결혼식이 끝나고 도런 씨의 집으로 들어갈 때 그녀가 아내에 대해 험한 말을 하고, 심지어 협박까지 하면서 들어가려 하는 바람에 소란스러웠소. 다행히 내가 그런 일이 일어날 것에 대비해 두 명의 사복경찰에게 보안을 부탁했고, 그들이 그녀를 쫓아냈소. 그러자 더 이상 소용없다는 걸 알았는지 조용해지더군."

"부인이 그 소란을 아셨나요?"

"천만다행히도 그녀는 보지 못했소."

"그런데 그 후에 부인이 그녀와 걸어가는 모습이 포착되었단 말씀이죠?"

"그렇소. 그래서 런던 경찰국의 레스트레이드 경감이 이 사건을 매우 심각하게 보고 있는 거요. 플로라가 무서운 함정을 파놓고 아내를 꼬여냈을 수 있다고 의심하는 거지."

"그럴 수도 있겠지요."

"홈스 선생도 그렇게 생각하시오?"

"그럴 가능성이 높다고 보지는 않습니다. 경은 그 점에 대해 어떻게 생각하시나요?"

"플로라는 파리 한 마리도 죽이지 못하는 여자요."

"그렇지만 질투는 사람을 완전히 바꿔놓기도 하니까요. 경은 이번 사건이 어떻게 된 일이라고 생각하시는지요?"

"글쎄요, 나는 가설을 들으려고 왔지 세우려고 온 게 아니오. 내가 말해줄 수 있는 건 다 말했소. 하지만 홈스 선생이 물으니 내 생각을 말하리다. 아내가 결혼과 함께 사회적으로 엄청난 신분 상승을 하게 되었다는 사실에 너무 흥분한 나머지 신경이 과민해진 게 아닌가 싶소."

"한마디로 부인께서 정신적으로 문제가 생겼다는 말씀이십니까?"

"나에게 등을 돌린 건 아니더라도, 많은 사람이 얻고 싶어 하는 그 엄청난 것들을 버리고 가버린 그녀의 행동을 달리 이해할 방법이 없지 않소."

"분명 그런 가설을 세울 수도 있을 겁니다."

홈스가 미소를 지으며 말했다.

"세인트사이먼 경, 이제 필요한 내용을 다 얻은 것 같습니다. 조찬 파티 때 앉으신 자리에서 창밖이 보였습니까?"

"도로 건너편과 공원이 보였소."

"그렇군요. 이제 더는 여쭤볼 것이 없습니다. 나중에 연락드리겠습니다."

"행운의 여신이 당신을 도와 이 사건을 해결할 수 있기를 바라오."

우리의 의뢰인이 일어서며 말했다.

"저는 벌써 수수께끼를 풀었습니다."

"아니! 그게 무슨 말이오?"

"수수께끼를 풀었다고 말씀드렸습니다."

"그럼 내 아내가 어디에 있단 말이오?"

"그건 이제부터 알아내야겠죠."

세인트사이먼 경이 고개를 저었다.

"선생이나 내가 풀 수 없는 문제일까봐 걱정스럽소."

세인트사이먼 경은 근엄한 자세로 인사를 나눈 뒤 방을 나갔다.

"세인트사이먼 경이 내 두뇌를 자기 두뇌와 동등한 등급에 두었으니 굉장한 영광 아닌가."

홈스가 큰 소리로 웃으며 말했다.

"긴 심의도 끝냈으니 이제 위스키 한잔에 시가를 피울까 하네. 사실은 그가 이 방에 오기 전부터 결론을 내리고 있었다네."

"홈스, 어떻게!"

"비슷한 사건들을 수사하면서 정리해둔 게 있어. 물론 아까도 말했듯이 결혼식을 치르고 나서 이렇게 짧은 시간에 신부가 실종되는 사건은 처음이지만 말이야. 조사를 하면서 추측했던 것이 사실로 확인되었어. 헨리 데이비드 소로의 말처럼 정황 증거가 때로는 우유에 빠져 있는 송어를 봤을 때처럼 그 자체로 강력한 설득력을 발휘할 수 있거든."

"하지만 자네가 들은 것들을 나도 다 들었는데."

"자네는 내가 추리하는 데 큰 도움을 받았던 다른 유사 사건들에 관해 모르고 있잖아. 몇 년 전 애버딘에서 비슷한 사건이 있었고, 프로이센-프랑스 전쟁(1870~1871년) 이듬해에도 뮌헨에서 똑같은 사건이 일어났다네. 이번 사건도 그런 것들 중 하나이지만…… 이런, 레스트레이드 경감이 왔군. 어서 오십시오, 경감님! 찬장에 컵이 더 있을 겁니다. 시가는 상자에 있고요."

경찰복 대신에 짧은 재킷을 입고 스카프를 두른 레스트레이드 경감은 영락없는 뱃사람이었다. 손에는 천으로 만든 검정색 가방을 들고 있었다. 경감은 간단히 인사를 하고 앉더니 홈스가 권한 대로 시가를 물고 불을 붙였다.

"어쩐 일이십니까? 뭔가 맘에 안 드는 표정이네요."

홈스가 눈을 반짝이며 물었다.

"맘에 안 드는 일이 있소. 이 지긋지긋한 세인트사이먼 결혼 사건 말이오. 도무지 앞뒤를 종잡을 수가 없단 말이지."

"그래요! 그건 의외의 말씀이군요."

"이렇게 복잡하게 얽힌 사건이 어디 또 있겠소? 단서라는 단서는 모두 손가락 사이로 빠져나가는 것 같고. 하루 종일 헛고생만 하다가 오는 길이오."

"온몸이 젖은 것도 사건을 조사하느라 그랬나 보네요."

홈스가 경감의 재킷 소매에 손을 얹으며 말했다.

"그렇소. 서펜타인 연못을 뒤졌거든."

"아니, 도대체 거기는 왜요?"

"세인트사이먼 부인의 시신을 찾기 위해서였소."

셜록 홈스는 그 말을 듣고 의자에 기대며 큰 소리로 웃었다.

"트라팔가 광장의 분수대 바닥도 뒤져봤나요?"

홈스가 물었다.

"왜? 그게 무슨 말이오?"

"부인의 시신을 찾을 가능성은 양쪽 분수대에 똑같이 있으니 말입니다."

"홈스 선생은 이미 모든 걸 알고 있는 것 같은 말투로군."

레스트레이드 경감이 성난 눈으로 홈스를 노려보며 말했다.

"글쎄요, 저도 방금 모든 사실을 들었는데요. 하지만 나름대로 결론을 정리해보았습니다."

"아, 그렇소! 그렇다면, 서펜타인 연못은 사건과 관련이 없다고 생각하시오?"

"아마도 그런 것 같습니다."

"그렇다면 어째서 연못에서 이 물건들이 나왔는지 설명해주겠소?"

레스트레이드 경감은 그렇게 말하며 가방을 열더니 마룻바닥에 물결무늬가 있는 비단 웨딩드레스, 흰색 새틴 구두 한 켤레, 신부의 화관과 베일을 쏟아놓았다. 모두 물에 젖어 색이 변해 있었다.

"이것도."

경감은 젖은 물건들 위에 새 결혼반지를 올려놓으며 말했다.

"대단한 홈스 선생, 이 수수께끼를 좀 풀어보시오."

"이걸 모두 서펜타인 연못에서 건졌단 말씀입니까?"

홈스가 푸른 연기로 동그라미를 피워 올리며 말했다.

"아니. 연못 한쪽 가장자리에 떠 있는 걸 공원 관리인이 발견했소. 실종된 신부의 것으로 확인되었으니, 그녀의 시신도 멀리 있지 않을 것이요."

"경감님의 훌륭한 추리에 따르면 시신은 항상 본인의 옷이 발견된 근처에 있어야겠군요. 그렇다면 경감님은 이것들을 보고 어떤 결론을 내리셨습니까?"

"플로라 밀러가 세인트사이먼 부인의 실종에 연루되었음을 보여주는 증거요."

"그걸 증명하기는 어려울 것 같습니다."

"그렇게 생각하시오?"

레스트레이드 경감이 못마땅한 어투로 말했다.

"내 생각엔 말이오, 홈스, 선생의 추리나 추론이 현실적이지 못한 것 같소. 벌써 두 가지의 실수를 저지르지 않았소. 이 드레스는 플로라 밀러가 연루되었다는 증거요."

"어째서 그런 관계가 성립된다고 생각하십니까?"

"웨딩드레스에 주머니가 달려 있소. 그 안에 들어 있는 명함집에 쪽지가 있었소. 바로 이거요."

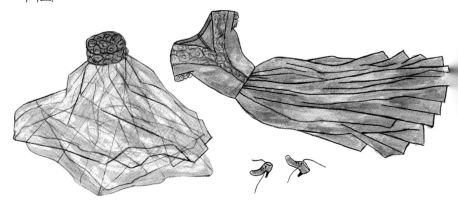

레스트레이드 경감은 앞에 있는 탁자에 쪽지를 내려놓았다.

"들어보시오. '준비가 다 되면 만나요. 바로 오세요. F. H. M.' 나는 지금까지 계속 플로라 밀러가 세인트사이먼 부인을 꾀어냈다고 주장했소. 그리고 그녀가 부인의 실종에 책임이 있다는 건 의심할 여지가 없다고 말이오. 자, 여기 그녀의 이름 머리글자가 적힌 쪽지가 있소. 집으로 들어갈 때 이걸 신부의 손에 쥐어줘 밖으로 꾀어낸 거지."

"아주 훌륭하군요, 경감님."

홈스가 웃으며 말했다.

"정말 예리한 추리입니다. 어디 그 메모 좀 보여주시죠."

대수롭지 않은 듯 쪽지를 집어 들던 홈스는 갑자기 종이에 시선을 고정하고 만족스러운 듯 중얼거렸다.

"이거야말로 중요한 단서가 되겠는데."

"아하! 홈스 선생도 그렇게 생각하시오?"

"그럼요. 진심으로 축하드립니다."

레스트레이드 경감은 의기양양하게 일어나더니 고개를 숙이고 쪽지를 들여다보며 말했다.

"아니, 뒷면을 보고 있지 않소!"

"아니요. 이쪽이 앞면입니다."

"앞면이라고? 당신 제정신이오! 이쪽에 연필로 메모되어 있지 않소."

"하지만 이 종이는 호텔 영수증을 찢은 것입니다. 나는 그 영수증에 관심이 있고요."

"나도 봤는데, 별것 없었소."

레스트레이드 경감이 말했다.

"10월 4일, 객실 이용료 8실링, 조식 2실링 6펜스, 칵테일 1실링, 중식 2실링 6펜스, 셰리주 한 잔 8펜스. 중요한 내용은 없소."

"그렇지 않습니다. 이건 아주 중요한 증거죠. 메모도 중요하고요. 적어도 이름의 머리글자는 그렇죠. 다시 한 번 축하드립니다."

"시간을 너무 낭비하는 것 같아서 이만."

레스트레이드 경감이 일어서며 말했다.

"나는 난롯가에 앉아서 가설만 세우는 것보다 발로 뛰며 조사하는 걸 더 믿는 편이라서 말이오. 안녕히 계시오, 홈스 선생. 누가 먼저 사건의 밑바닥을 보게 되는지 두고 봅시다."

그는 옷을 주워 다시 가방에 넣고 문으로 향했다.

"힌트를 하나 드리지요."

경감이 방을 나가기 전에 홈스가 말했다.

"사건의 진실을 알려드리자면, 세인트사이먼 부인은 신화 속의 인물과 같습니다. 그런 사람은 과거에도 없었고, 지금도 없습니다."

레스트레이드 경감은 침울한 얼굴로 홈스를 바라보았다. 그러다가 나를 보면서 손바닥으로 이마를 세 번 치고 고개를 저었다. 그러고는 서둘러 방에서 나갔다.

레스트레이드 경감이 나가고 방문이 닫히기도 전에 홈스가 일어나 코트를 입었다.

"레스트레이드 경감이 말했듯이 발로 뛰는 것도 중요해. 왓슨, 자네는 잠시 신문을 읽으며 기다려주게."

홈스가 나간 건 5시가 넘어서였다. 하지만 그동안 나는 무료하거나 외로울 새가 없었다. 한 시간도 지나지 않아 요식업자가 크고 납작한 상자를 가지고 왔기 때문이다. 그는 데리고 온 소년의 도움을 받아 상자를 열더니 하숙집의 소박한 마호가니 식탁 위에 미식가나 먹을 법한 차게 식힌 저녁 식사를 차려놓는 것이었다. 나는 놀란 눈으로 구경만 하고 있었다. 차가운 도요새 요리 한 쌍, 꿩 요리 한 마리, 거위 간 요리에 오래 숙성된 포도주 몇 병이었다. 고급스러운 음식을 다 차려놓은 두 사람은 마치 아라비안나이트에 나오는 지니처럼, 음식이 이 주소로 주문되었으며 음식값은 이미 다 치러졌다는 말만 남기고 사라졌다.

홈스는 밤 9시가 조금 못 되어 바쁜 걸음으로 돌아왔다. 표정은 경직되어 있었지만 눈빛이 반짝이는 것으로 보아 만족할 만한 결론에 이르렀음을 알 수 있었다.

"저녁 식사를 차려놓았군."

홈스가 손을 비비며 말했다.

"자네가 손님을 초대한 모양이군. 5인분을 차려놓고 갔어."

"맞아. 몇 사람 올 거야. 세인트사이먼 경이 아직 도착하지 않았다는 게 의외로군. 아하! 방금 계단을 올라오는 소리가 들린 것 같아."

짐작한 대로 방 안에 들어온 사람은 세인트사이먼 경이었다. 귀족적인 얼굴에 동요하는 눈빛이 가득한 채로, 전보다 더 심하게 안경 줄을 흔들며 허겁지겁 들어왔다.

"제가 보낸 심부름꾼을 만나셨지요?"

홈스가 물었다.

"그랬소. 전해준 소식이 너무나 충격적이었소. 당신이 한 말에 확실한 근거가 있소?"

"물론입니다."

세인트사이먼 경은 의자에 쓰러지듯 앉아서 손으로 이마를 문질렀다.

"공작께서 뭐라고 하실지."

그가 혼잣말처럼 중얼거렸다.

"가문의 일원이 그러한 수모를 당했다는 소식을 들으신다면 말이오."

"이건 순전히 사고입니다. 수모라고 생각하실 이유가 없지요."

"아, 홈스 선생은 이 문제를 다른 관점에서 봐서 그렇소."

"누구의 탓도 아니라고 생각합니다. 부인께서도 그렇게 하실 수밖에 없었을 것으로 생각되고요. 물론 너무 즉흥적으로 대처하신 건 후회하실 수도 있겠지만요. 모친이 안 계시니 그런 중요한 상황에서 조언을 구할 상대가 없었겠지요."

"이건 모욕이오, 선생. 공개적인 모욕."

세인트사이먼 경이 손가락으로 탁자를 탁탁 치면서 말했다.

"미스 헤티 도런도 뜻밖의 상황에 부닥친 것이니 양해해주셔야 할 것 같은데요."

"난 그럴 수 없소. 사실은 지금 몹시 화가 났소. 수치스럽게도 이용당한 셈이니까."

"초인종 소리가 난 것 같군요. 맞네요, 계단참에 발소리가 들리는 걸 보니."

홈스가 말했다.

"경께서 좀 더 너그러운 관점으로 이해하시도록, 저보다 좀 더 설득력 있게 이야기할 수 있는 분을 모셨습니다."

홈스는 문을 열고 한 쌍의 남녀를 맞아들였다.

"세인트사이먼 경, 프랜시스 헤이 몰턴 부부를 소개합니다. 몰턴 부인과는 구면이시 겠군요."

두 사람이 들어오자 세인트사이먼 경은 벌떡 일어나더니 시선을 아래로 향하고 손을 프록코트의 가슴에 찌른 채 품위를 크게 손상당한 사람의 모습으로 서 있었다. 몰턴 부 인이 앞으로 한 발 다가가 손을 내밀었으나, 세인트사이먼 경은 여전히 시선을 들지 않 았다.

하지만 그가 아무리 마음을 단단히 먹었어도 그녀의 호소하는 듯한 얼굴을 끝까지 거 부하기는 힘들었던 것 같다.

"화나셨군요, 로버트. 충분히 그러실 만하다고 생각해요."

그녀가 말했다.

"내게 사과하지 마시오."

세인트사이먼 경이 불쾌한 듯 말했다.

"네, 알아요. 제가 당신에게 몹쓸 짓을 했고, 떠나기 전에 말했어야 한다는 것도 알아 요. 하지만 저도 그때는 정신이 없었답니다. 여기서 프랭크를 다시 만난 후로 어떻게 해 야 하는지, 뭐라고 해야 하는지 생각할 수가 없었어요. 제단 앞에서 정신을 잃고 쓰러지 지 않은 게 신기할 정도랍니다."

"몰턴 부인, 그간의 사정을 이야기하시는 동안 저와 제 친구는 나가 있을까요?"

"제 의견을 말해도 된다면……."

낯선 사내가 말했다.

"이 일로 저희는 이미 너무 많은 비밀을 만들었습니다. 저로서는 온 유럽과 미국에 진 실을 알리고 싶은 심정입니다."

그는 작지만 강직하고 햇볕에 그을린 피부에 말끔하게 면도를 한 모습이었으며, 얼굴 윤곽은 날카롭고 행동은 민첩했다.

"그럼 지금 바로 저희의 사정 이야기를 들려드리겠습니다."

몰턴 부인이 말했다.

"여기 있는 프랭크와 저는 1884년 로키 산맥 근처에 있는 맥과이어 광산 캠프에서 만났습니다. 아버지가 그곳의 채굴권을 가지고 계셨거든요. 프랭크와 저는 약혼을 했습니다. 어느 날 아버지는 큰 광맥을 발견하고 부자가 되었습니다. 하지만 프랭크가 불하받은 광구의 광맥은 점점 줄어들다가 결국 없어져버렸습니다. 아버지의 재산이 쌓일수록 프랭크는 가난해졌어요. 결국 아버지는 저희 둘의 약혼을 무효로 하고 저를 샌프란시스코로 데리고 갔습니다. 하지만 프랭크는 포기하지 않고 그곳까지 저를 따라왔으며, 아버지 몰래 저를 만났습니다. 아버지가 알게 되면 화를 내실 게 뻔하니까 우리끼리 약속을 정해 만났죠. 프랭크는 자기도 금광을 찾아 떠나겠다고 했습니다. 그리고 아버지만큼 돈을 모으기 전에는 절대 돌아오지 않겠다고 했어요. 그래서 저는 언제까지든 기다릴 것이며, 프랭크가 살아 있는 한 다른 남자와 결혼하지 않겠다고 맹세했습니다.

'그렇다면 지금 바로 결혼해도 되지 않을까?'

프랭크가 물었죠.

'그러면 나도 마음을 놓을 수 있을 것 같은데. 그렇지만 돌아올 때까지는 당신의 남편임을 밝히지 않겠소.'

저희는 그러기로 마음을 모았고, 프랭크가 모든 걸 준비했습니다. 목사님까지 찾아서 저희는 바로 결혼식을 올렸죠. 그런 다음 프랭크는 금광을 찾으러 떠났고, 저는 아버지에게 돌아갔습니다.

그 후 프랭크가 몬태나 주에 있다는 소식이 들려오더니, 시굴을 위해 애리조나로 갔다는 소식이 들려왔고, 그다음에는 뉴멕시코에 있다는 소식을 들었습니다. 그리고 얼마 후 신문에 광산촌이 아파치족의 습격을 받았다는 상세한 기사가 실렸고, 살해된 사람들의 명단에 프랭크의 이름이 있었던 거죠. 그걸 보는 순간 저는 정신을 잃었고 몇 달간 크게 앓았습니다. 아버지는 제가 폐병에 걸렸다고 생각하고 저를 데리고 샌프란시스코에 있는 의사들을 찾아다녔습니다. 아마 샌프란시스코 의사의 절반은 만났을 거예요. 그 후로 1년이 넘도록 아무런 소식도 듣지 못했기 때문에 저는 프랭크가 정말 죽었다고 생각하게 되었어요. 그 무렵 세인트사이먼 경이 샌프란시스코에 오셨고, 우리가 런던으로 왔으며, 결혼이 성사된 겁니다. 아버지는 몹시 기뻐하셨어요. 하지만 이미 프랭크에게 마음을 줘버린 저는 다른 어떤 남자에게도 다시 마음을 줄 수 없을 것 같았습니다.

물론 세인트사이먼 경과 결혼한 이상 충실하게 아내 노릇을 할 생각이었습니다. 억지로 사랑할 수는 없지만 행동은 통제할 수 있으니까요. 저는 제가 할 수 있는 한 좋은 아내가 되겠다는 마음으로 결혼식장에 들어갔습니다. 그런데 제단 앞까지 왔을 때 뒤를 돌아보다가 첫 번째 줄에서 저를 보고 있는 프랭크를 발견했을 때 제 마음이 어땠을지 상상할 수 있으실 겁니다. 처음엔 유령인 줄 알았어요. 그런데 다시 봐도 그가 여전히 서 있는 거예요. 눈으로는 제가 행복한지, 아니면 그에게 미안한지 묻고 있는 것 같았어요. 제가 그 자리에서 쓰러지지 않은 게 신기합니다. 온 세상이 빙글빙글 도는 것 같고 목사님의 말씀은 벌의 날갯짓처럼 귓가에 윙윙거렸으니까요. 저는 어떻게 해야 할지 몰랐습니다. 예식을 중단하고 교회에서 소란을 피워야 할까? 프랭크 쪽으로 다시 눈길을 돌렸어요. 그러자 프랭크가 제 생각을 알아챈 듯 입술에 손가락을 갖다 대며 조용히 식을 진행하라는 신호를 보냈습니다. 그리고 종이에 뭔가를 적는 것이었어요. 저는 프랭크가 제게 전할 쪽지를 쓰고 있다는 걸 알았죠. 식이 끝나고 나오면서 그의 좌석 앞을 지나는데 제가 떨어뜨린 부케를 집어주면서 쪽지를 슬쩍 건네주었습니다. 그가 신호를 보내면 그가 있는 곳으로 나오라는 한 줄짜리 메모였어요. 그 순간 저는 제가 첫 번째로 의무를 지켜야 할 사람은 프랭크라는 걸 의심하지 않았습니다. 그리고 뭐든 그가 시키는 대로 하겠다고 마음먹었죠.

아버지의 집으로 돌아와 제 하녀에게 말했습니다. 그녀도 캘리포니아에서부터 프랭크를 알고 있었거든요. 항상 그와 친구처럼 지냈죠. 저는 하녀에게 절대로 아무에게도 말하지 말고 짐을 몇 가지 챙겨주고 얼스터 코트를 준비해달라고 했습니다.

당연히 세인트사이먼 경에게 말해야 한다는 건 알고 있었습니다. 하지만 그의 어머니를 비롯해 그 많은 사람들 앞에서 밝히기엔 너무 두려웠어요. 그래서 우선 도망가고 나중에 해명하기로 마음먹었습니다. 조찬 식탁에 앉은 지 10분도 되기 전에 창문을 통해 길 건너편에 서 있는 프랭크가 보였습니다. 그는 제게 손짓으로 신호를 보낸 뒤 공원으로 걸어 들어갔습니다. 저는 피로연장을 빠져나와 제 물건을 챙겨서 프랭크를 따라갔습니다. 어떤 여자가 제게 와서 세인트사이먼 경에 대해 뭐라고 말하더군요. 제대로 알아들을 수는 없었는데, 결혼 전에 가졌던 두 사람의 은밀한 관계에 대한 이야기 같았어요. 아무튼 저는 그녀를 떼어내고 프랭크를 따라갔습니다. 그리고 함께 마차를 타고 그가 묵고 있는 고든 광장의 숙소로 향했습니다. 오랜 기다림 끝에 맞이한 첫날밤이었어요. 프랭크는 아파치족에게 포로로 잡혀 있다가 탈출해서 샌프란시스코로 돌아왔다고 했습니다. 그런데 제가 그가 죽은 줄 알고 체념한 채 영국으로 갔다는 말을 듣고 저를 쫓아 영국으로 온 것입니다. 그리고 두 번째 결혼식이 있는 날 아침에 제 앞에 나타난 거예요."

"신문 기사를 읽고 결혼 소식을 알게 되었습니다. 신랑 신부의 이름과 교회 이름만 나오고 신부가 어디에 사는지는 나와 있지 않더군요."

미국인인 프랜시스 몰턴 씨가 말했다.

"프랭크와 저는 앞으로 어떻게 할지 의논했어요. 프랭크는 모든 걸 밝히자고 했지만, 저는 너무 부끄러워서 멀리 사라져 다시는 아무도 만나지 않으면 좋겠다는 생각이었어요. 아버지에게 제가 무사하다는 소식만 전하고 말이죠. 점잖은 남녀 하객들이 조찬 식탁에 둘러앉아 제가 돌아오길 기다리고 있을 거라는 생각을 하니 너무나 당혹스러웠습니다. 그래서 프랭크가 제 웨딩드레스와 소지품들을 뭉쳐서 아무도 찾을 수 없는 곳에 버린 거예요. 내일이면 파리로 떠난 뒤였을 텐데, 오늘 점잖으신 홈스 선생님이 저희를 찾아오신 거죠. 저희가 있는 곳을 어떻게 아셨는지는 모르지만, 제가 잘못 생각하고 있으며 프랭크의 생각이 옳다는 것을 친절하고도 명확하게 일깨워주셨어요. 그리고 모든 걸 비밀에 부치는 것이 저희를 잘못된 길로 인도한다는 사실도 이해하도록 도와주셨습니다. 저희가 세인트사이먼 경과 대화할 수 있는 자리를 만들겠다고 하셨고요. 그래서 이렇게 곧장 온 것입니다. 로버트, 당신도 다 들으셨지요? 당신에게 고통을 안겨줘서 정말 미안하게 생각하고 있어요. 저를 너무 나쁘게 생각하지 않으면 좋겠습니다."

세인트사이먼 경은 자세를 누그러뜨리지 않았지만 인상을 찌푸리고 입은 꾹 다문 채그녀의 긴 이야기에 귀를 기울였다.

"미안하지만, 난 사생활을 공공연히 꺼내놓고 이야기하는 것에 익숙하지 않은 사람이오."

"그러면 저를 용서하지 않으시겠다는 말씀인가요? 제가 떠나기 전에 악수도 하지 않으실 거고요?"

"물론 그렇게 해서 당신 기분이 좋아진다면."

세인트사이먼 경은 손을 내밀어 덤덤하게 그녀가 내민 손을 잡았다.

"화해를 자축하는 의미에서 저녁 식사라도 함께하는 게 어떨까 했는데요?"

홈스가 제안했다.

"그건 좀 과한 것 같소."

세인트사이먼 경이 대답했다.

"이번 일을 묵인하는 것까지는 받아들이겠지만, 그 일을 덮고 기분 좋게 흥청거릴 기분은 아니오. 실례가 되지 않는다면 나는 이쯤에서 작별 인사를 하고 싶소이다."

그는 우리 모두를 향해 인사를 건네고 자리를 떴다.

"그렇다면 두 분은 적어도 함께 식사하는 영광을 베풀어주시겠지요?"

셜록 홈스가 말했다.

"미국인을 만나는 건 언제나 즐겁습니다. 몰턴 씨. 저는 옛날 왕실의 어리석음이나 내각의 실책이 우리 자녀들이 언젠가 유니언 잭과 성조기를 합친 깃발 아래 하나의 세계 국가 시민이 되는 걸 막지는 못할 것이라고 믿는 사람 중 한 명이거든요."

"정말 흥미로운 사건이었어."

손님들이 가고 나서 홈스가 말했다.

"도저히 이해할 수 없을 것 같은 일이 너무나 간단한 설명으로 명확해질 수 있다는 걸 체험하는 기회였던 것 같아. 몰턴 부인의 이야기를 듣고 나면 모든 게 너무나 자연스럽고 순리적인데, 결과만 놓고 보면 그렇게 기이한 일이 없지 않은가. 특히 런던 경찰국의 레스트레이드 경감이 본다면 말이야."

"자네는 그러지 않았다는 뜻인가?"

"두 가지 사실은 처음부터 아주 명백하다고 봤네. 하나는 신부가 결혼식을 올리려는 의지가 분명했다는 것이고, 또 하나는 돌아와서 몇 분 사이에 후회하기 시작했다는 사실이었어. 그날 아침에 분명 무슨 일인가 있었고, 그게 신부의 마음에 변화를 일으킨 거지. 그렇다면 무슨 일이 있었을까? 밖에서는 신랑 측 하객들과 함께 있었으니 누구와 이야기를 나눌 기회가 없었을 것이고, 그렇다면 누군가를 보았던 걸까? 만약 그랬다면, 그 누군가는 미국에서 온 사람이 분명하다고 생각한 거지. 그녀는 영국에서 보낸 시간이 짧지 않은가. 그런데 그의 모습을 보기만 해도 심경의 변화를 일으키고 일생일대의 계획을 뒤엎을 정도로 깊은 사이가 된 사람을 만났을 것 같지는 않았거든. 가능성이 없는 요소를 제거하다 보니 필연적으로 그녀가 미국인을 보았을 거라는 가설에 이르게 된 거야. 그렇다면 그 미국인은 누구이며, 그녀의 마음이 왜 그토록 흔들렸을까? 그는 연인일 수도 있고, 남편일 수도 있다고 생각했어. 그녀가 젊은 시절을 거칠고 특수한 환경에서 보냈다는 걸 알고 있었으니까. 여기까지가 세인트사이먼 경의 이야기를 듣기 전까지 내가 추리한 내용일세. 그런 다음 세인트사이먼 경의 이야기를 들으면서 몇 가지의 추론이 더해진 거지. 식장 앞자리에 남자가 앉아 있었다는 것, 어느 시점에서 신부의 태도가 달라졌다는 것. 그리고 신부가 그 남자 앞을 지날 때 부케를 떨어뜨렸다는 것. 그것은 쪽지를 건네받는 방편이었던 게 분명하다고 생각했어. 그리고 신부가 자기 하녀와 은밀한 대화를 했다는 사실과, 그녀가 언급한 '채굴권 횡령'이라는 말이 의미심장했어. 그건 누군가의 소유였던 것을 가로챘음을 말하지 않나. 그 말을 들으니 모든 상황이 명확하게 보이더군. 신부는 남자와 도망가기로 했으며, 그 남자는 그녀의 애인이거나 남편일 거라고 판단했지. 후자일 가능성이 높다고 생각했지만 말이야."

"그렇지만 어떻게 그들을 찾아냈나?"

"그건 어려운 일일 수도 있었어. 그런데 우리 친구 레스트레이드가 아주 요긴한 정보를 가지고 있었지 뭔가. 물론 그는 중요한 정보인 줄도 모르고 있었지만 말이야. 'F. H. M.'이라는 머리글자도 중요한 단서였지만, 더 결정적인 건 그 미국인이 지난 1주일 사이에 런던의 일류 호텔에서 영수증 처리를 했다는 사실이었어."

"일류 호텔이라는 건 어떻게 알았는데?"

"가격을 보고 알았지. 객실 하나에 8실링, 셰리주 한 잔에 8펜스면 최고가의 호텔이 아니겠나. 그 정도로 비싼 호텔은 런던에 많지 않다네. 노섬벌랜드 대로에 있는 호텔 중에 두 번째로 들른 호텔에서 프랜시스 H. 몰턴이라는 미국인이 하루 전날에 떠났다는 사실을 알아냈어. 그의 계산서를 살펴보니 바로 그 뒷면에 나와 있더군. 그리로 오는 우편물은 고든 광장 226번지로 전달하게 되어 있었어. 나는 곧장 그리로 갔고, 거기서 두 사람을 만날 수 있었다네. 나는 아버지 같은 마음으로 그들에게 조언해주고, 두 사람의 입장을 대중에게나 세인트사이먼 경에게 좀 더 명확하게 밝혀두는 게 좋을 거라고 설득했어. 그리고 이곳에서 경을 만나도록 초대하고, 자네도 알다시피 세인트사이먼 경도 이리로 오게 한 거라네."

"그렇지만 결과가 아주 좋지는 않았잖아. 세인트사이먼 경의 태도가 썩 너그럽지는 않더군."

"이봐, 왓슨. 자네라도 그다지 너그러울 순 없었을 걸세. 모든 노력을 기울여 사랑을 고백하고 결혼식을 올렸는데, 아내와 재산을 한순간에 빼앗겼다고 생각해봐. 세인트사이먼 경을 너그럽게 이해해줘야 한다고 생각해. 다만 우리가 그와 같은 처지에 놓이지 않은 걸 행운의 여신에게 감사하세. 자네 의자를 좀 더 가까이 끌어당기고 내 바이올린을 좀 집어주게. 이제 우리가 궁리해야 할 건 '이 음산한 가을밤을 어떻게 보낼 것인가' 하는 문제뿐인 것 같네."

11
녹주석 보관

어느 날 아침 창을 통해 거리를 내려다보고 있을 때였다.

"홈스, 저기 미친 사람이 지나가고 있어. 왜 저런 사람을 혼자 나오도록 내버려 두는지 모르겠네. 마음이 안 좋아."

안락의자에 앉아 있던 홈스는 천천히 일어나 가운 주머니에 손을 넣은 채 내 어깨 너머로 밖을 내다보았다. 화창한 2월의 아침이었다. 땅 위에는 어제 내린 눈이 소복이 쌓여 햇빛에 반짝이고 있었다. 도로 한복판은 지나다니는 마차 때문에 질퍽한 갈색 띠가 만들어졌지만 길가와 보도 가장자리에 쌓인 눈은 방금 내린 듯 하얬다. 회색 보도는 깨끗이 치워져 있었지만 여전히 미끄러웠고, 그래서인지 평소보다 지나다니는 사람이 적었다. 메트로폴리탄 역 방향에서 우리 집 쪽으로 오고 있는 한 신사가 내 시선을 끈 것도 그의 이상한 행동 때문이라기보다는 그쪽에서 오는 사람이 그밖에 없기 때문이었다.

쉰 살쯤 된 남자였는데, 키가 크고 약간 살집이 있는 체격에 얼굴 윤곽이 뚜렷하고 기품이 있어 보였다. 검은 프록코트에 윤기가 흐르는 모자, 깔끔한 갈색 각반에 반듯하게 손질된 은회색 바지를 차려입은 모습이 중후하면서도 고급스러웠다. 하지만 그의 행동은 품위 있는 외모나 옷차림새와 사뭇 대조적이었다. 힘겹게 달려오다가 제자리에서 팔짝팔짝 뛰기를 반복했는데, 그러면서도 다리를 쓰는 게 익숙지 않은 사람처럼 몹시 지쳐 보였다. 달릴 때는 손을 아래위로 휘젓고 고개를 흔들었으며, 얼굴을 몹시 심하게 찡그렸다.

"저 사람은 왜 저러는 거지? 집마다 번지수를 확인하며 달려오고 있어."

"이리로 오는 것 같군."

홈스가 손을 비비며 말했다.

"이리로?"

"응. 사건을 상담하러 오는 것 같아. 저런 증상을 알아. 저것 보게, 내가 말하지 않았나!"

홈스가 말하는 동안 그 남자는 헐레벌떡 우리 집 현관에 이르더니 온 집 안이 쩌렁쩌렁 울리도록 초인종 줄을 당겼다.

그리고 몇 분 후, 홈스는 그를 맞아들였다. 그는 여전히 숨을 헐떡이며 몸짓 손짓을 했다. 하지만 그의 눈에 담긴 슬픔과 절망의 빛을 보는 순간 우리의 미소는 곧 걱정과 연민으로 바뀌었다. 그는 한동안 아무 말도 하지 않고 몸을 흔들며 궁지에 몰린 사람처럼 머리카락을 잡아당겼다. 그러다가 갑자기 일어서더니 벽에다 머리를 세게 부딪치는 것이었다. 우리는 동시에 그에게로 달려가 방 한가운데로 데려왔다. 셜록 홈스는 그를 안락의자에 앉히고 아주 익숙한 자세로 그 옆에 앉아 손등을 도닥이며 편안하고 안정적인 어조로 말을 걸었다.

"내게 할 이야기가 있어서 오신 것 같군요, 그렇죠? 그런데 너무 급히 오시느라 지치신 것 같네요. 기운을 차리실 때까지 좀 쉬세요. 그런 다음에 말씀해주시면 기꺼이 도와드리겠습니다."

남자는 1분 정도 가슴을 들썩이며 애써 감정을 가라앉혔다. 그런 다음 손수건을 꺼내 이마를 닦고, 입술을 굳게 다문 채 우리를 돌아보았다.

"내가 미쳤다고 생각하시오?"

그가 물었다.

"힘든 일을 당하셨나 보다 생각하고 있습니다."

홈스가 대답했다.

"사실은 그렇소! 갑자기 너무 황당한 일을 당해서 정신이 나갈 지경이오. 지금까지 살면서 실수 한 번 저지른 적 없었는데 큰 망신을 당하게 생겼으니 말이오. 개인적인 고통도 살다 보면 겪을 수 있지. 하지만 그 두 가지를 한꺼번에, 그것도 아주 지독하게 겪게 생겼으니 혼이 빠질 만도 하지 않겠소. 게다가 나 혼자만 겪는 것도 아니오. 이 문제가 해결되지 않으면 이 나라 최고의 존귀한 분까지 곤란을 겪게 되실 거란 말이오."

"진정하십시오."

홈스가 말했다.

"선생님이 누구신지, 그리고 무슨 일을 겪으셨는지 말씀해주십시오."

"내 이름은 많이 들어보셨을 거요. 나는 스레드니들 가에 있는 홀더 앤 스티븐슨 은행의 알렉산더 홀더요."

런던 금융가에서 두 번째로 큰 민간은행의 은행장 이름은 우리도 잘 알고 있었다. 무슨 일이기에 런던의 최상류 시민이 이처럼 누추한 곳까지 달려왔을까? 홈스와 나는 잔뜩 궁금해하면서 기다렸다. 그는 다시 한 번 마음을 가다듬고 이야기를 시작했다.

"한시가 급하다는 생각이 들었소. 마침 경찰도 당신의 협조를 받는 게 좋겠다기에 서둘러 이리로 달려온 거요. 지하철을 타고 베이커 가에 내려 거기서부터 뛰어왔소. 눈길에는 마차가 더 더디지 않소. 평소에 운동을 거의 하지 않다 보니 숨이 턱에 차더군. 이제 좀 괜찮아졌으니 되도록 간략하고 명확하게 사실대로 이야기하겠소.

금융업에서 성공하려면 인맥을 넓히고 고객을 확보하는 것도 중요하지만, 수익률이 높은 투자처를 찾아내는 것이 중요하다는 것 정도는 선생도 잘 알고 계실 것이오. 우리 은행도 수익을 올리기 위한 주요 방편으로 신뢰도가 높은 고객에게 대출 형식으로 돈을 빌려주고 있소. 지난 몇 년간 그러한 방법으로 많은 수익을 올렸고, 사회 고위층 가문 중 상당수가 그들이 소장한 그림이나 장서, 식기 등을 담보로 큰돈을 빌렸소.

어제 아침 사무실 책상에 앉아 있는데 직원이 명함 한 장을 들고 들어왔소. 명함에 적

힌 이름을 보는 순간 나는 깜짝 놀랐소. 그건 바로…… 아니, 선생에게도 세상이 다 알
만한 이름이었다고만 말해두는 게 좋을 것 같소. 아무튼 영국에서 가장 존귀하고 높은
이름이었소. 그분이 사무실로 들어오자마자 나는 어쩔 줄 몰라 하며 영광스러운 마음을
전하려 했지만, 그분은 곧장 사무적인 이야기를 시작하셨소. 마치 내키지 않는 일을 하
게 되어 가능한 한 빨리 끝내버리려는 듯이 말이오.

'홀더 씨, 선생이 돈을 대출해준다는 소문을 듣고 왔소.'

'신뢰할 수 있는 담보가 있으면 그렇게 해드리고 있습니다.'

'나도 대출을 좀 해야 할 것 같은데, 당장 5만 파운드가 필요하오. 물론 그 정도는 지인
들에게 빌릴 수도 있지만, 그보다는 내가 직접 업무적으로 처리하는 게 좋을 듯해서요.
나 같은 위치에 있으면서 누군가에게 신세를 지는 건 현명하지 못하기 때문이오. 이 점
은 선생도 충분히 이해할 거라 생각하오.'

'대출 기간은 얼마나 생각하고 계시는지 여쭤봐도 될까요?'

'돌아오는 월요일에 큰돈이 들어올 거요. 그러면 바로 갚을 거요. 당신이 합당하다고
생각하는 이자까지 계산해서 말이오. 중요한 건, 지금 당장 빌려줘야 한다는 거요.'

'금액이 그렇게 크지만 않다면 지금 당장 저의 개인 자금으로라도 대출해드리고 싶은
마음입니다. 하지만 은행 이름으로 대출해드리려면, 고귀한 신분의 고객이시지만, 다른
대출의 경우와 동등하게 담보가 있어야 합니다.'

'그러는 게 내 마음도 편할 것 같소.'

그렇게 말하면서 그분은 옆에 내려놓은 검은 모로코가죽 상자를 집었소.

'녹주석 보관寶冠에 관해서는 알고 있겠지요?'

'제국의 귀중한 보물 중 하나라고 알고 있습니다.'

'그렇소.'

상자를 열자, 부드러운 살구색 벨벳 위에 아름답고 우아한 보관이 놓여 있었소.

'이 보관에는 서른아홉 개의 커다란 녹주석이 박혀 있소. 금장식만 해도 돈으로 환산
하기 힘들 정도일 거요. 아무리 낮게 잡아도 내가 빌리는 금액의 두 배는 될 텐데, 이걸

담보로 맡겨두겠소.'

　나는 그 고급스러운 상자를 두 손으로 받쳐
들고 보관을 들여다보다가 난처한 표정을 지으
며 그분에게로 시선을 돌렸소.

　'보관의 가치를 의심하는 거요?'

　그분이 묻더군요.

　'아닙니다. 제가 염려하는 건⋯⋯.'

　'보관을 담보로 맡는 게 합당한지 걱정하는
가 보군. 그 점에 대해서는 안심해도 될 거요. 나흘 안에
대출금을 갚을 수 있다는 확신이 없다면 이런 일은 꿈도 꾸지
않았을 테니까. 다만 이건 형식적인 절차일 뿐이오. 이 정도면 담보로 충분하지 않소?'

　'충분하지요.'

　'홀더 씨, 내가 이렇게 할 수 있는 건 소문으로 들은 이야기들에 근거하여 당신을 깊이
신뢰하기 때문이오. 나는 당신이 현명한 판단으로 이 일이 사람들의 입방아에 오르지
않도록 주의하는 것은 물론, 보안에 철저히 신경 써서 이 보물을 지켜줄 것이라 믿고 있
소. 만약 이 보관이 어떠한 방식으로든 잘못된다면 국가적으로 큰 문제가 될 수 있소. 어
떠한 식으로든 훼손된다면 그건 보관을 통째로 잃어버리는 것과 같은 정도의 심각한 문
제가 될 거요. 이런 녹주석은 세상 어디서도 구할 수 없기 때문이오. 그렇지만 나는 당신
을 신뢰하기 때문에 맡겨두는 것이오. 돌아오는 월요일 아침에 직접 찾으러 오겠소.'

　그분이 서둘러 나가고 싶어 하는 것 같아서 더 이상 아무 말도 하지 않았소. 그리고 회
계원을 불러 1,000파운드짜리 수표 50장을 내드리라고 했지요. 그분이 돌아가고 혼자
남아 내 앞에 놓인 귀중품을 보고 있자니, 비로소 엄청난 책임감이 엄습하면서 불안해
지기 시작했소. 그 보관은 국가의 보물인 만큼, 혹여 잘못되기라도 하면 엄청난 파문이
일어날 게 뻔하지 않겠소. 나는 보관을 맡아두기로 한 걸 후회하기 시작했소. 하지만 상
황을 돌이키기엔 이미 늦었으니, 보관을 개인 금고에 넣고 다시 업무를 보기 시작했소.

저녁이 되자 그렇게 귀중한 보물을 사무실에 두고 가는 게 무모하다는 생각이 들더군. 은행 금고가 털린 적도 있는데 내 금고라고 그러지 말라는 법이 있겠소? 만약 그런 일이 생긴다면 내 처지가 얼마나 끔찍해지겠소! 그래서 며칠 동안은 보관이 들어 있는 상자를 늘 가지고 다니며 잠시도 내 손에서 떼어놓지 않기로 했소. 그런 생각으로 보석함을 든 채 마차를 타고 스트리섬에 있는 집까지 갔소. 그리고 보석함을 2층으로 들고 가 옷방 금고에 넣고 잠글 때까지 숨도 편하게 쉬지 못했다오.

이쯤에서 우리 집 식구들에 대해 잠시 이야기하겠소. 그래야 홈스 선생도 상황을 완전히 이해하실 테니까. 마부와 시동은 집 밖에서 자니까 빼도 될 것 같고, 하녀가 셋 있는데, 이들은 수년간 우리와 함께 살았기 때문에 의심하기엔 너무 잘 아는 사람들이요. 심부름하는 루시 파라는 여자아이는 들어온 지 몇 개월밖에 안 되었는데 성격도 좋고 일도 아주 마음에 들게 잘한다오. 얼굴도 아주 예뻐서 여러 사람에게 사랑받는 것 같고. 그 점이 조금 염려스럽긴 하지만 품성이 선해서 신뢰하는 아이요.

하인들에 대해서는 그 정도면 된 것 같고, 가족들은 워낙 단출해서 긴 설명이 필요하지 않을 거요. 나는 상처했고 아서라는 아들이 하나 있소. 그런데 그 아들이 나의 기대를 벗어나 늘 실망시키고 있소. 물론 내게도 책임이 있을 거요. 사람들은 내가 그 녀석을 너무 응석받이로 키웠다고 하지. 내가 그랬는지도 몰라. 사랑하는 아내가 죽고 나니 사랑을 쏟을 대상이 아들밖에 없다는 생각이 들더군. 그 아이의 얼굴에서 잠시도 미소가 떠나는 걸 보고 싶지 않았소. 그래서 원하는 건 무엇이든 들어줬소. 내가 좀 더 엄했으면 그 아이를 위해서도 나를 위해서도 좋았겠지만, 나로선 최선을 다한 건데 어쩌겠소.

나는 아들이 내 일을 물려받길 원했소. 하지만 그 녀석은 사업가 기질이 아니요. 거칠고 고집불통이라서, 솔직하게 말하자면 큰돈을 맡길 만한 인물이 못 되오. 젊었을 때 귀족 클럽에 가입했는데, 사교성이 좋아서 곧 돈 많고 사치스러운 사람들과 친해졌소. 그들과 어울리면서 카드 게임과 경마에 빠져 돈을 탕진하다가 나중에는 종종 도박 빚을 갚기 위해 용돈을 미리 받아 가야 하는 지경에 이르렀소. 녀석은 몇 번이나 위험한 모임에서 나오려 했지만, 그때마다 친구 조지 번웰 경의 꾐에 빠져 다시 돌아가곤 했소.

사실 생각해보면, 아들이 조지 번웰 경 같은 사람에게 끌리는 건 당연한 일이오. 우리 집에도 자주 왔는데, 그의 매력적인 모습이나 행동을 보면 나도 끌리게 되니까. 아서보다 몇 살 위인데 세상을 손안에 넣고 돌리는 사람 같았소. 안 가본 곳이 없고 모르는 것이 없으며, 언변도 좋고 외모도 출중하지. 하지만 그에게서 멀어져 있는 상태에서 냉정하게 생각해보면, 냉소적인 말투나 눈빛이 신뢰할 수 없는 사람이라는 느낌을 주거든. 나뿐만 아니라 조카인 메리도 여자 특유의 직감으로 그렇게 느끼는 것 같았소.

이제 메리 이야기만 하면 되겠구려. 그 애는 내 조카요. 5년 전에 동생이 죽고, 이 세상에 그 애 혼자 남겨져서 내가 입양했소. 그 후로 딸처럼 키웠지. 우리 집에 햇살과도 같은 존재라오. 상냥하고 정이 많고 아름답고, 게다가 훌륭한 관리인이자 살림꾼이지. 어느 여자도 그 애만큼 섬세하고 조용하며 온화하지는 못할 거요. 한마디로 그 애는 내 오른팔이오. 메리가 곁에 없으면 난 아무것도 할 수 없소. 하지만 딱 하나, 메리가 내 뜻에 따르지 않는 게 있소. 아들이 그 애를 열렬히 사랑해서 두 번이나 청혼했는데 두 번 다 거절한 거요. 세상에 딱 한 사람, 내 아들을 올바른 길로 인도해줄 사람이 있다면 바로 그 아이일 텐데 말이오. 아들이 그 애와 결혼했다면, 인생이 완전히 달라졌을 거요. 아! 하지만 이제 다 소용없게 되었소!

자, 홈스 선생, 내 집에 사는 사람들에 대해 다 알려드렸으니 이제 나의 난감한 문제에 관해 이야기하겠소.

그날 밤 저녁 식사를 마치고 거실에서 커피를 마시며 아서와 메리에게 그날 있었던 일을 얘기했소. 의뢰인의 이름은 말하지 않은 채, 우리 집에 귀중한 보물이 있다고도 얘기했소. 커피를 가지고 들어온 루시 파가 거실에서 나간 건 확실한데, 문이 닫혀 있었는지는 장담하지 못하겠소. 메리와 아서가 무척이나 흥미로워했고 그 유명한 보물을 보고 싶어 했지만, 꺼내지 않는 게 좋을 것 같아서 보여주지 못했소.

'어디에다 두셨는데요?'

아서가 물었소.

'내 금고에 넣어두었다.'

'밤새 도둑이나 들지 않아야 될 텐데요.'

'잠가두었으니 괜찮을 거다.'

내가 대답했소.

'아, 그 금고는 어떤 열쇠로도 열 수 있어요. 제가 어렸을 때 찬장 열쇠로 연 적도 있는걸요.'

아서는 아무 말이나 생각나는 대로 내뱉는 버릇이 있어서 그 애의 말은 별로 신중하게 받아들이지 않는 편이오. 그런데 그날 밤 아서가 시무룩한 얼굴로 내 방까지 따라오더니 눈을 내리깔고 물었소.

'그런데 아버지, 200파운드만 주시면 안 될까요?'

'안 돼, 못 줘! 지금까지 돈 문제에서 너무 너그러웠어.'

'아버지가 잘해주신 건 맞습니다. 하지만 그 돈은 꼭 있어야 합니다. 그러지 않으면 다시는 클럽에 얼굴을 내밀 수 없어요.'

'그것 참 잘된 일이네!'

내가 큰 소리로 말했소.

'그렇지만 제가 불명예스럽게 클럽을 떠나는 걸 원하지는 않으시겠죠? 그런 치욕은 저도 참을 수 없다고요. 어떻게든 돈을 마련해야 돼요. 아버지가 주지 않으시면, 다른 방법을 찾아야 한다고요.'

나는 너무나 화가 났소. 이달에만 벌써 세 번째였기 때문이오.

'한 푼도 줄 수 없다.'

내가 단호하게 말하자, 아서는 고개 숙여 인사만 하고 말없이 방을 나갔소.

그 애가 나가고 나서 나는 금고를 열어 보물이 잘 있는지 확인하고 다시 잠갔소. 그리고 문단속도 할 겸 집 안을 한 바퀴 돌기로 했소. 보통 때는 메리가 하는 일이지만 그날은 내가 직접 해야 할 것 같았소.

아래층으로 내려가니 메리가 복도에 있는 창문을 막 닫는 중이더군.

'아버지, 혹시 루시에게 오늘 밤에 외출해도 된다고 허락하셨어요?'

'그런 적 없다.'

'조금 전에 루시가 뒷문으로 들어왔거든요. 누군가를 만나기 위해 옆문으로 나갔던 것 같아요. 안전하지 않으니까 그리로 다니지 말라고 해야겠어요.'

'아침에 말하려무나. 혹시 못하겠으면 내가 하고. 다른 문은 다 잠갔지?'

'네, 아버지.'

'그럼 잘 자거라.'

나는 그 애에게 입맞춤해주고 다시 내 방으로 올라가 곧 잠들었소.

홈스 선생, 사건과 관련되어 보이는 건 빼놓지 않고 모두 이야기하려는 중이오. 하지만 명확하지 않은 부분이 있으면 언제든 물어보시오."

"전혀 그렇지 않습니다. 아주 명확하게 말씀하고 계세요."

"이제부터 하는 이야기야말로 명확하게 이해되었으면 좋겠소. 나는 잠귀가 어두운 사람도 아니고, 마음도 불안했기 때문에 그날은 평소보다 더 얕은 잠을 잤을 거요. 그런데 새벽 2시쯤 집 안에서 무슨 소리가 나는 바람에 눈을 떴소. 잠이 완전히 깨기 전에 소리가 멈추긴 했는데, 어디선가 창문이 조심스럽게 닫힌 듯한 여운이 느껴지는 거요. 나는 누운 채 귀를 기울였소. 그러자 옆방에서 조용히 움직이는 발소리가 들리는 게 아니겠소. 너무나 놀라고 두려워서 가슴이 두근거렸소. 침대에서 일어나 옷방의 문가로 가서 안을 엿보았지.

'아서! 이 나쁜 놈! 도둑놈! 감히 보관에 손을 대려는 거냐?'

가스등은 내가 맞춰놓은 대로 반쯤만 켜져 있었고, 아들이 셔츠와 바지만 입은 채 서 있었소. 두 손으로 보관을 들고서 말이오. 마치 힘을 줘서 보관을 비틀거나 휘게 하려는 것 같았소. 내가 소리를 지르자 아서는 보관을 떨어뜨렸고, 얼굴이 새하얗게 질렸소. 나는 얼른 보관을 집어 살펴보았소. 녹주석 세 개가 박힌 금판 하나가 떨어져 나갔는지 보이지 않았소.

'이 불한당 같은 놈! 네가 보관을 망가뜨렸어! 내게 씻을 수 없는 치욕을 안겨주었어! 훔쳐 간 보석은 어디에 두었느냐?'

'훔쳤다고요?'

'그래, 이 도둑놈아!'

나는 분노에 차서 아들 녀석의 어깨를 잡고 흔들며 소리쳤소.

'없어진 건 없어요. 그럴 리가 없다고요.'

'세 개가 없어졌단 말이다. 네가 알고 있을 거 아니냐. 도둑놈에다 거짓말까지 하는 거냐? 네가 또 다른 쪽도 떼어내려 한 걸 내가 못 본 줄 알아?'

'더 이상 제게 함부로 말하지 마세요. 더는 참지 않겠습니다. 아버지께서 저를 모욕하기로 작정하신 듯하니 저는 입을 다물겠습니다. 아침에 아버지 집에서 나가 이제부터 혼자 힘으로 살아가겠어요.'

'그건 경찰이 알아서 할 거다!'

나는 슬픔과 분노로 반쯤 정신이 나가서 소리를 질렀소.

'이번 일은 끝까지 파헤칠 테니까.'

'제게서는 아무것도 알아내지 못하실 겁니다.'

아서는 지금까지 한 번도 본 적이 없는 모습으로 분개하며 단호하게 말했소.

'경찰에 연락하시려면 하세요. 경찰이 찾아낼 수 있는 게 있으면 찾아내겠지요.'

그쯤 되자 집 안에 있는 사람들 모두가 일어나 나왔소. 내가 분을 못 이겨 언성을 마구 높였으니까. 제일 먼저 옷방으로 달려온 건 메리였소. 보관의 상태와 아서의 표정을 본 메리는 어떻게 된 상황인지 알아차리고 비명을 지르며 정신을 잃고 쓰러졌소. 나는 하

녀를 경찰에 보내어 당장 수사를 시작해달라고 부탁했소. 경감과 순경 한 명이 들어오자 팔짱을 낀 채 시무룩하게 서 있던 아서가 내게 진심으로 자기에게 절도 혐의를 씌우고 싶으냐고 묻더군. 나는 망가진 보관은 국가의 재산이기 때문에 이 문제는 더 이상 개인의 일이 아니라고 했소. 그리고 모든 걸 법대로 처리하기로 마음먹은 거요.

'지금 당장 저를 체포되게 하려는 건 아니시겠죠? 5분만 나갔다 오게 해주시면 아버지에게도 제게도 도움이 될 것 같은데요.'

'그렇게 해서 도망치려는 거냐? 아니면 훔친 걸 감추려는 거야?'

그 순간 나는 내가 얼마나 난처한 처지에 놓였는지 깨닫고, 이번 일이 나의 명예뿐 아니라 존귀하신 분의 명예까지 위태롭게 했다는 사실을 설명했소. 그리고 나라를 혼란에 빠뜨리는 사건이 될 수도 있지만, 보석을 어떻게 했는지 말해주면 모든 문제가 해결될 수도 있다고 설득했소.

'넌 현장에서 체포되는 것이므로 자백하더라도 죄가 가벼워지진 않을 거다. 하지만 녹주석이 어디 있는지 말해준다면 모든 걸 용서하고 잊어버리겠다.'

'용서를 구하는 사람들에게나 용서를 베푸세요.'

아서는 그렇게 말하고 냉소를 머금은 채 나를 외면하더군. 마음을 완전히 닫아서 내가 무슨 말을 해도 소용이 없을 것 같았소. 그래서 할 수 없이 경감을 불러 아서를 넘겨준 거요. 곧바로 수사가 시작되었고, 경찰이 아서는 물론 그의 방과 집 안 곳곳을 수색했지만 보석을 찾지 못했소. 또한 아무리 설득과 협박을 반복해도 아서는 입을 열지 않았소. 결국 아서는 오늘 아침 유치장에 들어갔고, 나는 경찰의 공무에 따르는 모든 절차를 마친 뒤 이리로 달려온 거요. 홈스 선생의 기지로 이 암담한 사건의 진상을 밝혀주길 부탁하려고 말이오. 경찰은 현재로선 아무런 단서도 찾아내지 못했다고 공공연히 인정했소. 그러니 홈스 선생, 필요한 비용은 얼마든지 내겠소. 이미 현상금으로 1,000파운드를 내걸었소. 오, 하느님 맙소사! 이를 어쩌면 좋단 말이오! 명예와 재산, 그리고 아들을 하룻밤 사이에 다 잃었으니. 도대체 어쩌면 좋겠소!"

그는 슬픔을 가누지 못하는 어린아이처럼 두 손으로 머리를 감싸고 앞뒤로 몸을 흔들며 울먹였다.

셜록 홈스는 눈을 가늘게 뜨고 말없이 난롯불을 바라보며 잠시 앉아 있다가 물었다.

"댁에 손님이 많은 편인가요?"

"나의 공동사업자와 그의 가족, 그리고 아서의 친구들이 가끔 오는 것 외에는 별로 없소. 최근에 조지 번웰 경이 자주 왔고, 그 외에는 없었던 것 같은데."

"사교 모임에는 자주 참석하시나요?"

"아서는 자주 가는 편이오. 메리와 난 집에 많이 있는 편이고. 그런 걸 별로 좋아하지 않아서."

"젊은 여성으로선 흔하지 않은 일이군요."

"메리가 조용한 성격이기도 하고, 또 그 애가 그렇게 어리지는 않소. 스물넷이니까."

"말씀을 들어보니 이번 일이 그녀에게도 충격이었던 것 같은데요."

"큰 충격이었지! 나보다 더 놀란 것 같았으니까."

"홀더 씨와 메리라는 분 모두 아드님의 혐의를 믿어 의심치 않으시는 거죠?"

"보관을 들고 있는 걸 내 눈으로 똑똑히 봤는데 어떻게 아들을 의심하지 않겠소."

"저는 그것이 혐의를 입증한다고 보지는 않습니다. 보관의 다른 부분이 손상되지는 않았습니까?"

"손상되었소. 뒤틀어졌더군."

"그렇다면 아드님이 그걸 펴려는 중이었다는 생각은 안 하셨나요?"

"그렇게 생각해주니 고맙소! 아들과 나에게 도움이 되는 말을 해주려는 건 알겠소. 하지만 이건 너무나 중대한 사건이오. 그 녀석이 왜 거기서 그걸 들고 있었겠느냔 말이오! 만약 녀석이 결백하다면 왜 그렇게 말하지 않았겠소!"

"바로 그겁니다. 만약 아드님이 훔칠 의도가 있었다면, 왜 거짓말로 둘러대지 않았을까요? 제가 보기에 아드님이 해명하지 않은 데는 두 가지 의미가 있다고 생각합니다. 이 사건에는 이상한 점이 몇 가지 있습니다. 홀더 씨의 잠을 깨운 그 소리에 대해 경찰은 뭐라고 했습니까?"

"아서가 자기 방문을 닫는 소리였을 거라고 했소."

"참 그럴듯한 추리군요! 범죄를 저지르려는 자가 문을 소리 나게 닫아서 집 안 식구들을 깨웠다니요. 그럼 보석이 없어진 것에 대해서는 뭐라고 하던가요?"

"경찰은 여전히 보석을 찾으려고 마룻바닥과 가구들을 살펴보고 있소."

"집 밖에서 찾아볼 생각은 해보았나요?"

"찾아보았소. 매우 열심히 수색했지. 정원 전체를 샅샅이 뒤졌을 거요."

"홀더 씨, 이 사건이 처음에 홀더 씨나 경찰이 생각한 것보다 훨씬 복잡하다는 생각이 들지 않으시나요? 홀더 씨에게는 간단해 보일지 모르지만, 제가 보기엔 지극히 복잡한 문제입니다. 홀더 씨의 이야기에 근거해서 보자면 이렇습니다. 아드님이 침대에서 빠져나와 위험을 무릅쓰고 홀더 씨의 옷방으로 가서 금고를 열었습니다. 그리고 보관을 꺼내 엄청난 힘으로 한쪽 귀퉁이를 잘라내고, 또 다른 귀퉁이를 잘라내어 서른아홉 개의 보석 중에 세 개를 감쪽같이 숨겼습니다. 아무도 찾아내지 못할 정도로 교묘하게 말이죠. 그리고 발각될 위험을 무릅쓰고 서른여섯 개의 보석을 가지고 다시 옷방으로 돌아갔습니다. 홀더 씨, 다시 한 번 여쭙겠습니다. 이런 가설이 이치에 맞는다고 생각하십니까?"

"하지만 다른 가설이 없지 않소!"

홀더 씨는 답답하다는 듯 절망스러운 몸짓으로 외쳤다.

"만약 아서가 순수한 의도로 거기에 있었다면, 왜 그렇다고 말하지 않았겠소?"

"그건 우리가 밝혀내야 할 겁니다."

홈스가 대답했다.

"홀더 씨, 이제 스트리섬으로 가서 좀 더 자세히 조사해야 할 것 같습니다."

홈스는 나도 함께 가자고 했다. 마침 나도 홀더 씨의 이야기를 들으면서 궁금증과 연민이 동시에 일어난 참이어서 기꺼이 그러기로 했다. 솔직히 고백하자면, 나 역시 가여운 홀더 씨와 같은 생각으로 아들의 혐의를 의심하긴 했지만, 평소 홈스의 판단력을 깊이 신뢰하므로, 그가 현재의 잠정적인 결론에 반론을 제기한다면 그럴 만한 이유가 있을 거라는 믿음도 있었다. 남부 교외까지 가는 동안 홈스는 한마디도 하지 않고 고개를 숙인 채 모자를 눈 아래까지 내리고 깊은 생각에 잠겨 있었다. 홀더 씨는 홈스의 말을 듣고 작으나마 희망이 생겼는지 마음이 훨씬 안정되어 보였고, 사업에 관해 나와 소소한 잡담도 나누었다. 기차로 이동하는 시간은 길지 않았고, 내려서 잠시 걸으니 은행가의 거물이 살고 있는 소박한 페어뱅크 저택이 나왔다.

페어뱅크 저택은 커다란 정사각형의 흰색 석조 건물이었는데, 큰길에서는 조금 떨어져 있었다. 눈 쌓인 잔디와 마찻길 두 줄기가 굳게 닫힌 커다란 철문까지 이어져 있었다. 철문 오른편에는 상인들이 드나드는 작은 나무 쪽문이 있었는데, 주방으로 통하는 문까지 말끔히 손질된 관목 울타리 사이로 좁은 길을 이용해 드나들 수 있게 되어 있었다. 철문 왼쪽으로는 마구간으로 통하는 길이 나 있었고, 왕래하는 사람이 거의 없기는 해도 길 자체는 공용 도로였다. 우리가 현관에 서 있는 동안 홈스는 천천히 집 주변을 돌아다녔다. 정면을 가로질러 상인들이 다니는 길까지 갔다가 정원을 돌아 마구간으로 통하는 길로 걸어갔다. 홀더 씨와 나는 식당으로 들어가 난롯가에 앉아 기다렸다. 홀더 씨도 나도 말없이 앉아 있는데, 문이 열리더니 젊은 여자가 들어왔다. 보통 키보다 조금 크고 날씬했으며, 짙은 머리색과 눈동자가 창백한 얼굴과 대조되어 더 짙어 보였다. 그렇게까지 창백한 얼굴은 본 적이 없는 것 같다고 느낄 정도였다. 입술에도 핏기가 없었으나, 많이 울었는지 눈은 빨갛게 충혈되어 있었다. 조용히 방 안으로 들어오는 모습에서 아침에 홀더 씨에게서 보았던 것보다 더 깊은 슬픔이 느껴졌다. 그 이유는 어쩌면 그녀가 강인한 성격이지만 상당한 자제력을 발휘하고 있는 게 전해졌기 때문이었을 것이다. 그녀는 방 안에 내가 있다는 것에는 신경 쓰지 않고 곧장 홀더 씨에게로 가서 자상한 손길로 그의 머리를 감싸 안았다.

"아서 오빠를 풀어주라고 하셨지요, 아버지?"

그녀가 물었다.

"아니, 그러지 않았다. 메리, 이 문제는 끝까지 밝혀내야 해."

"하지만 전 오빠가 결백하다고 확신해요. 여자의 직감이라는 게 있잖아요. 오빠는 절대 아버지에게 해가 되는 일을 하지 않았고, 아버지는 너무 성급하셨던 것에 대해 후회하실 거예요."

"결백하다면, 왜 해명하지 않는 거냐?"

"그 마음을 어떻게 알겠어요. 어쩌면 아버지가 자기를 의심한다는 사실에 너무 화가 나서 그랬는지도 모르죠."

"그 녀석이 보관을 손에 들고 있는 걸 봤는데, 어떻게 의심하지 않겠느냐?"

"아마 오빠는 그저 보려고 집어 들었을 거예요. 제발 오빠가 결백하다는 제 말을 믿어 주세요. 이대로 모든 걸 덮고 더 이상 아무 말도 하지 마세요. 오빠가 감옥에 있다고 생각하면 너무 끔찍해요!"

"난 보석을 찾기 전까지 절대로 취하할 생각이 없다, 절대로! 넌 아서에 대한 애정 때문에 눈이 멀어서 내가 앞으로 맞닥뜨리게 될 난처한 상황은 보지 못하는구나. 사건을 덮기보다는 좀 더 철저히 조사하려고 런던에서 탐정 한 분을 모셔왔다."

"이분이요?"

그녀가 나를 돌아보며 물었다.

"아니, 이분의 친구분 말이다. 잠시 혼자서 마구간 길을 살펴보고 계실 거다."

"마구간 길이요?"

그녀가 짙은 눈썹을 치켜올리며 물었다.

"거기서 뭘 찾으시려고요? 아! 이분이군요. 선생님, 선생님께서 저의 사촌오빠가 결백하다는 걸 증명해주시리라 믿어요."

"저도 같은 의견입니다. 증명할 수 있을 거라고 믿어요."

홈스가 현관의 깔개로 가서 구두에 묻은 눈을 털어내며 말했다.

"미스 메리 홀더, 몇 가지 여쭤봐도 될까요?"

"이 끔찍한 사건을 해결하기 위해서라면 얼마든지요."

"지난밤에 아무 소리도 못 들었습니까?"

"못 들었어요. 여기 계신 큰아버지가 소리를 지를 때에야 내려왔거든요."

"전날 밤에 창문과 문을 직접 모두 닫았지요? 그런데 창문을 모두 잠갔나요?"

"네."

"오늘 아침에도 다 잠겨 있는 상태이던가요?"

"네, 그랬어요."

"시중을 드는 하녀에게 애인이 있다면서요? 어젯밤 홀더 씨에게 하녀가 애인을 만나러 나갔다고 말씀하신 것 같던데요?"

"네, 거실에서 시중을 들어주었죠. 큰아버지가 보관에 관해 하시는 말씀을 들었는지도 모릅니다."

"알겠습니다. 애인에게 보관에 관해 말하고 함께 그것을 훔칠 계획을 짰을 수도 있다는 말씀인 것 같군요."

"그런데 이런 사실무근인 가설들이 무슨 소용이란 말이오. 아서가 보관을 들고 있는 걸 내가 봤다고 하지 않소."

홀더 씨가 답답하다는 듯 언성을 높였다.

"잠시만 기다려주십시오, 홀더 씨. 곧 다시 그 점에 관해 말씀드리겠습니다. 미스 홀더, 그 하녀 말인데요, 주방 문으로 들어오는 걸 분명히 보신 거죠?"

"네, 문이 잘 잠겼는지 확인하러 갔다가 그녀가 들어오는 걸 봤어요. 어둠 속에 그 남자가 서 있는 것도 봤습니다."

"그 사람을 아시나요?"

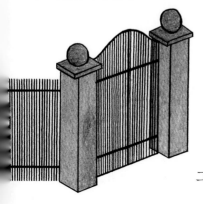

"그럼요! 우리 집에 채소를 배달해주는 청과물 장수예요. 이름은 프랜시스 프로스퍼이고요."

"그가 문의 왼쪽에 서 있었단 말씀이죠? 문을 열어주기 위해 다가왔다고 보기엔 길에서 먼 쪽 아닌가요?"

"네, 그랬어요."

"그의 한쪽 다리는 의족이고요?"

그러자 메리 홀더의 눈에 두려움 같은 것이 어렸다.

"세상에, 선생님은 마법사 같으시네요. 그걸 어떻게 아셨죠?"

그녀는 그렇게 반문하며 미소를 지었다. 하지만 홈스는 여전히 진지한 표정이었다.

"이제 위층을 살펴보고 싶은데요. 집 밖도 살펴보고요. 아, 그러기 전에 먼저 아래층 창문들을 좀 더 확인해야 할 것 같습니다."

홈스는 빠른 동작으로 창문을 하나씩 살펴보았다. 그러다가 마구간 길이 내다보이는 홀의 커다란 창문 앞에 서더니 돋보기를 꺼내 창틀을 유심히 관찰했다.

"이제 위층을 보여주십시오."

홀더 씨의 옷방은 작고 소박하게 꾸며져 있었다. 회색 카펫이 깔려 있었으며, 커다란 금고와 긴 거울이 전부였다. 홈스는 제일 먼저 금고로 다가가 잠금장치를 자세히 관찰했다.

"어느 열쇠를 사용해서 열었을까요?"

"아들의 말에 따르면 찬장에 있는 골방 열쇠로 열었다고 했소."

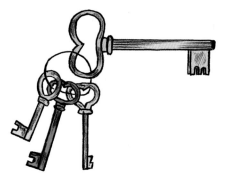

"그 열쇠가 지금 여기 있나요?"

"저기 탁자 위에 있소."

셜록 홈스는 열쇠를 받아서 금고를 열었다.

"열 때 소리가 전혀 나지 않는군요. 홀더 씨가 잠에서 깨지 않았던 게 당연합니다. 이 상자에 보관이 담겨 있나 보군요. 보관을 한번 봐야 할 것 같은데요."

홀더 씨는 상자를 열고 보관을 꺼내 탁자 위에 올려놓았다. 보석 세공품 중 최고의 걸작이라 할 만큼 웅장하고 아름다웠다. 서른여섯 개의 보석도 내가 지금까지 본 것들 중 최고의 품질이었다. 하지만 보관 한쪽에 세 개의 보석이 박힌 금판 하나가 뜯겨 나간 상태였다.

"이 부분이 떨어져 나간 금판과 같은 모양으로 만들어져 있는 것 같군요. 이것들을 직접 한번 떼어내보십시오."

홀더 씨가 펄쩍 뛰면서 몸을 움츠렸다.

"꿈에도 그럴 생각은 없소이다."

"그렇다면 제가 하겠습니다."

홈스는 갑자기 보관을 잡더니 힘껏 비틀어보았다. 하지만 보관은 꿈쩍도 하지 않았다.

"아주 조금 휜 것 같군요. 저의 악력이 보통 사람들보다 센 편인데 쉽게 비틀어지지 않습니다. 그렇다면 보통 사람의 힘으론 불가능하다는 뜻이죠. 홀더 씨, 제가 이 부분을 뜯어냈다면 어떻게 되었을까요? 마치 권총을 쏜 것 같은 소리가 났을 겁니다. 그런 일이 홀더 씨의 침대에서 불과 몇 야드 떨어진 거리에서 일어났는데 아무 소리도 듣지 못하고 주무실 수 있었을까요?"

"어떻게 된 건지 나도 모르겠소. 모든 게 암흑에 싸여 있는 것 같구려."

"점차 밝혀질 겁니다. 미스 홀더는 어떻게 생각하나요?"

"고백하건대, 저도 큰아버지와 같은 마음이에요."

"홀더 씨가 옷방으로 가셨을 때 아드님은 신발이나 슬리퍼를 신고 있던가요?"

"바지와 셔츠 말고는 아무것도 걸치고 있지 않았소."

"감사합니다. 이번 조사에는 특별한 행운이 함께했던 것 같습니다. 그런데도 명확한 해답을 얻지 못한다면 전적으로 저희 잘못이겠지요. 홀더 씨, 허락해주신다면 이제 집 밖을 조사해보고 싶습니다."

홈스는 불필요한 발자국이 생기면 조사하기 어려워진다는 점을 설명하고 혼자 밖으로 나갔다. 한 시간 넘게 조사를 마친 홈스는 신발에 눈을 잔뜩 묻힌 채 어느 때보다 심오한 표정으로 들어왔다.

"이제 봐야 할 건 다 본 것 같습니다, 홀더 씨. 이제 제 방으로 돌아가서 정리하는 게 좋을 듯하군요."

"하지만 홈스 선생, 보석은 어디 있습니까?"

"그건 저도 모릅니다."

그러자 홀더 씨는 손을 비틀며 울상을 지었다.

"보석은 영영 못 찾겠구나! 그럼 제 아들은 어떻게 됩니까? 희망이 있기는 한가요?"

"제 생각에는 변함이 없습니다."

"그렇다면 제발, 지난밤에 내 집에서 무슨 일이 있었는지 말해줄 수 없소?"

"내일 오전 9시에서 10시 사이에 베이커 가에 있는 제 방으로 오시면 모든 걸 명확하게 말씀드리겠습니다. 저는 보석을 되찾는다는 전제하에 홀더 씨로부터 '전권 위임'을 받았습니다. 그리고 비용은 얼마나 들든 상관없다고 하셨고요."

"보석을 찾을 수만 있다면 전 재산을 다 내놓아도 좋소."

"잘 알겠습니다. 지금부터 내일 아침까지 연구해보겠습니다. 안녕히 계십시오. 어쩌면 오후에 다시 한 번 찾아뵐지도 모르겠습니다."

나는 홈스가 이미 사건에 대한 결론을 얻었다는 걸 알 수 있었다. 물론 나는 짐작할 수조차 없었고, 집으로 돌아오는 길에 몇 번이나 사건의 핵심에 관해 듣고 싶어 운을 뗐지만, 그때마다 홈스가 다른 이야기로 넘어갔으므로 결국 나는 알아내기를 포기하고 말았다. 집에 도착했을 때는 오후 3시가 조금 못 되어서였다. 홈스는 곧장 자기 방으로 들어가더니 몇 분 후에 부랑자처럼 꾸미고 나왔다. 번질거리는 초라한 코트를 입고 깃은 세우고 빨간 머플러를 둘렀으며, 닳아빠진 부츠를 신은 모습이 영락없는 부랑자 모습이었다.

"이 정도면 된 것 같네."

홈스는 벽난로 위의 거울을 흘낏 보면서 말했다.

"자네가 함께 갈 수 있으면 좋겠지만, 그럴 순 없을 거 같아. 단서를 추적하는 것일 수도 있고, 도깨비불을 쫓는 것일 수도 있거든. 하지만 곧 어느 쪽인지 알게 되겠지. 한두 시간 안에 돌아올 걸세."

홈스는 찬장 위에 있는 소고기 요리를 한 조각 잘라 빵 두 쪽 사이에 끼운 뒤 주머니에 넣고는 방을 나갔다.

홈스가 돌아왔을 때, 나는 막 차 한 잔을 끝내는 참이었다. 낡은 부츠를 손에 들고 흔들면서 들어오는 모습을 보니 기분이 무척 좋은 듯했다. 홈스는 부츠를 방 한구석에 던져놓고 차를 준비했다.

"지나는 길에 잠깐 들렀어. 바로 나가야 해."

"어디로?"

"웨스트엔드 건너편으로 가봐야 하네. 시간이 좀 걸릴 테니 기다리지 말고 먼저 자게."

"어떻게 돼가고 있는데?"

"그런 대로 잘돼가고 있어. 아까 나가서 스트리섬에 갔는데 홀더 씨 댁에는 들르지 않았어. 이건 아주 흥미로운 사건인 것 같아. 무슨 일이 있어도 해결하고 싶네. 여기 이렇게 앉아서 수다를 떨 때가 아니야. 이 험악한 옷을 벗고 점잖은 본래의 모습으로 돌아가야겠어."

그런 홈스의 모습으로 보아 그가 말하는 것보다 만족스러운 결과를 얻어서 돌아왔음을 알 수 있었다. 눈빛이 반짝이고 볼에 홍조마저 살짝 비쳤기 때문이다. 홈스는 서둘러 2층으로 올라가더니 몇 분 후 복도에서 문 닫는 소리가 들렸다. 홈스가 또다시 외출한 것이다.

나는 자정까지 앉아서 홈스를 기다리다가 먼저 내 방으로 올라갔다. 사건 해결에 단서가 될 만한 냄새를 맡으면 몇 날 며칠 집에 들어오지 않는 경우도 많았기 때문에, 늦게 들어오는 정도는 걱정할 일이 아니었다. 몇 시에 들어왔는지는 모르지만, 다음 날 아침 식사하러 내려갔을 때 홈스는 활기차 보이는 모습으로 커피를 마시며 신문을 읽고 있었다.

"먼저 시작해서 미안하네, 왓슨."

홈스가 말했다.

"오늘 아침에 의뢰인이 일찍 찾아오기로 하지 않았나."

"그러게, 벌써 9시가 넘었군. 초인종 소리가 난 것 같은데, 홀더 씨일 수도 있겠어."

들어온 사람은 역시 은행가 홀더 씨였다. 하지만 그는 놀라울 만큼 변해 있었다. 넓적하고 큰 얼굴은 야위어 초췌해져 있었고, 흰 머리카락도 밤새 더 많아진 것 같았다. 그의 지치고 무기력한 모습을 보는 것은 어제 아침처럼 과격하게 흥분한 모습을 보는 것보다 더 마음이 아팠다. 내가 안락의자를 밀어주자 그는 쓰러지듯 털썩 주저앉았다.

"내가 무슨 죄를 지었기에 이런 일을 겪는지 모르겠소."

그가 말했다.

"이틀 전만 해도 난 걱정할 것도 없고 부족한 것도 없는 행복한 사람이었는데 말이오. 이제 외롭고 치욕스러운 날들만 남은 것 같구려. 불행은 잇달아 오는 건가 보오. 조카딸 메리도 나를 버리고 떠났소."

"홀더 씨를 떠났다고요?"

"그렇소. 오늘 아침 그 애의 침대에 가보니 잠을 잔 흔적이 없었고, 방도 비어 있었소. 복도 탁자에 쪽지 하나가 남겨져 있었고. 어젯밤에 내가 그 아이에게 몇 마디 했소. 화가 나서라기보다는 마음이 울적해서 한 소리였는데. 그 애가 아서와 결혼해줬다면 아서가 훨씬 더 낫게 살았을 거라고 했소. 아무래도 내가 생각 없이 말한 것 같구려. 이 쪽지에도 그 말에 관해 써놓은 걸 보면 말이오."

사랑하는 큰아버지,

제가 괴로움을 안겨드린 것 같습니다. 제가 처신을 달리했다면 이런 끔찍한 일이 일어나지 않았겠지요. 이런 생각을 하면서 제가 어떻게 큰아버지 집에서 다시 행복하게 지낼 수 있겠습니까. 그래서 큰아버지 곁을 떠나기로 마음먹었습니다. 저의 앞날에 대해서는 걱정하지 마세요. 준비되어 있습니다. 그리고 저를 찾지 마세요. 찾으려고 해도 소용없을 것이며, 제게도 득이 되지 않을 겁니다. 살아서도 죽어서도 큰아버지를 사랑할 거예요.

메리 드림.

"이 쪽지는 어떤 의미인 것 같소, 홈스 선생? 그 애가 자살이라도 하려는 것 같소?"

"아니, 아니요. 전혀 그렇지 않은 것 같습니다. 어쩌면 최선의 해결책이었는지도 모르지요. 이제 문제가 해결점에 거의 도달한 것 같습니다."

"아! 그래요! 무슨 이야기를 들었나 보구려, 홈스 선생. 뭔가 알아낸 거 같은데! 보석은 어디 있소?"

녹주석 보관 355

"보석 하나에 1,000파운드가 너무 많다고 생각하지는 않으시지요?"

"그 열 배라도 내겠소."

"그러실 것까지는 없고요. 3,000파운드면 해결될 것 같습니다. 그리고 약간의 보상금도 있는 것 같던데요. 수표책은 가지고 오셨습니까? 펜은 여기 있습니다. 4,000파운드로 쓰시는 게 좋겠군요."

의아한 표정을 짓기는 했지만, 은행가는 홈스가 말한 금액대로 적고 서명했다. 그러자 홈스는 책상 서랍을 열고 보석 세 개가 박힌 작은 삼각형의 금판 조각을 꺼내 탁자 위에 올려놓았다.

홀더 씨는 기쁨에 겨운 탄성을 지르며 그 금판 조각을 집어 들었다.

"가지고 있었구려! 이제 살았소! 나는 이제 살았어!"

홀더 씨는 기쁨을 표현하는 것도 슬픔을 표현하는 것만큼이나 열정적이어서 되찾은 보석을 가슴에 껴안고 외쳤다.

"한 가지 더 빚진 것이 있습니다, 홀더 씨."

셜록 홈스가 엄중한 분위기를 자아내며 말했다.

"빚을 지다니!"

홀더 씨가 펜을 집으며 말했다.

"금액을 말씀하시오, 내가 지급하리다."

"제게 빚을 지셨다는 말씀이 아니고요. 숭고한 젊은이, 바로 홀더 씨의 아드님에게 진실한 사과를 빚지셨다는 뜻입니다. 만약 제 아들이 이번 사건에서 홀더 씨의 아드님처럼 행동했다면 저는 무척 자랑스러워할 것입니다."

"그러면 아서가 보석을 가져간 게 아니란 말이오?"

"어제도 말씀드렸지만, 오늘 한 번 더 말씀드리지요. 아드님이 가져가지 않았습니다."

"정말이오? 그렇다면 어서 아서에게 가서 이제 진실이 밝혀졌다고 말해야겠소."

"아드님도 벌써 알고 있습니다. 문제가 해결되고 나서 제가 이야기를 나눴거든요. 아드님이 사실을 말하지 않으려고 해서, 제가 아는 대로 먼저 설명했지요. 그러자 제 말이 맞는다고 인정했습니다. 그리고 몇 가지 사실을 슬쩍 언급했는데 명확하지는 않습니다. 하지만 오늘 아침에 홀더 씨가 제게 전해준 소식을 아드님에게 말씀하신다면 모든 걸 밝힐지도 모르겠습니다."

"세상에, 맙소사! 그렇다면 어서 말해주시오, 어떻게 된 일인지!"

"그렇게 하겠습니다. 제가 알아낸 순서대로 말씀드리지요. 우선 제가 가장 하기 힘든 이야기, 그리고 홀더 씨가 가장 듣기 힘든 이야기부터 하겠습니다. 조지 번웰 경과 조카인 미스 메리 사이에 모종의 합의가 있었던 것 같습니다. 두 사람은 함께 떠났습니다."

"우리 메리가요? 그럴 리가!"

"안타깝게도 사실로 확인되었습니다. 홀더 씨와 아드님은 조지 번웰 경을 식구처럼 집에 들이면서도 그가 실제로 어떤 사람인지 모르고 계셨던 것 같습니다. 그는 사실 영국에서 가장 위험한 인물로 꼽히는 악당 중 한 명입니다. 도박으로 신세를 망쳤고, 양심이란 게 아예 없는 냉혈한이지요. 미스 메리도 그가 그런 인간인 줄 모를 겁니다. 다른 수많은 여자에게 그래왔듯이 그녀에게 사랑을 고백했을 것이고, 그녀는 오직 자신만이 그의 마음에 들었으리라 믿고 행복했겠지요. 무슨 말로 그녀의 마음을 움직였는지는 모르지만, 아무튼 미스 메리는 그의 도구가 되어 매일 밤 그를 만났습니다."

"믿을 수도 없고, 믿고 싶지도 않소!"

홀더 씨는 창백한 얼굴로 소리쳤다.

"그렇다면 어젯밤 댁에서 무슨 일이 있었는지 말씀드리겠습니다. 홀더 씨가 잠자리에 들고 나서 미스 메리는 아래층으로 내려가 마구간 길을 향해 나 있는 창을 통해 밖에 있는 애인과 밀담을 나눴습니다. 눈 위에 그의 발자국이 찍혀 있었어요. 꽤 오래 그곳에 서 있었던 것 같더군요. 미스 메리는 그에게 보관에 관해 말했습니다. 그 말을 듣고 그의 탐욕이 발동했고, 미스 메리를 설득해 협조하게 만든 겁니다. 물론 미스 메리는 홀더 씨를 사랑했을 겁니다. 하지만 여자들은 애인을 향한 사랑이 타오르기 시작하면 다른 모든 사랑을 불식시킬 수도 있는데, 그녀도 그랬던 것 같습니다. 그러다가 계단을 내려오는 홀더 씨를 봤고, 그때부터 번웰 경이 일러주는 내용이 전혀 귀에 들어오지 않은 겁니다.

그런 채로 황급히 창문을 닫고 홀더 씨에게 하녀가 애인과 무모한 행각을 벌인다고 말했습니다. 알고 보면 그 말은 모두 사실이었던 거죠.

홀더 씨와 이야기를 나누고 잠자리에 든 아드님은 클럽에서 진 빚 걱정 때문에 잠을 이루지 못했습니다. 그러다가 한밤중에 방문 앞을 지나가는 발소리를 들은 거죠. 침대에서 일어나 밖을 내다본 아드님은 놀랍게도 사촌인 미스 메리가 복도를 지나 홀더 씨의 옷방으로 들어가는 걸 보았습니다. 의아해진 아드님은 옷을 대충 걸치고 어둠 속에서서 어떻게 된 상황인지 알아보려고 기다렸습니다. 잠시 후 미스 메리가 옷방에서 나왔는데, 복도에 켜진 등불에 그녀가 들고 있는 보관이 보였던 겁니다. 그녀는 보관을 든채 계단을 내려갔고, 너무나 놀라고 당황한 아서는 그녀를 뒤따라가다가 홀더 씨의 방옆에 있는 커튼 뒤로 숨었습니다. 거기서 아래층 복도를 내려다볼 수 있었던 겁니다. 미스 메리는 소리가 나지 않도록 조심하면서 창문을 열고 어둠 속에 서 있는 누군가에게 보관을 건네주었습니다. 그런 다음, 창문을 닫고 아드님이 숨어 있는 커튼 앞을 지나 황급히 자기 방으로 돌아간 겁니다.

도난 현장에서 미스 메리를 목격한 아드님은 자기가 사랑하는 여자를 끔찍한 상황에 놓이게 하지 않고는 어떤 조처도 취할 수 없게 된 것입니다. 하지만 그녀가 방으로 돌아간 순간 아드님은 이 일이 홀더 씨를 엄청난 곤경으로 몰아넣을 것임을 깨달았습니다. 그래서 이 사태를 바로잡아야겠다고 생각했죠. 아드님은 맨발로 뛰어 내려가 창문을 열고 눈밭으로 뛰어내렸습니다. 그리고 마구간 길을 따라 달려가니 저만치 달빛 아래에 서 있는 사람의 형체가 보였던 겁니다. 조지 번웰 경은 달아나려 했지만 아드님이 그를 붙잡았고, 둘 사이에 실랑이가 벌어졌습니다. 아드님이 보관의 한쪽을 잡고 조지 번웰 경이 다른 한쪽을 잡았습니다. 그러다가 아드님이 조지 번웰 경을 한 대 치고 눈에 상처를 입혔습니다. 그 순간 뭔가 부러지는 소리가 났고, 아드님은 자기 손에 들려 있는 보관을 확인한 뒤 곧장 집으로 달려가 창문을 닫고 옷방으로 올라갔습니다. 그제야 아드님은 보관이 뒤틀려 있는 걸 알아채고 똑바로 펴기 위해 힘을 줘 비틀었고, 그 순간 홀더 씨가 들어간 겁니다."

"그게 사실이오?"

홀더 씨가 숨을 몰아쉬며 물었다.

"그런데 홀더 씨는 다짜고짜 험악하게 말하며 화를 냈고, 아버지에게 진심 어린 감사의 말을 들어야 마땅한 그 순간에 오히려 비난과 원망 가득한 말을 들은 아드님은 몹시 화가 났지요. 게다가 아드님은 사실대로 설명할 수가 없었습니다. 그러려면 자신이 사랑하는 사람을 배신해야 했기 때문이지요. 물론 그 여성은 아드님의 배려를 받을 자격이 없는 사람이긴 했습니다만. 그래도 아드님은 기사도 정신을 발휘하여 미스 메리의 비밀을 지켜준 겁니다."

"그래서 메리가 보관을 보자마자 비명을 지르며 기절했던 거로군. 오, 하느님! 내가 얼마나 어리석었던 거요! 한 치 앞도 못 보는 눈뜬장님이었소. 아서가 그래서 5분만 밖에 나갔다 오겠다고 한 것이었소! 실랑이를 벌인 곳에 보관 조각이 떨어져 있는지 확인하고 싶어서 말이오. 내가 얼마나 무자비한 오해를 했던 거요!"

"저는 댁에 가자마자 집 주변을 돌면서 눈 위에 단서가 될 만한 게 남아 있는지 살폈습니다. 전날 저녁 이후로 눈은 더 이상 오지 않았고, 모든 게 얼어 있었으므로 뭐든 남아 있는 건 잘 보존되어 있는 상태였습니다. 우선 상인들이 다니는 길을 살펴봤지만, 여러 사람이 지나다녀서 흔적을 알아보기가 어려웠습니다. 하지만 주방 문 근처에서 여자가 서서 남자와 이야기한 흔적을 발견했습니다. 한쪽 발이 있어야 할 자리에 동그란 자국이 찍혀 있는 것을 보고 그가 의족을 한 사람이라는 걸 알았지요. 그리고 대화를 하는 도중에 누군가의 방해를 받았다는 것도 알 수 있었습니다. 여자의 발자국은 발가락 쪽이 깊게 파여 있고 뒤꿈치 쪽은 가볍게 파인 것으로 보아 문 쪽으로 급히 달려간 것 같았거든요. 의족을 한 사람은 잠시 그 자리에서 기다린 것으로 보였습니다. 처음부터 그 발자국들은 하녀와 그 애인의 것으로 보였습니다. 조사해보니 역시 그렇더군요. 정원에는 어지러운 발자국들밖에 없어서 경찰관들의 것으로 추측했습니다. 마구간 길을 살펴보니 길고 복잡한 이야기가 눈 위에 쓰여 있더군요.

구두를 신은 남자의 발자국이 두 줄로 나 있고, 맨발로 돌아다닌 사람의 발자국도 두

줄이 나 있었습니다. 홀더 씨의 말에 근거했을 때 그것은 아드님의 발자국임을 알았습니다. 구두 발자국은 걸어서 왕복한 데 비해, 맨발 자국은 구둣발의 보폭보다 훨씬 긴 것으로 보아 급히 뛰어다닌 것 같았고, 구둣발의 사내를 쫓아간 것이 명백했습니다. 발자국을 따라가보니 복도로 통하는 창문으로 이어져 있었습니다. 구두를 신은 사람은 그 앞에서 기다리며 눈을 온통 밟아놓았더군요. 저는 다시 길을 따라 반대편 끝으로 가보았습니다. 100야드 정도 되는 것 같더군요. 구두 발자국이 돌아서 나 있고 눈이 지저분하게 흩어져 있었습니다. 실랑이를 벌인 흔적이었죠. 피도 몇 방울 떨어져 있는 걸 보니 제가 추측한 그대로였습니다. 구두 발자국이 길을 따라 달려가면서 군데군데 핏자국을 남긴 것으로 보아 그가 다쳤음을 알 수 있었습니다. 발자국은 대로까지 이어져 있었는데, 대로에는 눈이 말끔히 치워져 있었기 때문에 더 이상 추적할 순 없었습니다.

　그다음에는 집 안으로 들어와, 기억하시겠지만, 복도의 창문과 창틀을 살펴보았습니다. 그리고 누군가가 창문을 넘어 밖으로 나갔다는 걸 알아낼 수 있었죠. 젖은 발로 들어온 흔적도 발견했습니다. 그 시점에서 저는 무슨 일이 있었는지 머릿속으로 정리할 수 있었어요. 남자는 창밖에서 기다렸고, 누군가가 보물을 건네주었습니다. 그 모습을 아드님이 지켜보았고요. 아드님은 도둑을 쫓아가 몸싸움을 벌였습니다. 둘이 보관을 잡고 서로 잡아당겼고, 그 힘에 보관의 한쪽 귀퉁이가 떨어져 나간 것입니다. 한 사람의 힘으로는 불가능한 일이었겠죠. 아드님은 보관을 찾아서 돌아왔지만, 떨어져 나간 조각은 상대의 손에 쥐어져 있었습니다. 거기까지는 명확하게 정리되었습니다. 이제 남은 문제는 그 남자가 누구이며, 누가 그에게 보관을 건네주었는가 하는 것이었습니다.

　저는 수사를 할 때 적용하는 원칙이 있습니다. 불가능한 요소들을 배제하고 나면, 남는 게 무엇이든, 그것이 곧 답이라는 원칙이죠. 홀더 씨가 보관을 들고 내려가지 않았다는 건 제가 알고 있으므로 남은 사람은 조카인 미스 메리와 하녀입니다. 하지만 하녀가 범인이었다면, 아드님이 왜 대신 누명을 써가며 침묵을 지켰겠습니까? 그럴 이유가 없죠. 아드님은 미스 메리를 사랑했기 때문에 비밀을 지켜줄 이유가 충분했던 겁니다. 그녀의 명예가 달린 일이니 더욱 그랬겠지요. 홀더 씨가 창가에 있는 미스 메리를 보았다

고 하셨던 것과, 보관을 본 그녀가 정신을 잃고 쓰러졌다는 말을 종합해보고 저의 추측이 정확하다는 걸 확신할 수 있었습니다.

그렇다면 그녀의 공범은 누구일까? 당연히 애인일 거라고 생각했습니다. 미스 메리가 홀더 씨에게 가지고 있는 애정과 감사의 마음을 저버리게 할 사람은 애인밖에 없을 테니까요. 홀더 씨는 외출도 잦지 않고 사교의 범위도 좁다고 알고 있습니다. 그런데 몇 안 되는 지인들 중에 조지 번웰 경이 있었죠. 전부터 그가 여자들 사이에서 악명이 높다는 소문을 듣고 있었습니다. 구두 발자국의 주인이자 보석을 가지고 있는 자가 바로 그 사람일 거라고 확신했습니다. 아서가 그를 알아보기는 했지만, 그래도 그는 여전히 자기가 안전하다고 믿고 있었습니다. 왜냐하면 아드님은 차마 미스 메리를 배신하지 못할 것이며, 따라서 한마디도 입 밖에 내지 못할 것임을 알고 있었기 때문이죠.

그다음에 제가 어떻게 했는지는 짐작하실 것입니다. 저는 부랑자처럼 꾸미고 조지 번웰 경의 집으로 가서 그의 하인에게 접근했습니다. 그리고 그의 주인이 전날 밤 머리를 다쳤다는 사실을 알아냈죠. 그리고 6실링을 주고 번웰 경의 헌 구두를 샀습니다. 그걸 가지고 스트리섬으로 가서 눈 위에 찍힌 발자국과 일치하는 것을 확인했습니다."

"어젯밤에 마구간 길에서 허름한 옷을 입은 부랑자를 보았소."

홀더 씨가 말했다.

"그게 바로 저였습니다. 범인을 찾았다는 걸 확인하고는 집으로 가서 옷을 갈아입었습니다. 그때부터 중요하고도 예민한 일을 처리해야 했으니까요. 불미스러운 소문이 나는 것을 피해야 하니 그를 고소할 수는 없었습니다. 그도 그런 점에서 우리가 섣불리 행동하지 못할 것이라는 사실을 잘 알고 있었습니다. 저는 그를 만나러 갔습니다. 물론 처음에는 모든 걸 부인하더군요. 하지만 그동안 있었던 일을 조목조목 대며 다그치니까 그가 벽에 걸려 있는 호신용 지팡이를 들고 저를 위협하려 했습니다. 이미 그의 정체를 알고 있는 저는 한발 앞서 그의 머리에 권총을 겨누었죠. 그러자 조금 차분해지더군요. 저는 그에게 보석 하나에 1,000파운드씩 쳐서 주겠다고 제안했습니다. 그러자 그가 몹시 비통해하더군요.

'제기랄! 세 개 합쳐서 600파운드 받고 팔았는데!'

저는 그에게 고소하지 않겠다고 약속한 뒤 장물을 입수한 자의 주소를 받았습니다. 그리고 주소지로 찾아가 한참 흥정한 끝에 보석 한 개당 1,000파운드를 주고 돌려받았습니다. 그다음에 아드님을 만나 모든 일이 잘 해결되었다고 알려주었습니다. 그렇게 긴 하루를 보내고 새벽 2시쯤 잠자리에 들었답니다."

"그 하루 동안 홈스 선생은 엄청난 추문으로부터 영국을 구하셨구려."

홀더 씨가 자리에서 일어나며 말했다.

"홈스 선생, 뭐라고 감사의 말을 드려야 할지 모르겠소. 하지만 이 은혜는 반드시 보답하겠소. 선생의 기지와 열정은 내가 들었던 것보다 훨씬 대단하구려. 어서 아들을 만나 내가 저지른 잘못에 대해 사과하고 싶소. 가여운 메리의 이야기를 들으니 가슴이 몹시 쓰리구려. 선생의 실력으로도 메리의 행방을 알기는 어렵겠지요?"

"미스 메리는 어디에 있든 조지 번웰 경과 함께 있을 겁니다. 그리고 그들이 지은 죄에 대해서는 곧 합당한 대가를 치르게 되겠지요."

12
너도밤나무 집

❝예술을 그 자체로 사랑하는 사람들은 사소하고 저급한 현상에서도 종종 첨예한 기쁨을 발견하는 것 같아.”

셜록 홈스가 〈데일리 텔레그래프〉의 광고지를 옆으로 밀어놓으며 말했다.

“왓슨, 지금까지 자네가 정성껏 정리한 우리의 사건 기록을 보면 그러한 진리를 터득한 것 같아 기쁘다네. 물론 가끔 재미를 더하기 위해 내가 크게 활약한 사건이나 세상을 떠들썩하게 한 재판보다는 소소한 사건에 집중하는 경향이 있기는 하지만 말일세. 그렇지만 그러한 사건에 내 전문 영역인 추론과 논리적 통합을 발휘할 여지가 많기는 하지.”

“나의 사건 기록이 선정적이라는 지적에 대해 전혀 혐의가 없다고는 못하겠네.”

내가 빙그레 웃으며 말을 받았다.

“자네의 실수는 어쩌면…….”

홈스가 부젓가락으로 빨갛게 달아오른 숯을 집어 긴 벚나무 파이프에 불을 붙이며 말했다. 홈스는 명상할 때는 도자기 파이프를 쓰지만, 논쟁을 벌이고 싶을 때는 벚나무 파이프를 애용했다.

"원인과 결과에 입각한 치열한 논리적 추론을 있는 그대로 기록하는 대신, 문장 하나하나에 색을 입히고 생기를 불어넣으려는 과정에서 비롯되었는지 몰라."

"그 점에서는 자네가 억울해하지 않아도 될 만큼 정당하게 다루었다고 생각하네만."

홈스의 개성이기도 한 자기중심적 발언에 불쾌해진 나는 약간 냉정한 어조로 말했다.

"아니, 이기심이나 자만심에서 하는 말이 아니야."

홈스는 늘 그렇듯이 내 말보다는 생각에 초점을 맞춰 대답했다.

"내 능력이나 기술을 정당하게 다뤄주길 바라는 건 그것이 나 개인의 문제가 아니기 때문일세. 한 개인을 넘어서는 일이기 때문이야. 범죄는 어디서나 일어나지만, 제대로 추리되는 경우는 드물어. 그러므로 자네는 범죄 자체보다 추론에 초점을 맞춰야 하네. 그런데 자네는 한 과목의 강의가 되어야 할 것을 이야기 시리즈 정도로 강등시키고 있지 않은가."

초봄의 쌀쌀한 아침이었다. 홈스와 나는 베이커 가의 하숙집에서 아침 식사를 마치고 벽난로 앞에 마주 앉아 있었다. 줄지어 있는 우중충한 집들 사이로 짙은 안개가 내려앉아 있고, 맞은편 창문에서 나오는 불빛은 안개를 뚫고 묵직한 노란색 화환처럼 뿌옇게 비쳤다. 하얀 천이 덮인 식탁 위에는 가스등 불빛이 아직 치우지 않은 식기와 식탁보에 반사되어 은은하게 빛나고 있었다. 셜록 홈스는 아침 내내 말없이 신문 광고란을 뒤지다가 결국 이렇다 할 뉴스거리를 찾지 못한 채 조금 전에야 내려놓았다. 그러고는 괜히 언짢아진 심사로 나의 문학적 과오를 공략하는 것이었다.

홈스는 잠시 긴 파이프를 뻐끔거리며 난로의 불꽃을 바라보다가 말을 이었다.

"그렇지만 한편으로는 말일세, 자네의 기록을 선정적이라고 할 수는 없어. 자네가 흥미를 갖고 기록한 사건들 중에는 법적으로 범죄로 볼 수 없는 것이 꽤 많았으니까. 보헤미아의 왕을 도와준 일도 그렇고, 미스 메리 서덜랜드의 기이한 경험도 그렇고, 입술이 뒤틀린 사내와 관련된 일이나 귀족 독신남의 이야기도 모두 법의 영역을 벗어나 있었어. 그런데 선정성을 피하려다 보면 사건 자체를 사소한 이야기로 치부하게 될까봐 걱정하는 거지."

"결과적으로는 그렇게 되었는지 모르지만, 기록의 방식만큼은 고결하고 흥미로웠다고 생각하네."

"이봐, 친구, 대중은 부주의하고 무신경해서 치아를 보고도 방직공을 알아보지 못하고, 왼손 엄지를 보고도 식자공을 알아보지 못한다네. 그런 대중이 분석과 추론의 미묘한 차이를 알아차릴 리가 없잖아! 그렇지만 자네가 사건을 사소한 이야기로 치부하더라도 탓할 생각은 없네. 수사할 맛이 나는 위대한 사건이 일어나는 시대는 지났으니까. 범죄를 저지르는 자들도 모험심과 독창성을 잃어버렸거든. 내가 하는 이 일도 이제는 잃어버린 연필을 찾아주거나 기숙학교 출신의 나이 어린 여성에게 조언이나 해주는 수준으로 떨어진 것 같아. 아무튼 완전히 바닥으로 내려온 것 같다는 생각이 들어. 오늘 아침에 받은 이 편지가 그 사실을 확인해주고 있다네. 한번 읽어보게!"

홈스가 구겨진 편지 한 통을 던져주었다.

어젯밤 몬태규 플레이스에서 부친 편지였는데, 다음과 같이 적혀 있었다.

친애하는 홈스 선생님,

상의드릴 일이 있습니다. 가정교사 자리를 제의받았는데 수락해야 할지 잘 모르겠어요. 괜찮으시다면, 내일 오전 10시 30분에 찾아뵙겠습니다.

바이올렛 헌터 드림.

"이 젊은 여성을 알아?"

내가 물었다.

"아니."

"10시 30분일세."

"그러게. 저 초인종 소리가 그녀인 것 같군."

"어쩌면 자네가 생각하는 것보다 흥미로운 사건인지도 몰라. '푸른 카벙클 사건' 기억하지? 처음엔 하찮은 일 같았지만 중대한 수사로 발전하지 않았나. 이번에도 그럴 수 있어."

"그랬으면 좋겠네. 하지만 곧 궁금증이 풀리겠지. 당사자가 온 것 같으니 말이야."

홈스가 말하는 동안 문이 열리고 젊은 여자가 방으로 들어왔다. 소박하지만 말끔한 옷차림에 밝고 영리해 보이는 아가씨였다. 얼굴에는 물떼새의 알 같은 주근깨가 박혀 있었는데, 소신대로 살아온 여자다운 활달한 태도가 배어 있었다.

"귀찮게 해드렸다면 양해해주세요."

그녀를 맞이하려고 일어나는 홈스에게 그녀가 말했다.

"제가 아주 이상한 일을 겪었는데, 부모님이 안 계시고 일가친척도 없다 보니 달리 의논할 사람이 없어요. 선생님께서 조언해주실 수 있을지 몰라서 찾아뵈었습니다."

"앉으세요, 미스 헌터. 제가 도와드릴 수 있는 일이라면 기꺼이 돕겠습니다."

홈스는 새 의뢰인의 태도나 말씨에 호감을 갖는 것 같았다. 탐색하는 듯한 눈빛으로 그녀를 살피고는 눈을 감고 양손의 손가락 끝을 맞댄 채 이야기 들을 준비를 했다.

"저는 지난 5년 동안 스펜스 먼로 대령님 댁에서 가정교사로 일했습니다."

그녀가 말했다.

"그런데 두 달 전에 대령님께서 노바스코샤의 핼리팩스로 전출되어 아이들을 데리고 떠나셨어요. 갑자기 직장을 잃은 저는 구직 광고를 냈지만 아무런 성과가 없었답니다. 얼마간 모아둔 돈도 바닥을 드러내고 막막한 지경에 이르렀어요.

그동안 웨스트엔드에 있는 웨스터웨이라는 유명한 가정교사 소개소를 가끔 찾아가 제게 맞는 일자리가 나왔는지 알아보곤 했어요. 웨스터웨이는 창업자의 이름이에요. 하지만 지금은 미스 스토퍼가 경영하고 있습니다. 그녀는 작은 사무실에서 업무를 보고, 일자리를 찾는 여자들은 대기실에서 기다리다가 한 사람씩 불려 들어간답니다. 그러면 미스 스토퍼가 장부를 보면서 적당한 자리가 있는지 확인하는 식이에요.

지난주에도 거기에 갔는데, 차례가 되어 늘 하는 대로 사무실에 들어갔더니 미스 스토퍼 혼자 있는 게 아니더라고요. 그녀 옆에 엄청 뚱뚱한 남자가 싱글벙글 웃으며 앉아 있었는데, 턱살이 몇 겹으로 늘어져 목까지 내려온데다 안경은 코끝에 걸치고 들어오는 여자마다 뚫어지게 바라보았습니다. 제가 들어가자 그는 의자에서 벌떡 일어나더니 미스 스토퍼를 돌아보며 말했어요.

'이 정도면 됐어요. 더 이상 바랄 게 없소. 최고예요, 최고!'

그는 신난 듯 만족스러운 표정으로 두 손을 마주 비볐습니다. 편안한 인상이라서, 보고 있는 저도 기분이 좋아지더라고요.

'일자리를 찾고 있는 거요?'

그가 물었어요.

'네, 그렇습니다.'

'가정교사로?'

'네, 맞아요.'

'급여는 얼마나 생각하시오?'

'스펜스 먼로 대령 댁에서 일할 때 한 달에 4파운드를 받았는데요.'

'저런, 저런! 완전 착취였군 그래!'

그는 울화통이 치민다는 듯 통통한 두 손을 위로 쳐들며 열을 냈습니다.

'이렇게 매력적이고 교양 있는 숙녀에게 어떻게 그런 형편없는 급여를 준단 말이오!'

'저의 교양 정도가 선생님이 생각하시는 것처럼 그리 대단하지는 않습니다.'

제가 말했어요.

'프랑스와 독일어를 조금 할 수 있고, 음악과 그림을······.'

'아니요. 그런 건 문제되지 않아요. 중요한 건 숙녀가 지녀야 하는 자질을 갖추었느냐는 것이죠. 한마디로 말해서 그게 중요한 겁니다. 만약 그렇지 못하다면 장차 이 나라 역사에 일익을 담당할 아이들을 교육할 자격이 없는 거죠. 하지만 만약 자격이 있다면, 어느 점잖은 인간이 세 자릿수 이하의 급여를 지급한단 말이오! 저라면 1년에 100파운드는 드리겠소.'

홈스 선생님, 상상할 수 있으시겠어요? 제가 아무리 절박해도, 그 제안은 너무 후해서 믿기지 않았어요. 그런 저의 마음이 보였는지 그 남자는 지갑에서 수표 한 장을 꺼내더군요.

'이건 내 방법이오. 젊은 숙녀분께는 급여의 절반을 선지급하는 편이지. 먼 길 오는 데

필요한 경비도 충당하고 옷도 좀 살 수 있게 말이오.'

그가 환하게 웃으며 말했어요. 어찌나 활짝 웃는지 실처럼 가늘어진 두 눈이 주름진 얼굴에 파묻힐 지경이었어요.

그렇게 훌륭하고 배려 깊은 사람을 만나기는 처음인 것 같았습니다. 단골 가게에 외상도 있는 상태였기 때문에 선급금을 받으면 크게 도움이 될 터였거든요. 하지만 그의 제안 중에는 뭔가 석연치 않은 점이 있었어요. 그래서 확답을 하기 전에 좀 더 알아봐야 할 것 같다는 생각이 든 거예요.

'댁이 어딘지 여쭤봐도 될까요?'

제가 물었습니다.

'햄프셔에 살고 있소. 아름다운 시골 마을이지요. 윈체스터에서 5마일 떨어진 너도밤나무 집에 살고 있소. 전원 풍경도 아름답고, 예스러운 시골집도 아주 정겹다오.'

'제가 맡을 일은요? 어떤 아이들인지 알고 싶은데요.'

'아이 한 명이오. 여섯 살짜리 장난꾸러기. 그 녀석이 슬리퍼로 바퀴벌레 죽이는 모습을 봐야 하는데! 찰싹! 찰싹! 찰싹! 눈 깜빡할 사이에 세 마리는 너끈히 잡을 거요!'

그렇게 말한 뒤 그는 의자에 기대어 눈이 얼굴에 파묻힐 정도로 웃었어요.

저는 어린아이가 그렇게 행동한다는 사실이 너무 놀라웠지만, 그 아버지가 웃는 모습을 보니 농담인가 싶기도 했어요.

'그렇다면 저는 그 아이만 돌보면 되는 건가요?'

'아니, 아니요. 그것 한 가지만은 아니오.'

그의 음성이 조금 높아지더군요.

'가서 지내다 보면 감이 오겠지만, 아내가 시키는 일을 좀 해주면 좋겠소. 물론 숙녀분에게 결례가 되는 부탁은 하지 않을 거요. 그 정도면 해줄 수 있겠소?'

'제가 도움이 된다면 기꺼이 해드리겠어요.'

'물론 도움이 되지요. 예를 들면 옷 입는 거 말이요. 우리는 취향이 별스러운 편이오. 마음은 선한데 좀 별스러운 거지. 우리가 드리는 옷을 입으실 수 있겠소? 그 정도는 해줄 수 있으시겠소?'

'그럼요. 괜찮습니다.'

사실은 그의 말에 깜짝 놀랐지만 일단 그렇게 대답했어요.

'또는 여기 앉아라, 저기 앉아라 하더라도 불쾌하지 않으시겠소?'

'네, 괜찮습니다.'

'그러면 우리 집에 오기 전에 머리를 아주 짧게 잘라달라고 한다면 어떻소?'

저는 제 귀를 의심하지 않을 수 없었어요. 홈스 선생님께서도 보시다시피 제 머리 정도면 숱도 많고 흔치 않은 예쁜 갈색이거든요. 모두가 아름답다고 인정해주는 머리인데, 그 요구까지 받아주고 싶지는 않았습니다.

'그건 들어드릴 수 없을 것 같습니다.'

제가 말했어요. 작은 눈으로 저를 뚫어지게 바라보는 그의 얼굴이 그 순간 어두워지더군요.

'이건 아주 중요한 문제요. 아내의 소소한 취향이라서 말이오. 잘 아시겠지만, 여자의 취향은 충족시켜줘야 하지 않겠소. 그래도 머리를 자를 수 없겠소?'

'자를 수 없습니다. 도저히 그럴 수는 없어요.'

저도 단호하게 말했어요.

'오, 알았소. 그럼 이야기가 끝났네요. 아쉽구려. 그것만 아니면 적격자인데. 미스 스토퍼, 다른 후보를 몇 명 더 만나봐야 할 것 같군요.'

그동안 말없이 계속 서류를 보고 있던 미스 스토퍼가 저를 한번 흘깃 보더니 몹시 못마땅한 표정을 지었어요. 제가 거절하는 바람에 수수료를 못 받게 되어서겠지요.

'장부에 이름을 계속 올려놓고 싶나요?'

미스 스토퍼가 물었어요.

'그러고 싶습니다, 미스 스토퍼.'

'하지만 그러는 게 소용없는 일 같네요. 좋은 제안을 거절했으니, 또 이렇게 훌륭한 자리를 찾을 수 있을지 모르겠어요. 오늘은 이만하죠, 미스 헌터.'

미스 스토퍼가 책상 위에 있는 종을 울리자 직원이 들어와 저를 밖으로 안내했습니다.

그러고 나서 하숙집으로 돌아와 보잘것없는 찬장과 탁자 위에 놓인 청구서들을 보니 제가 어리석은 짓을 한 게 아닌지 후회되기 시작했습니다. 그들이 별스러운 취향을 갖고 있고, 온갖 이상한 요구를 제가 따라주길 원하지만, 적어도 그 별스러움에 대해 충분히 보상하겠다잖아요. 더구나 영국의 가정교사들 중에 1년에 100파운드를 받는 사람은 거의 없을 테니까요. 머리 따위가 뭐 그리 중요하다고 그랬을까? 짧은 머리가 더 잘 어울리는 사람도 있으니, 저도 그중 한 명일지 모른다는 생각이 들기도 했어요. 다음 날이 되자 제가 잘못했다는 쪽으로 생각이 기울었고, 또 하루를 지내고 나니 확신으로 바뀌었습니다. 자존심을 버리고 미스 스토퍼를 찾아가 그 자리가 채워졌는지 알아봐야겠다고 마음먹고 있는데, 어제 그 신사에게서 편지가 왔습니다. 가지고 왔으니 읽어드릴게요.

윈체스터 근처 너도밤나무 집에서.

친애하는 미스 헌터께.

친절하게도 미스 스토퍼가 주소를 알려주었소. 혹시 마음이 바뀌었는지 물어보고 싶어서 편지를 씁니다. 내가 미스 헌터에 대해 이야기해주었더니 아내는 당신이 꼭 와주었으면 좋겠다고 했소. 우리의 별난 취향 때문에 미스 헌터가 겪어야 하는 불편을 고려하여 급여로 매 분기 30파운드씩, 1년에 120파운드를 주겠소. 우리의 취향이라는 게 사실은 별거 아니요. 아내는 특정 색조의 진한 파란색을 좋아해서 오전 중에는 실내에서 그 색조의 옷을 입어주면 좋겠다고 하오. 그렇지만 옷을 살 필요는 없소. 지금은 필라델피아에 가 있는 우리 딸 앨리스의 옷이 있는데, 미스 헌터에게 잘 맞을 것이오. 그리고 여기 앉아라, 저기 앉아라 하는 것이나 특정한 놀이를 하라는 것은 그다지 귀찮거나 불편하지 않을 것이오. 머리를 자르는 문제에 관해서는, 짧은 면접을 하면서 내가 본 바로도 아름다운 머리였기에 무척이나 아쉽고 안타까운 일이오. 하지만 그건 확고하게 정해진 조건이라서 어쩔 수가 없소. 인상된 급여가 상실의 아픔을 달래줄 수 있기를 바라오. 아이를 돌보는 일은 힘들지 않을 것으로 생각되니 부디 와주길 바라며, 기차 시간을 알려주면 윈체스터에서 마차를 대기시켜놓고 기다리겠소. 진심을 전하며.

제프로 루캐슬.

여기 오기 전에 받은 거예요. 저는 제안을 받아들이기로 마음먹었습니다. 그런데 최종 결정을 하기 전에 홈스 선생님께 의논드리고 싶었어요."

"미스 헌터께서 마음을 정하셨다면, 그걸로 된 거죠."

홈스가 미소를 지으며 대답했다.

"혹시 거절하라고 조언하고 싶으신가요?"

"솔직하게 말씀드리자면, 제 동생이 가겠다고 한다면 굳이 권하고 싶지는 않습니다."

"그게 무슨 말씀인가요, 홈스 선생님?"

"참고할 만한 정보가 없으니 뭐라고 말씀드릴 수는 없습니다. 미스 헌터는 어떻게 생각하시는데요?"

"제가 이해할 수 있는 딱 한 가지 상황은 이렇습니다. 루캐슬 씨는 선량한 분이에요. 그렇다면 그의 아내가 정신병에 걸린 게 아닐까요? 루캐슬 씨는 그 사실을 드러내고 싶지 않은 거죠. 아내가 정신병원에 가게 될까봐 두려우니까요. 그래서 그녀를 자극하지 않기 위해 그녀가 원하는 걸 모두 들어주려는 게 아닐까요?"

"그럴 수도 있겠네요. 사실은 그게 가장 그럴듯한 설명 같군요. 하지만 어찌 됐든 젊은 여성이 가 있기에 좋은 환경은 아니죠."

"하지만 돈 문제가 있잖아요, 홈스 선생님. 돈을 생각해야죠!"

"그렇죠, 물론 급여는 훌륭하죠. 사실은 너무 많죠. 그래서 의구심이 드는 겁니다. 1년에 40파운드로도 가정교사를 구할 수 있는데, 왜 120파운드나 주는 걸까요? 분명 그럴 만한 이유가 있을 겁니다."

"제가 이렇게 찾아뵙고 상황을 말씀드리면, 나중에 제가 도움을 청할 때 얼른 이해하시겠다고 생각했어요. 홈스 선생님께서 제 뒤에 계신다고 생각하면 힘이 날 것 같아요."

"그렇게 생각하고 가셔도 좋습니다. 미스 헌터의 이야기는 지난 몇 달 동안 제가 들은 이야기들 중에 가장 흥미로웠어요. 몇 가지는 아주 새로웠고요. 의심되는 점이나 위험이 느껴지시면……."

"위험이라고요! 어떤 위험을 말씀하시는 건가요?"

홈스가 고개를 저으며 말했다.

"미리 알 수 있으면 위험이 아니죠. 아무튼 언제든, 밤이든 낮이든 전보를 주시면 바로 도우러 갈 겁니다."

"그럼 됐어요."

미스 헌터는 불안이 말끔히 가신 얼굴로 발랄하게 자리에서 일어났다.

"이제 가벼운 마음으로 햄프셔에 갈 수 있겠어요. 루캐슬 씨에게 당장 편지를 써야겠네요. 오늘 밤에 머리를 자르고 내일 윈체스터로 간다고요."

미스 헌터는 홈스에게 몇 마디 감사의 말을 한 다음 인사말을 남기고 서둘러 자리를 떴다.

"적어도 저 여자는 혼자 힘으로 잘 살아갈 수 있을 것 같아."

계단을 내려가는 발소리를 들으며 내가 말했다.

"그래야겠지. 하지만 얼마 지나지 않아 다시 연락할 것 같은 예감이 드는군."

홈스의 예감이 들어맞는 데는 그리 오래 걸리지 않았다. 그녀가 다녀가고 열나흘이 지나는 동안 나는 틈틈이 그녀의 일을 생각하며, 외로운 그녀 앞에 놓인 기묘한 인생길을 떠올리곤 했다. 흔하지 않은 고액의 급여와 의문의 조건들, 가벼워 보이는 일, 모든 게 정상의 범주를 벗어나 있었다. 단지 취향이 특이한지, 아니면 무슨 계략이 숨어 있는지, 그 남자는 자선가인지, 아니면 악당인지, 모든 건 내가 판단할 수 있는 영역 너머에 있었다. 홈스가 눈썹을 모으고 모호한 표정으로 생각에 잠겨 있는 모습이 자주 눈에 띄었다. 그러다가도 내가 막상 미스 헌터 이야기를 꺼내면 생각을 떨쳐버리듯 손사래를 쳤다.

"자료! 자료가 없잖아! 자료가!"

홈스는 답답하다는 듯 외쳤다.

"진흙이 없으면 벽돌을 만들 수 없지."

그러고는 끝내 자기 동생이었으면 절대로 그 자리에 가지 않게 했을 거라고 중얼거렸다.

전보는 어느 늦은 밤에 도착했다. 나는 잠자리에 들려는 참이었고, 홈스는 밤새 화학 실험에 몰입할 준비를 하고 있었다. 그런 날 밤이면 나는 증류기나 시험관을 들여다보고 있는 홈스를 보고 잠자리에 들었다가 다음 날 아침 식사를 하러 내려와서 똑같은 자세로 앉아 있는 그를 발견했다. 홈스는 노란색 봉투를 열어 메시지를 읽고 나서 나에게 건네주었다.

"『브래드쇼』에서 탈 수 있는 기차가 있는지 알아봐줘."

홈스는 그렇게 말하고 화학 실험을 계속했다. 전보의 내용은 짧지만 위급함이 느껴졌다.

내일 정오에 윈체스터의 블랙스완 호텔로 와주세요. 꼭 와주세요! 어떻게 해야 할지 모르겠습니다.

헌터.

"같이 가주겠나?"

홈스가 나를 올려다보며 물었다.

"그래야지."

"그럼 기차 시간 좀 알아봐줘."

"9시 30분 기차가 있군."

내가 『브래드쇼』의 기차역 시간표를 훑어보며 말했다.

"윈체스터에 11시 30분 도착이야."

"그럼 딱 좋아. 오늘 밤 아세톤 분석은 좀 미뤄둬야겠군. 내일 아침에 최상의 컨디션으로 출발해야 하니까 말이야."

다음 날 오전 11시에 우리는 옛 영국의 수도를 향해 달리고 있었다. 기차를 타고 가는 내내 홈스는 조간신문을 들여다보다더니 햄프셔를 지나자 신문을 내려놓고 창밖의 풍경을 감상하기 시작했다. 더없이 화창한 봄날이었다. 파란 하늘에는 양떼구름이 서쪽에서 동쪽으로 잔잔히 흐르고, 햇살은 눈부셨으나 공기는 상쾌할 만큼 차가워서 오히려 기운을 북돋웠다. 앨더숏 주변의 굽이치는 언덕 너머 시골 곳곳에서 농가의 빨간색과 회색 지붕이 새로 돋아난 연둣빛 잎새들 사이로 삐죽삐죽 고개를 내밀고 있었다.

"상쾌하고 아름답지 않은가?"

나는 베이커 가의 안개에서 막 벗어난 사람답게 흥분에 겨워 외쳤다.

하지만 홈스는 심각한 얼굴로 고개를 저었다.

"왓슨, 자네 그거 아나? 나 같은 사람은 눈에 보이는 모든 것을 일과 연관 짓는 저주를 받았다네. 자네는 이렇게 드문드문 떨어져 있는 집들을 보고 그 아름다움에 감명을 받지만, 나는 집들이 이렇게 떨어져 있으니 완전범죄가 저질러질 수도 있겠다는 생각을 먼저 하게 돼."

"맙소사! 이렇게나 정겨운 옛 동네를 보며 어떻게 범죄를 생각할 수 있지?"

"저런 집들을 보면 늘 공포가 느껴진다네. 이건 내가 경험으로 얻은 직감 같은 거야. 런던에서 가장 가난하고 험악한 동네도 미소 짓는 듯한 이 아름다운 전원 마을보다 더 끔찍한 범죄 기록이 있지는 않다네."

"자네 정말 끔찍한 소리를 하는군!"

"그렇지만 명백한 근거가 있어. 집이 밀집된 동네에서는 이웃의 여론이 법보다 더 큰 압력을 행사할 수 있거든. 만약 어느 골목에 학대받는 아이의 울음소리가 자주 들리거나 주정꾼의 주먹질이 난무한다고 해보게. 이웃 사람들의 연민과 공분이 이를 묵과하지 않을 걸세. 게다가 신고 한 번에 즉각 출동할 수 있는 정의 체제가 가까이 있으니 범죄가 발 디딜 틈이 없지. 그런데 이 외딴집들을 보게. 각자 자기 영역이 있고, 그 안에 사는 사람들 대부분은 법에 대해 문외한이나 마찬가지야. 이런 곳에서 잔혹한 행위나 은밀한 교활함이 몇 년씩 계속된다고 생각해봐. 그걸 문제 삼을 만한 사람은 아무도 없는 상태로 말이야. 우리에게 도움을 청해온 그 여성이 윈체스터 같은 곳으로 갔다면, 나는 아무 걱정도 하지 않을 걸세. 그런데 윈체스터에서 5마일이나 떨어진 시골 아닌가. 그래서 위험한 거야. 그렇기는 하지만 그녀의 신상이 위협받는 건 아닌 게 분명해."

"그렇지. 우리를 만나러 윈체스터까지 올 수 있다면 위험으로부터 도망칠 수도 있으니까."

"맞네. 자유로운 상황인 거지."

"그렇다면 뭐가 문제인 거지? 자네는 뭐 짚이는 게 없나?"

"일곱 가지 정도의 추론이 가능해. 우리가 알고 있는 사실에 근거하여 생각할 수 있는 것들이지. 하지만 그중 어느 것이 맞는가는 이제부터 알게 될 사실들에 달려 있어. 저기 교회의 종탑이 보이네. 이제 곧 미스 헌터의 이야기를 들을 수 있겠군."

블랙스완은 역에서 아주 가까운 시내 중심가에 있는 여관이었다. 미스 헌터는 미리 와서 기다리고 있었다. 그녀가 예약해놓은 응접실에는 점심 식사가 준비되어 있었다.

"이렇게 와주셔서 기뻐요."

그녀가 진심으로 반겨주었다.

"두 분께 깊이 감사드립니다. 정말 어떻게 해야 할지 모르겠어요. 두 분의 조언이 제게 큰 도움이 될 거예요."

"무슨 일이 있었는지 말씀해주십시오."

"그러죠. 그런데 서둘러야 해요. 루캐슬 씨에게 3시까지 돌아오겠다고 했거든요. 오늘 아침에 시내 외출을 허락받았는데, 무엇 때문에 가는지는 말하지 않았어요."

"그동안 있었던 일을 순서대로 모두 말씀해주십시오."

홈스는 벽난로를 향해 긴 다리를 뻗고 이야기 들을 자세를 취했다.

"먼저 말씀드려야 할 건 루캐슬 씨 부부로부터 부당한 대우를 받은 적이 없다는 사실입니다. 그걸 밝히는 게 도리인 것 같아요. 하지만 두 사람을 이해할 수 없고, 그래서 왠지 모르게 마음이 불편해요."

"어떤 점이 이해되지 않는데요?"

"그 사람들이 왜 그렇게 행동하는지 모르겠어요. 지금부터 순서대로 말씀드릴게요. 처음 여기 도착했을 때, 루캐슬 씨가 마차를 가져와서 함께 너도밤나무 집으로 갔습니다. 그가 말했던 것처럼 주변 정경은 정말 아름다웠어요. 하지만 집은 전혀 그렇지 않았어요. 흰색 회칠을 한 크고 네모난 집이었는데 습기와 궂은 날씨 때문에 여기저기 얼룩이 져 있었거든요. 집의 삼면이 숲으로 둘러싸여 있고 정면은 들판을 바라보고 있는데, 완만하게 경사진 들판이 사우샘프턴 대로까지 이어져 있습니다. 대로는 집 현관에서 100야드 정도 거리를 두고 굽이져 지나가고 있어요. 집 앞에 펼쳐진 땅은 그 집의 소유지이고, 삼면의 숲은 서더튼 경의 영지랍니다. 현관 바로 앞에 너도밤나무가 있어서 이 집을 너도밤나무 집이라고 부른다네요.

마차를 타고 집에 도착하자 루캐슬 씨는 자상하게 자신의 아내와 아들을 소개해주었습니다. 베이커 가의 선생님 댁에서 제가 추측했던 상황은 전혀 아니었어요. 루캐슬 부인은 정신병자가 아니었고, 단지 말이 없고 안색이 창백했습니다. 나이는 서른도 안 되어 보였는데 남편보다 많이 어린 것 같았어요. 루캐슬 씨는 적어도 마흔다섯은 넘었을 것 같은데 말이에요. 두 사람의 대화를 통해 그들이 결혼한 지 7년 정도 되었고, 루캐슬 씨는 한 번 상처한 경험이 있다는 걸 알게 되었습니다. 첫 번째 부인이 낳은 자식은 필라델피아에 가 있다는 딸이었고요. 단둘이 있을 때 루캐슬 씨가 제게 말해준 바에 따르면 딸이 집을 떠난 건 새엄마를 이유 없이 싫어해서라고 합니다. 딸이 스무 살을 넘었을 것 같지는 않으니, 나이 어린 새엄마와 한집에서 사는 게 불편했을 수도 있겠더라고요.

루캐슬 부인은 안색만 창백한 게 아니라 마음도 무채색인 것 같았어요. 호감이 가진 않았지만, 그렇다고 거부감을 주지도 않았습니다. 있는 듯 없는 듯한 사람이었어요. 하지만 남편과 아들에게 무척 헌신적이라는 건 쉽게 알 수 있었습니다. 그녀의 연회색 눈동자가 두 사람을 계속 따라다니며 필요한 것이나 위험한 것이 없는지 살피고 있었으니까요. 루캐슬 씨도 약간 거칠고 허세가 섞여 있었지만, 아내를 위하는 마음이 보였습니다. 대체로 행복한 부부 같았어요. 그렇지만 그녀에게는 남모르는 슬픔이 있는 것 같아요. 종종 침울한 얼굴로 깊은 생각에 잠겼는데, 몇 번은 눈물을 흘리기도 했어요. 아들 걱정 때문에 그런가 하는 생각도 들었어요. 그렇게나 버릇없고 성격이 나쁜 아이는 처음 봤거든요. 나이에 비해 몸집이 작은 편인데 머리가 유난히 크답니다. 하루 종일 야만인처럼 난동을 부리거나, 아니면 부루퉁하게 부어 있거나 둘 중 하나예요. 유일한 놀이는 자기보다 약한 생명체를 괴롭히는 거랍니다. 쥐나 작은 새, 곤충을 잡는 데 탁월한 재능이 있어요. 하지만 자세한 것들은 차마 입에 올릴 수가 없네요. 제가 의논드리려는 이야기와 상관없기도 하고요."

"미스 헌터가 보시기에 상관이 있든 없든, 뭐든 다 말씀해주십시오."

홈스가 말했다.

"중요한 건 하나도 빼놓지 않을게요. 그 집에서 석연찮은 점들 중 하나는 하인들의 차림새와 행동거지입니다. 하인은 둘뿐인데, 톨러라는 성씨를 가진 부부예요. 남자는 머리카락과 구레나룻이 희끗희끗한데 몹시 거칠고 무례하답니다. 늘 술 냄새를 풍기고요. 제가 그곳에 간 이후로 두 번이나 술에 취해 인사불성이 되었는데, 루캐슬 씨는 개의치 않는 것 같더라고요. 그의 아내는 키가 크고 힘이 센데 표정이 늘 침울하답니다. 루캐슬 부인만큼이나 말이 없고 사교성은 더 없는 것 같더군요. 그들 부부와 마주쳐서 기분 좋은 일은 없을 거예요. 다행히도 저는 대부분의 시간을 놀이방이나 제 방에서 지내니 별 문제는 없습니다. 두 방이 집 한쪽에 나란히 붙어 있거든요.

너도밤나무 집에 도착해서 처음 이틀 동안은 아주 조용했습니다. 그런데 3일째 되는 날, 아침 식사를 마치고 루캐슬 부인이 내려와 남편에게 뭐라고 속삭였어요.

'아, 알았소.'

그는 그렇게 대답하고 저를 보며 말했어요.

'미스 헌터, 머리를 잘라달라는 우리의 별스러운 부탁을 들어줘서 무척 고맙소. 그렇다고 해서 미스 헌터의 외모가 달라진 건 없으니 안심하셔도 될 것 같소. 이제 파란 드레스가 얼마나 잘 어울리는지 보고 싶소. 지금 미스 헌터의 방 침대 위에 펼쳐놓았다니 그걸 입어주면 고맙겠소.'

방에 올라가보니 특이한 파란색 드레스가 준비되어 있더군요. 고급 모직 천으로 만든 것이었는데 입었던 흔적이 역력했어요. 그런데 제게 맞춘 것처럼 잘 맞는 거예요. 루캐슬 부부는 거실에서 기다리고 있었는데, 그 옷을 입은 제 모습을 보더니 무척 기뻐했습니다. 좀 과장되다 싶을 정도로 격하게 말이죠. 거실은 집 정면을 다 차지하고 있어서 무척 넓습니다. 바닥까지 내려오는 창문이 세 개나 있고요. 가운데 창문 가까이에 창을 등지고 의자가 하나 놓여 있었는데, 저에게 그 의자에 앉으라고 했습니다. 그리고 루캐슬 씨가 맞은편에서 이리저리 서성이며 이야기를 들려주었습니다. 제가 살면서 들어본 이야기 중에 제일 재미있는 이야기들이었어요. 루캐슬 씨가 얼마나 익살을 떨면서 이야기하는지 아마 상상도 못하실 거예요. 너무 웃어서 지칠 정도였으니까요. 그런데도 루캐슬 부인은 유머 감각이 없는지, 미소조차 짓지 않고 무릎에 두 손을 얹은 채 슬프고 불안한 얼굴로 앉아 있었어요. 한 시간쯤 지나자 루캐슬 씨가 이제 하루 일과를 시작할 시간이라면서, 어린 에드워드가 있는 놀이방으로 가도 좋다고 했습니다.

그리고 이틀 후에 정확히 똑같은 상황이 다시 연출되었습니다. 저는 또 그 파란 드레스를 입고 창가에 앉아 루캐슬 씨가 특유의 익살스러움으로 들려주는 이야기를 들으며 웃었어요. 그는 그런 이야기를 엄청 많이 알고 있는 것 같았습니다. 그러고 나서 제게 노란색 표지의 소설책 한 권을 주더니 창가에 있는 의자를 옆으로 돌려놓아 제 그림자가 책을 가리지 않게 하고는, 거기에 앉아 자기에게 책을 읽어달라고 했습니다. 저는 책을 읽기 시작했지요. 그런데 10분 정도 지나서 내용에 몰입되기 시작하는데 갑자기 그만 읽어도 된다고 하더니 옷을 갈아입으라는 거예요.

그런 순간에 제가 얼마나 당황했는지는 홈스 선생님도 짐작하실 겁니다. 도대체 왜 그런 것들을 하게 하는지 모르겠어요. 게다가 제가 보기에 그들은 제 얼굴이 창 쪽으로

향하지 않도록 늘 신경 쓰는 것 같았습니다. 그러다 보니 저는 등 뒤에서 무슨 일이 벌어지는지 궁금해지기 시작했습니다. 처음에는 확인할 방법이 도무지 떠오르지 않았는데, 곧 생각해냈습니다. 깨진 손거울을 이용하면 될 거 같았어요. 다음에 또다시 창가에서 이야기를 들을 때 손수건에 깨진 거울 조각 하나를 숨겨놓았다가, 웃는 도중에 손수건을 들어올려 뒤에서 벌어지는 광경을 얼핏 볼 수 있었습니다. 처음엔 실망했죠. 아무것도 없었거든요. 그런데 조금 지나자 한 남자가 보였습니다. 턱수염을 기른 정장 차림의 자그마한 남자가 사우샘프턴 대로에 서서 제 쪽을 보고 있었습니다. 큰길이어서 늘 지나다니는 사람들이 있는데도 그 남자는 들판을 경계 짓는 울타리에 기댄 채 공공연히 이쪽을 올려다보고 있었습니다. 손수건을 내리자 루캐슬 부인이 제 얼굴을 유심히 보고 있었어요. 그녀는 아무 말도 하지 않았지만, 제가 손수건에 거울을 숨기고 있는 걸 알아챈 게 분명합니다. 그녀는 바로 일어서며 말했어요.

'제프로, 길가에 어떤 무례한 남자가 미스 헌터를 훔쳐보고 있어요.'

'미스 헌터, 혹시 친구분이시오?'

그가 물었습니다.

'아니요. 이 근처에는 아는 사람이 없습니다.'

'저런! 아주 무례한 친구로군! 손짓으로 가라는 시늉을 해서 쫓아버리시오.'

'못 본 척하는 게 좋을 것 같은데요.'

'아니요. 늘 여기 와서 얼쩡거리는 자요. 어서 가라고 손짓을 하는 게 좋겠소.'

저는 그가 시키는 대로 했습니다. 그러자 루캐슬 부인이 얼른 커튼을 내렸어요. 그게 1주일 전이었는데, 그 후로는 그 창가에 앉으라거나 파란 드레스를 입으라고 하지 않았어요. 그 남자를 다시 보지도 못했고요."

"정말 흥미로운 이야기로군요. 계속하세요."

홈스가 말했다.

"이야기가 좀 산만하다고 느껴지실지 모르겠어요. 여러 사건이 서로 연관성이 없는 것 같기도 하고요. 그곳에 도착한 날, 루캐슬 씨가 저를 주방 문에서 가까운 헛간으로 데

리고 갔습니다. 헛간에 다가가는데 쇠사슬 절렁거리는 소리가 들렸어요. 큰 동물이 움직이는 소리 같았죠.

'이 안에 있는 녀석을 한번 보시오!'

루캐슬 씨가 판자 사이의 틈을 가리키며 말했습니다.

'정말 멋지지 않소?'

판자 틈으로 들여다보니 번득이는 두 눈이 먼저 보이고, 어둠 속에 뭔가 웅크리고 앉아 있는 듯한 형체가 보였어요.

'놀라지 마시오.'

제가 움찔 놀라는 걸 보더니 루캐슬 씨가 웃으며 말했습니다.

'내가 기르는 개인데, 마스티프종이고 이름은 카를로요. 내가 주인이긴 하지만 저 녀석을 다룰 수 있는 사람은 마부인 톨러뿐이오. 먹이는 하루에 한 번만 주는데 많이 주지 않아. 그래야 항상 민첩하고 사나운 야성이 살아 있기 때문이지. 톨러가 매일 밤 카를로를 풀어놓기 때문에 누구든 함부로 울타리를 넘어 숨어들었다가는 물어뜯기고 말 거요. 그러니 당신도 밤에는 절대 현관 밖으로 나가지 마시오. 목숨이 위태로워질 수도 있소.'

루캐슬 씨의 경고는 괜한 말이 아니었습니다. 이틀 뒤 새벽 2시쯤 잠이 깨서 창가로 다가갔습니다. 밖을 내다보니 아름다운 은색 달빛이 집 앞 잔디에 쏟아져 대낮처럼 밝더군요. 평화롭고 아름다운 정경에 넋을 놓고 서 있는데, 너도밤나무 그늘에서 뭔가가 움직였어요. 달빛 아래로 나오는 걸 보니 바로 그 카를로였습니다. 송아지만큼 큰 황갈색의 개였는데, 새까만 주둥이에 턱살은 늘어져 있고 몸뚱이는 골격이 드러날 정도로 말라 있었어요. 카를로는 천천히 잔디밭을 가로질러 반대편 어둠 속으로 사라졌습니다. 그 무시무시한 파수꾼을 보자 심장이 얼어붙는 것 같았어요. 도둑을 만났어도 그렇게 무섭진 않았을 겁니다.

그리고 아주 이상한 경험도 했답니다. 아시다시피 저는 런던에서 머리를 아주 짧게 잘랐잖아요. 그리고 자른 머리카락은 돌돌 말아서 트렁크 바닥에 넣어두었어요. 어느 날 밤, 아이를 재우고 나서 방에 있는 가구를 살펴보기도 하고, 제 짐을 다시 정리하며 시간을 보내는 중이었어요. 방에 오래된 서랍장이 하나 있어서 그 안에 옷을 정리해 넣어두기로 했죠. 그런데 위쪽 서랍 두 개만 비어 있고 맨 아래쪽 서랍은 잠겨 있는 거예요. 위쪽 서랍 두 개에 속옷을 챙겨 넣고 나서도 정리할 게 많이 남아서 세 번째 서랍을 쓸 수 없는 게 아쉽다는 생각이 들더라고요. 어쩌면 잠겨 있다는 사실을 깜빡 잊어버리고 그냥 놔둔 것일 수도 있겠다 싶어서 제가 갖고 있는 열쇠를 꺼내 하나씩 끼워보기로 했습니다. 마침 제일 처음에 넣은 열쇠가 딱 맞더군요. 그런데 그 안에 뭐가 들어 있었는지 아세요. 아마 두 분은 상상도 못하실 거예요. 바로 제가 잘라서 말아둔 머리채가 들어 있었습니다.

머리채를 집어 들고 살펴보았죠. 특이한 색깔이나 굵기가 분명히 제 머리카락이었어요. 하지만 불가능하다는 생각이 먼저 들었습니다. 서랍은 처음부터 잠겨 있었는데, 어떻게 제 머리채가 그 안에 들어 있을 수 있겠어요. 저는 떨리는 손으로 트렁크를 열고 안에 있는 물건들을 꺼냈습니다. 그러자 바닥에 제가 넣어둔 머리채가 들어 있는 거예요. 저는 그걸 꺼내 나란히 놓고 비교해보았습니다. 그런데 두 개가 완벽하게 똑같았습니다. 정말 희한한 일이지 않나요? 너무 기이했어요. 저는 다시 머리채를 서랍에 넣어두고 루캐슬 부부에겐 아무 말도 하지 않았습니다. 잠겨 있는 서랍을 연 건 잘못된 행동이니까요.

홈스 선생님도 느끼셨는지 모르지만, 저는 천성적으로 세심한 편입니다. 이곳에 도착하자마자 집 구조부터 파악해두었어요. 그리고 건물 한편에 사용하지 않는 공간이 있다는 것도 알았죠. 그리로 통하는 문은 톨러 부부의 방과 마주 보고 있는데 항상 잠겨 있습니다. 그런데 어느 날 계단을 내려오다가 루캐슬 씨가 그 문에서 나오는 걸 보았어요. 손에 열쇠를 들고 있었는데, 표정이 전혀 다른 사람 같았어요. 제가 알고 있는 유쾌한 사람이 아니더라고요. 얼굴이 붉게 상기되어 있었는데 화가 났는지 인상을 잔뜩 찌푸리고 관자놀이에는 핏줄이 돋아 있었어요. 그는 문을 잠그더니 저를 쳐다보지도 않고 말없이 지나쳐버렸습니다.

그걸 보니 문득 호기심이 생기더라고요. 하루는 아이를 데리고 산책하다가 옆으로 빠져서 그쪽을 들여다볼 수 있는 창문 가까이 다가갔습니다. 그쪽 벽의 창문은 네 개였는데, 세 개는 아주 더러웠고 네 번째 창문에는 덧문이 닫혀 있었어요. 모두 오랫동안 사용하지 않은 게 틀림없었습니다. 창문을 힐끔거리며 서성이는데 루캐슬 씨가 나오더군요. 아주 즐겁고 유쾌한 표정이었어요.

'아까 말도 없이 지나쳐서 무례하다고 생각하지 않으셨는지 모르겠구려. 사업 관련해서 뭘 좀 생각하느라 정신이 없었소.'

저는 전혀 불쾌하게 생각하지 않았다고 말했습니다.

'그런데 저쪽에 빈방이 여러 개 있나 봐요. 그중 하나는 덧문이 내려져 있네요.'

그러자 루캐슬 씨가 놀란 표정으로 저를 보았어요.

'사진 찍는 취미가 있어서 거기에 암실을 만들어놓았소. 젊은 여성이 정말 뛰어난 관찰력을 가지셨구려. 믿을 수 없을 정도요, 정말! 대단해!'

농담 섞인 어조로 말했지만, 저를 바라보는 그의 눈빛은 전혀 그렇지 않았습니다. 오히려 의심과 불쾌감이 가득 담겨 있었어요.

그런데 그가 뭔가를 숨기고 있다는 생각이 들자 그 이유를 알아보고 싶은 마음이 강렬해지는 거예요. 그건 단순한 호기심이 아니었어요. 그곳의 비밀을 알아냄으로써 뭔가를 바로잡을 수 있을지 모른다는 의무감 같은 거였습니다. 여자의 직감이라는 말이 있죠. 어쩌면 그런 느낌이 바로 여자의 직감이었는지도 모르겠어요. 아무튼 저는 그런 마음으로 금지된 문을 열고 들어갈 기회를 엿보고 있었죠.

드디어 어제 기회가 왔습니다. 사실은 루캐슬 씨뿐 아니라 톨러 부부도 가끔 그곳을 드나들었어요. 커다란 검정 포대를 들고 그 문으로 들어가는 톨러를 본 적도 있고요. 그는 최근 들어 술을 많이 마시는데, 어젯밤에도 흠뻑 취해 있었어요. 그래서인지 제가 2층에 올라갔을 때, 그 방문에 열쇠가 꽂혀 있는 거예요. 톨러가 꽂아놓고 잊어버린 게 분명했습니다. 루캐슬 씨 부부와 아이는 다 같이 아래층에 있었기 때문에 절호의 기회를 얻은 셈이었어요. 저는 조심스럽게 열쇠를 돌리고 문 안으로 들어갔습니다.

그러자 작은 복도가 나왔어요. 벽지도 발라져 있지 않고 카펫도 깔려 있지 않았는데, 반대편 끝이 직각으로 꺾여 있었습니다. 모퉁이를 돌자 나란히 문 세 개가 있었는데, 양 끝의 문이 조금 열려 있었습니다. 둘 다 먼지투성이의 음산한 방이었는데, 방 하나에는 창문이 두 개, 다른 하나에는 창문이 하나였어요. 먼지가 두껍게 앉은 유리를 통해 저녁 햇살이 희미하게 비쳐들었습니다. 가운데 방문은 닫혀 있었는데, 철제 침대에 쓰이는 넓적한 막대로 빗장이 채워져 있었습니다. 한쪽 끝은 벽에 박힌 고리에 자물쇠로 고정되어 있고 반대편 끝은 튼튼한 끈으로 묶여 있었습니다. 문 자체도 잠겨 있고 열쇠는 꽂혀 있지 않았습니다. 그 문이 바로 창에 덧문이 닫혀 있는 방인 게 분명했는데, 문 아래 틈으로 빛이 새어 나오는 걸로 봐서 방이 어둠에 싸여 있는 것 같지는 않았습니다. 천장에 빛이 들어오도록 창이 뚫려 있는 것 같았죠. 복도에 서서 그 문을 바라보며 그 안에 어떤 비밀이 숨겨져 있을까 생각하는데, 갑자기 방 안에서 발소리가 들리더니 문 밑으로 새어 나오는 희미한 불빛에 그림자가 어른거리는 것이었습니다. 순간 참을 수 없는 공포감이 밀려왔어요. 잔뜩 긴장했던 신경이 끊어지는 듯, 더 이상 참을 수 없었던 저는 누가 뒤에서 옷자락을 붙잡기라도 하는 듯 도망치기 시작했습니다. 복도를 달려 문을 열고 나가자마자 문밖에 서 있는 루캐슬 씨에게 안기듯 뛰어들고 말았어요.

'역시 미스 헌터였구려. 문이 열려 있기에 그럴 거라고 생각했소만.'

'너무 무서웠어요.'

제가 숨을 헐떡이며 말했어요.

'괜찮아요, 미스 헌터! 그런데 뭐가 그렇게 무서웠던 거요?'

그의 태도가 어찌나 자상하고 점잖은지 놀라울 정도였어요. 너무 부드러워서 가식적인 느낌마저 들었습니다. 경계하려는 마음이 생기더라고요.

'빈방들이 있는 곳이 궁금해서요. 그런데 막상 가보니 썰렁하고 음산해서 갑자기 무서워지더라고요. 그래서 뛰쳐나왔답니다. 너무 적막하네요!'

'그것뿐이오?'

그가 예리한 눈초리로 저를 살피며 물었어요.

'왜요? 무슨 생각을 하시는 거죠?'

제가 물었습니다.

'내가 왜 이 문을 잠갔다고 생각하시오?'

'그건 제가 모르죠.'

'그쪽에 볼일이 없는 사람은 들어가지 말라는 뜻이오. 아시겠소?'

그는 여전히 상냥하게 웃고 있었습니다.

'그걸 알았다면……'

'이제 알았을 테니, 두 번 다시 그곳에 발을 들여놓으면……'

그 순간 루캐슬 씨의 얼굴에서 미소가 사라지고 분노에 찬 표정으로 바뀌었어요. 그리고 악마 같은 표정으로 저를 똑바로 보며 말했습니다.

'당신을 마스티프에게 던져주겠소.'

너무나 무서워서 어쩔 바를 모르겠더라고요. 정신없이 제 방으로 달려갔던 것 같아요. 정신이 들었을 때는 제 방 침대에 누워 바들바들 떨고 있었어요. 그러다가 홈스 선생님 생각이 난 거예요. 이대로는 더 이상 그 집에 있을 수가 없어요. 선생님의 조언이 필요합니다. 그 집도, 루캐슬 씨도, 그의 아내도, 하인들도, 그리고 아이까지도 너무나 무섭습니다. 저에겐 모두가 두려움의 대상이에요. 홈스 선생님께 이런 상황을 말씀드리면 모든 문제가 해결될 수 있을 것 같았습니다.

물론 도망칠 수도 있었죠. 하지만 두려움만큼이나 호기심도 컸습니다. 그래서 마음을 정하고 선생님께 전보를 친 거예요. 모자를 쓰고 외투를 챙겨 입은 뒤 집에서 반 마일이나 떨어진 우체국까지 걸어갔다가 돌아오니 마음이 한결 안정되더군요. 그런데 집이 가까워질수록 끔찍한 의심이 들기 시작했어요. 혹시 그 개를 풀어놓은 건 아닐까? 그러다가 전날 밤에 톨러가 정신없이 취해 있었던 게 떠올랐어요. 너도밤나무 집에서 그 야수를 다룰 수 있는 사람은 톨러밖에 없는데, 누가 개를 풀어놓을 수 있겠나 생각했죠. 저는 무사히 제 방으로 돌아갈 수 있었고, 곧 선생님을 만날 생각에 들떠서 거의 뜬눈으로 새웠답니다. 오늘 아침에 윈체스터까지 오는 데는 아무 문제가 없었지만, 3시 전까지는 돌아가야 해요. 루캐슬 씨 부부가 지인을 방문한다고 해서 저녁 내내 저 혼자 아이를 돌봐야 하거든요. 제가 겪은 이야기는 다 들려드렸습니다. 이제 홈스 선생님의 의견을 듣고 싶어요. 이런 상황을 어떻게 이해해야 하나요? 그리고 저는 어떻게 해야 할까요?"

홈스와 나는 넋을 잃고 이 기상천외한 이야기를 듣고 있었다. 홈스는 자리에서 일어나더니 주머니에 손을 넣고 심각한 표정으로 방 안을 서성이기 시작했다.

"톨러는 여전히 취해 있을까요?"

홈스가 물었다.

"네. 그의 아내가 루캐슬 씨에게 자기는 도저히 그를 어떻게 할 수 없다고 불평하는 소리를 들었거든요."

"잘됐군요. 그리고 루캐슬 부부는 오늘 밤에 외출할 예정이라고 하셨죠?"

"네."

"튼튼한 자물쇠가 달린 지하 창고 같은 게 있습니까?"

"네, 와인 저장고가 있어요."

"미스 헌터는 지금까지 매사에 아주 용감하고 현명하게 대처하셨습니다. 한 번만 더 그렇게 해주실 수 있을까요? 미스 헌터가 비범한 여성이라는 믿음이 있어서 이런 부탁을 드리는 겁니다."

"해볼게요. 뭘 하면 되죠?"

"저희가 오늘 저녁 7시까지 너도밤나무 집에 가겠습니다. 그때쯤 루캐슬 부부는 외출했겠죠. 바라건대 톨러는 여전히 인사불성일 거고요. 그렇다면 우리를 경계할 사람은 톨러의 아내밖에 없을 겁니다. 미스 헌터가 그녀를 와인 저장고로 심부름을 보내세요. 그런 다음 밖에서 문을 잠가주기만 하면 만사가 순조롭게 풀릴 것입니다."

"그렇게 할게요."

"좋아요! 그리고 나면 저희가 상황을 철저하게 조사하겠습니다. 물론 정답은 하나겠지만요. 제 생각에 미스 헌터는 누군가의 역할을 대행하기 위해 그곳에 간 것 같습니다. 그 누군가는 잠겨 있는 방에 갇혀 있을 거고요. 분명히 그럴 겁니다. 그게 누군지는 보지 않아도 뻔하지요. 미국에 있다는 그의 딸 앨리스 루캐슬일 겁니다. 미스 헌터가 선택된 이유는 당연히, 그 딸의 신장과 체격, 머리색이 같아서일 겁니다. 그녀는 병을 앓았든, 아니면 다른 이유로든 머리를 짧게 잘라야 했고, 그 때문에 미스 헌터도 머리를 잘라야 했던 거죠. 그런데 우연한 호기심 덕분에 미스 헌터가 그녀의 머리채를 발견하게 된 겁니다. 길에 서 있었던 남자는 그녀의 친구이거나 약혼자일 거예요. 그녀를 닮은 미스 헌터가 그녀의 드레스를 입고 그녀처럼 웃고 있는 모습을 멀리서 본 그는 앨리스 루캐슬이 아주 잘 지내고 있으며, 더 이상 자기를 만나고 싶어 하지 않는다고 생각했겠죠. 게다가 나중에 당신이 가버리라고 손짓까지 했으니까요. 밤에 개를 풀어놓는 건 그가 혹시라도 앨리스에게 접근하려고 할까봐서일 겁니다. 여기까지는 아주 명확해요. 이 사건에서 가장 심각한 문제는 아이의 심성입니다."

"아이의 성격이 이 사건과 무슨 상관이 있지?"

내가 물었다.

"왓슨, 의사인 자네도 아이의 성향을 파악하고자 할 때는 부모의 심성을 관찰하지 않는가. 그 반대 논리도 성립된다는 걸 모르겠나? 나는 종종 아이의 성격을 통해서 부모에 대한 통찰을 얻는다네. 그 아이의 성격은 비정상적으로 잔인해. 잔인함을 즐기느라 잔인한 행동을 하는 거지. 그런 성격을 아버지에게서 물려받았든, 어머니에게서 물려받았든, 그러한 성향이 그들의 영향권 아래에 있는 가여운 딸에게 무자비하게 작용하고 있을 걸세."

"홈스 선생님 말씀이 맞는 것 같아요."

미스 헌터가 격앙된 음성으로 외쳤다.

"선생님의 말씀이 맞는다는 걸 확신하게 하는 일들이 갑자기 떠오르기 시작했어요. 한시도 지체하지 말고 어서 그 가여운 딸을 구해야 해요."

"지극히 교활한 자를 상대하는 만큼, 우리도 신중해야 합니다. 7시까지는 할 수 있는 게 없어요. 그 시각에 가겠습니다. 그러고 나면 곧 모든 수수께끼가 풀릴 겁니다."

우리는 약속한 대로 7시 정각에 너도밤나무 집에 도착했다. 마차는 도로변에 있는 선술집에 맡겨두었다. 미스 헌터가 미소를 지으며 현관에 서 있지 않아도, 짙푸른 잎새가 저녁 햇살을 받아 광택제를 바른 금속처럼 반짝이는 그곳이 너도밤나무 집임을 단번에 알아보았을 것이다.

"다 잘됐습니까?"

홈스가 물었다.

아래층에서 쾅쾅거리는 소리가 들렸다.

"톨러의 아내를 지하 창고에 가뒀거든요."

"톨러는 주방 카펫 바닥에 누워 코를 골며 자고 있고요. 이게 톨러의 열쇠 뭉치입니다. 루캐슬 씨가 가지고 있는 것과 똑같을 겁니다."

"모든 걸 아주 훌륭하게 해내셨군요!"

홈스가 열띤 음성으로 말했다.

"이제 길을 안내해주십시오. 이 음흉한 사건의 끝을 봐야죠."

우리는 계단을 올라가 잠긴 문을 열고 복도를 지나 미스 헌터의 말대로 빗장이 채워진 방 앞에 이르렀다. 홈스가 밧줄을 자르고 빗장을 치웠다. 그런 다음 열쇠를 차례차례 끼워서 문을 열려고 했지만 맞는 게 없었다. 안에서는 아무 소리도 들리지 않았고, 홈스의 얼굴이 어두워졌다.

"우리가 너무 늦게 온 게 아니어야 할 텐데요."

홈스가 말했다.

"미스 헌터, 일단은 왓슨과 저만 들어가는 게 좋겠습니다. 왓슨, 문을 어깨로 밀어보세. 문이 열리는지 보자고."

문은 너무 낡고 허름해서 우리가 미처 힘을 쓰기도 전에 쉽게 열렸다. 하지만 방은 비어 있었다. 가구라곤 짚을 깐 침대와 작은 탁자, 그리고 옷가지가 든 바구니 하나가 전부였다. 천장에 난 창이 열려 있고, 방 안에 있어야 할 사람은 없었다.

"악당이 벌써 다녀간 모양이군."

홈스가 말했다.

"미스 헌터의 의도를 눈치채고 희생양을 다른 곳으로 옮긴 모양이야."

"어떻게 옮겼을까?"

"천장에 난 창을 통해서겠지. 어떻게 빠져나갔는지는 곧 알게 될 걸세."

홈스는 그렇게 말하고는 펄쩍 뛰어서 천장의 창에 매달리더니 지붕 위로 올라갔다.

"역시 그렇군! 처마에 긴 사다리가 기대져 있어. 그걸 타고 내려간 거야."

"하지만 그럴 리가 없습니다."

미스 헌터가 말했다.

"루캐슬 부부가 외출할 때까지 거기에 사다리가 없었거든요."

"다시 돌아와서 옮겼겠죠. 무척 교활하고 위험한 인물이라고 말씀드렸잖습니까. 지금 계단을 올라오는 소리도 그의 발소리 같은데요. 왓슨, 권총을 준비하는 게 좋겠어."

홈스가 말을 끝내자마자 한 남자가 방문 앞에 나타났다. 뚱뚱하고 건장한 체격에 한 손에는 두툼한 막대를 들고 있었다. 미스 헌터는 그를 보자 비명을 지르며 벽에 바짝 붙었고, 동시에 홈스가 그에게 다가서며 외쳤다.

"이 악당, 네 딸은 어디로 데려갔느냐?"

뚱뚱한 남자는 방 안을 한번 둘러보더니 천장에 뚫린 창을 올려다보았다.

"그건 내가 묻고 싶은 말이다, 이 도둑들아! 첩자와 도둑들! 너희는 현장에서 잡힌 거야. 그러니까 이제 너희 목숨은 내 손에 달려 있어. 제대로 맛을 보여주마!"

루캐슬은 그렇게 말하고는 씩씩거리며 서둘러 계단을 내려갔다.

"개를 데리러 간 거예요!"

미스 헌터가 다급하게 외쳤다.

"제게 총이 있습니다."

"현관문을 닫는 게 좋겠어."

홈스가 그렇게 말함과 동시에 우리는 계단을 달려 내려갔다. 하지만 아래층에 이르기도 전에 으르렁거리는 소리가 들리더니 고통에 못 이겨 터져 나오는 비명이 들렸다. 개의 무자비한 공격을 떠올리게 하는, 차마 들을 수 없는 끔찍한 소리였다. 그때 얼굴이 벌건 늙은 사내가 팔다리를 부들부들 떨면서 옆문에서 나왔다.

"맙소사! 누가 개를 풀어줬나 보오. 이틀이나 먹이를 주지 않았는데. 서둘러요, 어서. 저러다간 물려 죽을 거요!"

홈스와 나는 밖으로 달려 나가 집 모퉁이를 돌았다. 톨러는 우리 뒤에서 달려오고 있었다. 저만치 굶주린 야수가 검정 주둥이를 루캐슬의 목에 박고 있는 모습이 보였다. 루캐슬은 땅바닥에 누운 채 발버둥 치며 비명을 지르고 있었다. 나는 달려가면서 거대한 개의 머리를 정통으로 겨냥해 맞혔다. 개는 날카로운 흰 이빨을 루캐슬의 주름진 목에 박은 채 쓰러졌다. 우리는 힘겨운 실랑이 끝에 개를 루캐슬에게서 떼어내고, 그를 집 안으로 옮겼다. 숨은 붙어 있지만 차마 눈 뜨고 볼 수 없을 만큼 참혹한 상태였다. 그를 거실 소파에 눕히고 드디어 술이 깬 톨러를 불러 아내에게 소식을 전해주라고 일렀다. 그런 다음 내가 할 수 있는, 고통을 가라앉히는 처치를 해주었다. 거실에 둘러앉아 기다리니, 잠시 후 문이 열리고 체격이 건장한 여자가 들어왔다.

"톨러 부인!"

미스 헌터가 깜짝 놀라며 외쳤다.

"루캐슬 씨가 돌아와서 저를 꺼내주었습니다. 그런 다음에 2층으로 올라가신 거죠. 미스 헌터, 당신의 계획을 미리 알려주었으면 좋았을 걸 그랬어요. 그랬으면 괜한 고생을 하지 않아도 되었을 텐데요."

"아하! 톨러 부인이야말로 누구보다도 사건의 내막을 잘 알고 계신 것 같군요."

홈스가 말했다.

"그렇습니다. 그리고 모든 걸 말씀드릴 준비가 되어 있어요."

"그러시다면 앉아서 말씀해주시죠. 제가 아직 파악하지 못한 부분이 있거든요."

"곧 명확히 이해하게 되실 겁니다. 지하 저장고에서 좀 더 일찍 나올 수 있었다면 진작 말씀드릴 수 있었을 텐데요. 만약 경찰이 개입해 즉결심판에 넘겨진다면 저는 선생님의 편에 설 뿐만 아니라 미스 앨리스의 편이기도 하다는 걸 기억해주세요.

루캐슬 씨가 재혼한 이후로 미스 앨리스는 집에서 전혀 행복하지 않았습니다. 늘 무시당했고, 어떤 일에도 발언권이 없었지요. 그러다가 미스 앨리스가 친구 집에서 파울러 씨를 만나고부터는 상황이 더 나빠졌어요. 제가 알기로는 미스 앨리스도 유산을 상속받게 되어 있었는데, 워낙 조용하고 인내심이 깊은 성품이라서 한 번도 자기 의견을 내놓는 법 없이 모든 걸 루캐슬 씨에게 맡겼답니다. 루캐슬 씨도 미스 앨리스가 절대로 자기를 거스르지 않을 것임을 알고 있었죠. 그런데 그녀에게 애인이 생기자, 그가 남편이 되면 미스 앨리스를 통해 얻게 된 자신의 법적 권리를 주장할지도 모른다고 우려하게 된 거죠. 그리고 그런 상황을 막아야 한다고 판단한 것 같습니다. 루캐슬 씨는 미스 앨리스에게 결혼한 뒤에도 그녀의 돈을 자기가 관리할 수 있게 하는 서류에 서명하라고 했어요. 하지만 미스 앨리스가 말을 듣지 않자 끈질기게 괴롭혔고, 결국 아가씨는 뇌막염에 걸려 여섯 주 동안 죽음의 문턱을 들락거렸습니다. 그 후 회복되기는 했지만, 몸이 형편없이 야위었어요. 아름다운 머리도 잘라야 했고요. 하지만 그녀를 향한 파울러 씨의 마음은 변함없이 진실했습니다."

"톨러 부인의 설명을 들으니 앞뒤 상황이 명확히 이해되는군요. 이제 나머지는 제가 추론할 수 있을 것 같습니다. 그래서 루캐슬 씨는 이런 식으로 감옥을 만들게 된 거로군요."

"그렇습니다."

"그리고 고집스러운 파울러 씨를 떼어내려고 런던에서 미스 헌터를 오게 한 거고요."

"바로 그거예요."

"하지만 파울러 씨는 성실한 뱃사람답게 포기하지 않고 이 집을 계속 맴돌다가 톨러 부인을 만났고, 부인이 원하는 것과 자기가 원하는 게 같다는 사실을 이해시키고 부인을 설득한 거로군요."

"파울러 씨는 아주 선량하고 도량이 넓은 분이십니다."

톨러 부인이 차분한 어조로 말했다.

"그 사람이 부인에게 톨러 씨를 진탕 취하게 하고 루캐슬 씨가 외출한 다음 사다리를 준비해달라고 부탁했겠군요."

"선생님이 추측하신 대로입니다."

"우리가 톨러 부인을 오해한 것에 대해 사과해야 할 것 같군요."

홈스가 말했다.

"우리가 궁금해하던 것들을 시원하게 정리해주셨네요. 저기 시골 외과 의사와 루캐슬 부인이 오시는군요. 왓슨, 이제 우리는 미스 헌터를 모시고 윈체스터로 가는 게 좋겠네. 우리 입장이 좀 난처해질 것 같아서 말이야."

너도밤나무 집의 수수께끼는 그렇게 풀렸다. 루캐슬은 회복되었지만 완쾌되진 않아서 늘 성실한 아내의 간호에 의지해야 하는 신세가 되었다. 늙은 하인 부부도 여전히 그 집에서 함께 살고 있다. 아마도 주인 부부의 과거를 너무 많이 알고 있어서 내보내기가 어려웠으리라 짐작된다. 앨리스 루캐슬과 파울러는 사우샘프턴으로 도망친 다음 날 특별 허가를 받아 결혼했으며, 현재 파울러는 아프리카 동쪽에 있는 모리셔스 섬에서 정부 관리로 일하고 있다. 한 가지 실망스러운 건, 홈스가 미스 헌터에게 더 이상 관심을 갖지 않는다는 사실이다. 아마도 그녀가 더 이상 그가 맡은 사건의 중심에 있지 않기 때문일 것이다. 미스 헌터는 월솔에 있는 한 사립학교의 교장이 되었다. 나는 그녀가 교장으로서 자신의 소임을 훌륭히 해낼 것이라고 믿는다.

| 옮긴이의 말 |

『셜록 홈스의 모험』은 아서 코난 도일의 첫 번째 소설 모음집으로 열두 편의 단편이
수록되어 있다. 1891년 7월부터 1892년 6월까지 월간지 〈스트랜드 매거진〉에 매달 한
편씩 연재되었으며, 1892년 10월에 그 단편들을 연재된 순서대로 한 권에 모아 출간한
것이다. 각각의 작품이 그 자체로 완결되기 때문에 주인공인 홈스와 왓슨 외에 작품 간
에 연결되어 흐르는 줄거리나 인물은 없으며, 관찰자이자 서술자인 왓슨의 시점에서 이
야기가 펼쳐진다.

아서 코난 도일의 셜록 홈스 시리즈는 주인공인 셜록 홈스나 작품 자체에 열광하는
팬들을 가리켜 '셜로키언 Sherlockian(영국에서는 홈지언 Holmesian)'이라는 말이 생겨났을 정도
로 전 세계에 팬덤을 가지고 있다. 이들에게 셜록 홈스는 실제 인물과 다름없으며, 작가
가 홈스 시리즈를 마무리하기 위해 1893년 〈스트랜드 매거진〉에 셜록 홈스의 사망을 다
룬 「마지막 사건」을 발표했을 때도 격렬하게 항의하며 살려내라고 요구했고, 결국 작가
는 홈스의 생존을 확인해주는 「빈집의 모험」을 발표해야 했다.

아서 코난 도일은 1859년 스코틀랜드의 에든버러에서 태어났다. 공무원인 찰스 도일

과 메리 도일의 열 자녀 중 둘째였던 그는 열일곱 살에 에든버러 대학교 의과대학에 입학했는데, 여기서 스승이자 셜록 홈스의 모델이 된 조지프 벨Joseph Bell을 만나게 된다. 코난 도일에 따르면 조지프 벨은 처음 보는 환자의 고향이나 출신 학교, 어제 먹은 음식 등 지극히 개인적인 사실을 정확하게 추리해내고는 어떻게 그러한 추리가 가능했는가를 명확히 설명해주었다고 한다.

대학에서 공부하는 동안 도일은 스승이자 멘토인 벨 박사의 천재적인 추리력을 가까이서 지켜볼 수 있었는데, 이때의 경험이 훗날 그의 작품 속에서 홈스의 기발한 추리를 지켜보며 이를 세세하게 기록하고 전하는 왓슨의 모습에 그대로 녹아 있다. 이에 대해 작가는 왓슨의 말을 빌려 '사실 내가 홈스의 작업 체계를 연구하고 지켜보면서 큰 기쁨을 느꼈던 이유는, 그가 손댄 사건들의 성격과는 별개로, 상황을 파악하는 그의 신통한 능력과 도저히 풀 수 없을 것 같은 복잡한 수수께끼를 풀어가는 신속하고도 절묘한 그의 사고력 때문이었다'라고 밝힌다.

사실 셜록 홈스가 독자들의 정신세계에 거의 실존 인물로 굳건히 자리 잡는 데는 왓슨의 공헌이 지대하다고 할 수 있다. 「빨강머리연맹」에서 왓슨은 친구인 홈스의 음악적 재능과 열정을 이야기하면서 그의 특이한 성격에 대해 다음과 같이 말한다.

'홈스는 특이하게도 서로 상반되는 성격의 소유자였는데, 그 두 가지가 번갈아 나타났다. 나는 종종 그가 극도의 정확함과 치밀함을 보이는 것이 어쩌면 때때로 시적이고 사색적인 감성에 휩싸이는 자신에 대한 반작용이 아닐까 생각한다. 그렇게 극심한 정서의 변화는 그를 지독한 무기력 상태와, 에너지가 용솟음치는 상태를 오가게 했다. 하지만 내가 아는 한, 정말 그를 두려워해야 할 때는 며칠 동안 안락의자에 앉아 자신이 작곡한 즉흥곡과 고서에 파묻혀 있을 때였다. 그때야말로 그의 내면에서 범인을 추적하려는 욕망이 솟아오르고, 빛나는 추리력이 직관의 경지로 상승하는 시간이기 때문이다.'

또한 왓슨은 홈스가 냉철하고 빈틈없는, 그러면서도 균형 잡힌 정신세계를 지녔다고 말한다. 세상 누구보다 완벽한 논리적 사고력과 관찰력을 지녔지만, 사랑은 그의 능력 밖의 일이라고 단언한다. 왜냐하면 '논리적 사고에 숙련된 사람이 자신의 섬세하고도 정교하게 다듬어진 정신세계에 그런 방식의 침범(즉 애정 같은 감정)을 허용하는 것은, 그의 논리적 사고 전반에 혼란을 초래할 수 있는 방해꾼을 들여놓는 일'이기 때문이다. 하지만 홈스가 사건을 수사하는 과정에서 보여주는 인간에 대한 진실한 이해와 연민은 독자들에게 감동을 주기에 충분하다. 「보스콤 계곡의 비밀」 끝부분에 나오는 존 터너와의 대화에서 그러한 홈스의 일면을 엿볼 수 있다.

"당신을 심판하는 건 제 일이 아닙니다. 저희도 그런 유혹에 걸려들지 않도록 기도할 뿐이지요."

노인이 진술서에 서명하는 동안 홈스가 말했다.

"나도 그러길 기도하겠소. 이제 어떻게 할 생각이오?"

"당신의 건강을 고려해서, 아무것도 하지 않을 생각입니다. (……) 당신의 비밀은, 당신의 생사를 떠나서, 안전하게 지켜드리겠습니다."

노인이 진중한 음성으로 인사를 건넸다.

"그럼 안녕히 계시오. 두 분이 삶을 마치는 순간, 오늘 내게 준 이 평화를 생각하며 마음의 평안을 얻기 바라오."

노인은 거구의 몸을 위태롭게 비틀거리며 천천히 방에서 나갔다.

아서 코난 도일 Arthur Conan Doyle(1859~1930)

스코틀랜드 출신의 의사이자 작가. 소설과 비소설을 망라해 많은 작품을 남겼다. 그중에서도 가장 널리 알려진 작품은 전설적인 괴짜 탐정 셜록 홈스가 등장하는 네 편의 장편소설과 56편의 단편소설이다. 홈스의 모델이 된 인물은 도일의 스승인 외과 의사 조지프 벨 박사였는데, 실제로 연역적 관찰력이 상당히 예리했다고 한다. 도일은 실생활에서도 정의감이 투철해서 두 차례나 무고한 사람이 억울하게 투옥된 사건을 직접 수사해 그들의 무죄를 밝혀냈다고 한다.

그린이 소피아 마르티네크 Sophia Martineck

독일 출신의 일러스트레이터이자 디자이너. 〈뉴욕 타임스〉, 〈블룸버그 비즈니스위크〉, 〈르몽드〉, 〈가디언〉 등에서 프리랜서로 활동했고 카슨 매컬러스, 캐서린 맨스필드 등 세계적인 작가들의 작품에 일러스트를 담당했다. 또한 다양한 작품과 전시를 통해 '젊은 작가상', '아메리칸 일러스트레이션상' 등을 받았다. 그녀의 작품은 독자들을 끌어들이는 독특한 흡인력을 가진 만큼 명탐정 셜록 홈스에게 새로운 에너지를 불어넣는다.

옮긴이 민지현

이화여자대학교 영어영문학과를 졸업하고 미국 뉴욕주립대학교에서 교육학 석사학위를 받았다. 옮긴 책으로『동물농장』,『카피캣』,『갤럭시』,『너와 마주할 수 있다면』,『어메이징 브루클린』,『베러티』,『나사의 회전』,『블루&그린 : 버지니아 울프 단편집』,『톨스토이 단편선』,『젊은 베르테르의 슬픔』 등이 있다.

클래식 리이매진드
셜록 홈스의 모험

초판 1쇄 인쇄 | 2024년 11월 11일
초판 1쇄 발행 | 2024년 11월 22일

지은이 | 아서 코난 도일
그린이 | 소피아 마르티네크
옮긴이 | 민지현
펴낸이 | 박남숙

펴낸곳 | 소소의책
출판등록 | 2017년 5월 10일 제2017-000117호
주소 | 03961 서울특별시 마포구 방울내로9길 24 301호(망원동)
전화 | 02-324-7488
팩스 | 02-324-7489
이메일 | sosopub@sosokorea.com

ISBN 979-11-7165-018-7 04840
       979-11-88941-99-5 (세트)
책값은 뒤표지에 있습니다.

• 이 책 내용의 일부 또는 전부를 재사용하려면 반드시 (주)소소의 동의를 얻어야 합니다.
• 잘못 만들어진 책은 구입하신 서점에서 교환해드립니다.

클래식 리이매진드 시리즈는 세계적인 예술가가 삽화를 그린, 원문 그대로의 고전소설로 컬렉터용
에디션이다. 저명한 작가들의 가장 사랑받고, 널리 읽히며, 열렬히 수집되는 문학 작품에 각각의 예술
가가 자신만의 독특한 시각적 해석을 담았다.